KB104350

빙글빙글 우주군

빙글빙글 우주군

ROK SPACE FORCE

배명훈 장편소설

자이언트북스

〈빙글빙글 우주군〉 인물 소개

▶ **한섬민 중사, 우주군 발사기지 작전과 소속**

조종사가 되는 게 꿈이었으나, 정보 부족으로 사관학교를 준비하는 대신 부사관 양성 학교인 우주항공고등학교에 잘못 입학해버린 에이스 원격조종사다. 다만 우주항공고 시절부터 걸출한 능력을 인정받아 교장 구예민의 아낌없는 지원을 받았다. 아스티의 팬이며, 민트 초콜릿을 좋아하는 반전 매력도 가지고 있다.

▶ **구예민, 우주군 참모총장**

빠른 두뇌 회전과 냉철한 판단력, 타고난 카리스마까지 갖춘 우주군의 넘버원이다. 국방부의 간섭을 피해 발사기지를 우주군의 실질적인 근거지로 삼을 작정으로, 본부 병력을 발사기지로 하나둘 파견보낸다. 우주항공고등학교에서 교장을 지낸 이력이 있다.

▶ **엄종현 대위, 우주군 본부 정보처 소속**

더운 날은 에어컨이 직속상관인, 유학파 특채 요원이자 종이접기 해석 담당이다. 지구 혹은 화성의 궤도에 작은 점처럼 떠 있는 위성을 보고 그 위성의 생김새를 역추적하는 일을 맡는다. 전공을 살려 행성 간 연락선에서 일어난 총기 데이터 전송 사건을 해결하는 데 상당한 공을 세운다.

▶ **서가을 예보관, 우주군 기상대 소속**

우주군 기상대에서 일하다 보면 별일을 다 겪는다. 한 달 뒤에 있을 로
켓 발사일의 날씨를 알아오라는 것이 대표적이다. 다만 서가을에게 그
정도는 별것도 아니다. 일단 좋다고 해놓고 당일에 동남풍을 일으켜 보
겠다고 선언하면 그만이다. 이름 바꿔 부르기의 귀재이자, 우주군 최고
의 분위기 메이커다.

▶ **박수진 소령, 우주군 발사기지 감찰실장 직무 대행**

우주 사고 조사 실무를 배우기 위해 우주군 감찰실에 들어왔으나, 사고
가 날 우주선이 없어서 탐정 역할만 하고 있던 기지 감찰실장이다. 착
하지만 묘하게 끝까지 착하지는 않다는 평을 듣는다. 김은경과 발사기
지 본부 건물 옥상에서 종종 마주치다가 가까워지며, 김은경의 곰 인형
에 대해 가장 먼저 듣게 된다.

▶ **박국영 대위, 우주군 본부 홍보단 소속**

우주는 무성영화처럼 소리가 나지 않는 곳이지만, 우주군의 홍보를 위
해서라면 기꺼이 변사를 자처할 수 있다. 유들유들하고 낙천적인 성격
으로 누구와도 원만하게 어울린다.

▶ 김은경 서기관, 우주군 본부 행성관리단 소속

화성의 자전 주기는 지구 시간으로 24시간 30여 분. 그 때문에 화성 정착지 연락 담당의 근무시간은 날마다 30분씩 뒤로 밀린다. 옛 연인이 선물한 곰 인형의 환영에 종종 시달린다. 박수진과 발사기지 본부 건물 옥상에서 자주 마주친다.

▶ 이자운(Oste 아스티) 일병, 우주군 본부 홍보단 소속

군 복무 중인 아이돌 그룹 비덴서티의 멤버. 우주군이 되고 싶어서 긴 복무 기간에도 불구하고 자원입대했다. 우주군 홍보 방송인 〈밀도를 높여요!〉를 진행하며, 이제껏 누구도 완벽하게 해내지 못한 우주군 의장대 퍼포먼스에 완벽하게 성공한다.

▶ 이종로 화성정무관

일명 화성총독. 화성 반란 사건을 진압하며 군인으로서 승승장구했다. 냉정하고 잔인하며 야심 가득한, 한마디로 우주군에서는 찾아볼 수 없는 캐릭터다. 아무도 짐작할 수 없는 이유로 지구 귀환을 선택하며 잔잔한 우주군을 술렁이게 만든다.

〈빙글빙글 우주군〉 조직도

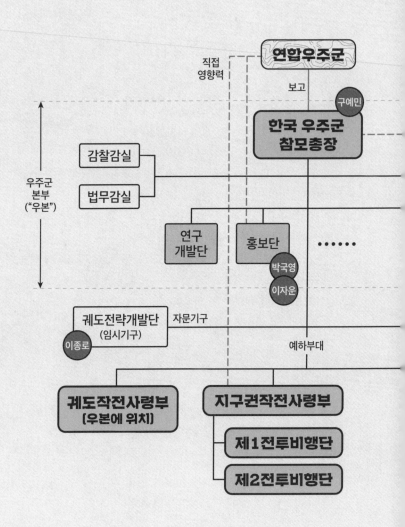

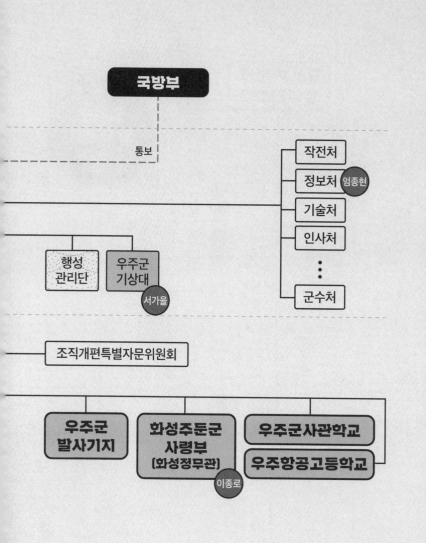

국방부

통보

작전처

정보처 엄종현

기술처

인사처

⋮

군수처

행성
관리단

우주군
기상대 서가을

조직개편특별자문위원회

우주군
발사기지

화성주둔군
사령부
(화성정무관) 이종로

우주군사관학교

우주항공고등학교

〈빙글빙글 우주군〉 조직도

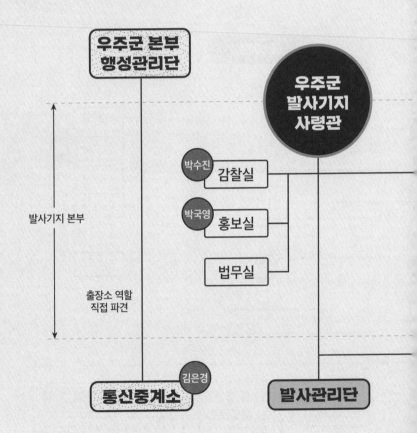

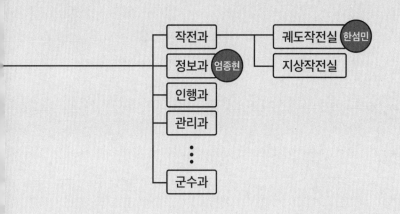

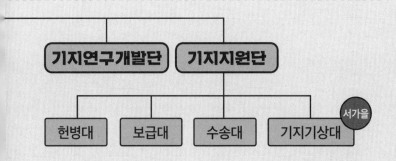

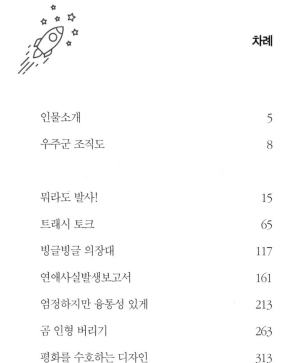

차례

뭐라도 발사!

한 하늘에는 두 개의 태양이 있을 수 없지만, 그해 여름 하늘에는 태양이 두 개였다. 게다가 그중 하나는 팩맨 모양을 하고 있었다.

팩맨이 뭔지 모르는 사람이 워낙 많다 보니 정부나 언론에서는 곧 피자를 비유로 들곤 했다. 한 조각이 빈 피자 모양의 태양. 완전한 원에서 부채꼴 하나를 덜어낸 도형. 하지만 노란색으로 은은하게 빛나는 피자 같은 건 존재하지 않았으므로, 조그만 입을 벌리고 동그란 점을 와구와구 삼키는 노랗고 동그란 몸체를 지닌 옛날 게임 캐릭터 팩맨에 빗대어 표현하는 것을 선호하는 사람도 여전히 많았다. 50대 후반이 소장파로 분류되는 모든 정부 기관, 모든 정책 결정자 그룹에서 팩맨은 피자보다 인기 있는 설명 방식이었다. 어찌 되었든 그해 여름 내내, 리메이크된 팩맨 게임의 매출과 피자 소비량이 함께 늘어난 것을 보면 꼭 둘 중 하나를 고집해야 할 필요는 없어 보였다.

문제는 팩맨이냐 피자냐가 아니었다. 보다 중요한 것은 이 두 번째 태양이, 우주로 흩어지던 오리지널 태양광의 극히 일부를 잡아채서 지구 쪽으로 반사해버린다는 사실이었다. 그일의 효과는 여러 가지가 있겠지만 하나를 꼽자면 이런 것이었다. 10월 23일 서울의 낮 최고기온이 32도라는 것.

심지어 두 번째 태양은 계속 커지고 있었다. 여름이 더 길어질 것이라는 의미였다.

한국우주군 정보처 분석 담당 엄종현은 차에서 내리자마자 땀을 뻘뻘 흘렸다. 하얀 셔츠에 검은 재킷의 제복을 갖춰 입은 모습이 영락없는 문상객 차림이었다. 검은색 넥타이도 한몫했다. 기장이나 포장, 이름표나 계급장처럼 우주군 정복임을 표시하는 것들을 주렁주렁 달고 있지 않았다면 엄숙한 분위기마저 풍겼을지도 모를 일이었다.

그는 단추를 채우지 않은 재킷을 펄럭여 바람을 일으켜보았다. 물론 아무 소용도 없었다. 재질이 두꺼운 데다 통풍도 잘 되지 않는 상의 안쪽에는 땀에 젖은 셔츠가 피부에 달라

붙어 있었다.

그는 손에 든 결재판을 들어 햇빛을 가렸다. 결재판에 새겨진 우주군 로고가 햇빛에 빛났다. 두 번 빛났다. 손바닥으로 하늘을 가릴 수 없듯 한 개의 결재판으로는 두 개의 태양을 모두 가릴 수가 없었다.

엄종현은 광장을 대각선으로 가로질렀다. 바닥이 블록으로 포장되어 있으니 연병장이라고는 할 수 없었다. 사람들의 출입이 통제된 곳이라 광장이라 부르기도 조금은 어색했다. 무슨 용도로 만든 공간인지 모르겠지만 발소리는 또각또각 잘 울렸다. 우주군 건물이었으니 아마 빈 공간 자체를 표현하려고 한 것일지도 모른다. 광장 구석구석에 조그맣게 새겨진 행성이며 별자리가 그 생각을 뒷받침해주었다.

말하자면 그는 우주를 표현한 광장을 가로지르고 있었다. 사방에서 감싸듯 둘러싼 벽은 유럽식 클로이스터처럼 지붕이 있는 회랑 형태였다. 돌기둥으로 지탱되는 돌로 된 차양. 종현은 그 아래 드리운 그늘을 부러운 듯 흘끗 바라보다가 발걸음이 향하던 곳으로 다시 고개를 돌렸다. 얼굴은 어느새 땀범벅이었다. 반짝반짝 잘 닦은 구두 표면에서는 두 개의 태양이 번갈아 반짝였다. 검은 옷감에 박힌 작은 반짝이들이 멀리 있는 별처럼 희미하게 빛났다.

건물 안으로 들어서자 어두운 로비가 나왔다. 너무 밝은 곳에서 들어오는 바람에 생긴 착각이었지만, 광장을 지나 문 안으로 들어서는 손님들에게는 그 짙은 그늘이 환대로 느껴질 게 분명했다. 종현의 얼굴도 한층 편안해졌다.

로비 한쪽에서 종현과 똑같은 옷을 입은 참모총장 부관이 기다리고 서 있다가 그의 얼굴을 알아보고는 구호 없이 손으로만 경례를 했다. 종현은 인사를 받는 대신 참고 있던 숨을 후, 하고 내쉬었다. 그러고는 부관에게 눈짓으로 인사를 건넨 후 곧장 천장을 올려다보며 "상승!" 하고 경례를 올려붙였다. 안내 데스크에 서 있던 병사들이 짧게 웃음을 터뜨렸다. 천장에 붙어 있던 에어컨이 풍향 조절판을 까딱거려 경례에 답했다. 종현이 절도 있게 팔을 내렸다.

"기다리고 계십니다."

부관이 말했다. 재촉하는 말투였다.

"3분만 있다 들어갔으면 소원이 없겠는데."

"이미 한참 지각하셨습니다."

"옷 챙겨 입느라. 임관하고 처음 꺼내봤더니 뭐가 하나도 안 달려 있잖아."

"그 말씀은 절대 하시면 안 됩니다."

"대회의실이지? 3층?"

"따라오시지요."

부관이 엘리베이터 쪽으로 걸어가다가 황급히 몸을 돌려

안내 데스크로 돌아와 안쪽에 서 있던 병사에게 손을 내밀었다. 그러자 그 병사가 재빨리 데스크 아래에서 정복 모자를 꺼내 부관에게 넘겨주었다. 빨간색 띠가 둘러져 있는 장교용 모자였다. 부관이 모자를 들고 엘리베이터로 성큼성큼 걸어가며 종현에게 말했다.

"정복에는 모자라는 게 있는데요. 혹시 기억나시나요?"

"쓰고 들어가는 거야?"

상의 단추를 채우며 종현이 물었다.

"들고 들어가세요."

"문 열고 들어가서 경례해야 되나? '상승'도 해야 돼?"

"회의 중이니까 조용히 들어가세요. 눈 마주치시면 소리 내지 말고 손으로만 하시고요. 걸어가면서 하지 마시고 제자리에 서서. 그런 건 알아서 적당히 좀."

"회의실에 냉방은 돼?"

"정부 시책이라. 청와대에서 나온 분이 있어요."

종현은 얼굴을 찌푸렸다.

문을 열고 들어가자 빈자리가 잔뜩 보였다. 눈을 피하며 저벅저벅 걸어가던 종현은 적당한 거리에서 고개를 들어 참모총장과 눈을 마주쳤다. 그는 곧 결재판과 모자를 왼팔에 끼고 제자리에 멈춰 서서 경례를 했다. 참모총장 구예민이 왼손을 아무렇게나 허공에 내저어 답례했다.

대회의실에는 암막 커튼이 쳐져 있었다. 완전히 친 것은 아니고 빛이 들어올 수 있도록 틈이 약간 벌어져 있었는데, 그 너머로는 숲과 하늘 말고 아무것도 보이지 않았다. 회의 참석자는 세 명이었다. 현장 근무복이라고 불리는, 계급장이 그려진 우주복 티셔츠를 입은 참모총장과 양복을 입은 중년 남자 하나, 그리고 공군 정복을 입은 남자 대령이었다.

세 사람의 말소리가 대회의실을 가득 채웠다. 식었던 땀이 다시 흘렀다. 냉방이 거의 안 되는 모양이었다. 세 사람의 대화가 짧은 소강상태에 이르자 구예민이 종현을 대화에 끼워 넣었다.

"우리 정보 라인 분석 담당입니다. 엄 대위, 이쪽은 청와대 안보 비서관님."

리듬감 있게 돌아가는 긴 줄넘기 줄에 끼어들 듯 머뭇거릴 틈이 없는 흐름이었다. 어서 점프를 하지 않으면 줄에 발이 걸려 줄넘기를 하고 있던 모두가 허탈해질 것만 같은 타이밍이었다.

"어제 브리핑한 거 말씀드려봐. 앉아서 해."

우주군 참모총장은 바로 전날 들은 것을 설명하는 데 다른 사람의 도움이 필요하지 않은 사람이었다. 한번 들은 것을 정확히 이해하는 것은 물론, 그 내용을 정리하거나 요약한 다음 세부 사항을 들어 설명하는 일까지 무엇 하나 빠짐없이 깔끔하게 해낼 수 있었다. 그런 사람이 굳이 종현의 브리핑을 기다렸다는 것은 다른 두 사람에게 무언가 보여주고 싶다는 의미였다. 어쩌면 뒤로 묶은 저 은발마저도 미리 계산된 스타일링일지 몰랐다.

종현이 테이블 위에 모자와 결재판을 내려놓고 나서 말했다.

"우주군 본부 정보과 분석 담당 엄종현 대위입니다."

"우리 종이접기 담당 장교입니다."

참모총장이 덧붙였다. 그러자 양복을 입은 청와대 안보 비서관이 눈을 크게 떴다.

"종이접기라고요?"

참모총장이 웃으며 대답했다.

"예산이 모자라서 우주선을 종이로 접어서 쓰고 있거든요. 옛날에는 공군도 비행기를 종이로 접어서 날리곤 했는데 요즘은 돈이 많아서 금속으로 만들고 있습니다. 그렇죠?"

공군 대령이 웃음을 터뜨렸다. 짧고 절도 있게 끝나는 웃음이었다. 청와대 비서관이 웃음기 없는 얼굴로 종현을 바라보았다. 줄넘기 줄이 또 한 바퀴 돌아온 모양이었다. 종현은 하늘 같고 우주 같은 직속상관의 표정을 살폈다. 눈이 마주치지는 않았지만 편안한 얼굴이었다. 걱정하지 말라는 신호였다. 이 판은 내가 다 만들어놨으니 당신이 무슨 짓을 해도 망칠 일은 없네, 그런 뜻이었다. 종현의 날숨에 웃음이 아주 조금 섞여 들어갔다.

종현이 다시 입을 열었다.

"브리핑을 계속해도 되겠습니까?"

"그러세요."

"감사합니다, 비서관님. 지난주 금요일 밤에 연합우주군 사령부 정보국에서 29개 회원국 우주군 전체에 팩맨의 설계도를 공유했습니다. 연합사령부 현지 시각으로는 금요일 오전이었습니다. 해설이 붙지 않은 원본 데이터고, 질의에도 별다른 답이 없어서 각국 우주군이 개별적으로 해석에 들어갔습니다. 해석 능력이 있는 국가는 11개국 정도로 추정됩니다."

"다행히 우리 우주군도 포함됩니다."

구예민이 끼어들었다. 각주처럼 무심하게 들리는 목소리였다. 종현이 고개를 끄덕이고는 곧바로 말을 이었다.

"공유된 자료는 서른세 장의 설계도인데 그중 제일 중요해 보이는 자료가 이 세 장의 평면도입니다. 팩맨의 핵심 부품이 작동하는 원리를 담은 그림입니다."

종현은 결재판을 펼쳤다. 그 안에는 입구가 끈으로 묶인 노란색 서류 봉투가 들어 있었다.

구예민이 고개를 끄덕이자 종현은 끈을 풀어 봉투 입구를 열었다. 그러고는 그 안에 있던 서류를 꺼내 테이블 위에 올려놓았다. 서너 장짜리 얇은 문서였고, 한국우주군에서 다시 만든 표지에는 '2급 비밀'이라는 도장이 아래위에 찍혀 있었다. 1/1. 딱 하나만 만든 사본의 바로 그 하나밖에 없는 문건이라는 표시도 함께였다.

종현은 표지를 넘겨 설계도 발췌 부분을 비서관에게 보여주었다. 사다리꼴 모양의 그림이었다. 정삼각형 두 개가 합쳐진 형태였다.

종현이 설명을 덧붙였다.

"이런 식으로 계속해서 이어져 있는 구조입니다. 삼각형 하나의 크기는 손바닥 정도입니다. 두께는, 아무튼 굉장히 얇습니다. 얇은 막 정도로 보시면 됩니다. 이런 삼각형이 하나씩 펼쳐지면서 막의 크기를 점차 넓혀가는 것으로 보입니다. 먼저 기둥에 해당하는 구조물이 우주선 중심에서부터 방사형으로 뻗어 나가고 그 사이를 이 삼각형이 메우는 식으로요. 아마 이런 삼각형 수십만 개가 포개져 있는, 두께 5미터쯤 되는 부품이 탑재되어 있었을 겁니다. 그걸 하나하나 펼치고 있는 셈입니다."

"저 팩맨에서요?"

"그렇습니다."

"이걸 관측했다는 거예요? 망원경으로 직접?"

"그렇지는 않습니다. 천문학적으로 관측된 내용은 중심에 있는 우주선 본체와 맨 먼저 뻗어 나간 기둥에 해당하는 구조물들, 그리고 태양광을 반사하는 거울 부분에 해당하는 막의 크기, 또 그 막이 확산되어가는 모양과 속도 정도일 겁니다. 그걸 리버스 엔지니어링으로 역추적한 겁니다."

"완성품을 보고 어떻게 만들어졌는지 역추적했다는 겁니까? 저 정도 관측 결과를 보고?"

"그렇습니다. 천문학이라는 게 원래 아주 작은 차이만 관찰하고도 추론에 의해서 많은 것을 알아내는 분야라 특이한 일은 아닙니다. 수학 시험을 볼 때 문제가 객관식이면, 답을 먼저 낸 다음에 선택지에 그 답이 있는지 찾는 것보다 처음부터 선택지에 있는 답을 하나하나 대입해버리는 게 빠를 때도 있지 않습니까. 그 방법을 사용했습니다. 인류가 가지고 있는 우주 구조물 전개 기술을 선택지로 놓고 하나하나 대입했을 때, 팩맨 태양 같은 형태의 구조물이 어떤 속도로 커져갈지 시뮬레이션을 통해 예측한 다음 실제 관측 데이터와 비교하는 방식으로요. 그 결과로 거의 일치하는 답이 하나가 나왔고, 그게 종이접기 공법입니다. 종이만 접는 건 아니지만요. 통칭해서 오리가미라고 부릅니다."

구예민이 또다시 끼어들었다. 이번에도 역시 본론에는 개입하지 않고 각주 역할만 하겠다는 듯 무심한 말투였다.

"우주에 뭘 날려 보낼 때 보통은 무게를 돈으로 환산하는 경우가 많죠? 톤당, 킬로그램당 얼마 하는 식으로요. 그런데 부피도 돈입니다. 너무 큰 공간을 차지하면 우주선에 다 싣고 갈 수가 없으니까요. 그래서 접어버리는 겁니다. 접어서 작게 만들었다가 크게 펼칠 수 있으면 더할 나위 없겠죠. 종이접기 공학이라고 하는데 우주공학 핵심 기술 중 하나예요. 다들 기술 공유를 잘 안 하려고 하는데, 다행히 작년에 영입한 저 엄종현 대위가 그 분야 박사학위 소지자에 연구 경력이 7년인 전문가더라고요. 우연은 아니지만."

그 말에 공군 대령이 물었다.

"연구 경력 7년인 박사라고요? 그런데 아직 대위면?"

"소령진이에요. 엄 대위, 계속."

곧 소령으로 진급 예정이어서 소령의 직책을 맡을 수도 있는 '소령(진)' 대위라는 뜻이었는데, 사실 종현은 처음 듣는 이야기였다.

하지만 내색하지 않은 채 종현은 브리핑을 이어갔다.

"다음 페이지에 나온 이 그림은 삼각기둥 형태로 포개져 있는 부품을 어떤 식으로 펼치는지를 나타내고 있습니다. 그다음은 그렇게 펼쳐진 부품들을 결합시키는 방법입니다. 가설이지만 상당한 정도로 입증이 되었다고 보셔도 좋습니다."

비서관이 물었다.

"잠깐만요, 그걸 누가 펼친다는 거죠? 로봇 팔로 하는 건가요?"

"아, 저절로 펼쳐집니다. 참고로 이걸 보시면 좋겠네요. 저희 분야에서 비전공자를 상대로 브리핑할 때 가끔 보여드리곤 하는 마술 같은 겁니다."

종현은 결재판 안쪽 포켓에 끼워져 있던 얇은 은박지를 조심스럽게 손으로 꺼냈다. 가로세로 5센티미터쯤 되는 정사각형 모양의 얇은 종이였다. 그 위에는 얇은 기판 모양이 인쇄되어 있었는데 자세히 보지 않으면 알아보기 어려웠다.

"껌 종이로 오해하시는 분도 있는데 구겨서 버리면 큰일 납니다. 그래도 꽤 비싼 로봇이거든요."

종현은 엄지와 검지로 종이 모서리를 조심스럽게 쥐어 보인 다음, 그대로 자리에서 일어나 창가 쪽으로 걸어갔다. 그리고 살짝 열린 커튼 사이로 들어오는 햇볕이 머무는 테이블 위에 그 종이를 내려놓았다. 여름 내내 누구나 상상할 수 있었듯 볕이 닿는 곳은 어디나 뜨거웠다. 종현은 창문을 열어 유리를 거치지 않은 온전한 햇빛이 은박지 위를 비추게 했다.

그렇게 30초 정도가 지났다. 은박지가 갑자기 꿈틀거렸다. 두 명의 손님이 동시에 눈을 반짝였다. 구예민의 표정에는 놀라움이 담기지 않았다. 이미 여러 번 본 광경인 듯했다. 그래도 흥미로운 눈빛인 것은 분명했다.

그다음 순간, 은박지가 확 구겨졌다. 임계점을 넘은 듯한 힘에 의해 움찔움찔하던 은박지가 한순간 갑자기 접혀버렸다. 복잡한 모양은 아니었지만, 네 개의 모서리가 다리 같은 모양으로 뾰족하게 접힌 채 아래를 향했다. 단순하지만 작은 거미 모양이었다.

로봇은 곧 테이블 위를 걷기 시작했다. 관절은 없지만 재질 자체가 가벼웠으므로 종이처럼 걷는 데에는 문제가 없었다. 그야말로 종이 로봇 같은 걸음걸이였다.

30초 정도를 지켜본 뒤 종현은 로봇을 주워 들어 손으로 구겨버렸다. 그리고 껌 종이가 된 로봇의 잔해를 바지 주머니에 넣으며 말했다.

"비싸지만 일회용이거든요. 비밀이고요. 그리고 보셨다시피 스스로 접힙니다. 접는 장치, 구동장치, 발전기, 기초적인 통신 장비에 간단한 인공지능까지, 필요한 건 다 종이 위에 프린트돼 있습니다. 지금, 태양광으로 미세 전기를 만들어서 회로에 공급한 다음 다리를 접어서 미리 입력된 임무에 따라 구동하는 모습까지 보셨습니다. 이 로봇의 용도는 일단은 마술입니다만, 대량생산이 가능하다는 점을 생각하면 활용 가능한 분야는 더 많습니다. 아무튼 팩맨의 삼각형도 별도의 지시 없이 스스로 펼쳐지게 할 수 있고, 그렇게 한 것으로 보입니다. 전파 추적이 무의미하다는 뜻입니다. 그리고 말씀드린 것처럼 이 삼각형은 거의 막 같은 두께여서 거울 역할을 하기는 어렵습니다. 태양광 반사율이 그렇게 높게 나오지가 않을 거여서요. 아마 펼쳐진 삼각형은 뼈대 역할만 하고 그 위에 화학적으로 코팅을 하는 것 같습니다."

"꽤 복잡한 장치군요."

비서관이 말했다.

"복잡하고 정교한 장치입니다. 너무 섬세해서 즉흥적으로 실행했다고 보기는 어렵습니다. 테스트를 수십 번은 했을 것으로 보입니다. 시뮬레이션은 수도 없이 했을 거고요. 대규모 연구가 진행됐을 게 분명하고, 그런 일을 할 수 있는 연구 인력이 무한히 있다고 보기는 어렵습니다. 연합우주군 측에서도 아마 이 점을 근거로 추적을 진행하고 있는 것 같습니다. 경과에 대해서는 정보 공유가 안 되고 있지만, 높은 확률로 그렇게 추정할 수 있습니다."

"그렇군요. 그런데 말입니다, 모두가 궁금해하고 개인적으로도 궁금한데 팩맨의 저 입 부분은 뭡니까? 없어진 피자 한 조각 말입니다."

"일부러 저 모양을 만든 건 아니고 오작동입니다. 삼각형이 잘 안 펼쳐진 부분인데, 저 부분이 있어서 분석 결과를 확증하는 게 가능했던 것 같습니다. 펼쳐지다 만 상태에서 코팅이 되는 바람에 중간 과정이 어떻게 되는지 볼 기회가 생겼다는 뜻입니다. 한 블록이 완전히 펼쳐진 다음에 코팅이 되는 식이라 중간에 멈춰버리지 않으면 중간 과정을 알기가 어려우니까요."

종현이 거기까지 말하자 다시 참모총장이 끼어들었다. 각주 역할은 끝내기로 한 듯 이번에는 생기가 도는 목소리였다.

"저 오작동 부분이 약점입니다. 완전한 형태를 갖추지 못하면 아무래도 구조물의 내구성이 약해질 수밖에 없거든요. 저기를 효과적으로 노릴 수 있는 방식으로 공격할 겁니다."

"우리 우주군이요?"

비서관이 놀라서 물었다. 구예민은 여유로운 눈으로 비서관을 바라보며 차분하게 대답했다.

"물론 미군이 하겠죠. 그러니까 연합우주군이요. 우리한테는 당장 저기까지 날려 보낼 미사일이 없어요. 아까도 말씀드린 것처럼 종이로 우주선을 접어야 하는 상황이라 어디를 쥐어짜도 그 돈은 안 나오거든요. 종이는 풍족하게 사들일 수 있습니다만."

"사정은 이해합니다. 국무회의에서도 진지하게 검토한 주제입니다. 결과는 장담할 수 없지만 기다려보시면 이번에는 꼭 좋은 소식이 있을 겁니다."

비서관의 말에 참모총장 구예민이 진솔함이 느껴지는 목소리로 대답했다.

"언제나 손꼽아 기다리고 있습니다. 때가 되기는 했죠. 이미 오래전부터 때가 되기는 했는데."

"늘 들으셨겠지만 이번에야말로 그때가 아닌가 싶습니다."

"정말로 그럴까요? 그래도 제 판단으로는 우주군 안에서 떠들고 다닐 이야기는 아닐 것 같은데요. 공수표가 될 거니까요. 적어도 우주군 안에서는 안 먹힐 겁니다. 공군에서는 위기의식을 가져야 한다고 말들 하겠지만 말이죠. 안 그래요, 김 대령?"

잠자코 듣고 있던 공군 대령이 타이밍을 놓치지 않고 재빨리 대답했다.

"그럴 리가 있겠습니까?"

줄넘기에 능한 사람 같았다. 참모총장이 청와대 안보 비서관 쪽으로 재빨리 관심을 돌리며 말했다.

"없다고 해두지요. 저도 바라는 바입니다. 그보다 비서관님, 이쪽 브리핑은 들으셨고, 무슨 말씀을 하시려고 이렇게 조용히 찾아오셨는지요? 아, 엄 대위는 수고했어. 이만 나가봐."

종현은 앉아 있던 의자를 밀어 넣은 다음 가져온 것을 모두 챙겼다. 그리고 줄넘기 줄 밖으로 나갈 타이밍을 기다렸다. 구예민은 종현에게로 눈길을 주지 않고 곧장 두 손님과 대화를 이어갔다. 그게 바로 타이밍이었다. 종현은 재빨리 돌아서서 문 쪽으로 걸어갔다. 세 사람이 앉아 있는 쪽 문이 아닌, 먼 쪽에 나 있는 문이었다.

두런두런하는 목소리가 대회의실을 채웠다. 우주군이 늘

그러듯 공간으로 우주군의 정체성을 표현하려 했다면 바로 저 소리 때문에 실패할 게 분명했다. 우주 공간에서는 소리가 전해지지 않으니까.

뒷문에 다다른 종현이 문손잡이에 손을 뻗을 때까지도 세 사람의 대화는 계속해서 이어졌다. 그래서 종현은 이런 이야기를 들을 수 있었다.

"때가 무르익은 건 분명한데 다만 한 가지, 계기가 필요하기는 할 겁니다."

청와대 비서관의 목소리였다. 참모총장이 물었다.

"계기라면? 생길 때까지 기다려야 하는 계기인가요, 아니면 사람이 만들 수 있는 계기를 말씀하시는 건가요?"

"감나무 아래에서 입 벌리고 누워 있으라는 이야기를 하려고 온 건 아닙니다. 그러니까 청와대 이야기는, 일단 뭐라도 쏘면 어떻겠냐는 이야기입니다."

"아무거나요? 대통령 생각입니까?"

"청와대 입장입니다."

"그게 무슨 말씀인지. 청와대 건물이 한 생각은 아닐 거 아닙니까. 뭐라도 쏘라니, 지금 우리가 가진 걸로는 저 팩맨인지 피자인지에까지 닿지도 못할 텐데요."

"상관없습니다."

"정말로요?"

종현은 회의실을 빠져나와 문을 닫았다. 복도를 채우고 있던 서늘한 공기가 목덜미에 닿았다. 돌아서는 종현의 얼굴에서 안도감이 느껴졌다.

참모총장 부관이 복도에서 대기하고 있다가 발소리를 내지 않으면서 종현에게 다가왔다.

"어떠셨어요?"

종현이 들고 있던 모자를 내밀며 대답했다.

"더웠지. 그리고 재미있는 일이 일어날 것 같은데."

"무슨 일이요?"

"그거야 당연히 비밀이지. 아 참, 그런데 나 언제부터 소령 진이야?"

며칠 뒤 오후, 종현은 우주군 발사기지 쪽으로 차를 몰았다. 운전석에 앉은 종현의 얼굴에는 지루한 표정이 역력했다. 벌써 몇 분째 속도가 나지 않는 탓이었다.

앞에는 트럭 한 대가 시야를 가리며 느릿느릿 달리고 있었다. 종현의 차 뒤로 비슷한 처지의 차 대여섯 대가 느리게 따라왔다. 트럭 짐칸에는 소 한 마리가 실려 있었다. 어쩐지 체념한 듯 슬픈 표정이었다.

"그냥 얼굴이 저렇게 생긴 거 아닐까? 나도 소 표정은 하나도 모르지만 별일 없을 거야. 이사 가는 거겠지, 뭐."

종현이 말했다. 두 손은 모두 핸들 위에 놓여 있었다. 군복이 아닌 평상복 반팔 셔츠 차림이라 근육 없이 하얀 피부가 그대로 드러났다. 오른손 검지로 핸들을 탁탁탁 두드리는 행동 때문에 초조한 마음을 숨길 수가 없었다.

산길을 오르는 구불구불한 2차선 도로였다. 트럭을 추월하려고 몇 번이나 시도했지만 그때마다 맞은편에서 달려오는 차가 보였다. 뒤에 늘어선 차들도 마찬가지였다.

"아직 건강해 보이니까 괜찮겠죠? 어린 것 같은데, 소 나이는 전혀 가늠을 못 하겠네요."

조수석에 앉은 박국영이 말했다. 티셔츠에 반바지, 군복은 아예 어울리지도 않을 것 같은 인상이었다.

"솔직히 사람 나이도 못 알아보지 않아?"

"나이가 중요한가요? 사람은 다 똑같은 거예요."

"그렇기는 한데, 그래도 홍보단에서 일하려면 인간 개체는 좀 식별하는 게 좋지 않아? 영업 같은 거 많이 할 텐데."

잠시 후 드디어 추월할 기회가 생겼다. 추월하는 순간, 국영은 트럭 운전자의 얼굴을 흘끗 바라보았다. 미안하지도 뻔뻔하지도 않은 얼굴이었다. 정말로 아무 일도 일어나지 않은 듯한 표정이었다.

소가 시야에서 사라지면서 대화도 끊어지고 말았다. 그렇게 한참을 달리자 4차선 도로가 나타났다. 도로 사정에 비하면 교통량이 많지 않은 구간이었다. 종현은 속도를 높였다.
도로 곳곳에 띄엄띄엄 차단 장치나 검문소 같은 군사시설이
보였다. 양옆에 가드레일은 있지만 중앙선 쪽에는 아무것도
설치되어 있지 않은 도로였다. '정차 금지', '유사시 도로 차단
구역', '군용차량 절대 우선'이라는 표지판도 보였다.

종현이 국영에게 물었다.

"저 도로표지판 말이야, 그런 뜻이잖아. 긴급한 사정이 생
길 경우에 거대한 화물을 실은 군용차량이 왕복 네 개 차선
을 다 쓰면서 달려갈 수도 있다는. 그런데 그럴 일이 있어?"

"없겠죠."

"역시 없겠지?"

"갑자기 우리 발사기지에서 뭘 쏘아 올릴 일도 없고, 그런
게 있으면 물건은 배로 실어 나르겠죠. 혹시 해로가 막히거나
상황이 이상해지면 트럭으로 뭘 실어서 가겠다는 건데, 그래
도 차선 네 개를 쓸 만큼 큰 건 가지고 가봐야 쏠 수 있는 추
진체도 없고. 그냥 영역 표시 같은 거 아닐까요?"

"우리가 이렇게 어마어마한 일을 할 수 있다는 걸 보여주는
거?"

"예. 그리고 근방 도로를 이렇게 만들어놓으면 여기까지는
우리 영역이라는 암묵적인 신호도 되고요. 그런데 엄 대위님,
진짜 다음 주에 뭔가 발사를 할까요?"

활주로처럼 잘 뻗은 도로였다. 차선을 바꾸거나 신호에 걸릴 일도 없이 그냥 쭉 달리면 되는 길이었다.

"뭔가 쏘기는 쏠 모양이던데."

"가능할까요?"

"나야 잘 모르지. 들어온 지 얼마 안 됐으니까. 당신이 더 오래 있었으니까 잘 알 거 아니야."

"예, 뭐. 있을 수 없는 일이기는 하죠. 아무거나 쏘라니. 우주선 발사하는 게 무슨 자판기도 아니고."

"총장님은 하실 모양이던데. 나쁠 거 없지 뭐. 홍보단한테는 좋은 찬스 아니야? 때가 무르익었을 때 뭐라도 하면 좋지."

"찬스죠, 잘만 되면. 그런데 잘 안 되면, 분위기 아주 이상해지죠. 발사 장면 취재하라고 카메라 잔뜩 불러놓고는 공중폭발이라도 해봐요."

"올림픽 중계 같은 분위기인가? 금메달 유망주라고 잔뜩 분위기 띄워놨다가 4강 같은 데서 탈락하면 선수들끼리 인사도 하기 전에 다른 종목 중계로 넘어가서 다시는 안 틀어주는 거."

"그럼 좋게요?"

"실패해도 계속 보도해?"

"불구경이잖아요. 세상에 제일 재밌는 게 싸움 구경이랑 불구경인데 기자들이 그걸 안 내보내겠어요? 그리고 그거 막으려면 우주군에서는 누가 죽어나겠어요?"

"그래? 그럼 우리 총장님은 왜 하시려는 거지? 준비도 안 돼 있는데 무리해서 좋을 거 없잖아."

"모험을 하는 거겠죠. 클라우제비츠가 『전쟁론』에서 그랬잖아요. 군인은 늘 도박을 걸려고 하는 모험가라고. 우주군 예산 증액 여론이 나쁘지 않거든요. 이런 분위기는 사상 처음이라는데. 사실 정부가 우주군을 군대로 안 보잖아요. 무슨 국제기구 한국지부 같은 걸로 취급하지. 개발원조금 같은 거랑 똑같아요. 우리도 연합우주군 분담금을 적지 않게 내니까 그 분담금 처리하는 기관을 안 만들 수가 없어서 억지로 만들어놓은 게 한국우주군이라는 식이었거든요. 그러니 선거 때마다 우주군 감축 공약은 대통령 후보부터 무슨 도의원 후보까지 다 들고 나왔었는데, 지금은 반대니까요."

"더워서 그런 거야?"

"더워서죠. 게다가 원흉이 딱 눈에 보이니까. 입 벌리고 실실실 웃고 있는 것 같고."

"심지어 커지고 있고."

"10월 말인데 반팔 입고 다니고. 짜증이 나는 거죠. 클라우제비츠가 또 그랬잖아요. 제일 야만적인 폭력성을 지닌 쪽은 군인들이 아니라 의외로 대중이라고. '저놈 죽여라' 스포츠가 유행하는 시즌이 된 건데, 잘만 부추기면 불길이 커지기도 하겠죠. 한국에서 뉴욕은 안 보이지만 달은 잘 보이잖아요. 그럼 어떤 의미에서는 달이 뉴욕보다 가까운 거죠. 그런데 이런 건 정보처 쪽에서 저한테 흘려줘야 되는 내용인 거 아시죠? 어서 탄탄하게 자리 잡으셔서 좋은 정보원이 돼주세요."

"그런 거야?"

"희망 사항이에요. 보통은 우리가 뭐 쓰려고 하면 정보과에서 빨간 펜 들고 와서 다 지워버리는 구도가 되는데, 서로 돕는 관계로 바꿔보자고요. 우리끼리 싸워서 뭐 해요?"

차는 다리 위를 달리고 있었다. 바다를 건너 섬으로 들어가는 다리였다. 지금까지와 마찬가지로 왕복 4차선 대로였지만 다리를 건너는 차는 딱 한 대밖에 없었다.

섬으로 넘어와 첫 번째 신호등에서 차가 멈춰 섰다. 마을이 있는 곳이었다. 건널목 10미터쯤 앞에 버스 정류장이 있었는데, 정류장 표지판 근처에 우주군 약식 정복을 입은 병사 하나가 보였다.

"부대 복귀하는 길이겠지? 태워서 갈까?"

종현이 물었다. 국영은 고개를 저었다.

"아직 버스 다니는 시간이니까 괜찮을 거예요. 부대 복귀하는 게 얼마나 끔찍하겠어요. 우리랑 같이 가면 그게 더 고역일 텐데."

"하긴."

다음 건널목에서는 멈춰 설 필요가 없었다. 신호에 걸릴 가능성이 거의 없을 만큼 충분히 여유로운 타이밍이었다. 그런데 느긋하게 앉아 있던 국영이 갑자기 차를 세우라고 외쳐대는 통에 종현은 그만 차선을 벗어날 만큼 깜짝 놀랐다.

"기상대 예보관이에요, 저기 저 사람. 아직 차 없이 사나 보네. 이런 시골을 어떻게 차 없이 올 생각을 했나 몰라. 같이 가도 괜찮죠?"

차가 멈춰 서자 길가에 서 있던 사람이 국영을 알아보았다. 국영이 타라고 손짓하자 그 사람이 뒷좌석에 오르며 인사를 건넸다.

"바깥구경 대위님! 대위님도 호출되셨어요? 차 주인은 누구시죠? 실례하겠습니다."

"그렇게 부르지 말지."

"정감 있고 좋잖아요. 박국영이나 바깥구경이나. 안녕하세요! 저는 서갈이에요!"

종현이 못 알아듣고 뭐라고 대답해야 할지 망설이자 국영이 끼어들었다.

"서가을이라고 말한 거예요. 이제 자기 이름도 저렇게 부르네. 어리둥절하시죠? 우주군 본부 기상대에서 일하는 군무원이에요. 서로 만난 적 없나 봐요? 말하는 거 보면 이쪽도 다음 주 발사 때문에 발사기지 쪽으로 호출된 모양이고요. 이쪽은 본부 정보처 엄종현 대위님. 유학파 특채 엘리트셔."

"아, 그분! 공수훈련 안 해본 낙하산! 어, 그러니까, 죄송합니다. 뉴스에서 봤어요. 직접 본 적은 없고요. 밥도 식당에서 안 드시나 봐요. 소문 같은 거 너무 신경 쓰실 필요 없는데."

국영이 종현에게 말했다.

"내려놓고 가셔도 됩니다. 아무도 뭐라고 안 할 거예요."

서가을이 안전벨트를 채우며 말을 이어받았다.

"안 그러실 거예요, 그렇죠? 저 안 그래도 여기서 버림받았거든요. 서울에서 박수친 언니 차 얻어 타고 왔는데 자기는 부대까지 안 들어간다고 여기서 대충 내려줬어요. 택시를 타든 지나가는 셔틀버스를 잡아타든 알아서 하라고. 아, 박수친 언니는 박수진 언니예요. 감찰실에서 일하는 웃기는 분 있어요. 착한 사람인데 묘하게 끝까지 착하지는 않은. 여기 이 동네가 부대 숙소에서 살기 싫은 사람들 나와 사는 데거든요. 아, 발사기지 쪽이 초행길은 아니시죠? 뭐 동네라고 해봐야 보시다시피 아무것도 없어요. 마트는 훨씬 뒤쪽에 있고. 하여간 저 또 버리고 가시면 좀 비극이에요. 20분이나 기다리고 서 있었거든요."

말이 더 길어지게 놔둘 수는 없다는 듯 국영이 끼어들었다. 홍보 담당자답게 능숙한 타이밍이었다.

"서 예보관은 안에서 지내게?"

"그래야 되지 않을까요? 어차피 이 동네 제일 번화가가 부대 안이고. 치안도 좋고요. 저는 시골은 좀 별로라."

다시 차가 달리기 시작했다. 조금 더 달리자 커다란 다리가 하나 또 나왔다. 처음 건넌 다리보다 훨씬 높은 곳에 놓여 있는 다리였다. 그 아래로는 크루즈나 초대형 화물선처럼 커다란 배도 지나갈 수 있을 것 같았다. 그리고 전망이 좋았다. 자주 그 길을 다니던 사람도 다시 한번 창밖을 내다보게 하는 경치였다.

하늘 위에는 두 번째 태양이 은은한 빛을 지구 쪽으로 쏘아 보내고 있었다. 반쪽이 된 흰 달이 더 멀리에 떠 있었다.

"작년까지만 해도 이 시간이면 밤이었는데 이렇게 훤하네요."

국영이 말했다. 종현이 손님을 태운 후 처음으로 입을 열었다.

"그런데 저 두 번째 태양이요, 진짜로 뜨거운가요?"

가을이 종현 쪽으로 당겨 앉았다.

"글쎄요. 뜨거운데 생각보다는 안 뜨거워요. 그런데 또 생각보다는 기후에 영향을 많이 미쳤어요. 일단 커지고 있으니까 놔두면 놔둘수록 문제가 생기겠죠."

"이렇게 더운데 생각보다 안 뜨거워?"

국영이 물었다.

"원래 더워지고 있었잖아요. 지구온난화. 기후변화랑 팩맨

효과랑 어느 쪽이 얼마만큼 영향을 미치고 있는지 콕 집어서 말하기가 쉽지가 않거든요. 거울로 태양열이 반사되니까 딱 그만큼 기온이 올라가는 게 아니라, 실제로 일어나는 일은 북태평양 고기압이 올라와서 자리를 잡고는 안 내려가는 거니까. 기상이 그렇게 복잡해요. 그런데 사람들이 그걸 홀랑 까먹은 거죠. 마치 올해 6월 전에는 하나도 안 더웠던 것처럼. 6월 초부터 갑자기 지구가 이 모양이 된 것처럼 말하는 거예요."

"그럼 꼭 저것 때문에 가을이 없어진 거라고 말할 수는 없는 거네요."

"그럼요, 엄 대위님. 엄 대위님 맞죠? 전통적인 기준에서 가을이라고 할 수 있는 날이 작년에 딱 12일이었어요. 작년에는 우리 자체가 팩맨이었던 거죠. 그런데 재미있는 게 뭔지 아세요? 온난화 막자고 수십 년 동안 그렇게 이야기해도 강대국이고 우리나라고 예산 만들기가 그렇게 힘들었는데, 저 팩맨이 떡하니 떠 있으니까 넉 달 만에 돈이 무슨 ATM처럼 튀어나오는 거예요. 인류 참 위대하죠, 어떤 방식으로든."

"그 말씀은 마치……."

"저거 띄운 인간들이 환경 단체라는 말처럼 들리죠? 그 이야기는 아닌데 결과적으로는 똑같아요. 잘한 일 같아요. 다음 주에 발사만 없으면."

"왜요?"

종현이 물었다.

"예보관이 하는 일이 딱 그거거든요. 위에서 발사하겠다고 마음먹은 날에 날씨가 좋은지 안 좋은지 맞히는 거. 그런데 기상 예측 모델이 올해부로 엉망이 됐어요. 기상학 학위논문이 전부 고대 기상학 연구논문이 된 거죠. 안 맞아요, 하나도. 태풍도 안 맞고 장마도 안 맞고. 뭐 원래 잘 안 맞았지만, 아무튼. 이를테면 이런 거예요. 석 달 뒤에 하는 우본(우주군 본부) 체육대회 날짜를 잡아놓고 그날 비가 올 건지 안 올 건지 참모총장님이 기상대에 물어보시면, 그걸 무슨 수로 알겠어요?"

"그럼 어떻게 하는데요?"

"어차피 비 안 오는 날이 80퍼센트니까, 그냥 비 안 옵니다, 해놓고 기다리는 거죠. 우리가 뭐 날씨를 만들어낼 수 있는 것도 아니고. 그리고 제가요, 전공이 원래 천문학이거든요. 행성기상학. 그것도 기상학은 맞죠. 지구도 행성이 아닌 건 아니고. 좀 너무 가까이에 있지만. 한 3억 년 동안의 기상 변화는 설명할 수 있어도 내일 날씨 맞히는 법은 자신이 없는데, 이렇게 또 불려왔네요."

그렇게 한바탕 떠들썩한 대화가 폭풍처럼 몰아쳤다. 그다음은 침묵이었다. 할 말 없는 직장 동료들의 당연하지만 어색한 침묵.

국영은 소를 싣고 가던 트럭 운전자처럼 아무 표정이 없었다. 종현도 곧 그런 얼굴이 되었다. 정문 앞에 쳐져 있는 바리케이드를 지나 차가 부대 안으로 들어갈 무렵에는 마침내 날이 저물어 있었다.

주말이 지나고 월요일 아침이었다. 종현은 발사통제실이 있는 기지 본부 건물 쪽으로 느긋하게 걸어갔다. 기지 본부 건물은 바다를 내려다보는 언덕 위에 세워져 있었다. 옛날 같으면 해적을 방어하는 용도로 성이라도 쌓아 올렸을 법한 위치였다. 관에서 관심이 없었으면 하다못해 사찰이라도 들어섰을 것이다.

멀지 않은 거리인데도 차로 출근하는 사람이 많았다. 도로는 언덕 위를 향해 에스 자 모양으로 나 있었다. 종현은 그 에스 자를 가로질러 곧장 본부로 향하는 계단을 걸어 올라갔다. 정보장교답게 우주군 현장 근무복 티셔츠 대신 약식 반팔 정복에 단화 차림이었다. 그러나 마침내 계단 맨 위 칸에 다다랐을 때, 종현은 전혀 정보장교답지 않은 몰골로 변해 있었다.

"아침부터 등산하셨어요?"

주차장에 차를 세우고 건물 안으로 걸어가는 사람들이 종현을 알아보고는 인사를 건넸다. 다들 대본에 있는 듯 똑같은 인사였다. 종현의 대답에는 아무도 관심이 없다는 점까지 비슷했다.

입구로 들어서자 홍보단 박국영이 다가와 인사를 건넸다.

"오늘따라 퀭하시네요."

"열대야였잖아. 바닷가라서 좀 시원할 줄 알았더니."

"통풍 같은 거 신경 안 쓰고 지은 건물이니까요. 방에 선풍기 없어요?"

"없는데. 그보다 여기 에어컨 안 나와?"

"아이고, 이제 곧 11월인데 독신자 숙소에 에어컨이 웬 말이에요. 원래 9월 되면 딱 끊기는데 올해는 그래도 봐준 거예요. 근무지에는 냉방을 해주니까. 아, 11월 하순 되면 새벽에 난방 들어올지도 몰라요. 그때까지는 열대야가 끝나야 될 텐데."

"뭐? 왜?"

"왜냐하면, 11월 하순에는 새벽에 난방을 하게 돼 있으니까요. 여기는 군대고. 뭘 바라세요?"

"상식?"

"아, 예에. 체조하실 거예요? 오늘부터 아침 브리핑 전에 체조도 하래요."

"우주군 도수체조? 어떻게 하는지 기억도 안 나."

"저런. 1년 반밖에 안 되셨는데. 그럼 쉬고 계세요. 그리고 보니 땀을 뻘뻘 흘리시네. 아침 등산 하셨어요? 저런, 저런. '본부는 보이는 것보다 먼 곳에 있습니다' 표지판 못 보셨구나."

작전브리핑실에서 땀을 식히고 있자니, 잠시 뒤에 사람들이 몰려 들어왔다. 가운데가 비어 있고 세 벽면에 의자가 주르르 놓여 있는 방이었다. 나머지 한 면에는 대형 스크린이 걸려 있었다. 빔프로젝터에 불이 켜지자 사람들이 모두 벽면에 붙어 앉았다. 티셔츠를 입은 사람, 얼룩무늬 전투복을 입은 사람, 정비복을 입은 사람, 사복 블라우스나 셔츠를 입은 사람 등 다양한 옷을 입은 사람이 마흔 명쯤 됐다. 일종의 주요 간부 회의인 셈이었는데, 우주군답게 남군 비율이 반이 조금 안 됐다.

약식 정복을 입은 사람은 모두 여섯 명이었다. 파견 나온 공군 출신 하나와 종현을 제외하면 모두 기상대 사람들이었다.

"기상대 주말에 야근했다는데."

누군가가 속삭이는 소리가 들렸다. 킥킥대는 소리에 맞은편에 나란히 앉아 있던 기상대 사람들이 고개를 돌렸다. 사복을 입은 서가을의 얼굴이 수척해 보였다. 속삭이는 소리가 이어졌다.

"기상대 야근하면 뭐 해? 하늘에 제사 지내?"

"몰라. 날씨를 만들어 올 수도 없고."

"주말에 남아서 다 같이 노심초사하는 거야?"

"여럿이 나누면 스트레스가 좀 가벼워지지 않을까?"

기지 작전과 선임 장교가 스크린 옆에 서서 절도 있는 목소리로 말했다.

"아침 브리핑 시작하겠습니다. 오늘부터 총장님께서 영상으로 참석하시겠습니다. 스크린 켜주세요."

사람들의 시선이 거대한 스크린 쪽으로 일제히 옮겨갔다. 잠시 후 빔프로젝터가 스크린 위에 영상을 쏟아냈다. 그 순간 사람들이 모두 흠칫 놀랐다. 참모총장 구예민이 덤덤한 얼굴로 벽 맞은편을 바라보다가 사람들의 반응을 보고는 의아한 듯 물었다.

"왜? 무슨 일인데 그렇게 놀라?"

다시 한번 사람들이 깜짝 놀랐다. 이번에는 소리가 너무 큰 탓이었다.

작전과 궤도작전실장이 침착하게 빔프로젝터 쪽에 앉아 있던 부하에게 볼륨을 줄이라고 손짓했다. 참모총장이 말했다.

"누구야? 세팅 누가 한 거야? 또 하느님 모드로 틀어놨지? 목소리가 아주 여기까지 쩌렁쩌렁 울리는구만."

벽면 하나를 가득 채운 참모총장의 얼굴이 그렇게 말했다.

"어쩔까? 좀 있다가 다시 와? 바로 고칠 수 있어?"

총장의 물음에 궤도작전실장이 사무적으로 대답했다.

"그대로 계시면 됩니다. 여기 화면 크기도 좀 줄여주세요."

"화면도 클로즈업한 거야? 얼마나 크게 틀어놨는데?"

"얼굴만 나옵니다. 무서우니까 가만히 계세요."

"그 큰 벽에 내 얼굴이 가득 찬다고? 저기 누가 휴대전화로 사진 찍는데."

"아, 홍보단 기록사진입니다. 신경 쓰지 마시고요."

"아무리 그래도 홍보단인데 노 메이크업에 카메라를 막 갖다 대나."

곧 참모총장의 크기가 줄어들었다. 어깨 너머로 서가가 보였다. 그 방에 앉아 있는 누구든 자기 전공 분야에 해당하는 책을 찾아낼 수 있을 만큼 거대한 책장이었다. 배경에 책장이 놓이자, 조금 전까지 좌중을 압도했던 참모총장의 신적인 권위가 줄어드는 대신 늘 보아오던 지적인 얼굴이 드러났다.

"아직도 총장님만 이집트 신처럼 커 보이시지만, 그냥 시작하겠습니다."

"저기, 심 중령. 그래, 뭐. 시작하세요. 옆얼굴만 안 나오면 이시스처럼 보이지는 않겠지."

"총장님 지시에 따라 기상 브리핑부터 시작하겠습니다. 기상대장님."

역시나 이집트 벽화 같은 브리핑 장면이었다. 안경 쓴 주신의 거대한 모습과 그 주위에 늘어선 작은 사람들. 중요한 존재는 크게 표현되고 덜 중요한 사람은 작게 그려진 그림. 가끔 신이 입을 열어 직접 자신의 뜻을 전했다.

"날씨는 나쁘지 않겠군. 바람도 없고. 최소한 그때까지는 더운 게 나은 거지?"

기상대장이 물음에 답했다.

"그렇습니다. 고기압이 한반도 상공에 열 돔을 형성하고 있어서 기상은 양호합니다."

"태풍도 다 튕겨나갔으니까."

작전 브리핑과 기술 브리핑이 이어졌다. 발사통제관이 마지막에 종합 의견을 냈다.

"발사 조건 양호합니다. 금일 판정은 '계속 진행'입니다."

구예민이 감정 없는 얼굴로 안경을 탁자 위에 내려놓으며 말했다.

"자, 좋습니다. 발사일까지 만전을 기해주세요. 연합우주군 발사 날짜도 변동이 없는 모양이니까, 기상 상황이 나빠지지 않는 한 목요일 발사일, 최소한 금요일 예비일까지는 발사가 무사히 완료됐으면 좋겠습니다. 타이밍 놓쳐서 뒷북치지 말고 적절한 타이밍에 딱 갑시다. 날짜가 갑자기 정해져서 미안하지만, 갑자기 쏠 게 생기면 어떻게든 쏘아 올릴 수 있어야 우주군이니까 불합리하다 생각하지 말고. 통수권자 지시 사항이기도 하고, 우리 군의 사활이 걸린 일이니까 최선을 다하도록. 저런, 저기 공군 연락장교가 있었네. 공군과 우주군은 제일 가까운 파트너니까 방금 말은 양해해줬으면 좋겠네요. 자, 이상입니다."

참모총장이 사라졌다. 그나마 자세를 잡고 꼿꼿하게 앉아 있던 사람들이 바람 빠진 인형처럼 일제히 *스스스* 움츠러들었다. 그와 동시에 웅성웅성 떠드는 소리가 브리핑실을 가득 채웠다.

사람들이 일어나 방을 빠져나갔다. 박국영이 개발단 쪽 사람들을 붙들고 질문을 했다.

"그 '아무거나' 말인데요. 발사체에 실을 화물. 결국 뭐래요?"

"아직 모르겠는데."

"탑재는 늦어도 오늘내일 해야 될 거 아니에요."

"오늘 오후에 온대. 점검 마치고 밤에 실어야지."

"제원 보면 몰라요? 제원은 넘어왔을 거 아니에요?"

"때 되면 다 주겠지요. 단독 보도 하게 해줄 거니까 걱정 말고 쉬고 있으쇼. 궁금하면 작전과나 우본 수송단에 물어보든지."

'뭐라도 발사' 당일은 새벽부터 요란하기 그지없었다. 박국영은 기지 본부 건물 입구에서 지나가던 기지 주임 원사 조연정과 마주쳤다.

"아이고, 한숨 돌렸네. 총리래요, 총리."

박국영이 말뜻을 한 번에 못 알아듣고 물었다.

"뭐가요?"

"홍보단에 연락 아직 안 갔어요? 대통령 헬기 안 온대요. 총리 방문으로 정해졌대요. 어서 사무실 가서 알려주세요."

국영이 중얼거리듯 말했다.

"저런. 좋은 건지 안 좋은 건지 모르겠네요. 판 키우자고 하는 일인데 막판에 김새는 거잖아요."

"그렇긴 한데 이렇게 어수선해가지고는 될 일도 안 돼요. 조용하게 쏴야지. 발사체보다 사람이 더 시끄러워서 좋을 거 하나도 없어요. 새벽부터 헬기 세 대 뜨면 골치 아프잖아요. 조용히 차 타고 들어오면 그게 최고예요. 대통령 와봐요. 끝나고 한마디 해야지, 기자들 오면 질문 받아야지, 하이고."

"예, 뭐, 주임 원사님이 그렇게 말씀하시는 거면 잘된 일이겠지요."

"당연하죠. 그럼 저는 꾸벅꾸벅 조는 놈들 군기 잡으러 갑니다."

국영은 복도를 지나 '기자실'이라는 안내 표지판이 세워져 있는 방으로 들어갔다. 기자실 안은 분위기가 좋지 않았다. 발사 장면도 가까이에서 못 찍게 할 거면 굳이 왜 발사기지까지 오라고 했느냐는 것이었다. 아니나 다를까 국영의 모습을 알아보자마자 기자들이 똑같은 질문을 쏟아냈다. 국영은 머리를 긁적였다. 그때 휴대전화가 짧게 울렸다. 그는 전화기 화면을 확인한 뒤 기자들 쪽을 바라보았다.

"사실은 한 가지 알릴 말씀이 있어서 왔습니다. 지금 최종 확인 연락이 왔는데요, 대통령 방문 계획이 국무총리 방문 계획으로 변경됐답니다."

야유가 쏟아져 나왔다. 생각보다 작은 소리여서 오히려 등골이 서늘했다.

국영은 기자실을 나서면서 곧바로 어딘가에 전화를 걸었다. 대통령이 오지 않는다는 소식보다 더 곤란한 일을 처리해야 했다. 그는 복도를 지나 건물 앞마당으로 나설 때까지도 계속해서 전화기를 붙들고 있었다.

"아니, 기자들 말이 맞죠. 이제 와서 발사 장면을 못 찍게 해버리면. 아니, 그걸 그렇게 늦게 발견하래요? 미리 알았으면 방문 취재를 취소하든지 했을 거 아니에요. 예, 뭐, 총장님 지시였으니 그럴 수도 없었겠죠. 맞아요. 그건 이해해요. 이해는 하는데……."

저 멀리 언덕 위에 발사기지가 보였다. 발사대 위에 로켓이 수직으로 세워져 있었다. 국영이 다시 전화기에 대고 큰 소리로 말했다.

"지금 밖에 나와서 보고 있는데, 어두워서 잘 안 보이는데요. 그냥 찍으라고 하면 안 돼요? 아, 물론 카메라로 보면 눈으로 보는 것보다 자세히 보이겠지만, 봐도 뭔지 못 알아볼 것 같은데. 그래요? 제가 보기에는 똑같은 것 같은데요. 그래요? 보면 알아요? 예. 예. 알겠습니다. 어떻게 해봐야죠. 발사 화면은 그쪽에서 앵글 잘 골라서 제공해주실 거죠? 예, 예! 발사에 집중하셔야죠. 예, 전화 안 하겠습니다. 예."

전화를 끊고 발사대 쪽을 노려보았다. 서가을이 지나가다 가 그 옆에 와서 섰다.

"뭐 잘 안 돼요?"

"어, 왔어? 그러게, 꼬이네. 갑자기 촬영 금지라."

"아, 촬영 금지구나. 이상한 거 실었다더니 멀리서 찍어도 안 된대요?"

"아는 사람이 보면 티가 나는 흔적이 있나 봐. 에잇. 그런데 서갈은 오늘 얼굴이 근 일주일 만에 제일 좋아 보이네. 제사 가 잘됐나 봐."

"보시다시피! 동남풍이 불고 있잖소! 진짜 동남풍 말고 마 음의 동남풍이지만."

서가을이 의기양양한 얼굴로 두 팔을 뻗어 밤하늘을 가리 켰다. 별빛조차 바람에 날리지 않고 아래로 곧장 쏟아져 내리 는 날이었다. 국영이 어이없는 웃음을 터트렸다.

"어이쿠, 감축드립니다. 기상댄지 마법 부댄지 정말 엄청난 일을 해내셨습니다."

"뭘 이 정도를 가지고. 그쪽도 열심히 해보세요. 어떻게든 되겠죠."

엄종현은 극장 객석 출입문처럼 생긴 문을 열고 비행통제실 안으로 들어갔다. 암막 커튼은 쳐져 있지 않았다. 좌석표도 따로 없었다. 하지만 문을 열고 들어서자 중극장 객석 같은 풍경이 펼쳐졌다. 정면에는 갈색 커튼이 쳐져 있었고, 방금 들어온 입구에서 커튼 앞까지 가는 길은 완만한 경사를 이루고 있었다. 길 양옆으로는 공연장 객석 의자처럼 생긴 의자가 쭉 늘어서 있었다.

종현이 구석에 있는 빈자리로 얼른 발걸음을 옮기자 잠시 후 국무총리 일행이 비행통제실 안으로 들어섰다. 앉아 있던 사람들이 모두 자리에서 일어나 뒤를 돌아보았다. 참모총장 구예민이 재빨리 입구 쪽으로 걸어 나가 총리 일행을 맞았다. 무언가가 주렁주렁 절도 있게 매달린, 우주군 참모총장다운 제복 차림이었다.

종현이 정보장교답게 수상한 눈을 하고 사람들의 표정을 살폈다. 총장을 제외한 모두의 표정이 어딘지 조금은 긴장돼 보였다. 잠이 덜 깬 듯 고개를 옆으로 까딱거리는 사람도 보였다. 다만 우주군 참모총장만은 여유 있고 자신감 넘치는 표정이었다.

"와, 진짜 아무 일도 없는 것처럼. 그런 걸 쏠 거면서 찔리지도 않나 봐요."

옆에서 누군가가 속삭였다. 서가을이었다. 종현이 가만히 손가락을 들어 더 이상 말하지 말라는 신호를 했다. 서가을은 한마디를 덧붙이고는 침묵했다.

"아무튼 호인이에요, 호인."

인사를 마친 사람들이 자리에 앉았다. 기지 작전과장이 사회자로 나와서 발사 개요를 설명하고 커튼을 개방할 것을 지시했다.

커튼이 걷히자 바로 뒤에 세워져 있는 유리 벽이 보였다. 유리 벽 안쪽은 소리가 전해지지 않는 무대였다. 정확히 말하면 안쪽에서 바깥쪽으로는 전해지지만 반대 방향으로는 전해지지 않는 일방향 소통이 이루어지는 공간이었다. 진짜 발사통제실은 바로 그 무대 안쪽에 있었다. 나머지는 객석일 뿐이었다.

발사통제실 정면의 벽면에는 크고 작은 모니터 여러 개가 붙어 있었다. 로켓을 직접 비추는 화면도 있고, 발사체가 날아갈 경로를 표시하는 화면도 있었다. 기체 상태를 표시하는 모니터와 기상 상황을 실시간으로 전하는 화면도 있었다. 모니터가 없는 벽면에는 객석의 사람들이 평생 본 것 중 제일 큰 태극기가 떡하니 걸려 있었다. 연합우주군 기는 훨씬 작았다.

모니터 앞에는 책상이 놓여 있었다. 책상 위에는 평범한 컴퓨터 모니터와 키보드, 마우스 따위가 올려져 있고, 역시나 평범한 사무용 전화기도 한 대씩 있었다. 모니터가 병풍처럼 서너 개씩 펼쳐져 있다는 점을 빼면 통제실 풍경은 꽤나 평범했다. 아무 사무실에나 있는 의자 위에는 작업복처럼 생긴 우주군 근무복 바지에 티셔츠를 멋없이 걸친 사람들이 마이크가 달린 헤드폰을 끼고 모니터를 주시하며 앉아 있었다.

막이 열리기 훨씬 전부터 해오던 일을 쭉 이어가고 있는 듯, 돌아보는 사람은 아무도 없었다. 마치 그 방의 '객석' 부분이 존재하지 않는 것처럼, 발사통제실의 유리 안쪽 부분만이 유일하게 남은 우주인 듯, 완전히 몰입한 분위기였다.

구예민은 무대 안에 있는 누군가가 손톱을 물어뜯으며 다리를 달달 떠는 모습을 보고는 표정이 잠깐 굳어졌다. 하지만 곧바로 여유를 되찾았다.

"로켓 탑재체가 갑자기 변경돼서 혼란이 좀 있었습니다만, 다행히 잘 정리가 됐습니다."

나긋나긋한 목소리에, 옆에 앉아 있던 국무총리가 인자한 얼굴로 돌아보았다.

"그렇다고 들었습니다. 노고가 많으셨습니다."

"총리님이나 장관님도 잘 아시겠지만 탑재체 내용물보다 발사 시점이 중요한 작전이어서요. 준비된 탑재체를 구하는 데 어려움이 다소 있었습니다."

"그렇지요. 예정에도 없이 뭐라도 발사하라는 지시가 이행하기 쉬운 과제는 아니었을 거라고 생각합니다. 아무쪼록 무사히 발사가 완료됐으면 좋겠습니다."

총리가 대답하는 사이, 한 칸 옆에 앉아 있던 국방부장관의 표정이 살짝 어두워졌다. 그는 앞에 있는 화면을 여기저기 눈으로 더듬더니 이내 한곳에 시선을 고정시켰다. 로켓 본체 위쪽, 탑재체 부분을 비추고 있는 화면이었다.

때가 무르익었다. 발사통제실 유리 벽 안쪽에 있는 사람들의 시선에서 발사가 임박했음을 알 수 있었다. 계통별로 돌아가면서 모든 점검을 끝내고, 발사통제관이 최종 확인 신호를 보냈다. 역할을 끝낸 발사통제관이 의자 등받이에 몸을 기댔다. 그러자 이번에는 다른 사람의 허리가 꼿꼿하게 펴졌다. 비행통제관이었다.

"발사 1분 전, 카운트다운 시작합니다."

객석에 침묵이 무겁게 깔렸다. 아무도 움직이지 않았다. 국방부장관이 무슨 말을 하려고 국무총리 너머 우주군 참모총장 쪽으로 고개를 돌렸다가 분위기에 눌려 그만두었다. 카운트다운이 20초를 지났을 때, 국방부장관이 갑자기 몸을 앞으로 내밀더니 크지 않은 목소리로 말했다.

"총장, 저거 혹시 그거요?"

구예민은 아무 대답도 하지 않았다. 그쪽으로 고개를 돌리지도 않았다. 전방에 있는 화면에는 발사체 아랫부분이 크게 확대되어 있었다.

15초 전 카운트다운이 시작됐다. 숫자가 하나씩 아래로 내려갔다. '제로'를 세고도 1초쯤 지났을 때 화면 속 로켓이 불을 뿜기 시작했다.

불길은 곧 어마어마한 양의 수증기를 일으켰다. 발사대 주변은 금세 구름에 덮였다. 하지만 발사대 바로 아래에서 찍은 화면에는 로켓이 서서히 위로 떠오르는 모습이 또렷이 보였다.

전방 스크린 메인 화면이 전환됐다. 멀리서 본 발사대 전체 풍경이었다. 막 피어오르는 구름을 뚫고, 섬을 둘러싼 바다를 배경으로 솟아오르는 로켓이었다. 입체감 넘치는 길쭉한 구름을 수직으로 만들어내며 점점 빠른 속도로 솟구쳐 올라가는 로켓을 보면서, 누군가는 자리에서 일어나 박수를 치려는 듯 두 손을 앞으로 내밀었다. 하지만 무대 안쪽에 있는 사람들이 여전히 긴장하고 있는 것을 보고는 조용히 자리에 앉았다. 그 순간, 요란한 소리가 기지 본부 건물을 휩쓸고 지나갔다. 발사 과정에서 생겨난 충격파가 몇 초 뒤에 전해지는 모양이었다.

무대 안은 분주했다. 누군가는 뚫어져라 화면을 바라보고 있고, 누군가는 전화기 쪽으로 손을 내밀었다.

"1단 로켓은 무사히 분리됐고, 2단 로켓 분리 소식을 기다리고 있습니다. 궤도는 나쁘지 않고요. 아직 좀 더 기다려봐야겠지만, 저 정도면 이제 별 탈은 없을 겁니다."

구예민이 총리에게 설명했다. 학자 출신인 총리는 눈을 열심히 굴려가며 정면에 걸려 있는 여러 개의 화면을 부지런히 들여다보았다. 그러다 무대 안에 있던 사람 몇몇이 마침내 두 손을 들어 올렸을 때에야 비로소 표정이 부드러워졌다.

"된 건가요?"

"예, 이제 박수 치시면 됩니다."

총리가 자리에서 일어나자 다른 사람들도 따라서 일어나 일제히 박수를 쳤다. 첫 발사나 유인 우주선 발사가 아닌 만큼 큰 환호가 나오지는 않았다.

"자, 그럼, 이른 아침 식사가 준비돼 있는데 같이 가실까요?"

구예민이 특별한 일 같은 건 없었다는 듯 총리에게 말했다.

관객들이 떠나간 객석에 홀로 앉아, 엄종현은 전화기를 들여다보았다. 뉴스가 올라오고 있었다. 연합우주군의 팩맨 요격무기 발사에 발맞춰 한국우주군도 군용 장비를 쏘아 올렸다는 이야기였다.

"마치 한국우주군도 팩맨을 향해서 미사일을 쏜 것 같은 내용이지만 자세히 뜯어보면 그런 말은 하나도 없네요."

서가을이 똑같이 뉴스를 들여다보고 있다가 고개를 들며

종현에게 대답했다.

"뭘 쐈는지는 아직 아무도 모르는 모양이네요. 참모총장님 무서운 분이세요."

"그러게요. 아무거나 쏘라니까 진짜로 쏘고 싶었던 걸 쏴버리다니."

"숙원 사업을 홀라당 해결해버렸네요. 팩맨 태양이 문제가 아니라 지금 발사한 물건이 핵심인 거죠? 근데 그래도 괜찮아요? 그거 복잡하게 얽혀 있던 이슈 같은데. 위에서 알면 속았다는 생각을 하지 않을까요?"

"하겠죠. 그래도 괜찮을 거예요. 총장님 선물 보따리가 하나 더 있거든요. 지지율 생각하면 위에서도 흡족할 거예요. 대통령도 벌써 알고 계시겠네요. 갑자기 일정을 취소하신 걸 보면."

"아, 다른 선물 보따리. 뭔지 물어봐도 안 가르쳐주겠죠? 이래서 정보과 사람이랑 말 트는 거 아니랬는데."

"그런가요? 죄송하네요."

종현은 그렇게 대답하면서 휴대전화를 빤히 들여다보았다. 종현의 시선에 응하기라도 하듯 문자메시지 하나가 떴다.

"저는 이만 일어나봐야겠습니다. 지금부터 또 일이라."

"커피도 한잔 안 하시고요? 이거 루틴이에요. 우주군의 샤머니즘적 측면. 기상대에만 있는 거 아니고 다른 사무실도 다 있어요. 이건 우주군이면 꼭 해야 돼요."

"사무실 가서 할게요."

"수상하게 생긴 정보과 사람들이랑요? 뭐 알아서 하세요. 그럼 나중에 봐요. 언제가 될지 모르겠지만."

박국영은 문자메시지를 확인한 다음 기자실로 들어섰다. 다시 질문이 쏟아졌다.

"이게 다인가요?"

"벌써 끝난 거예요?"

"탑재체는 정체가 뭐였죠?"

국영은 질문에 답하는 대신 침착한 얼굴로 마이크를 뽑아 들고는 목소리를 가다듬었다.

"기자 여러분, 오늘 정말 수고 많으셨습니다. 오늘 로켓 발사와 관련한 자세한 내용은 보도 자료를 통해서 말씀드리도록 하겠습니다. 잠시 후 오전 5시부터는 우주군 홍보단장이 조금 전에 끝난 한국우주군 전투비행단의 팩맨 배후 기지 폭격 작전에 관한 내용을 직접 브리핑하겠습니다. 다시 한번 말씀드리겠습니다. 조금 뒤 5시부터 우주군 홍보단장이 조금 전에 완료된 우주군 전투비행단의 팩맨 배후 세력 추정 기지, 그러니까 지상에 있는 생산 시설 등을 말하는데요, 팩맨 배후 세력 추정 기지 폭격 소식을 브리핑할 예정이오니 잠시만 더 대기해주시기 바랍니다. 이 작전은 실행 시점이 미리 정해지지 않은 연합우주군 측과의 공조 작전이었고, 공교롭게도 지금 막 작전이 완료됐다는 소식이 전해졌습니다. 커피는 곧 새로 리필이 될 거고요, 샌드위치나 김밥 등 아침 식사가 함께 준비됩니다. 여러분, 많이 피곤하시겠지만 조금만 더 기다려주시기 바랍니다."

그날 아침 해 뜰 무렵이 되어서야 박국영은 기자실을 나섰다. 기지 본부 건물 1층 한쪽 벽에는 역대 참모총장들의 사진이 죽 늘어서 있었다. 언뜻 보면 영정 사진처럼 보이는 배열이었지만 대부분 살아 있는 사람들이었다.

국영은 맨 끝에 있는 현 참모총장 구예민의 사진 앞에 가서 섰다. 몇 안 되는 여성 참모총장이었고 혼자만 환하게 웃고 있는 얼굴이었다.

그는 한참 동안이나 그 자리에 가만히 서 있다가 누군가에게 전화를 걸어 이렇게 말했다.

"여기는 이제 거의 마무리됐어요. 오전부터는 국방부에서 맡을 것 같아요. 저는 이제 퇴근하겠습니다."

스피커에서 아침 브리핑은 생략한다는 방송이 흘러나왔다. 국영은 스피커 쪽을 멍하게 올려다보고 있다가 그대로 발길을 돌려 기지 본부 건물을 빠져나갔다.

트래시 토크

우주군 발사기지 감찰실장 직무 대행 박수진 소령은 집에서 싸온 샌드위치를 들고 기지 본부 건물 옥상으로 올라갔다. 옥상 문에는 출입 금지 표지판이 걸려 있었지만 문은 잠겨 있지 않았다. 박수진은 그 사실을 알고 있다는 듯 망설임 없이 문을 열었다. 그러자 문틈으로 누군가의 모습이 언뜻 보였다. 우주군 본부 행성관리단에서 장기 파견을 나와 있는 행성직 서기관 김은경이었다.

수진은 그대로 문을 닫고 뒤돌아서려다가 은경과 눈이 마주쳤다. 그리고 마지못해 옥상으로 나갔다.

"그냥 와. 어차피 갈 데도 별로 없고."

은경이 말했다. 긴 바지에 긴팔 블라우스 차림이었지만 땀은 전혀 흘리지 않았다.

수진이 은경에게로 다가가며 말했다.

"서기관님이랑은 묘하게 경쟁 관계네요. 우리 좀 좋은 거 가지고 경쟁하면 안 될까요? 이런 구석진 데 있는 비밀 장소 말고."

"그러게. 그늘도 없는데 왜 하필 여기를 꾸역꾸역 올라오는 건지 원. 그런데 나도 나지만 박 실장도 박 실장이다. 그 옷은 참."

은경은 수진의 긴팔 약식 정복 상의를 보고 질렸다는 듯 고개를 내저었다. 수진은 옷 이야기는 건너뛰고 그 앞에 나온 말에만 대답했다.

"조용한 데가 있어야 말이죠, 특히 밥 먹을 때는. 구예민 총장은 우주군 본부 사람들을 다 여기로 파견 보낼 생각일까요? 식당 인구밀도가 이 근방 15킬로 이내에서 제일 높을 것 같은데."

"더 보낼 모양이더라고. 이쪽이 편한가 봐. 다른 군 눈치 볼 일도 없고."

수진은 은경이 앉아 있는 벤치로 가서 앉았다. 그러면서 두 사람 사이에 샌드위치가 든 봉지를 내려놓았다. 냉장고에서 조금 전에 나온 듯 아직도 김이 서려 있었다. 수진이 샌드위치 한 조각을 은경을 향해 들어 보이자 은경이 수진의 반대편에서 빈 봉투를 들었다 놓았다. 자기 먹을 음식은 챙겨왔다는 의미였다.

수진이 물었다.

"이제 본부 쪽이 더 한산하겠네요. 돌아가고 싶지 않으세요?"

"라이벌 제거하게? 안 그래도 장기 파견 생활을 접어볼까 생각 중인데, 통신중계소가 이쪽이라 본부로 돌아가려면 일을 새로 배워야 돼서 고민이네."

"하긴."

"여기 있으면 눈치 볼 일도 없고. 그거 하나는 확실히 좋잖아. 구 총장도 그래서 슬금슬금 여기로 조직을 옮기려는 거고."

"본부 쪽은 다른 군 텃세가 그렇게 심한가요?"

"아무래도. 우주군은 어딘가 남의 나라 군대 같잖아. 국제기구 한국지부 같다고 자조적으로 말하곤 하는데, 사실 분위기만 따지면 안 그런 것도 아니지. 우주군만 외국에 파병도 잘 나가고, 지휘권도 연합우주군에 묶여 있다고는 하는데 그런 것치고는 참모총장 하고 싶은 건 다 하고. 거기에 지휘 라인 핑계 대고 국방부 말은 또 죽어라 안 들어요. 안 그래도 그 모양인데 구 총장이 그 사고를 쳐놨으니, 서로 얼굴 보기가 불편하겠지."

"청와대도 괜히 편애하는 분위기고요. 그래도 사람을 계속 보낼 거면 식당이나 더 지어주든지 했으면 좋겠는데.”

“그랬다가는 이 근방 15킬로 이내에서 제일 맛없는 식당이 막 번창하게?”

“아. 그 생각을 못 했네요. 우주군 구내식당이 분점까지 내는 건.”

두 사람은 한참 동안 말없이 기지 본부 건물 아래 그늘진 쪽을 내려다보았다. 아래쪽 공터에는 농구장이 있었다. 직사각형 라인이 그려져 있고 골대에는 그물까지 쳐져 있는 번듯한 농구장이었다.

농구장 쪽은 꽤 떠들썩했다. 경기가 펼쳐지고 있었고, 주위에는 점심 식사를 마친 사람들이 늘어서서 구경을 하고 있었다.

수진은 샌드위치를 멋없게 뜯어 먹었다. 은경이 수진의 얼굴을 돌아보고는 피식 웃었다. 한참 뒤에 은경이 다시 운을 뗐다.

“저 사람들, 그림자 수비 하고 있는 거 알아?”

“그림자 수비요?”

“저 밑에 농구장 말이야. 자세히 보면 그늘 밖으로 나가는 경우가 거의 없어. 경기장을 3분의 2만 쓰고 있고.”

수진은 경기장을 가만히 내려다보았다. 정말이었다. 한 팀에 다섯 명씩 열 명이 뛰고 있는데, 그늘 밖에 나가 있는 사람은 한 명뿐이었다.

"정말 딱 한 명만 햇빛에 나가 있네요. 가만 보자. 한섬민 중사 같은데요. 이 폭염에 포니테일 하고 다니기에도 엄청 더웠을 텐데 여름 내내 용케 버텨냈네요."

"한 중사가 좀 초인이지. 내가 보기에 박 실장 아니면 막을 사람이 없을 것 같아. 이 날씨에도 긴팔 약식 정복 입고 다니는 인간이 아니면. 어때? 운동하는 날인데 오랜만에 실력 한번 발휘해보지?"

"꼬맹이라서 농구는 별로. 만인의 웃음거리가 될 거예요."

"하긴."

"상대편이 다 남자들이라 일부러 안 막고 있는 거 아닐까요?"

"그런가."

"그리고 공식적으로 이달부터는 이걸 입는 게 맞아요."

"지시 내린 구 총장 본인도 아마 반팔 티셔츠 입고 다닐걸."

다시 대화가 끊어졌다. 매미 소리가 한층 볼륨을 높였다. 은경은 고개를 들어 하늘을 올려다보았다. 하늘 한쪽에는 팩맨 태양이 기분 나쁜 웃음을 짓고 있었다.

"연합우주군인가 하는 사람들은 왜 아직도 저걸 못 떨어뜨리고 있대? 별것도 아니라며."

"하아, 그러게요. 뭔가 고장이 났다나 봐요. 그런데 저놈의 매미는 어디서 저렇게 끝없이 공급되는 걸까요?"

"글쎄. 내년 여름인 줄 알고 깨어난 놈들인가. 근데 미군 무기는 발사 연기된 거하고는 상관없지 않아? 미사일 같은 거 벌써 궤도에 잔뜩 올라가 있는 거 아닌가."

"그 미사일이 고장 났다는데, 모르죠. 목표를 달성해버리면 예산 삭감부터 시작되는 건 세계 공통일 거니까 일부러 시간을 끌고 있는 건지도."

수진이 한가한 말투로 대답하자 은경이 수진의 얼굴을 물끄러미 바라보았다.

"그런데 박 실장은 어째 지난번 발사 성공해서 아쉬운 눈치다?"

"네, 뭐. 성공하는 바람에 사는 게 계속 지루하긴 하죠."

"사고 나면 일 많아지잖아. 그래도 좋아?"

"계속 감찰실장질이나 하고 있을 건 아니니까요. 우주 사고 조사 실무하려면 우주군 감찰실에 가야 된대서 힘들게 들어왔는데, 이건 뭐 사고도 안 나고."

"외국 로켓으로 위탁 발사 하니까 사고 날 우주선도 아예 없고. 이번에 사고가 딱 나쳤으면 실무 경력 만들어서 민간 회사로 이직 준비했을 텐데. 그렇지?"

수진은 남은 샌드위치를 작게 한입 베어 물며 대답했다.

"특별히 나쁜 마음을 먹은 건 아니에요. 어차피 위에서도 아무거나 되는대로 쏴보라고 한 거고, 참모총장이 선뜻 그러겠다고 한 걸 보면 실패하면 실패하는 대로 예산 끌어다 쓸 당위는 확보되겠다는 계산이 선 걸 거고, 유인 비행도 아니고 미리 계획된 것도 아니어서 이거 망한다고 중장기 계획이 특별히 틀어질 일도 없고. 여러모로 이번이 딱 좋았던 건 사실이잖아요."

"그래도 사고 났으면 다른 사람들은 다 지금쯤 정신없이 바빠졌을걸. 박 실장 전공 못 살리게 되는 건 개인적으로 안타까운 일이지만 그래도 다른 사람들은……."

"저도 다른 데 가서 말하고 다닐 만큼 생각이 없지는 않아요."

"그런 것치고는 요즘 자기 너무 풀 죽어 있더라."

"풀이었으면 이 폭염에 잘 자랐겠죠. 그냥 사람이 많아서 그래요. 비례해서 일도 많아지고. 감찰실에서 나왔다 그러면 좋아하는 사람이 하나도 없고 싫다는 사람만 점점 많아지잖아요. 저처럼 관대한 감찰 담당도 없을 텐데."

"맹수처럼 숨어 있다가 어흥, 하고 나타나야 되는데 눈이 많아서 어딜 가도 위치가 드러나니까 재미가 없어진 거 아닐까?"

"설마요."

수진은 말없이 아래를 내려다보았다. 은경은 고개를 돌려 산 쪽을 바라보았다. 매미 소리가 들려오는 쪽이었다. 대화를 방해할 만큼 크게 들리던 매미 소리가 새삼 더욱 요란하게 사방에서 울려 퍼졌다. 그 사이로 가끔 농구공 튕기는 소리가 텅텅 하고 섞여들었다.

잠시 후, 박수진이 갑자기 작은 소리로 외쳤다.

"엇, 들어갔다!"

"뭐가?"

시선을 따라가보니 농구장이었다. 은경은 그쪽을 내려다보며 물었다.

"골 들어가는 거 처음 봐?"

"3점 슛은 처음 봐요. 와, 저걸 진짜로 넣는 사람이 있구나."

"그래? 3점 슛을 넣었어?"

"그거 누가 넣었는지 알아요? 한섬민 중사예요."

그 말에 은경은 난간 너머로 고개를 빼고 아래를 바라보았다. 곧이어 수진도 나란히 고개를 내밀었다. 마치 어디 리플레이 화면 같은 게 없나 찾는 듯한 눈빛이었다.

"좋아, 이제 아홉 점 차!"

누군가가 힘차게 외쳤다. 한섬민은 점수판 쪽을 흘끗 바라보았다. 전광판 같은 것은 따로 없었다. 단지 경기장 옆에 갖다 놓은 책상 위에 탁구용 점수판 같은 게 놓여 있을 뿐이었다. 25점이 되도록 점수가 계속 올라가는 걸 보면 탁구 경기 때만 쓰는 것은 아닌 모양이었다.

파견팀 25, 기지팀 16.

섬민은 뒷걸음질로 빠르게 자기 쪽 코트로 돌아갔다. 상대편 가드가 섬민의 앞으로 다가오며 손을 들었다. 그는 땀을 뻘뻘 흘리고 있었다. 표정도 잔뜩 일그러져 있었다. 왼손으로 티셔츠 아래쪽을 신경질적으로 감싸 쥐는 폼이, 벗어 던질까 말까 고민하는 모습으로 보였다.

섬민은 뒷걸음질 치던 발걸음을 멈춰 세웠다. 대신 앞으로 세 걸음 튀어 나갔다. 빠른 걸음이었다. 상대편 가드가 흠칫 놀라며 섬민을 바라보는 사이, 상대편 코트 쪽에서 공이 날아왔다. 예상이라도 한 듯 섬민이 튀어 나간 게 먼저고 패스가 그쪽으로 날아온 게 나중이었다.

"어!"

상대가 당황스러운 비명을 내뱉었다. 섬민은 그때서야 손을 쭉 뻗었다. 농구공이 손끝에 걸렸다. 공을 완전히 뺏은 건 아니었지만 튕겨나가는 공을 쫓아가기보다는 일단 상대 골대 쪽으로 달렸다. 다른 사람들은 공이 흐르는 방향으로 몰려들었다. 공격 측도 수비 측도 함께 달려들었지만 공을 빼낸 건 수비하던 쪽이었다.

섬민은 상대 진영에 혼자 서 있었다. 섬민이 하늘을 향해 손을 쭉 뻗자 곧이어 공이 날아왔다. 손에 닿은 공이 바닥에 한 번 튀고는 속도를 줄인 채 가슴 앞으로 올라왔다. 발 앞에 3점 라인이 있었다. 섬민은 고개를 들어 골대를 바라보았다. 골대를 눈으로 확인하자마자 점프도 하지 않고 그대로 슛을 던졌다. 뒤에서 누군가가 달려와 손을 뻗었다. 하지만 공은 무사히 모두의 손을 벗어났다. 그러고는 계획대로 안정된 궤도에 올라섰다.

공은 둥근 림을 지나 곧바로 그 아래 걸려 있던 그물을 때렸다. 착, 하는 소리가 경쾌하게 들렸다. 환호 비슷한 소리가 들렸는데, 준비된 관중의 소리는 아니었다. '어어어'와 '오오오'의 중간쯤 되는 탄성일 뿐이었다. 섬민은 수비 위치로 돌아오면서 점수판을 힐끗 쳐다보았다. 25 대 19. 이제 정말로 크지 않은 점수 차였다.

그런데 옆에 서 있던 동료들의 어깨에서 갑자기 힘이 빠져나갔다. 상대 쪽을 돌아보니 조금 전 공을 뺏긴 가드가 공을 옆구리에 끼고 걸어오고 있었다.

"작전타임이요."

섬민의 옆에 서 있던 진 하사가 어이없다는 말투로 물었다.

"동네 농구에 작전타임이 어딨어요? 심판도 없는데."

"상의할 게 있어서 그래."

진 하사는 돌아서는 상대 가드의 등에 대고 조그맣게 중얼거렸다.

"뭐가 저렇게 진지해? 저 양반 역시 좀 이상해. 화성 스타일이야."

그다음부터는 섬민에게 전담 수비가 붙었다. 땀을 뻘뻘 흘리며 가드를 맡고 있던 사람, 그리고 갑자기 작전타임을 불렀던 사람. 우주군 본부 작전처에서 파견 나온 임 대위였다. 다른 사람들은 다 지역방어를 하고 있는데 임 대위 혼자서만 맨투맨이었다. 이제 농구장 한구석 해가 드는 쪽에는 섬민과 임 대위 두 사람이 나가 있었다.

지역방어라고 해봐야 그늘 안에서 느긋하게 왔다 갔다 하는 정도였지, 방어라고 할 만한 것은 아니었다. 하지만 임 대위는 달랐다. 혼자서만 경기를 진지하게 생각하는 눈치였다. 임 대위는 열심히 섬민을 마크했다. 다른 것은 전혀 신경 쓰지 않고 섬민의 뒤만 졸졸 따라다녔다.

섬민은 신체 접촉이 생길 것 같은 순간이면 과도하게 큰 동작으로 두 팔을 뒤로 빼는 임 대위의 움직임이 마음에 들지 않았다. 하지만 그보다 더 짜증 나는 것은 한시도 쉬지 않는 그의 입이었다.

그는 섬민의 눈을 쳐다보지 않았다. 시선은 언제나 다른 곳을 향하고 있었다. 그러고는 마치 혼잣말인 듯 신경을 긁는 이야기들을 툭툭 내뱉었다.

"이렇게 따라다니기만 해도 공이 안 올 텐데. 슛할 때 앞에서 누가 손만 들고 있어도 성공률이 떨어질 거고. 성공률이 얼마나 나오려나. 시험 삼아 해보려고 해도 할 수가 없네. 공이 와야 말이지."

섬민은 아무 대답도 하지 않았다. 다만 해가 드는 쪽으로 조금 더 자주 나가 있거나 아예 옆선 밖에 나가 있거나 했을 뿐이었다. 그러다 점수판을 바라보았다. 31 대 21. 다시 열 점 차이었다.

감찰실장 직무 대행 박수진은 걱정스러운 얼굴로 그 광경을 내려다보고 있었다.

"저거 임정규가 한섬민 괴롭히는 거 아니에요?"

옆에서 구경하고 있던 행성직 공무원 김은경이 대답했다.

"그런가? 그런데 누구야? 못 보던 얼굴인데. 본부 파견인가? 그래도 오다 가다 얼굴은 봤을 텐데."

"임정규 대위요? 화성 정착지에 있다가 재작년에 귀환한 사람 있잖아요."

"그 반란 사건에 연루된 건가? 아니면 진압군 쪽?"

"그게 좀 애매해요. 시작은 반란군 쪽이었는데 적극 가담은 안 하고 중간에 전향했어요. 정확한 내막은 높으신 분들만 아는 것 같고요."

"그래? 복잡한 분이셨군. 그래서 저렇게 혼자 열심히 뛰고 있나?"

"그런 것 같죠? 그런데 저건 좀 위험해 보이지 않아요? 한 섬민만 딱 찍어서 괴롭히는 것 같은데."

"그래? 그냥 트래시 토크 아닐까?"

박수진이 심드렁하게 물었다.

"트래시 토크가 뭔데요?"

"운동선수들이 말로 상대방 신경 긁는 거. 운동경기 보다 보면 많이 나오지 않나? 카메라에 안 잡히던 사람들이 어느 순간 갑자기 멱살 잡고 싸우는 거. 거기까지 가기 전에 저런 일들이 벌어지고 있는 거지. 늘 있는 일이야. 지금 저기에서 한 중사가 제일 정교하니까 평정심을 조금만 잃어도 확 흐트러질 수 있잖아. 그래서 건드리는 거야."

"그래도 계급이 있는데. 임정규 대위도 병종(兵種)이 작전 특기거든요. 아무리 우주군이라지만 한 중사도 작전 특기여서 계급이 신경이 쓰일 텐데. 임 대위야 화성 쪽 일도 있고 해서 워낙 대인 관계가 좁기는 하지만, 그래도 같은 계통에 있다 보면 상하 관계 같은 게 생기기는 할 거 아니에요?"

"그렇다고 한섬민이 기가 죽을까? 누구처럼 지금은 원격조종할 우주선이 없어서 다른 거 하고 있지만 그래도 우리 기지 에이스 조종사잖아."

"에이스요? 원격조종 조종사인데요. 우주에 못 나가고 지상에서 조종하는."

"무슨 상관이야? 이 기지에 딱 한 명밖에 없는 조종산데. 이런 최첨단 발사기지에서 딱 하나 있는 귀한 자리 차지하고 있는 게 어디 쉬운 줄 알아? 그냥 '정원 하나에 현재 인원 하나'가 당연하게 채워져 있는 게 아니야. 저 사람 없으면 자리도 없어지는 거라고. 우주선도 없는데 원격조종 조종사 자리는 안 없애잖아. 자기가 제일 잘 알면서."

수진은 얼른 대답할 말을 찾을 수가 없었다. 그래서 입을 다물었다. 은경은 수진 쪽으로는 시선을 주지 않은 채 한섬민이 뛰는 모습을 가만히 내려다보고 있었다. 수진이 말했다.

"그런데 서기관님, 지금 저한테 트래시 토크 하신 거 아니죠? 뭔가 욕먹은 것 같아."

은경이 미소를 머금었다가 이내 말을 돌렸다.

"우주군사관학교 농구팀은 사관학교 대항 농구대회 하면 4등 정도 하잖아."

"그렇죠. 네 팀 중에서 4등. 전통이죠."

"그런데 우리 부사관들 배출하는 우주항공고등학교는 전국대회 나가서 준우승쯤 했어. 한섬민 3학년 때. 뭐, 여자부 출전 팀이 엄청 많지는 않지만 육해공군하고만 하는 수준은 아니지. 그러니까 무슨 말이냐면, 트래시 토크는 한섬민 전문일 거라는 말이야."

섬민은 경기 중간중간에 조금씩 스트레칭을 했다. 뛰다가 멈춰서 어깨 근육을 늘이고, 다시 뛰다가 멈춰서면 발목을 돌렸다. 공격 진영으로 넘어서자 운동화 끈을 동여매고는 가까이 따라붙은 임정규를 등지고 천천히 일어섰다.

"몸 풀면 달라지나? 키가 막 자라나 보지?"

섬민은 임 대위의 시선을 외면하며 혼잣말하듯 짧게 대답했다.

"골도 하나 못 넣더니 말도 귀에 안 들어오게 하네. 매미야 뭐야."

섬민은 코트를 누비기 시작했다. 이제까지와 달리 나머지 여덟 명 사이를 헤집고 다니며 복잡한 궤적을 만들어냈다. 임 대위는 열심히 그 뒤를 쫓았다. 아주 잠깐 동안 1미터쯤 거리를 두는 경우도 있었지만 오래지 않아 목소리가 들릴 만큼 가까이에 붙어 섰다.

하지만 섬민에게는 그 짧은 시간이면 충분해 보였다. 수비를 따돌린 모든 순간에 패스가 날아오지는 않았지만 네 번에 한 번은 패스가 연결됐다. 그런 몇 번의 기회 중 한 번이었다. 1초도 안 되는 짧은 시간.

다시 공이 한섬민의 손을 떠나 포물선을 그렸다. 꽤 높고 안정된 포물선이었다. 농구장 주위를 둘러싼 사람들이 모두 위를 올려다보았다. 그러다 몇몇은 박수진이 옥상 위에서 내려다보는 모습을 발견하기도 했다. 그러나 다음 순간, 박수진의 모습을 기억하는 사람은 없었다. 세 번째 3점 슛이 들어가자 아까보다는 조금 더 정리된 탄성이 터져 나왔다.

섬민은 자기편 코트로 돌아가면서 점수판 대신 임 대위에게로 눈길을 돌렸다. 말을 할 때는 서로 쳐다보지 않았지만 골을 넣고 나서는 똑바로 눈을 마주쳤다.

그때부터였다. 임 대위의 트래시 토크에 변화가 생긴 것은.

박수진은 그 광경을 보고는 얼굴을 찡그렸다. 아까와는 달리 임 대위가 손으로 입을 가리기 시작한 것이다.

"보셨어요?"

"봤어."

"저건 위험한 거 아닐까요? 입까지 가리고 뭔 소리를 하는 거야? 내려가서 봐야겠는데요."

"그러는 게 좋겠어."

31 대 24. 전반전 점수였다. 수진이 1층으로 내려가자 방금 전반전이 끝난 모양인지 선수들은 없고 운동복을 입지 않은 사람들이 양쪽 골대 아래에 대여섯씩 모여서 슛 던지는 연습을 하고 있었다. 섬민은 다른 선수들과 같이 그늘 쪽 벤치에 앉아 숨을 고르고 있었다.

수진은 그쪽으로 다가가 섬민에게 말을 건넸다.

"괜찮아? 아무 일 없어?"

섬민이 수진을 알아보고는 의미를 알 수 없는 표정을 지었다. 무언가 할 말이 있는데 해도 되는지 모르겠다는 얼굴이었다.

"잠깐 볼까?"

"예."

둘은 공터 구석으로 가서 사람들을 등지고 섰다. 수진이 작은 목소리로 물었다.

"운동하는 것까지 개입하고 싶지는 않은데, 괜찮은가 싶어서."

섬민은 대답이 없었다. 수진이 짧게 덧붙였다.

"아니면 말고."

수진은 곧바로 돌아서지 않고 먼 산을 보며 섬민에게 조금 더 시간을 주었다. 그러자 섬민이 잔뜩 뜸을 들이며 목소리를 억지로 끄집어냈다.

"이상한 게 있기는 한데요."

"그래?"

"지금 걱정하시는 그런 일은 아니에요. 시합하다 보면 가끔 있는 일이고, 뭐 그렇게 심한 편도 아니고요. 본인들은 터프하다고 생각하는지 모르겠지만 그래봐야 기본적으로 도련님들이라."

"그렇지."

"도련님들이 안 해로운 건 아닌데, 지금은 그 상황은 아니에요. 다만."

"다만?"

수진은 자기도 모르게 고개를 숙이고 입을 가렸다. 다른 사람들 눈에는 농구팀 코치가 원 포인트 레슨이라도 하고 있는 것처럼 보일 게 분명했다.

"이상한 소리를 했어요. 그런데 왜 저한테 그 이야기를 했는지 이해가 안 돼서 생각해보고 있어요."

"그래서 갑자기 멍해졌고?"

"예. 아, 욕 같은 건 아닌데요, 운동의 날 오후에 밥 잘 먹고 느긋하게 동네 농구 하다가 자기가 마크하던 선수한테 건넬 말인가 싶어서요. 그러니까 말의 맥락이요. 전혀 예상을 못 했던 내용이라."

난감한 표정이었다. 난해한 질문을 받은 사람의 얼굴인지도 몰랐다.

"그런데 이 이야기를 누군가에게 해야 되는지 말아야 되는지 판단을 못 하겠어요. 생각을 좀 해봐야 될 것 같아요."

수진은 가만히 고개를 끄덕였다. 그러고는 덧붙였다.

"만약에 말이야, 그 말을 누군가에게 하게 된다면 말이지, 그 이야기를 하기에 내가 적당한 사람이라고 생각하면 언제든 해도 좋아. 비록 감찰실장이라는 단점은 있지만. 그리고 보니 다른 사람을 찾아가는 게 나을지도 모르겠네. 꼭 나한테 안 와도 돼. 별로 안 섭섭해할 거니까. 지금은 그냥 지나가다 본 김에 온 거니까 신경 쓰지 말고."

주저리주저리 수진의 말이 길어지자 섬민이 말을 툭 잘랐다.

"귀순 요청이에요."

"뭐?"

"귀순하고 싶은 사람이 있다고 했어요. 임 대위, 우주군 본부 정보처에서 파견 왔잖아요. 저도 이쪽 작전과 소속이고. 말하자면 같은 계통이니까, 그래서 저를 골랐을 거예요. 그렇다 쳐도 그걸 왜 지금 이야기한 건지 모르겠는데, 꼭 지금 했어야 하는 말이었나 봐요. 그럼 저도 지금 바로 누구한테 이야기하는 게 맞지 않을까요? 아, 임 대위가 화성에 있었던 건 아시죠? 거기서 일어난 일도."

수진은 섬민의 얼굴을 멀뚱멀뚱 바라보았다. 그러다 정신을 차리고 물었다.

"대충은. 그런데 나는 믿어?"

"그럼요."

한섬민이 너무 흔쾌히 대답하는 바람에 박수진은 흠칫 놀라고 말았다.

"좋아. 그 귀순한다는 사람, 누군지 말했어? 누가 어디로 귀순한다는 건지?"

"아직이요."

"더 들어봐야겠구나."

섬민이 고개를 끄덕였다.

"그보다, 김 서기관님도 들어버린 것 같은데요."

수진이 황급히 뒤를 돌아보았다. 김은경이 가까이에 붙어 서 있었다. 섬민이 걱정스럽게 물었다.

"괜찮을까요?"

수진이 대답했다.

"안 들었으면 좋았겠지만 괜찮지 않을까? 이러면 되겠네. 지금 임정규가 이쪽을 봤으니까, 후반전에도 저 입에서 계속 정보가 흘러나오면 우리 둘 다 들어도 괜찮은 거야. 그렇지?"

"갑자기 아무 말도 안 하면요?"

수진은 은경의 얼굴을 쳐다보았다. 은경이 발끈해서 물었다.

"설마 나 때문에 일이 틀어질까 봐? 정말?"

다행히도 임정규의 입은 계속 거칠었다. 섬민이 어디를 가든 바로 옆에 바짝 붙어 서서 쉴 새 없이 입을 놀려대는 것이었다. 물론 시선은 먼 산을 바라보고 있었다.

섬민은 복잡한 스텝을 밟기 시작했다. 오른쪽으로 무게를 옮기는 척하다가 갑자기 왼쪽으로 달려 나가는 식이었다. 반대 방향으로도 마찬가지였다. 그러면 임 대위는 재빨리 그 움직임을 따라 했다. 자연스레 섬민의 움직임도 더 복잡해졌다.

문제는 두 사람에게 공이 없다는 것이었다. 경기는 거의 4 대 4 대결처럼 변해버렸다. 공은 거의 두 사람을 제외한 나머지 여덟 명 사이에서 오갔다.

"이러면 내가 이긴 거야. 둘이 같이 지워지기만 하면 되거든."

임 대위가 입을 가리지 않은 채 말했다. 섬민은 그 말이 진심이라고 생각했다. 35 대 24. 점수 차가 더 벌어졌다.

"자기가 쓸모없다는 사실을 그렇게까지 잘 알고 있으면 괴로울 텐데. 존경스럽네."

섬민이 말하며 골 밑을 향해 달려갔다. 땀을 뻘뻘 흘리는 남자들이 팔을 벌리고 엉거주춤 서 있는 곳이었다. 섬민은 그 틈을 비집고 들어갔다. 틈이 좁은 만큼 수비를 따돌리기도 좋을 것 같았다.

섬민은 자기편 가드에게 눈빛으로 사인을 보냈다. 그리고 잠시 후, 그 틈바구니를 빠져나와 3점 라인 바깥에 발을 내디뎠다. 바닥에 한 번 튕긴 공이 그 앞으로 맥없이 날아왔다. 섬민은 허리를 숙이고 팔을 뻗어 불안정한 자세로 공을 잡았다. 한 발이 3점 라인 안으로 들어간 엉거주춤한 자세였다.

공이 확실히 손에 들어오자 앞으로 나갔던 발을 뒤로 뺐다. 골대를 올려다보았다. 그때 눈앞에 누군가의 손바닥이 보였다. 임 대위가 어느새 코앞까지 다가와 있었다.

섬민은 모처럼 잡은 공을 다시 가드에게 넘겨주면서 자기도 모르게 한숨을 내쉬었다. 그 작은 소리를 놓치지 않고 임정규가 다가서며 중얼거렸다.

"자기가 얼마나 쓸모가 없는지 지금 막 깨달은 사람 구경하는 것도 나름 재밌지."

그러나 잠시 뒤, 임 대위가 속한 파견팀의 공격 차례에 섬민은 또다시 임 대위의 공을 가로채는 데 성공했다. 슛은 들어가지 않았지만 섬민에게는 대답을 들려줄 기회가 돌아왔다는 사실이 더 중요했다.

"뭐라더라, 화성 기지에는 상대편한테 공 넘기는 게 특기인 사람도 있다는 것 같던데."

그 말에 임정규가 주먹을 불끈 쥐었다.

수진은 경기장 테두리에서 다섯 걸음쯤 떨어져 그 광경을 지켜보고 있었다. 그러면서 다른 사람들에게는 들리지 않을 만큼 작은 소리로 은경에게 말했다.

"입을 안 가리는데요?"

"그러게. 둘이 그냥 싸우는 것 같은데."

"임정규가 뻥친 거 아니에요? 혼란스럽게 만드는 게 목적이었다면 확실히 성공한 것 같은데."

한섬민은 집중력이 크게 떨어져 있었다. 몸은 더없이 가벼워 보였지만 슛은 전반전만 못했다.

"우리한테 말한 게 마음에 안 드는 건가?"

"그럴지도요. 아니면 그냥 열심히 농구를 하고 있는 건지도 모르겠어요. 그런 제보를 주고받은 것치고는 너무 살벌하잖아요, 저 둘."

"그렇지. 사실 표정 봐서는 임정규가 한섬민을 괴롭히는 게 아니라 한섬민이 임정규를 씹어 먹고 있는 것 같지 않아? 무슨 이야기 하고 있는지 전혀 모르겠지만."

섬민은 수비 진영 쪽으로 뒷걸음질을 치면서 상대편 골대를 오랫동안 노려보았다. 세 번 연속으로 3점 슛을 놓치는 바람에 성공률이 50퍼센트로 떨어졌다. 여전히 말도 안 되게 높은 확률인 건 분명하지만 전후반을 나눠서 생각해보면 100퍼센트였던 성공률이 0퍼센트가 됐다고 볼 수도 있었다.

사이드라인 옆을 지나는데 누군가가 말을 건넸다.

"경기에 너무 집중하지 마. 살살 해, 살살."

박수진이었다. 코치나 감독 같았다. 경기장 옆에 서서 경기에 집중하라고 외치는 모양새였다. 그런데 내용은 정반대였다.

"일부러 살살 하는 게 더 어렵거든요."

그러자 상대편 쪽에도 감독 역할을 하는 사람이 생기고 말았다. 구경꾼들도 어느덧 진지해졌다. 탄성과 환호에는 박자와 일관성이 생겨났고, 누가 어느 편을 응원하는지도 쉽게 알아낼 수 있게 되었다. 단지 농구라는 것을 구경하는 것과 둘 중 한 편을 응원하는 것은 본질적으로 다른 일이었다. 그런데 처음 시작했을 때와 달리 후반전부터는 대부분의 사람들이 나름대로 편을 정해서 그쪽이 이기기를 바라는 것이 느껴졌다. 눈빛이 그랬다.

그런 분위기는 반드시 선수들에게 전해지기 마련이었다. 선수들은 더 열심히 뛰고 골을 더 못 넣었다. 한참이나 지났는데 아직도 35 대 26. 수비가 타이트해져서 그런 것은 아니었다. 응원 탓이었다.

다시 술래잡기가 시작됐다. 섬민은 상대 진영 왼쪽 모서리 3점 라인 밖에서 기회를 잡았다. 스타트가 늦었던 임정규가 같은 편에 엉켜서 늦게 달려온 사이, 고대하던 패스가 섬민에게로 날아왔다. 곧장 목 바로 앞으로 날아오는 공이었다. 섬민은 공을 잡자마자 곧바로 두 팔을 들어 올렸다. 임정규가 허공으로 뛰어올랐으나 헛손질이었다. 그사이, 섬민은 점프를 하지 않고 공을 한 번 바닥에 튕기며 여유 있게 한 발짝 오른쪽으로 비켜섰다. 이번에는 공이 진짜로 포물선을 그렸다. 자기 진영으로 돌아가면서 섬민은 임정규의 얼굴을 말없이 쏘아보았다. 네 번째 3점 슛 성공이었다.

"일곱 개 중에 네 개면 몇 퍼센트죠?"

섬민이 지나가면서 물었지만 수진은 얼른 답을 생각해내지 못했다.

"한 57퍼센트?"

은경이 대신 대답했다. 섬민이 획 지나가고 나서 수진은 은경의 얼굴을 존경스럽게 바라보았다.

"왜?"

"신기해서요."

"신기하기는. 와, 그런데 한섬민, 선수 모드로 돌아가니까 엄청 거만한데. 저런 거 처음 봤어."

"에이스라면서요."

"그러게. 저 친구가 원래 좀 대단한 친구거든. 우주비행사가 꿈이어서 우주고등학교에 들어갔다는데."

"에? 완전 잘못 들어간 거잖아요."

"좀 시골 출신이라, 부모님이 교육에 별로 관심이 없었나봐. 하고 싶은 건 마음대로 하게 해주셨지만. 우주비행사 되려면 대입 시험 잘 봐서 사관학교 가야 되는지 모르고 우주항공고등학교 들어가면 되는 줄 알았대."

"저런. 그래도 학교 들어가보면 부사관 양성 학교인 줄 알거 아니에요."

"알았는데, 우주고에도 조종과가 있었거든, 그때는."

"아."

"정원이 딱 한 명이었지만."

"와!"

"등록금 면제에 장학금에 생활비까지 받고 다녔대. 그런데 나중에는 그 정원도 없어져버렸지."

"왜요?"

"한섬민이 졸업해서."

"와, 심플하다!"

"한섬민이 2학년 되고 나서 1학년에 조종과가 없어졌대. 한섬민 때문에 없어진 게 아니라, 원래 없앨 거였는데 한섬민이 입학하는 바람에 1년씩 유예한 모양이야. 조종과는 없애는 게 자연스러운 게, 일이 없는데 사람만 배출해놓으면 그 사람 인생도 꼬일 가능성이 높으니까. 그런데 한섬민이 입학한 걸 보고는 학교 측에서도 가능성 쪽에 한번 더 기대본 거지. 한섬민 동기 하나가 그러더라고."

"굉장하네요. 아까 그 3점 슛도 진짜 굉장했어요. 위에서 보는 거랑은 또 다르더라고요. 어떻게 그러죠?"

"그러게. 마술 같지? 우리 머릿속에 입력된 확률은 10퍼센트가 될까 말까잖아. 그런데 여섯 배를 넣어버리니까. 처음 거 말고 나머지 다섯 개는 다른 세계에서 빌려온 것처럼 신기해 보이는 거겠지."

"네. 저게 에이스네요. 그래도 졸업하고 나서는 우울했겠어요. 임관해서 여기로 오고, 우주선이 없다는 사실을 알게 되고. 이게 진짜 말이 돼요? 그러고 보니 한섬민이 조종하는 우주선이 사고가 나면 내가 조사를 하는 거였구나. 제 순서가 더 뒤네요. 누가 더 우울한 거지?"

"이제 깨달았어?"

35 대 29. 섬민은 호흡을 고르며 자세를 낮췄다. 임정규가 섬민을 등진 채 오른손으로 천천히 드리블을 하고 있었다. 그러다 갑자기 왼손을 입으로 가져갔다.

"감찰실장한테 말한 거야?"

섬민이 순간 멈칫했다. 하지만 자세가 흐트러지지는 않았다.

"했어요."

"김은경 서기관은?"

"실수로 들어버렸어요. 그런데 이거 다 거짓말이죠?"

그 순간 임정규가 돌아서더니 섬민의 어깨 너머로 공을 날려 보냈다. 패스였다. 골 밑에 혼자 서 있던 누군가가 그 공을 받아 쉽게 두 점을 올렸다.

섬민이 임정규의 얼굴을 쳐다보며 혼잣말처럼 내뱉었다.

"하, 역시 사기였어."

섬민은 공을 받아 직접 상대 진영으로 몰고 들어갔다. 중앙선을 넘어 동료에게 공을 넘긴 다음 다시 술래잡기를 시작했다. 하지만 이번에는 술래잡기가 그다지 길어지지 않았다. 곧바로 패스가 넘어오자 섬민은 드리블로 돌파할 것처럼 임정규를 앞에 두고 자세를 잡았다. 왼쪽, 오른쪽, 속이는 동작이 이어졌다.

임정규는 쉽게 속아 넘어가지 않았다. 대신 섬민의 움직임을 잘 살핀 다음 할 수 있는 한 최고로 빠르게 반응했다. 왼쪽에서 오른쪽으로, 다시 왼쪽으로. 공의 움직임도 놓치지 않았지만 그보다는 섬민의 발에 더 집중했다. 어깨에, 허리에, 그리고 무게중심이 옮겨가는 방식에.

그때였다. 뒤로 묶은 섬민의 머리카락이 붕 떠오르더니 오른쪽으로 크게 쏠렸다. 지구와 화성을 오가는 일처럼 무중력 공간에 나가본 사람에게는 익숙한 광경이었다. 머리카락이든 스카프든 몸에 붙은 것들이 그렇게 움직인다는 것은 실제로는 몸이 반대 방향으로 움직이고 있다는 뜻이었다. 무게중심을 낮추고 왼쪽으로 튀어 나간다는 의미.

임정규는 그쪽으로 한 발을 내디뎠다. 반대쪽 발이 빠르게 따라왔다. 그러나 다음 순간 임정규는 섬민의 몸이 자신이 발을 내디딘 곳 반대 방향으로 빠져나가는 것을 보았다.

임정규는 보지 못했지만 뒤에 있던 박수진에게는 무슨 일이 일어났는지 아주 잘 보였다. 섬민은 고개만 왼쪽으로 휙 돌려서 포니테일을 오른쪽으로 띄워 보낸 다음, 머리 모양에 속은 임정규가 왼쪽으로 다가오는 것과 동시에 오른쪽으로 두 걸음 빠져나간 것이었다.

섬민은 멀리 달려 나가지 않았다. 딱 두 걸음 옆으로 비켜나 아무도 가로막지 않은 곳에 멈춰 선 다음, 그 자리에서 바로 슛을 쏘아 올렸다. 다섯 번째 3점 슛이었다. 37 대 32. 다섯 점 차이였다.

"여덟 개 중에 다섯 개면 몇 퍼센트죠?"

섬민이 사이드라인을 지나가다가 물었다.

"몰라! 잘했어! 최고야!"

수진이 고개를 옆으로 휙휙 돌리며 외쳤다.

"62.5."

은경이 숫자로 응원했다. 그리고 한마디 덧붙였다.

"나는 통신실에 가봐야 해. 총장님 지시야. 대기하래."

섬민은 고개를 끄덕였다. 섬민은 공을 가지고 있지 않은 임정규에게로 달려가 수비 자세로 섰다. 임정규는 섬민이 했던 만큼 빠르게 움직이지는 않았다. 따라가기가 훨씬 수월했고 이야기를 나누기도 한결 편했다. 임정규가 사람이 없는 구석에 멈춰 서자 섬민도 그 앞에 자세를 잡고 멈춰 섰다.

"통신실 대기 중이래요. 김은경 서기관이 화성 기지 쪽 행정 담당하는 연락 책임자인 거 아시죠? 위에서 지시가 내려와서 방금 임무 대기하러 갔어요."

섬민이 손으로 입을 가리고 말했다. 서로 시선은 외면한 채였다. 그러자 임정규 역시 아닌 척 손등으로 슬쩍 입을 가리고 말했다.

"박수진 실장이 연락하는 거 봤어. 누구한테 보고한 거래?"

"참모총장."

"좋아. 잘 들어. 이름은."

임정규가 갑자기 발을 뗐다. 아주 빠른 몸놀림은 아니었지만 섬민은 순간 몸의 균형을 잃을 뻔했다. 섬민이 공의 위치를 확인하며 자세를 잡았을 때 다시 속삭이는 소리가 들려왔다. 임정규가 티셔츠 윗자락으로 코 아래 땀을 닦으며 낸 소리였다.

"황선."

그 이름을 듣는 순간 섬민의 눈이 커졌다 다시 작아졌다. 밖에서 지켜보던 박수진은 그 순간을 놓치지 않았다.

공격권이 넘어가고 섬민이 공을 잡았을 때, 수진이 갑자기 작전타임을 외쳤다. 다른 아홉 명의 선수가 모두 당혹스러운 눈길을 보냈다. 구경하던 사람들도 마찬가지였다. 언제부터 감찰실장이 농구부 감독도 겸했냐는 얼굴들이었다.

"지금이 기회야. 이번 공격에서 따라잡아야 해. 알겠지?"

수진이 뻔뻔스럽게 말하며 선수들을 불러 모았다. 다섯 명 모두 모이게 해놓고는 섬민을 쏙 빼가기 위해서였다. 섬민의 팀 동료 네 명은 어리둥절한 표정으로 수진을 바라보았다.

"무슨 일이야?"

"한 중사님 개인 코치예요? 혹시 우리 팀 감독님이신가?"

"우리가 언제부터 팀이었는데?"

"하긴."

섬민은 수진과 어깨를 맞댔다. 그러고는 다른 쪽 어깨를 움츠려 으슥한 그늘을 만들었다. 수진이 손을 허공에 휘휘 저어 작전 지시를 하는 시늉을 했다.

"뭐 하시는 거예요?"

섬민이 반대쪽 손으로 입을 가리고 속삭였다.

"나도 몰라. 방금 임정규가 중요한 이야기 했지?"

"예."

"뭐래?"

섬민은 머리에 수건을 두르고는, 고개를 숙여 땅바닥을 쳐다보며 대답했다. 얼굴을 완전히 가리기 위해서였다.

"황선."

수진은 섬민을 따라 고개를 숙인 채 귀를 기울이고 있다가 그 이름을 듣고는 허리를 세웠다. 그런 다음 다시 허리를 숙였다.

"황선이 귀순한다고?"

섬민은 아무 대답도 하지 않았다. 딱히 더 할 말은 없다는 뜻으로 보였다. 수진은 고개를 들고 마치 작전 지시를 하듯 입을 가리지 않은 채로 말했다.

"잘하고 있어. 지금까지 하던 대로 조금만 더 해줘. 이제 거의 다 왔어."

"저기, 코치님. 그런데 저 선수 때도 이렇게 오래 뛰지는 않았거든요. 중간에 좀 쉬다가 들어오고 그래야 되는데. 너무 혹사시키시는 거 아니에요? 저 힘든 척하는 게 아니고 진짜 힘든데요. 임 대위 체력이 장난이 아닌데."

"무슨 소리야. 지금이 얼마나 중요한 타이밍인데. 오늘이 시즌 마지막 경기다 생각하고 최선을 다해."

"나 참. 그런 건 또 무슨 만화에서 보셨대."

은경은 통신실 한가운데에 혼자 서 있었다. 통신실은 방송국 스튜디오 같기도 하고 작은 소극장 무대 같기도 했다. 두 개의 방으로 나뉘어 있었는데, 가운데 칸막이는 방음이 완벽한 유리 벽이었다. 둘 중 복도로 통하는 출입문이 있는 방은 기계장치가 잔뜩 놓인 사무실처럼 생겼고, 그 안쪽의 어두운 방은 천장이 높은 작은 무대 같았다. 두 방 모두 다른 사람은 없었다.

은경은 무대처럼 생긴 '통신실' 한가운데에서 조명을 받고 서 있었다. 유리 벽 맞은편에는 벽을 거의 다 채울 만큼 큰 화면이 세워져 있었다. 그 무대의 주요 관객이자 또 다른 무대의 주인공인 우주군 참모총장 구예민이 그 커다란 화면 안에서 은경을 바라보았다.

구예민이 말했다.

"김은경 서기관, 운동하는 날 통신 장비를 다시 켜게 해서 미안하네요. 귀순 문의는 화성총독한테 하면 될 걸 왜 여기로 직접 연락을 해가지고."

"화성정무관 말씀하시는 거죠? 살려고 그러는 거 아닐까요? 화성정무관한테 귀순 요청을 하면 왠지 안전이 보장될 것 같지 않으니까."

"이 장군 참, 대쪽 같네요. 어지간하면 융통성 있게 좀 하시지."

"잔혹하다고 느낄 거예요. 반란 연루자에 대해서는 무관용 원칙으로 강경 대응 일변도라."

"그렇죠? 지침은 내리고 있는데, 화성은 야전 지휘관 결정권이 워낙 커져서 별수 없네요. 그렇다 쳐도 그 귀순 희망자 말이에요, 화성 쪽에 총독 안 거치는 접선 창구를 만들어뒀는데 왜 거기로 연락 안 하고 엉뚱한 방식으로 연락을 했는지 모르겠다니까. 일부러 골탕 먹이려고 그러는 건가. 화성에 만들어놓은 라인이 다 믿을 수 없다고 생각해서 자기가 아는 루트로 직접 접촉을 시도한 거면 우리 일이 엄청 많아지는데 말이야. 안 그래요? 그 라인에 속한 사람들 전부 다 조사해야 되니까. 게다가 이렇게까지 대화 경로를 비틀어버리면 화성 총독이 나한테 불을 뿜을 텐데. 아무튼 골치 아픈 데예요. 제일 잘 아시겠지만."

"이해는 가는데, 그렇다고 골치가 안 아픈 건 아니죠."

"그렇겠지요. 그런데 말이죠, 사람이 대화를 하다 보면 아무래도 눈을 들여다보게 되잖아요. 왼쪽을 볼까 오른쪽을 볼까 헷갈리는 사람도 있고, 정해놓고 한쪽 눈만 보는 사람도 있다더라고요. 김 서기관은 양쪽을 번갈아 보는 쪽인 것 같고. 아닐지도 모르지만 내가 보기에는 아무래도 그런 것 같아. 그런데 지금, 오른쪽을 볼 때하고 왼쪽을 볼 때하고 시선 각도 차이가 어마어마해 보이는데. 무슨 말인지 알죠? 내 두 눈 사이가 얼마나 멀어 보이면 그렇게 눈이 많이 돌아가느냐는 말이에요. 보아하니 나 또 하느님 모드로 화면에 떠 있는 것 같은데, 도대체 왜 그러는 거야? 누가 자꾸 세팅을 이상하게 하는 거예요?"

"누가 봐도 존경스러운 분이니까요."

"거참."

"그보다, 방금 박수진 소령한테서 연락이 왔어요. 귀순 희망자 이름이 나왔답니다."

"누구죠?"

"황선입니다."

"내 그럴 줄 알았지. 대단한 인물도 아니면서 숨어 다니다가 빠져나갈 데가 없어졌다 싶으니까 자수한대. 그런데 귀순이래요? 자수 아닌가?"

"황선은 국적이 좀 복잡하기는 합니다. 법적 지위를 유리하게 해두고 시작하려는 거겠죠."

거대한 구예민이 거대한 안경을 내려놓으며 말했다.

"일단 넘어갑니다. 그런데 지금 갑자기 한섬민 중사한테 말을 한 건 긴급한 상황이라는 거겠지요?"

"아직 확인은 안 됐습니다. 보고드린 내용이 다고, 자세한 내용은 나오는 대로 알려드리겠습니다."

"그래야겠죠. 우본 쪽도 다들 스탠바이 하고 있는데, 일단 기다려봅시다. 그런데 임정규 대위 말인데, 그쪽에서도 여전하겠죠? 어울리는 사람도 없고, 다들 피하고."

"화성에서 정확히 무슨 일이 있었는지 발표를 안 하셨으니까요. 그 바람에 아무래도 조심할 사람은 조심하게 되겠죠. 본인 스스로도 딱히 사교적이지 않으니 무슨 사연이 있나 보다 하고 거리를 두는 게 자연스럽고요."

구예민은 그 말을 듣고는 가만히 생각에 잠겼다. 그러다 힘

겨운 목소리로 다시 말을 이었다.

"아는데, 그래도 지금 상태로 두는 게 제일 나을 거예요. 별수 없죠. 한 중사는 잘하고 있나요?"

"지나치게 잘하고 있습니다. 사실 처음에는 임 대위가 집중력 떨어뜨리려고 거짓말하는 줄 알았거든요. 반신반의하고 한섬민 스타일대로 열 내서 농구에 집중하고 있었는데, 한번 집중하니까 열이 식지가 않네요."

"역시. 그러라고 내가 장학금 줘가며 키웠지. 자퇴하고 나가려고 했거든요."

"교장 선생님이셨어요?"

"어쩌다 보니. 군에서는 교장님이라고 불러요. 선생님은 아니고."

"그러실 거면 사관학교로 다시 들어가라고 하시지 않고?"

"그렇게 떠나면 다시 우리한테 안 돌아올 것 같았어요. 보통 그렇게 되지 않나. 원수지고 다시는 안 돌아오는 거. 그리고 사관학교 나와서 장교를 해야 제대로 된 조종사가 되는 건 아니에요. 적어도 우주군에서는 절대로."

"현실적으로는 그런 조직이 아닌 것도 아닌데요."

"뭐 그렇긴 하죠. 그런 상태인 건 알고 있었고 곧 개선될 거라고 믿고 있었는데 다른 거 하다 보니까 시간이 휙 갔지 뭐예요. 한 중사 본인은 갈등이 많았을 텐데, 까먹고 있었지 뭐야."

"한 중사도 말수가 적은 편이에요. 퇴근하고 나서도 부대 안에서만 지내고. 운동은 열심히 하지만 저렇게 신나게 뛰어다니는 건 한 번도 본 적 없었고요."

"그렇지? 내가 잊고 있어서 그래요. 그런데 이제 우주군도 진짜로 달라질 거니까."

은경이 그 순간을 놓치지 않고 파고들었다.

"선물을 준비하셨죠?"

"선물?"

구예민이 영문을 모르겠다는 표정으로 반문했다.

"지난번에 쏘아 올린 위성, 무인 장비지만 써먹으려면 조종 사가 필요한 장비 말이에요."

"그랬나? 그건 비밀이고."

"그게 한섬민 일자리라는 건, 알 사람은 다 알았을 겁니다. 암묵적이기는 하지만 결국 한섬민이 총장님 라인이라는 것도. 이 기지 안에서 제일 배신 안 할 사람 중 하나였겠죠. 황선이나 임정규도 한섬민에게 연락하면 윗선에 바로 닿으리라는 것쯤 예상은 했을 거예요."

"지나친 추측인 것 같은데. 그런 사람이 한둘이겠어요? 내 지휘 라인을 그렇게 우습게 보다니. 비선 아니면 하나도 못 믿겠다는 거잖아, 완전."

참모총장이 얼버무리는 사이, 때마침 박수진에게서 연락이

왔다. 은경은 휴대전화를 들여다보면서 말했다.

"보안 회선으로 연락이 왔네요. 한섬민이 3점 슛 하나를 더 넣었고……."

"저런! 여섯 개나?"

"점수는 39 대 37이네요. 본론은 이거고요. 가족 동반. 지구행 정기 연락선 승선 허가 요망. 반군 잔당 자금원 관련 정보 대가. 귀환 후 연합우주군에 신병 인도 조건."

"팔아먹을 친구들이 많은가 보군."

"화성 쪽 우주공항에 있는 모양인데, 그냥 잡아버리면 되는 거 아닌가요?"

"도망갈 구멍은 만들어놨겠죠. 장소까지 다 말할 정도면."

"네. 또 연락이 왔네요. 받아들일 거면 지시한 대로 신호를 달래요."

"신호가 뭔데?"

"한섬민이 던진 공이 골대도 안 맞고 빗나가게 할 것. 총장님, 이 말은 임정규 말고 또 누가 농구 경기를 보고 있다는 건데요?"

"그렇겠지요. 당장 덮쳐서 농구장 주변에 있는 사람 다 잡아다가 조사하겠다는 의견이 있었는데, 그거 틀어막아놓고 내가 여기 앉아 있는 거니까. 저쪽도 중간에 중계해주는 사람이 있겠죠. 조건은 미리 정해져 있었고 간단한 신호만 주면 그 조건대로 실행하는 방식으로."

"어쩌실 건가요?"

"글쎄."

"일단 잡아놓고 조건은 그다음에 생각하셔도 그만인 것 같은데요."

"그렇기는 한네, 또 그럴 수는 없지 않나."

"총장님이 그렇게 나오실 줄 알고 떼쓰는 거예요. 총장님 호의 말고는 믿을 게 없으니까. 똑같은 이유로 화성정무관한 테는 절대로 안 가는 거고요. 거기로 가면 살길이 없다는 건 누구나 알거든요."

"그러니까 화성총독이 나 싫어하는 거 아니에요. 왜 다들 나한테 그러는 걸까요? 귀순 희망자가 황선이든 누구든 큰 상관은 없지만, 화성총독이 얽히는 건 진짜 큰일인데."

은경이 양팔을 최대한 넓게 벌리며 웃는 얼굴로 대답했다.

"이렇게나 위대하시니까요."

한섬민은 임정규의 얼굴을 똑바로 쳐다보며 말했다.

"웃기시네."

"뭐가?"

"그 오케이 신호, 방금 지어낸 거잖아요?"

"내가 왜?"

"이겨 먹으려고."

"속고만 살았나."

"주로 속고 살았죠."

"감독님한테 물어봐."

섬민은 수진이 있는 곳으로 고개를 돌렸다. 아니, 돌리는 척하다가 임정규를 등지고 빙글 돌아섰다. 패스는 날아오지 않았다. 열심히 수비를 따돌렸지만 아무도 못 본 모양이었다. 섬민은 아무 일도 없었던 것처럼 다시 코트를 누볐다. 임정규도 마찬가지였다.

그사이 공격권이 넘어갔다. 수비 진영으로 돌아가는 길에 섬민은 수진의 옆을 지나갔다.

"뭐래요?"

"아직."

41 대 39. 잘만 하면 누구든 역전의 주인공이 될 수 있는 점수 차이였다. 그럴수록 양쪽 선수들 모두가 좀처럼 골을 성공시키지 못했다. 너무 관심이 집중된 탓이었다.

임정규는 필사적으로 한섬민을 막아서고 있었다. 다른 사람들도 웬만하면 자기가 직접 역전 골을 넣고자 했으므로 패스가 올 확률 자체가 그만큼 낮기는 했다. 하지만 한섬민처럼 빠르고 지칠 줄 모르는 사람에게 기회를 주지 않기란 쉬운 일이 아니었다.

임정규는 온통 땀에 젖어 있었다. 한섬민도 머리카락이 얼굴에 붙어 있기는 마찬가지였다. 특히 이마를 가로지르며 지나가는 선은 왠지 대머리 가발을 떠올리게 했다.

"잡혀가실 거예요."

한섬민이 말했다. 또 한참을 뛰어다닌 다음 임정규가 대답했다.

"조사는 받겠지. 지금도 수시로 받으니까."

10초쯤 뒤에 섬민이 물었다.

"잘은 모르지만 힘드셨겠어요. 그러니까 지난 몇 년."

"지금이 더 힘들어. 잠시 쉬지."

"작전타임 부를까요?"

두 사람의 뛰는 속도가 점점 느려졌다. 마침내 둘은 사이드라인 근처를 산책하듯 나란히 걷게 되었다.

"작전타임은 무슨. 한창 재미있게 노는데 더 놀게 놔두지 뭐."

"그런데 운동한 적 있으세요? 선수 출신 따라잡는 거 쉽지 않을 텐데."

"제대로 운동을 한 적은 없고 뛰어다니는 건 사관학교 들어간 다음부터 내내 했지. 농구도 좀 하긴 했는데 아마추어고."

"화성에 파병 갔다가 돌아오면 지구에 적응하기 힘들다면서요."

"왜? 화성 쪽에 관심 있어? 안 돌아오면 되지. 돌아올 생각하고 가는 사람이 그렇게 많은 건 아니잖아. 한 중사쯤 되면 누구처럼 험한 꼴 당하는 줄에 설 일은 없을 거 아니야."

"개척지는 좀."

"그것도 옛날 같지 않아. 이제 개척 시대라고 하면 웃기지. 지금 가면 직접 땅 파고 다닐 일은 없을 거야."

"그건 그렇죠."

"생각 없으면 말고. 그런데 한 중사는 선수였구나?"

"고등학교 때요."

"우주고? 거기 여자부 완전 세잖아. 주전?"

"예, 뭐."

"그런 줄 알았으면 처음부터 안 건드렸을 텐데. 슬슬 걸어 다니는 거 보고 아마추어인 줄 알았지."

"시작부터 뛰어다닐 수는 없잖아요. 다 쉬셨어요?"

"아니. 얼마나 됐다고."

섬민이 다시 코트 가운데로 뛰쳐나갔다. 임 대위도 질세라 뒤따라 달려 나갔다.

44 대 42. 수진은 옆에 서 있던 사람이 갑자기 소리를 지르는 바람에 깜짝 놀라 비명을 지르고 말았다. 시간이 다 돼가는 모양이었다. 농구 경기처럼 공이 살아 있는 동안만 재는

게 아니고, 축구 경기처럼 중간에 한 번도 멈추지 않고 통째로 재고 있기는 했지만, 누군가가 시간을 재기는 한 셈이었다.

"3분밖에 안 남았다고요? 심판 보고 있는 거 맞죠?"

수진이 물었다.

"공 주우러 가는 동안에도 흘러가는 시간이거든요. 제가 심판은 아니지만."

"작전타임 부르면 멈추는 시간이에요?"

"감찰실장님이 시키시면 하기야 하겠지만, 그런 거 하지 마세요. 작전타임 불러놓고 딱히 할 이야기도 없잖아요."

수진은 통신실에 있는 은경에게 메시지를 보냈다. 경기 시간이 2분 30초밖에 남지 않았으니 저쪽에서 바라는 대로 응해줄 생각이면 지금 이야기하라는 내용이었다.

2분을 조금 넘기고 마침내 은경에게서 회신이 왔다. 수진은 양손을 크게 휘저으며 경기장 가운데로 걸어 나갔다.

"타임! 타임! 심판, 타임! 시간 멈춰주세요."

사람들이 불만을 터뜨렸다. 선수도 관중도 마찬가지였다.

수진은 섬민이 속해 있는 기지팀 선수들을 한데 불러 모았다.

"또 한 중사님만 빼 가시게요?"

"무슨 소리! 다들 잘 들어. 이기고 싶지? 분명히 이기고 싶을 거야. 이건 처음 시작할 때 생각했던 그 경기가 아니야. 이쯤 왔으면 자존심 싸움이라고."

"아니 뭐, 자존심 싸움씩이나."

누군가가 투덜거렸다. 수진이 조금 더 목소리에 힘을 주어 말했다.

"약한 소리 한다! 앞으로 본부에서 얼마나 많은 사람이 파견 올지 모르는데 그런 약한 소리나 하고 있을 거야? 박힌 돌 주제에 굴러온 돌한테 다 내줄 거냐고. 아니잖아!"

"굴러온 돌, 박힌 돌이 어딨어요?"

"시끄러, 진 하사 너는 좀. 내 말 잘 들어. 다들 무조건 내가 시키는 대로 해. 알겠어? 무조건 한섬민 중사한테 패스해. 알았지? 나머지는 어차피 슛 던져도 안 들어가잖아. 저 점수 지금 한섬민 혼자서 반은 넣은 거 아냐. 마무리하게 줘. 오케이? 한 중사는 나 좀 보고."

이상한 작전 지시에 기지팀 선수들은 어안이 벙벙했다. 왜 이상한 사람이 작전 지시를 하는지는 알 수 없지만 그래도 딱히 틀린 말은 아니라고 생각하는 눈치였다. 다만 섬민은 얼굴이 약간 상기되어 있었다.

"감찰실장님 좀 부끄러워요."

"뭐?"

"멋있는 분인 줄 알았는데."

"저기, 다 자기 생각해서 한 일인데 이렇게 돌려주나."

섬민이 입을 가리고 물었다.

"지시는요? 내려왔어요?"

수진은 의미심장한 눈으로 말없이 고개를 끄덕였다. 그러자 섬민이 다시 물었다.

"내려왔냐고요!"

수진이 황급히 입을 가리고 대답했다.

"왔다고."

"확실하게 말로 하셔야죠. 작전 지시를 고갯짓으로 전달하는 군대가 어딨어요?"

"내가 무슨 작전과도 아니고!"

"있지도 않은 작전타임은 잘만 부르시더니."

"누가 하든 하기는 해야 될 거 아냐. 공이 일단 한 중사한테 가야 이쪽 의중이 전해지든 말든 하지."

"그래서 무조건 나한테 공을 몰아주라고 지시해놓고, 정작 나더러는 넣지 말라고요? 그냥 안 넣는 것도 아니고 아무것도 맞히지 말고요?"

수진은 입을 가린 두 손 위로 보이는 섬민의 눈을 바라보았다. 강인하고 흔들림 없었지만 울먹이는 사람의 그것만큼이나 많은 이야기를 담은 눈빛이었다. 잘못한 것도 없는데 수진의 목소리가 왠지 작아졌다.

"오늘 한 번만."

"내일부터 농구 안 할 건데요."

"왜? 잘하는데!"

"하아. 뭐, 됐어요. 신경 쓰지 마세요. 그렇게 하죠 뭐."

은경은 아무도 없는 통신실에서 화면 속 거대한 참모총장과 마주 서 있었다.

"화성 쪽은 다 조치가 됐고요, 이제 메시지만 잘 전달되면 되겠네요."

은경의 말에 구예민이 물었다.

"지시는 전달됐지?"

"박수진 소령 통해서 전달됐습니다. 한섬민 중사가 3점 슛을 하고, 아무것도 맞히지 말라고요. 넣지도 말고."

"수고했어요."

구예민은 한동안 말이 없었다. 우주군 수장의 머릿속에 가득 담긴 수심이 통신실 한쪽 벽면을 가득 채우고 있었다.

다시 참모총장이 입을 열었다.

"한섬민이 그걸 할까?"

은경이 어깨를 으쓱했다.

"글쎄요. 하지 않을까요?"

"그래? 나는 안 할 것 같은데."

"다시 연락할까요? 절대로 넣지 말라고."

"그럴까? 아니다. 됐어. 그냥 놔둡시다. 군사작전도 아닌데

압력 넣지 말자고. 지시는 이미 전달이 됐고. 알아서 하겠지."

은경이 대답했다.

"알겠습니다."

그와 동시에 은경은 부지런히 손을 움직여 보안 회선을 통해 박수진에게 메시지를 보냈다.

절대로 아무것도 건들지 말 것!

수진은 메시지를 전달받았다. 그러고 나서 섬민과 눈이 마주치자 손가락으로 목을 긋는 시늉을 해 보였다. '노, 노, 노!' 하는 입 모양도 함께였다. 관중 사이에서는 "감찰실장이 저렇게 농구를 좋아했나?" 하고 속삭이는 소리가 들려오곤 했다. 그 말에 박수진은 조금 전까지 짓고 있던 웃긴 표정을 얼굴에서 싹 지워버렸다.

46 대 44. 기지팀 에이스는 공을 들고 공격 진영 한가운데에 서 있었다. 아직 드리블은 시작하지 않았다. 공을 튕기기 시작하면 잡았다 다시 드리블을 할 수 없다. 잡은 순간이 완벽한 찬스가 아니라면 누군가에게 다시 패스를 해야 한다. 그 누군가는 감찰실장의 지시에 따라 흐름도 좋지 않은 타이밍에 억지로 공을 섬민에게 넘길 것이고 그러면 정말로 민망한 결말에 이르게 될 것이다. 그러니 한번에 혼자 해결해야 한다.

섬민은 앞을 가로막고 있는 임정규의 발을 흘깃 쳐다보았다. 거리가 조금 멀었다. 마음껏 슛을 할 수 있게 기회를 주는 것 같았다.

"오케이 사인은 났어요."

공으로 입을 가린 채 섬민이 말했다.

"나한테 말로 하는 거 아니래도."

"말로 하는 게 제일 확실하지 무슨 신호를 추가로 달래? 그게 말이 돼요? 그쪽 연락 담당한테는 전하든지 말든지 알아서 하시고. 이쪽은 할 일을 충분히 했으니 이걸로 끝. 나는 이제 이 경기에서 최선을 다할 거니까 알아서 하세요."

"그럴 수 있을까? 지시받은 게 있을 텐데."

섬민이 드리블을 시작했다. 수비수와의 거리는 꽤 멀었지만 슛을 하려면 3점 라인 근처까지 조금 더 전진해야 했다. 안 막을 것처럼 말은 하고 있지만 임 대위의 자세는 전혀 그렇지 않았다. 마치 미끼를 던지듯 공간을 내준 모양새였다. 마음 놓고 덥석 미끼를 물었다가는 험한 꼴을 당하게 될지도 모른다.

섬민은 시험 삼아 돌파를 시도했다. 작은 동작이어서 그다지 위협적이지 않은 움직임이었다. 그런데 임 대위의 반응이 느리지 않았다. 다만 양옆으로 스텝을 밟아 적극적으로 따라오는 게 아니라 뒤로 조금씩 물러나면서 돌파할 길을 좁히는 선택을 하고 있을 따름이었다.

섬민은 수비수를 등지고 서서 조금씩 뒷걸음질로 밀고 들어갔다. 골대를 등지고 서자 감찰실장의 이상한 표정이 한눈에 들어왔다. 걱정인지 응원인지 알 수 없는 얼굴이었다. 그러거나 말거나 섬민의 발이 빠르게 움직였다. 무게중심이 양옆으로 바쁘게 왔다 갔다 했다. 상대가 속기를 바라고 하는 동작이 아니라 하나하나가 진짜로 돌파할 것처럼 위협적인 동작이었다. 그리고 마침내 빈틈이 생겼다. 그쪽으로 발을 내디뎌 무게중심을 옮기자 임정규의 몸이 크게 반응했다. 섬민은 다시 반대쪽으로 방향을 틀었다. 임정규가 따라잡는 데 걸리는 시간이 조금 더 늘었다. 신기하게도 관성은 섬민에게는 거의 작용하지 않고 임정규의 발목만 잡아끄는 것 같았다.

그렇게 한섬민의 몸이 왼쪽으로 빠져나갔다. 임정규는 이제 시선으로밖에 따라오지 못했다. 한섬민에게서 여유로운 한숨이 새어 나왔다. 바로 다음 순간, 짧은 들숨 소리가 임정규의 귀에 들려왔다. 섬민의 발목이, 무릎이, 어깨가, 팔꿈치가, 손목이, 손가락 마디가, 손 위에 살짝 얹혀 있던 주황색 농구공을 각자의 힘과 각도로 동시에 밀어냈다. 하나하나는 각기 다른 방식으로 움직였지만, 몸 전체를 놓고 보면 낭비되는 힘이 전혀 없이 완벽하게 수직으로 전해지는 정교한 메커니즘이었다.

이어지는 점프는 부산물에 불과했다. 할 일을 다한 용수철

이 아무것도 없는 허공으로 튀어 오르듯, 발사 프로세스를 마친 몸이 하늘로 튀어 올랐다. 다리가 쭉 펴지고 오른팔이 일자로 뻗었다. 손목은 편안하게 아래로 처졌다. 상체는 왼쪽이 뒤로 가도록 살짝 틀어져 있고 턱은 오른쪽 어깨에 닿아 있었다. 우아한 포물선을 그리며 날아가는 주황색 농구공이 바로 뒤에 남겨둔 풍경이었다.

"안 넣는다며!"

뒤에서 괴성이 들려왔다. 상대팀 응원석이 아니라 홈팀 감독 입에서 나온 소리였다. 임정규는 절망적인 얼굴로 공을 올려다보았다. 관중석에 있는 모두가 숨을 죽였고, 점수판을 지키고 있던 헌병대 상사는 언제든 넘길 수 있도록 숫자판 세 개에 손가락을 끼워 넣었다. 빛나는 팩맨 태양 아래 매미가 요란하게 우주배경복사 같은 소음을 쏘아대고 있었던 것은 말할 것도 없었다.

날아가는 공의 뒷모습을 바라보던 에이스의 얼굴에 편안한 미소가 번져 나갔다.

"이겼다."

한섬민이 3점 슛 일곱 개로 승리를 거두고, 반란 혐의로 쫓기던 황선이 가족과 함께 지구행 정기 연락선에 올라타던 날이었다.

빙글빙글 의장대

우주군 발사기지의 독신자 숙소 1층 휴게실에는 거대한 소파가 놓여 있었다. 모양은 3인용 소파였지만 어느 나라에서 만들었는지, 평균 체형의 한국인이라면 한 칸에 두 명씩은 앉을 수 있을 만큼 널찍한 소파였다.

우주군 본부 홍보단 박국영 대위는 소파 팔걸이에 머리를 대고 길쭉하게 드러누워 텔레비전을 보고 있었다. 사극이었다. 대한제국 시절 제복이 나왔다. 검은 바탕에 금색 단추, 그리고 빨간색 장식 띠. 박국영은 휴게실 한쪽 벽에 붙어 있는 우주군 정복 사진으로 눈을 돌렸다. 모양은 다르지만 같은 배색이었다. 우주군 정복에는 반짝이가 들어가 있기는 했지만 어차피 어두운 곳에서는 잘 보이지도 않았다.

국영의 얼굴에 흥미롭다는 표정이 떠올랐다가 이내 사라져 버렸다. 흥미에 불을 지피기에는 충분하지 않은 재료인 것 같았다.

국영은 리모컨 쪽으로 손을 뻗어 텔레비전 볼륨을 높였다. 화면 속에서는 의병으로 보이는 사람들이 복면을 하고 잠복해 있다가, 골목을 지나가는 검은 양복 입은 남자 뒤에서 갑자기 튀어나오는 장면이 방송되고 있었다. 의병이 말없이 총을 들어 검은 양복의 등에 겨누자 검은 양복이 제자리에 멈춰 서는 대목이었다.

국영이 벌떡 몸을 일으켰다. 그리고 리모컨을 들어 화면을 뒤로 돌렸다. 그러자 휴게실 다른 한쪽, 식탁 의자에 앉아서 텔레비전을 보고 있던 서가을이 짜증 섞인 목소리로 말했다.

"아, 바깥구경 대위님 또 저런다. 그냥 한 번에 쭉 봅시다."

박국영이 흠칫 놀라 그쪽을 돌아보았다.

"언제부터 거기 있었어?"

"언체면 왜요?"

"토요일인데 집에 안 갔어?"

"오늘 야간 근무조라."

국영은 진지한 얼굴로 다시 한번 재생된 화면을 들여다보다가 서가을에게로 고개를 돌리며 말했다.

"있잖아, 나 방금 뭐 발견한 것 같아."

"또 뭘요?"

"저 남자 봐봐. 검은 양복 입은 사람. 뒤에서 총을 겨누니까 딱 멈춰 서지?"

"총을 들이대는데 그럼 안 서요?"

"어떻게 알고 섰을까? 아무 말도 안 했는데. 뒤에 눈이 달렸나? 총에서 기가 느껴졌나?"

"총소리가 났으니까요."

"철컥 소리 말이지? '나 총이요', 하는 소리. 그런데 저거 무슨 총이지? 겨누면 철컥 소리가 나는 총이라는 게 있나?"

"그거야 영화에서는 늘 나오잖아요. 권총이고 뭐고 머리에 들이대면 다 철컥 소리 나는 거 아닌가?"

"그러니까, 내 말이 그 말이야."

국영은 자리에서 일어나 슬리퍼를 꿰 신었다. 그리고 가을에게로 다가가 리모컨을 쥐여주고는 휴게실 문 쪽으로 성큼성큼 걸어갔다. 가을이 물었다.

"갑자기 어디 가는데요, 그렇게 신나는 표정을 하고?"

"나? 인터넷 검색하러."

"갑자기 인터넷은 왜요?"

"저 총을 구했으면 좋겠는데 어디 가면 살 수 있나 해서."

"예에?"

"무기고에 있으려나? 없겠지?"

"우주군 무기고에 구한말 총이 있어요?"

"신형 총은 육군부터 지급하고, 좀 오래된 기종은 공군 주고, 더 오래된 건 우리 주고 그러거든. 쏠 일 별로 없다고."

"우주군이 무슨 박물관이에요? 레이저 총 안 줘요?"

"그런 거 받으면 한 개로 50명이 돌려가면서 쏘라고 할걸? 진짜 박물관 가면 있으려나. 아무리 그래도 저런 고물은 없겠지? 사관학교 박물관에서도 저런 건 못 본 것 같고. 수장고에 있을지도 모르지만."

"에? 수장고는 무슨. 그냥 저걸 사 오면 안 돼요?"

가을은 텔레비전 화면을 손으로 가리켰다. 국영이 잠시 그쪽을 바라보더니 갑자기 얼굴색이 밝아졌다.

"서 박사 천재 아니야?"

"박사 소리를 다 듣네. 바깥구경 대위님이 벼락부자 돈 쓰는 구경을 못 해봐서 그래요. 좋은 게 보이면 그냥 눈앞에 있는 그걸 팔라고 하면 되는데 뭐하러 궁상스럽게 자체 제작을 해요? 처음에는 파는 거 아니라고 해도 돈만 충분히 내놓으면 포장에 배달까지 다 해주는데."

"뭐야, 서갈은 그래봤어?"

"그럼요. 전에 다니던 연구소 모회사 돈이었지만. 아, 그런데 문제가 있네요."

"문제?"

"지금 시점에서 우주군이 과연 벼락부자가 맞는가 하는 문제. 요즘 같아서는 구매 한도가 얼마인지 감이 안 잡혀서요."

"구 총장님이 국방부에 항공모함 사달라고 했다던데?"

월요일 아침, 박국영은 구내식당에서 아침을 먹다가 맞은편에 앉은 정보장교 엄종현이 하는 말을 듣고는 젓가락질을 멈췄다.

"항공모함이요? 누가 그래요?"

"신문기사 났던데? 우주군 전투비행단이 제대로 성과 한번 낸 김에 아예 항공모함까지 내놓으라고 했다나. 회의 같은 데 가서 대놓고 한 말은 아니고 비공식적인 루트로 흘린 말인가 봐. 총장님은 바로 그런 일 없다고, 무슨 그런 말도 안 되는 소문을 퍼뜨리는 거냐고 부인하신 모양이지만 말은 계속 나오고 있대. 홍보단이 꾸민 일인 줄 알았는데, 아니네."

"우주군 본부 홍보단에서 했겠죠. 저처럼 예하부대에 파견이나 나와 있는 사람은 그런 거 몰라요."

"뭐야, 라인에서 밀려나는 거야? 요즘 같아서는 여기 와 있는 게 승진 코스 아닌가?"

"홍보단은 안 그래요. 여기서는 진짜로 홍보만 해야 돼요."

"아. 그건 좋은 것 같은데."

"제가 딱히 목가적인 인간형은 아니잖아요. 하던 거니까 올해 축전까지는 저더러 하라는데 그거 끝나면 본부 일은 없어질 것 같네요."

"축전?"

"추계군악축전."

"아, 벌써 시즌이구나? 가을 같지가 않아서."

"기온 보고 하는 게 아니라 날짜 되면 하는 거니까요. 그나저나 항공모함을 사달라고 했다니, 본부에 있으면 얼마나 신날까요. 해군이 부글부글할 거 아니에요. 우본에 있었어야 되는 건데, 기지 본부 말고."

"너무 말도 안 되는 소리라 무시하지 않을까?"

"말도 안 되는 소리도 종류가 있잖아요. 다른 걸 사달라고 할 수도 있는데 하필 항공모함을 사달라고 그래가지고. 해군도 그런 건 사달라고 안 하는데."

국영이 다시 젓가락질을 시작했다. 아까보다 한결 재빠른 손놀림이었지만 마음이 영 딴 데 가 있는지 자꾸만 반찬을 식판 위로 떨어뜨리곤 했다.

"아무튼 항공모함을 사달라고 질러놓으면 방공 포병 정도는 우주군으로 가져올 수 있지 않을까요?"

국영의 물음에 엄 대위가 시큰둥하게 대답했다.

"그렇기는 하지. 공군도 어차피 육군에 있던 거 가져간 거니까. 우주군이 없으면 모를까 미사일은 우주군이 가지고 있는 게 낫겠지. 그런데 그건 기술만 따졌을 때 할 수 있는 이야기고, 정치적으로는 오히려 역효과 아닌가? 해군도 공군도 적으로 돌리는 거잖아. 삼군이 연합해서 육군을 상대해도 될까 말까 한 일인데, 육해공군 연합을 단독으로 다 찍어 누를 만큼 여론이 압도적일까? 거기까지는 잘 모르겠네. 솔직히 총장님 줄타기 좀 위태로워 보이기도 하고."

"뭐, 생각이 있으시겠죠."

"하긴, 생각이 있으시겠지, 그분이라면. 뭐 항공모함은 그분이 알아서 하실 거고, 박 대위는 이사 오기 전에 이거나 한번 꼼꼼하게 읽어봐. 청소 당번은 공평하게 나눠놨는데 바꾸고 싶은 거 있으면 말하고."

종현은 식판 옆에 놓여 있던 종이를 국영 쪽으로 좀 더 밀어놓았다. 국영이 곁눈질로 종이에 적혀 있는 내용을 바라보더니 글자 몇 개가 눈에 들어올 때쯤 곧바로 시선을 돌리며 말했다.

"달랑 2개월 같이 살 건데 청소 당번씩이나. 규칙 같은 건 안 정해도 되지 않을까요?"

"룸메이트 2개월이면 평생 원수 되기 딱 좋은 시간이니까. 그런데 2개월은 어디서 나온 숫자야?"

"새 독신자 숙소 건물 짓는 데 2개월이면 충분하다던데요?"

종현이 의아한 눈으로 국영을 바라보았다.

"뭐? 3층짜리 숙소 짓는 데 2개월? 아직 땅도 안 팠는데?"

"군대잖아요. 컴퓨터게임에서 건물 올라가듯이 쭉쭉 올라갈 텐데요. 금방 지어요. 막사 아니고 집인데도요. 여름에는 자칫 부족할 수 있는 수분을 충분히 공급해주고 겨울에는 해로운 미생물이나 포유류가 서식할 수 없도록 통풍이 잘되는 집."

"저런, 영외에 살아야 되나."

"영외에서는 건물이 2개월 만에 안 올라가요. 그동안 이쪽으로 파견 올 사람은 엄청 많고. 그리고 알아봤는데 저 아랫동네에 방 구하러 다녀보면 괜찮은 데는 다 여기 부사관들 소유 부동산이래요. 임대인이 하급자면 아무래도 좀 복잡해지기도 하잖아요."

"그런가?"

"꼭 그래야 되는 건 아니지만, 결국은 꼭 그렇게 꼬인다던데요."

종현은 체념한 얼굴로 숟가락을 내려놓았다.

"그렇구나. 그냥 살아야겠네. 그럼 박 대위는 오늘 저녁에 이사 들어오나?"

"모레, 수요일이요. 오늘내일은 본부에 갈 일이 있어서."

"군악 축전?"

"잘 마무리해야죠. 재밌는 일도 하나 있고."

우주군 군악대 이병 이자운은 왼손에 수화기를 어정쩡하게 든 채로 멍하게 맞은편 벽을 바라보았다. 책상 위에는 공군에서 생산한 공문서 하나가 놓여 있었다. 그리고 커다란 포대가 책상 위 공간을 반쯤 차지하고 있었는데, 그 안에는 편지며 엽서 같은 것들이 잔뜩 들어 있어서 언뜻 보면 우체국 직원 책상처럼 보일 지경이었다. 하지만 그 우편물의 수신자는 전부 "이자운(Oste) 이등병"으로 되어 있었다.

우주군 본부 홍보단 사무실로 들어서던 박국영은 이자운이 어딘가에 전화를 걸었다가 수화기를 슬그머니 내려놓는 모습을 보고는 의아한 표정을 지으며 그쪽으로 다가갔다. 이자운이 일어나서 "상승!" 하고 구호를 붙이며 경례를 했다. 국영이 고갯짓으로 가볍게 답례하며 말했다.

"저기, 전화를 걸어놓고 갑자기 끊어버리면 상대편에서 좀 난감하잖아. 어디로 걸었는데? 누가 뭐래?"

"군악 축전 때문에 확인할 게 있어서 공군 본부로 걸었습니다."

"에? 그런데 왜 그러고 끊어? 전화 거는 거 익숙하지 않은 세대여서 그런가? 그래도 사회생활은 오래 하다가 왔을 거 아니야. 다른 신병들보다 나이도 많고."

이자운이 당혹스러운 얼굴로 대답했다.

"그게, 못 알아듣겠습니다."

"뭘?"

"상대방이 뭐라고 하는지 하나도 모르겠습니다."

"왜? 누가 영어로 받았어?"

국영은 고개를 갸웃하며 자운의 책상 위에 있는 전화기 쪽으로 한 걸음 다가가 수화기를 들고 재다이얼 버튼을 눌렀다. 신호가 갔다. 잠시 후에 누군가가 전화를 받았다.

국영은 상대가 하는 말을 듣고는 멍한 얼굴로 맞은편 벽을 바라보았다. 나무로 된 거대한 우주군 마크가 걸려 있는 벽이었다. 그러고는 수화기에 대고 한 자 한 자 또박또박 물었다.

"우주군 홍보단 대위 박국영입니다. 그런데 누구시라고요?"

수화기 저편에서 무슨 말인가가 들려왔지만 국영은 한마디도 알아들을 수 없었다.

"아, 예. 그러니까 누구시라고요?"

미간을 잔뜩 찌푸리고 집중해서 들었지만 이번에도 역시 상대가 누구인지 알아내는 데는 실패했다. '어오우어이애인엉잠다머슬도와드릴까요'처럼 들리는 말이었다. 그 많은 모음을 다 발음하는 데 2초밖에 걸리지 않는 빠르기였다.

"머슬? 어어, 다시 전화하겠습니다."

국영은 넋 나간 사람처럼 수화기를 내려놓았다. 그리고 옆에 서 있던 이자운 이병과 눈이 마주쳤다.

"공군은 정말 굉장하지? 나라는 공군이 잘 지켜줄 거야. 연

128

락은 그냥 메일로 하자."

국영은 이자운을 데리고 밖으로 나갔다. 사무실 밖 햇빛이 드는 쪽에는 오래된 나무 벤치 하나가 놓여 있었다. 두 사람은 벤치에 나란히 앉았다. 국영이 자운에게 편히 앉으라고 말했지만 자운의 자세는 끝내 풀어지지 않았다.

"우주군도 군대는 군대고, 그동안 군대에 대해서 이것저것 보고 들은 게 있어서 그런가 본데, 사실 우주군에서 편하게 앉으라는 말은 진짜로 편하게 앉으라는 말이기는 해. 그렇기는 한데, 뭐 한 달만 지나도 거의 드러누워버릴 거니까 일단 오늘은 그렇게 앉아서 듣는 걸로 하자."

국영은 말리기를 포기하고 본론으로 넘어갔다.

"오스트라고 하던가? 뭐라고 읽지? 오에스티이(Oste)라고 돼 있어서."

"아스티라고 읽습니다."

"그래, 아스티. 보니까 비덴서티(B density)는 아직도 그 이름으로 활동 중이던데. 순차적으로 군대에 가기로 했나 보지?"

"멤버들 사이에 나이 차이가 좀 있습니다. 외국 국적인 친구들도 있고요. 지금은 세 명이 군 복무 중이고 일곱 명이 활동 중입니다."

"그렇구나. 그런데 왜 우주군으로 왔어? 복무 기간 제일 길잖아. 다른 멤버들한테 양보한 건가?"

국영은 이자운 이병, 즉 입대한 아이돌 그룹 출신 가수 아스티의 얼굴을 바라보았다. 아스티가 여전히 긴장한 목소리로 대답했다.

"양보한 거 아닙니다. 제가 오고 싶어서 왔습니다."

"그래. 그렇게 생각해야지. 기간은 제일 길지만 생활하기 나쁘지는 않을 거야. 그래도 팬들이 기다리는 시간이 길어지기는 할 텐데. 연예인한테는 그것도 중요할 거고."

"상관없습니다. 어렸을 때부터 우주군이 되는 게 꿈이었습니다."

국영은 애처로운 눈빛으로 아스티의 눈에 담긴 어린 시절의 꿈을 읽어냈다.

"어렸을 때 꿈이야 우주비행사 같은 거였겠지. 적어도 군악대는 아니었을 거 아냐. 그래도 일단 군악대로 들어온 이상 어쩔 수가 없어. 이름은 군악 축전이지만 의장대랑 같이하는 행사인 거 알지? 우주군은 의장대도 따로 없거든. 헌병대에서 차출해서 준비하곤 하는데 그래도 인원이 모자라요. 그래서 부탁하는 거야. 스타가 하기에 좀 우스운 일인 건 알고 있지만 그래도 누군가에게는 영광스러운 자리니까."

그러자 아스티가 국영을 돌아보며 말했다. 간절하지만 물고 늘어지지는 않는 말투였다.

"시켜만 주십시오. 잘할 수 있습니다."

"그래, 알았어. 안 어울리는 일 시켜서 미안하다는 것만 알아줬으면 좋겠어."

"아닙니다. 다 잘할 수 있습니다."

국영은 고개를 갸웃하며 다시 사과했다.

"알았다고. 그래도 우리가 미안하게 생각한다는 건 알아줬으면……."

"자신 있습니다."

"뭐, 그래. 열심히 하면 좋지. 그래, 말을 말자."

국영은 신병 같기도 하고 노련한 프로 가수 같기도 한 청년의 얼굴을 빤히 들여다보았다. 역시 우주군 신병답게 어딘가 이상한 녀석이라고 생각하는 눈빛이었다.

화요일 오전 11시. 박국영은 우주군 본부 홍보단장 이동진 대령의 뒤를 따라 참모총장 집무실로 들어갔다. 일정에 있던 회의가 아니라, 이 대령과 대화를 나누는 와중에 참모총장의 지시로 갑자기 만들어진 미팅이었다.

구예민 총장이 서가를 정리하다가 두 사람 쪽을 돌아보며 물었다.

"책장을 하나 더 놓는 게 좋을까?"

이 대령이 대답했다.

"빈 벽이 하나도 안 남아 있습니다."

"거기 문 옆이나, 아니면 저 소파 들어내고 그 자리에 놓든지 하면 되지 않겠어요?"

"그러면 총장님 얼굴이 안 보입니다."

총장은 그것도 나쁘지 않겠다는 듯 미소를 지어 보이며 국영에게 물었다.

"아침부터 또 무슨 재미있는 이야기를 들고 와서 이 단장을 괴롭혔지?"

국영은 차렷 자세를 하고 키를 위로 쭉 늘였다. 질문한 참모총장에 대한 예우의 의미였다. 그런 다음 곧바로 바람 빠진 풍선처럼 편안한 자세로 돌아갔다.

"군악 축전 의장대 시범 때문입니다."

그 말에 구예민은 깊은 한숨을 내쉬었다. 그러면서 다시 박국영에게 물었다.

"아예 내보내지 말까? 나쁜 쪽으로 너무 홍보가 잘돼."

"올해 우리가 주관할 차례입니다."

"그래? 큰일이네."

"그래도 봄이랑은 다를 겁니다. 이번에는 비밀 무기가 있으니까요."

국영이 대답하자 참모총장이 재빠르게 머리를 굴렸다. 그래도 뾰족한 답이 나오지 않는지 출력된 값은 이번에도 한숨이었다. 구예민이 말을 이었다.

"아스티? 아이돌은 해군도 있고 육군도 있잖아. 에이스 문제가 아니고 우리부터가 의장대로서 기본을 갖추고 있어야 하는데 일단 다른 데 비해서 규모가 너무 작아서 휑해 보이더라고. 요즘은 아이돌 그룹만 봐도 한 팀에 열 몇 명씩은 되던데, 우리 의장대는 그것보다 조금 많은 수준이니까. 게다가 무슨 무대 위도 아니고 지붕까지 훤하게 뚫린 연병장 같은 데서 하니까 그 숫자로 커버 될 리가 있나. 그렇다고 인력을 더 빼서 의장대를 본격적으로 키우고 싶지는 않고. 의전이야 군악대만 있으면 되잖아. 외국 정상 왔을 때 국군 의장대 사이에 몇 명 끼워넣을 정도면 됐지, 페스티벌이니 뭐니 하는 거에 나가서 경쟁까지 할 필요는 없지 않나. 차라리 프로게임단 규모를 늘리지."

이 대령이 끼어들었다.

"박 대위가 가져온 아이디어가 바로 그 문제에 대한 해결 방안입니다. 들어보시죠."

"그래?"

국영은 구예민 총장 특유의 총기 어린 눈빛을 슬쩍 외면하면서 손에 들고 있던 휴대용 단말기 화면을 들어 보였다. 다이어리만 한 크기의 군용 태블릿 컴퓨터였다.

"이건 미국에서 만든 영상입니다. 우주정거장에 배터리와 보급품을 공급하는 장면이고요. 궤도로 올라온 러시아 우주선이 서서히 우주정거장 쪽으로 거리를 좁히면 정거장에 있던 요원이 로봇 팔을 조작해서 수송선을 정거장에 도킹시키는 작전입니다."

영상에서는 지구에서 날아온 원통 모양의 우주선을 우주정거장 쪽에서 찍은 모습이 나오고 있었다. 정지 화면 같았지만, 정거장 공전 속도에 따라 배경에 있는 지구가 빠르게 움직이고 있어서 동영상이라는 사실을 알 수 있었다. 다음 화면은 로봇 팔을 조종하는 곳에서 바라본 우주선의 모습이었는데, 이번에는 우주선의 모습만 찍힌 게 아니라 가상의 녹색선이 우주선 중심에 그어져 있었다. 3차원 공간에 놓여 있는 우주선의 위치와 자세를 2차원 화면에 정확하게 표시하기 위한 보조선이었다.

"그래서?"

"이걸 보여드리려는 게 아니고 이 중계 영상 자체에 대해서 말씀드리려는 겁니다. 세 시간쯤 생중계를 했습니다만, 기본적으로 아무 일도 안 일어나는 것에 가깝습니다. 정교한 작업이라 시간이 많이 소요되기는 하지만, 빨리 돌리면 3분 안에 끝날 걸 세 시간 동안 틀어놔서요. 그래서 이 영상에는 변사가 있었습니다."

참모총장이 한 손으로 안경을 살짝 밀어 올리면서 호기심을 드러냈다.

"변사라고?"

국영이 의미심장한 미소를 띠며 대답했다.

"사실은 해설자나 중계진 같은 거지만, 역할은 본질적으로 변사와 같습니다."

"창의적인 해석이네. 그래서?"

"홍보 관점에서 보면 우주가 무성영화이기 때문입니다. 아무 소리도 안 나니까요. 소리만 없는 게 아니라 이 영상에서는 대부분의 시간 동안 아무 사건도 안 일어나서, 변사가 우주정거장이 지구 어디쯤을 지나고 있는지 말해주거나, 소셜 미디어로 올라온 질문에 답을 하는 역할을 했습니다. 우주선이 정거장에 접근하고 있다는 이야기를 한 시간 동안 반복하기는 어려울 테니까요. 다음은 우리 홍보단이 만들어서 작년에 모병 광고에 사용한 영상입니다. 여기에는 소리가 있습니다."

"유성영화겠군."

참모총장이, 무슨 말을 하고 싶은지 알겠으니 다음으로 빨리 넘어가라는 듯한 목소리로 짧게 대꾸했다. 박국영은 뜸을 들이지 않고 몇 단계를 건너뛰었다.

"유성영화지만 후시녹음이었습니다."

"나중에 만들어서 넣은 소리라는 뜻이지? 저거 반응 괜찮았는데."

"그렇습니다. 그런데 20초짜리치고는 제작 기간이 길었죠.

창의적인 과정이었고요. 기억하시는지 모르겠는데, 총장님께서 영화에 흔히 나오는 소리 말고 우리 우주군만의 해석 같은 걸 보여주라고 지시하셔서."

"내가? 누군가 가벼운 마음으로 아이디어 냈다가 난데없이 고생했겠네. 그래서 다음 단계는? 진행하고 있는 거야?"

"예, 비유하자면 동시녹음에 해당하는 기술을 개발하고 있습니다. 인공지능으로 화면을 해독해서 곧바로 해당 소리를 입히는 기술입니다. 본부 연구개발단 쪽에 예산이 일부 배정돼서 검토에 들어갔고요, 내년부터는 본격적으로 추진할 예정입니다."

구예민이 국영의 말을 끊고 갑자기 끼어들었다.

"잠깐, 그럼 변사는 사라지는 거야?"

"해설자는 계속 있을 겁니다. 기본적으로 아무 일도 안 일어나는 건 마찬가지인데, 다만 '소리가 나면서 아무 일도 안 일어나는 광경'으로 바뀌는 거니까요. 대신 역할은 달라질 것 같습니다."

"오케이. 기술 완성하는 데 몇 년 걸리겠네. 그래서 본론은? 의장대 어쩔 거야?"

그러자 국영이 단말기로 손을 뻗어 일요일에 발사기지 독신자 숙소 휴게실에서 본 영화를 재생했다. 거대한 휴게실 소파에 누워 있던 국영을 벌떡 일어나게 만든 바로 그 장면, 어두운 골목길을 걷던 양복 차림의 남자가 뒤에서 자기 머리를 겨누는 총을 감지하고 그 자리에 멈춰 서는 장면이었다.

영상이 거기까지 진행된 순간 구예민이 크게 웃음을 터뜨렸다. 그러자 국영도 이 대령도 따라서 웃었다. 결재가 됐다는 것을 의미하는 웃음이었다. 결재란을 넘어서 앞표지를 꽉 채울 만큼 커다란 사인. 그런 웃음소리였다.

"자네 이름이, 박국영 대위였지? 이 대령, 하자는 대로 해주세요. 별 희한한 대위 다 보겠네. 대강 뭐뭐가 필요하대요? 당장 기술적인 문제는 없겠지?"

이동진 대령이 대답했다.

"개발단 음향개발팀에 차출 명령을 내릴 거고요, 이 정도는 지금도 할 수 있답니다. 소리를 낼 타이밍은 몰라도 무슨 소리를 내야 하는지는 정해져 있으니까요. 그리고 괜찮은 음향 장비가 필요해 보입니다. 대여하는 게 나을 것 같습니다. 나머지는 홍보단에서 알아서 하면 될 것 같고, 마지막으로 이 총을 구해볼 계획입니다."

"영화 소품이었으니까 거기 물어보면 있겠지 뭐. 내 방으로 오라고 하길 잘했네. 기획서만 봤으면 하지 말라고 할 뻔했어. 거참, 아무튼 잘 들었어요. 나는 전부 오케이. 그럼 이제 가봐요. 나는 국방부하고 할 이야기가 많아서. 알지?"

"제가 도와드릴 일이라도……."

"화성총독이 문제 제기를 했네. 이 장군 끗발이 요새 참. 국방부 아이돌이야, 아이돌. 미안하지만 이건 정보 라인 쪽이랑 먼저 상의하는 게 좋을 것 같아요. 내가 좀 민감한 일을 벌여놓기는 했거든. 나도 선택의 여지는 별로 없었지만."

그날 저녁, 우주군 발사기지 독신자 숙소는 이사하는 사람들로 어수선한 분위기였다. 박국영은 옷을 갈아입지도 않은 채 소파에 길게 드러누워 있다가, 행성관리단 서기관 김은경이 머그잔을 들고 휴게실로 들어와 저리 좀 비키라며 다리를 쿡쿡 찌르자 돌아보지도 않고 다리를 접었다.

"왜 그러고 있어? 이사한다며."

은경이 물었다. 국영은 그제야 몸을 일으키더니 팔걸이 쪽에 가서 쪼그려 앉았다.

"이사하기가 귀찮아서요. 서기관님은 이제 누구랑 살아요?"

"나? 행성직이라 룸메이트 못 들여. 알잖아, 근무시간이 화성 기준이라."

"아, 『월간 우주군』에 인터뷰했었죠? 화성의 하루가 지구보다 약간 길다고."

"어, 매일 37분씩 일과가 밀리지."

"네, 그거. 힘들겠다 싶었는데, 그래도 좋은 점이 하나는 있네요. 다들 독방 쓸 때는 똑같았을 텐데 지금은 차이가 생겼으니까요."

"뭐 그것도 딱히. 2년 전부터 긴급 연락 담당이라 아예 영외에서 못 살게 돼 있거든. 영내 거주가 의무여서 우주군에서 관사 이상 시설을 제공하게 돼 있는데, 관사는 좀 갑갑해서 안 옮기고 있는 것뿐이야. 손해 보는 장사지. 박 대위는 룸메이트 누군데?"

"정보과 엄종현 대위요."

"아, 그 낙하산? 왜, 까다로워?"

"아니요. 그냥 말 그대로 짐 정리하기가 싫은 거예요."

"있던 방은 비워줘야 누가 들어올 거 아냐."

"일단 옮기는 놨어요. 이사 갈 방에 쌓아놓고 도망 나와서 그렇지."

"바깥구경이 문제가 아니고 엄 대위한테 불편한 거 없냐고 물어야겠네. 폐 끼치지 말고 어서어서 정리해."

"엄 대위님 지금 집에 없어요. 잠깐 외출했어요. 마트 간다고. 이제 곧 일어나서 정리해야죠."

"멀다고 알려줬어?"

"다행히 7킬로 밖에 슈퍼 같은 마트가 하나 생겨서 차로 금방 다녀오면 된다고 알려줬어요."

시간이 지나자 이사를 마친 사람들이 하나둘 휴게실로 모여들었다. 다들 새 룸메이트가 생기는 바람에 난데없이 학창 시절 새 학년 분위기가 나고 있었다. 물론 다들 성인이었으므로 좋아하는 사람은 별로 없어 보였다. 그보다는 어찌해야 할지 몰라서 일단 사람 많은 휴게실로 나온 듯했다. 덕분에 휴게실은 파티라도 열어야 할 것 같은 분위기가 되고 말았다.

홍보 담당이 나서야 되나 하고 박국영이 자리에서 일어나려는 찰나, 서가을이 휴게실로 들어오면서 모두가 깜짝 놀랄 만큼 큰 목소리로 말했다. 볼륨이 너무 크다는 사실을 스스로는 잘 모르는 눈치였다.

"아스티 나오는 영화 볼 건데 같이 볼 사람!"

김은경이 가을에게 물었다.

"아스티가 누구야?"

"아, 서기관님 계셨구나. 비덴서티 멤버 아스티요. 여름에 우리 군악대에 들어온."

"오스트 아니었어?"

"아이고, 언니!"

가을이 리모컨을 조작해서 영화를 불러내는 동안 은경이 물었다.

"영화도 했대? 못 들어봤는데."

"망했거든요. 남자 연예인들 입대하기 전에 세상 끝날 줄 알고 하는 어이없는 선택들 있잖아요. 세상 안 끝나는데."

"말하는 거 보니 서갈도 팬은 아니구나."

"예, 뭐, 그래도 같은 우주밥 먹는 사람으로서 이 정도는 해 줘야 예의죠. 그런데 글쎄, 제목이 뭔지 아세요? 〈반달루시 아〉래요. 아, 부끄러워! 제목부터 부끄러워 죽겠다니까요! '설마 그 의미야?' 하시겠지만 영화 포스터 보면 진짜로 반달도 떠 있어요. 설마설마하던 그 안달루시아가 배경이고. 진짜 망해서 다행 아니에요?"

그 소리를 듣고 10여 명의 사람이 텔레비전 쪽으로 다가왔다. 딱히 갈 곳 없던 시선들이 우주군 군악대 신병의 씻을 수 없는 과오를 확인하기 위해 소파 주위로 모여든 것이었다.

때마침 맥주를 박스째로 사 들고 오던 엄종현이 그 광경을 보고는 의아한 얼굴로 휴게실 안으로 들어왔다. 그러자 사람들이 환호했다. 자연스럽게 파티가 시작되었다.

음악은 없었지만 파티 분위기는 꽤 신났다. 리모컨은 서가을의 차지였는데, 누군가가 리모컨을 계속 만지작거리는 게 핵심인 파티였다. 가을은 아스티 본인이 보면 이마까지 빨개질 장면들이 나올 때마다 화면을 뒤로 돌려 그 장면을 반복 재생했다. 그러면 소파를 둘러싼 사람들 사이에서 어김없이 폭소가 터져 나왔다. 깔깔거리는 웃음소리였다. 그렇게 이어지는 파티였다. 놀릴 사람이 따로 정해져 있어서 누구든 부담 없이 낄 수 있는 상영회였다.

요란한 웃음소리를 뚫고 국영이 가을에게 소리치듯 말했다.

"서갈, 너무 심하잖아!"

"어때요! 연예인인데! 본인이 있는 것도 아니고."

"본인이 알까 겁난다. 여기 있는 누군가는 만나게 될 텐데."

"됐어요. 세상에서 제일 쓸데없는 게 아이돌 걱정이에요!"

"아스티가 우주군을 얼마나 애지중지하는데!"

"아이고 픽이나요!"

어느덧 휴게실에는 20명 가까이나 모여 들었다. 휴게실 역사상 최대 인원이었고, 모두가 하나같이 신나는 얼굴이었다. 독신자 숙소 1층에서는 와하하 하는 웃음소리가 끊이지 않았다. 저렇게 열광적인 반응을 이끌어낼 수 있는 영화인데 왜 망했나 싶을 정도였다.

종현이 국영의 어깨를 두드리며 작은 목소리로 말했다.

"서가을 예보관이 원래 저렇게 무서운 사람이었나?"

국영이 대답했다.

"그러게요. 세계 각지로 다니면서 온갖 종류의 기숙사 생활은 다 해봤다더니, 순식간에 기선 제압에 성공해버렸네요. 이제 누가 서갈을 건들겠어요. 엄 대위님도 정보과라고 폼 잡지 말고 조심하세요."

"저런, 조심할걸."

국영은 텔레비전 화면을 가득 채운 아스티의 얼굴을 애처롭게 바라보았다. 아스티가 진지한 얼굴로 대사를 하는 순간 또 한번 왁자지껄한 웃음이 휴게실을 가득 메웠다.

국영은 리모컨을 꼭 쥔 채 박장대소하는 가을을 보며 고개를 절레절레 흔들었다. 그러고는 혼자서 휴게실을 빠져나왔다.

휴게실 파티로부터 3주가 지난 어느 날 아침, 우주군 발사기지 주차장에는 추계군악축전 행사장으로 가는 군용 버스 한 대가 서 있었다. 서가을은 창밖에 펼쳐진 바다를 바라보며 멍하게 창문 쪽으로 머리를 기댔다. 이제야 겨우 가을로 접어드는 날씨였다. 주차장 주위에 있는 나뭇잎 색깔이 약간은 붉어진 듯도 했다.

한참이나 창밖을 내다보고 있는데 누군가가 인사도 생략한 채 대뜸 말을 걸었다.

"그 영화, 배우가 문제가 아니고 연출이 문제였거든!"

서가을은 옆자리에 앉은 한섬민을 돌아보았다.

"오, 핸섬맨! 오랜만. 그런데 갑자기 무슨 영화?"

"〈반달루시아〉 말이야."

"〈반달루시아〉? 그게 뭐였지? 뭔가 듣는 순간 상당히 부끄러운데. 너도 말하면서 머뭇거리는 느낌이고. 이 느낌은, 혹시 아스티 영화?"

섬민은 아무 대답도 하지 않았다. 대신 말없이 정면을 노려볼 따름이었다. 가을이 물었다.

"너는 웬일로 여기 앉아 있어? 에이스 조종사도 군악제 같은 데 차출되나? 잠깐, 뭐야? 핸섬맨도 약식 정복이 있었구나. 그 옷 어울리는 사람 처음 봐. 잠깐 일어나봐. 지금 보니까 이 옷 핏이 몸 좀 되는 사람 핏이었구나? 우주군에 그런 사람이 몇이나 된다고 이렇게 만들어놨을까."

이번에도 역시 섬민은 대답이 없었다. 막 버스에 올라 통로를 지나가던 감찰실장 박수진이 그런 섬민을 대신해서 대답했다.

"한 중사는 차출 아니야. 자원이지."

"네? 그런 데를 자원해서 가는 사람이 있어요?"

수진이 가을과 섬민의 뒷자리에 앉으며 짐짓 비밀 이야기처럼 속삭였다.

"그럼! 비덴서티 팬이래."

그 말에 가을은 눈이 동그래져서 섬민의 얼굴을 바라보았다. 그러자 섬민이 가을에게로 고개를 돌리더니 경고하듯 날카롭게 쏘아붙였다.

"그러니까 앞으로 그런 행동은 삼가도록 해. 이미 우리의 동맹 관계는 끝난 거나 다름없으니까."

"미안. 그런 줄 몰랐네. 그런데 영화가 너무 웃기잖아. 너도 솔직히 제목 말하기 부끄럽지?"

"그러니까 배우 문제가 아니라잖아. 소속사가 영화 고르는 눈이 없는 거고, 하필 연출은 더 난감했던 거지. 그런 상황에 던져지면 누구라도 몰입이 불가능해. 평론가들도 인정하는 거라고."

"평론을 한 사람도 있었구나. 아, 미안."

"닥쳐, 추계(秋季)!"

섬민이 외치자 가을이 감찰실장 쪽을 돌아보며 말했다.

"우주군 중사가 군무원 이름 가지고 놀리는데요? 이건 명백히 괴롭힘 아니에요?"

"서추계가 할 말은 아니지. 그냥 조용히 좀 갑시다. 나도 이 나이에 이런 데 동원돼서 나가는 거 딱히 즐겁지는 않으니까."

수진의 말에 가을이 기다렸다는 듯 물었다.

"그러게요. 박수친 언니까 박수는 잘 치시겠지만, 그 사무실은 어쩌다가 실장님이 직접 차출되신 거예요?"

"빠져나가는 만큼 충원을 안 시켜주니까. 우리 사무실 병사들은 엄청 바쁘신 몸이거든. 그리고 그만 좀 기어올라라."

"네."

잠시 후, 버스가 출발하기 직전 수진이 다시 입을 열었다. 이번에는 섬민에게 하는 말이었다.

"한 중사, 연출 이야기가 나왔으니까 말인데, 이번 연출은 괜찮을까? 홍보단 박국영이 뚝딱뚝딱 뭔가 꾸미는 모양이던데."

섬민이 뒤도 돌아보지 않은 채로 대답했다.

"저도 들었어요. 그러니까 직접 가서 감시해야죠."

추계군악축전이 열리는 우주군사관학교 연병장에는 여느 해와 달리 민간인이 꽤 많았다. 손에 든 피켓이나 야광봉 같은 것들로 미뤄볼 때 그중 상당수는 비텐서티 팬인 것 같았다.

버스에서 내리자마자 서가을은 한섬민의 손을 잡아끌었다.

"따라와봐. 내가 백스테이지 구경시켜줄게. 바깥구경 대위가 와도 된댔어."

그러자 섬민이 제자리에 멈춰 서며 단호한 태도로 선을 그었다.

"안 돼. 행사 끝난 다음이면 몰라도 중요한 행사 전에 무슨 짓이야? 지금 한창 준비하느라 바쁠 텐데 이상한 짓 하지 마."

가을은 머쓱한 얼굴로 손을 놓았다.

"알았어. 나는 너 생각해서 한 건데."

"고마워. 고마운데, 다음에. 나만 보고 싶은 거 아니고 구경 온 팬들도 다 똑같잖아. 나만 특혜 받을 순 없지. 그래도 우리는 자리가 좋으니까."

"좋아. 내가 책임지고 맨 앞자리 맡아준다."

우주군사관학교 연병장은 광활하다고 할 정도로 넓었다. 이번에도 역시 빈 공간으로 우주를 표현하려는 의도인 모양이었다. 가을이 약속한 대로 섬민은 벤치 맨 앞줄에 앉아 있었다. 옆자리는 당연히 가을의 차지였다.

가을은 아무 생각 없이 옆을 돌아봤다가 섬민이 쌍안경을 눈에 대고 있는 것을 보고 흠칫 놀랐다. 가을이 손을 휘휘 저어 쌍안경 시야를 가리며 물었다.

"그건 또 언제 챙겨 온 거야?"

"기본이지."

"그렇게 가까이에서 보고 싶어?"

"다른 쓸데없는 걸 안 보는 효과도 있고."

쓸데없는 행사가 시작되었다. 쓸데없는 참모총장이 쓸데없는 기념사를 하고 이어서 우주군사관학교장의 들으나 마나 한 연설이 이어졌다. 각 군 군악대가 나란히 늘어서서 애국가를 연주했는데 나란히 선 모습을 보니 우주군 군악대가 제일 단출했다. 가장 신나 보이는 쪽은 의외로 미군이었다.

본행사에는 군악대와 의장대 행사가 섞여 있었다. 해군 의장대는 배 모양으로 늘어섰는데, 추진 장치가 있어야 하는 배 뒤쪽 위치에 선 두 명이 소총을 얼굴 앞에서 빠르게 돌려 스크루 모양을 만들었다. 그러자 전체 대열이 점점 빠르게 전진했다. 박수가 터져 나왔다. 물론 스크루 역할을 하는 두 사람은 시선을 뒤로 한 채 뒷걸음질을 쳤다. 공군 의장대는 프로펠러 네 개가 날개 앞쪽에 달린 모습이었다. 뒤로 가는 게 아니라 앞으로 가는 프로펠러였다. 꽤 인상적인 장면이었지만 해군이 먼저 하는 바람에 신선한 느낌이 없었다. 육군은 스크루나 프로펠러를 만들지 않는 대신 조선 시대 관복으로 시선을 사로잡았다. 창을 하늘로 던졌다가 받는 동작 또한 공군이나 해군보다도 자연스러웠다.

가을은 하품을 하며 행사를 구경하다가 주한 미군 군악대가 한국말로 부르는 노랫소리에 갑자기 잠이 깼다.

"태평양을 건너 대서양을 건너 인도양을 건너서라도 당신이 부르면 달려갈 거야. 무조건 달려갈 거야."

가을이 혼잣말을 했다.

"저 사람들은 저럴 수 있지. 뭘 들고 달려올지 생각하면 좀 살벌하지만."

섬민은 아무 말이 없었다. 가을은 옆에 있는 섬민을 바라보았다. 망원경을 만지작거리는 모습에서 어쩐지 비장한 기운이 느껴졌다.

가을이 물었다.

"뭘 그렇게 긴장해? 그분 나오실 때 돼서?"

"걱정돼서 그래. 왜 하필 마지막 순서에 배치해가지고. 우주군 이런 거 진짜 못하는데."

"에이, 아무렴 프로가 이거 하나 소화 못 하겠어."

"익숙하지 않은 공연이잖아. 무대도 아니고 조명도 없고. 혹시 실수라도 하면……."

"실수한다고 뭐라 그럴 사람 아무도 없을걸. 우주군 공연

매년 엉망진창인데 아직도 무사한 거 봐. 어이, 내 말 들려? 핸섬맨? 안 들리는구나."

마지막 순서는 우주군이었다. 올해의 호스트가 우주군이니 마지막을 장식한다 해도 이상할 것은 없었다. 하지만 차출되어 온 우주군 관객들은 어딘지 모르게 불편한 기색이었다. 순위를 매기는 경연이 아니니 군이 응원을 할 필요는 없었지만 그렇다고 의기소침할 필요도 없었다. 그러나 우주군이 차지한 스탠드는 풀이 죽은 기색이 역력했다.

섬민은 거의 숨도 쉬지 않은 채 쌍안경 속 세계에 폭 파묻혀 있었다. 그러다 갑자기 한마디를 내뱉었다.

"실수라도 하면 우주군 공연이 매년 엉망이었다고 하는 게 아니라 아스티가 실수했다고 할 거 아냐."

울먹이는 듯한 목소리였다. 가을은 아무 대꾸도 하지 않았다.

잠시 후, 우주군 군악대가 등장하자마자 섬민은 무슨 일이 있었냐는 듯 열정적인 자세로 돌아갔다. 쌍안경이 눈앞으로 반듯하게 올라가고 허리가 꼿꼿하게 펴졌다. 가을은 고개를 돌려 스탠드 뒤쪽을 보았다. 일반 관객들이 차지한 스탠드 곳곳에 섬민과 비슷한 자세를 한 사람이 여럿 눈에 띄었다. 따로따로 앉아 있는데도 묘하게 같은 지점을 향해 일사불란하게 움직이는 쌍안경들이었다.

군악대의 연주와 행진이 끝나고 드디어 의장대가 모습을

드러냈다. 쌍안경들이 흔들렸다. 아스티를 찾는 모양이었다. 아스티는 아직 모습을 드러내지 않고 있었다. 앞에서 본 것과 별반 다르지 않은 의장대 시범이 짧게 지나가고 군악대가 새 곡을 연주하기 시작했다. 객석 여기저기에서 지금까지는 들리지 않던 괴성이 들려왔다. 환호와 광기의 중간쯤 되는 소리가 서서히 스탠드 전체로 퍼져 나갔다. 흔들리던 쌍안경들이 한 지점에 고정되었다. 섬민의 입에서 탄성이 터져 나왔다. 몇 안 되는 의장대마저 한쪽으로 빠져버린 사관학교 연병장에 아스티가 홀로 모습을 드러냈다.

한쪽 어깨에 총을 세운 채 성큼성큼 가운데로 걸어 나온 아스티가 제자리에 멈춰 섰다. 두두두두 울리는 북소리만 빼고는 군악대조차 아무 소리도 내지 않았다. 아스티는 함성이 가라앉을 때까지 총을 내려놓은 채 그대로 서 있었다. 마침내 객석이 완전히 잠잠해졌을 때, 아스티가 절도 있는 동작으로 총을 들어 올렸다.

그러자 그 소리가 났다. 척, 하는 소리였다. '나 총이요!' 하는 소리.

가을이 눈을 번쩍 떴다. 다른 사람들도 마찬가지였다.

아스티가 다시 총을 움직이자 맑고 경쾌한 소리가 스피커를 통해 연병장 전체에 울려 퍼졌다. 척 척 철컥. 착 착 드르륵 철컥 착.

귀에 착 감기는 소리였다. 대지 깊숙한 곳에서 들려오는 것처럼 사방에서 객석을 감싸는 소리였다.

의장대가 사용했던 다른 총들도 소리가 나기는 했지만 아스티의 총에서 나는 소리는 어딘지 특이한 데가 있었다. 진짜 총에서는 절대로 나지 않을 소리들이 섞여 있었던 덕분이다. 총검이 허공을 가를 때마다 '웅' 하고 들리는 것처럼, 소리라기보다는 음향효과에 가까웠다. 무협 영화에 나오는 칼날 소리 비슷한 효과음이었지만 총 끝에 달린 짤막한 단검이 그런 소리를 낼 리는 없었다.

누가 들어도 기계로 만든 소리인 건 틀림없지만, 그렇다고 미리 녹음된 것은 결코 아닌 소리였다. 허공에 던져 올린 총이 다시 아래로 내려오다가 아스티의 손바닥에 걸려 절도 있게 멈춰 서는 순간에는 '웅' 하던 울림 소리도 똑같이 사라졌다. 미리 녹음한 대로 동작을 맞추는 게 거의 불가능한 장면에서 일어난 일이었다.

그 정확한 타이밍 때문에 아스티의 총이 만들어내는 이상한 소리는 진짜보다 더 진짜처럼 들렸다. 아날로그식 기계의 잡음이 섞여 있는 소리. 그래서 오히려 진짜 총에서는 나지 않는 선득한 느낌이 실려 있는 소리였다. 듣는 순간 간담이 서늘해지고 마는 묘한 설득력과 존재감을 지닌 소리.

객석이 저절로 조용해졌다. 소리를 놓치지 않기 위해서였다.

아스티는 가을이 사극에서 본 바로 그 총을 들고 있었다. 박국영이 구해 오겠다던 대한제국 시절의 소총이었다. 입고 있는 옷 또한 대한제국 시절의 군복 디자인에 가까웠다. 우주군 정복의 모티프도 바로 그 시절 군복이었으므로 튀는 느낌은 들지 않았다. 다만 해석이 완전히 달랐을 뿐이었다.

총이 움직일 때마다 철컥철컥 경쾌한 소리가 났다. 모두의 시선이 연병장 한가운데에 홀로 서 있는 우주군 의장대 병사에게로 쏠렸다. 빠르지 않지만 한 단계 한 단계 절도 있게 끊어지는 동작에서부터, 언제 탄성을 질러야 할지 알 수 없을 정도로 끊임없이 이어지는 현란한 동작까지, 광활한 공간에 홀로 선 우주군 이등병의 손놀림에서는 조금의 흐트러짐도 찾아볼 수 없었다.

그 기세 그대로 아스티는 우주군 의장대 고유의 움직임을 이어갔다. 행성이 자전하듯 제자리에서 360도로 빙글빙글 돌면서, 몸이 완전히 한 바퀴를 돌 때마다 성큼성큼 한 걸음씩 앞으로 내디뎌 연병장을 크게 가로지르는 동작이었다. 그러는 사이 손에 든 총은 한 번도 멈춰 서지 않고 아스티 주위를 빙글빙글 돌았다. 총기가 바람을 가르는 순간을 표현한 소리가 연병장을 가득 채우고, 뭐라 설명할 수 없는 독특한 기계음이, 윙윙거리는 소리 사이사이에 적절히 끼어들었다. 광기 혹은 귀기를 담은 소리였다.

장내 사회자가 침묵을 깨고 해설을 보탰다.

"끊임없이 회전하는 동작은 천체의 움직임을 상징합니다. 우주 공간에서 물체는 세 가지 방식으로 움직입니다. 가만히 있거나 직선으로 계속 가거나 무언가의 주위를 빙글빙글 돌거나. 우주군은 이 세 가지 기본적인 움직임의 조합을 통해 우주를 탐험하고 인류에게 닥치는 위협에 대처합니다."

한섬민은 거의 숨도 쉬지 않은 채 쌍안경 너머로 그 동작 하나하나를 지켜보았다. 빙글빙글 또 빙글빙글. 똑같이 반복되는 동작이었지만, 가면 갈수록 점차 박력을 더해가며 한층 견고해지는 스텝이었다. 섬민의 입에서 감탄의 한숨이 새어 나왔다. 다른 사람들도 그렇게 느꼈는지 스탠드 곳곳에서 박수와 함성이 터져 나왔다.

쌍안경 시야 밖, 바로 옆자리에서도 서가을의 벅찬 목소리가 들려왔다.

"원래 저렇게 하는 거였구나! 저게 뭔데 이렇게 감동적이지? 올봄에만 해도 세상에서 제일 멍청한 스텝이었는데."

그만하면 휘청거릴 때도 됐는데 아스티의 발걸음은 단 한 발짝도 위태로워 보이지 않았다. 섬민은 쌍안경을 눈에서 떼지 않은 채 옆에 앉은 가을에게 혼잣말처럼 말했다. 잠꼬대 같은 목소리였다.

"나도 처음 봐. 저거 고등학교 때부터 수도 없이 봤는데 제대로 하는 사람은 진짜 처음이야."

행사가 끝나고 뒷정리까지 다 마쳤지만 우주군 군악대 대
기실에 서가을이나 한섬민의 모습은 보이지 않았다. 박국영
은 휴대전화를 한참이나 노려보다가 먼저 가을에게 전화를
걸었다.

"온다며."

가을이 대답했다.

"한섬민이 안 간대요."

"왜 또?"

"몰라요. 혼자 울고 난리 났어요."

"울어?"

"엉엉 우는 건 아니고 쪼끔. 우주군이 그런 건지 처음 알았
대요."

"뭐? 아니 뭐 그럴 것까지야. 그래서 그냥 버스 타러 갔어?"

"그러겠다네요. 자기 아티스트 귀찮게 하면 안 된대요."

"아티스트? 뭐 그러든지. 그럼 우리도 철수한다."

옆에서 듣고 있던 이자운이 아쉬운 얼굴로 국영을 바라보
았다.

"안 오신답니까?"

"안 온다네. 우리도 이제 짐 챙겨서 가자."

"다음 기회가 또 있겠습니까? 이번에 꼭 뵙고 싶었습니다."

"'다'로 끝내려고 말 이상하게 하는 거야?"

"한섬민 중사님 볼 기회가 또 있을까요?"

"우주군 좋아했었다는 거 사실이구나. 아직 덜 유명할 때 한 중사 봐두면 좋다는 것도 다 알고."

"성공한 덕후라고 불러주세요."

국영은 말도 안 되는 소리를 들은 표정으로 이자운의 얼굴을 빤히 쳐다보며 말했다.

"천하의 아스티가? 보통은 반대로 생각하지 않을까? 한섬민은 거의 울면서 집에 갔다던데."

자운은 아무 대답이 없었다. 한동안 말없이 먼 산을 바라보다가 이내 싸놓은 짐을 양손 가득 챙길 뿐이었다.

우주군 본부로 돌아가는 버스 안에서 국영이 자운에게 말했다.

"올해는 진짜 잘했어. 창군 이래 수십 년간 해온 건데 그렇게 잘하는 건 처음 봤어. 맨 처음 고안한 사람도 그런 걸 생각하지는 않았을 거야. 아무튼, 의장대 차출은 이번까지만이야. 나는 발사기지로 내려갈 거지만 단장님도 확인해주셨으니까 믿어도 돼. 대신 다른 프로그램을 만들 거야. 좀 더 연예 활동 비슷한 걸 하게 될 것 같아. 인터넷으로 방송 같은 것도 하고. 어때? 물론 당사자 의향이 제일 중요하다고 생각은 해. 우리가 출연료를 엄청 많이 줄 수 있는 건 아니니까. 그래도 활동을 하는 게 좋으면 소속사 쪽하고는 이야기를 해볼게."

자운이 대답했다.

"저는 내년에도 똑같이 이걸 하고 싶습니다. 홍보단에서 필요하다면 관련된 활동은 해도 좋습니다. 그런데 내년 군악축전에서도 이걸 하게 해주시면 고맙겠습니다. 그리고 저 총은 홍보단에서 구매해버리면 안 되겠습니까? 손에 딱 맞아서 다른 총은 안 될 것 같습니다."

순간 국영은 말문이 막혔다. 이게 무슨 상황인가 잠시 머리를 굴리다가 당황한 기색을 감추고 차분하게 입을 뗐다.

"왜? 그렇게까지 안 해도 돼. 더 좋은 거 시켜준다니까. 원하는 거 있으면 이야기해도 좋고."

잠시 머뭇머뭇하던 이자운이 긴 설명을 생략한 채 짧고 명료하게 대답했다.

"그냥 빙글빙글 돌고 싶습니다."

"뭐?"

"빙글빙글 돌게 해주세요."

"왜?"

"빙글빙글 도는 게 꿈입니다."

"언제부터?"

"오늘부터요."

"어째서? 그렇게 돌면 멀미 안 나?"

"솔직히 좀 납니다."

"나 원 참."

한섬민은 휴게실 소파에 반쯤 눕듯이 앉아서 낮에 본 장면을 다시 떠올리고 있었다. 아직 흥분이 가라앉지 않은 모양이었다. 김은경이 냉장고에 들렀다가 섬민을 발견하고 말을 건넸다.

"안 자? 다들 피곤하다고 일찍 올라가던데."

"서기관님."

"응?"

"우주군 어때요?"

"뭐야, 한밤중에 근원적인 질문이나 던지고?"

"너무 뜬금없죠? 그래도 서기관님 대답은 듣고 싶어요. 뭐 같아 보여요, 우주군?"

"나야 뭐, 너무 오래 봐서 잘 모르지."

"처음에는 어때 보였어요?"

"처음이라. 그게 도대체 어느 정권 때냐. 그 생각은 나네. 엄청 똑똑한 사람들과 멍청한 시스템. 그래서 매일매일이 시트콤인 군대?"

"그죠!"

"응? 그렇게 격하게 반응할 일인가? 내가 뭔 말을 했다고."

은경은 앉을까 말까 고민하다가 복도 쪽으로 몇 걸음 물러났다. 섬민이 씩 웃으면서 말했다.

"들어가세요. 저도 곧 올라갈 거예요."

"그래, 잘 쉬어. 아, 그리고 하나 더 있네. 우주군 말이야."

"뭔데요?"

"똑똑한 사람들과 멍청한 시스템. 그런데 그 멍청한 시스템을 억지로 끌고 가서 어떻게든 멋진 걸 해보려는 사람들. 여기 온 사람들 꿈이 다 허황되잖아. 우주가 뭐야, 우주가."

"명심하겠습니다."

"명심할 것까지야. 그래도 한 중사는 좋겠다."

"왜요?"

"멍청한 시스템 억지로 끌고 가는 이야기, 지금까지는 대체로 결말이 안 좋았거든. 그런 사람 여럿 봤는데 끝에 가면 하나같이 힘 빠지는 결말이어서. 잠깐 떠올려봐도 한 네 명 정도는 떠오르네, 그렇게 흐지부지 사라져버린 사람들. 꿈 많은 사람들일수록 한풀 꺾이고 나면 그냥 연금이나 바라보고 살게 되더라. 그런데 요즘은 분위기가 좀 다르지?"

"그런가요?"

"그럼! 구 총장 때문인지, 팩맨 때문인지는 모르겠지만."

"뭐 올해 들어 확실히 훈련이 많아지기는 했어요."

"거봐. 그게 좋은 거야. 하여튼 나는 진짜 자러 간다. 안녕."

"안녕히 주무세요."

은경이 가버리고 나자 섬민은 다시 소파의 일부가 되어버렸다. 그리고 그 상태로 깜빡 졸다가 화들짝 놀라 깨더니 위층으로 올라갔다.

잠시 후 휴게실 조명이 자동으로 꺼졌다. 냉장고가 웅 하고 읊조리기 시작했다.

연애사실발생보고서

박수진은 창문을 등지고 놓여 있는 커다란 책상에 앉아 누군가와 전화 통화를 하고 있었다. 감찰실장 집무실은 창문이 두 군데에 나 있었다. 등 뒤와 오른쪽 벽면이었다. 수진은 책상 위에 놓인 연필꽂이에 시선을 둔 채 수화기 너머에서 들려오는 이야기에 집중했다. 상대방이 말을 다 마치자 수진이 틈을 주지 않고 말했다.

"아무튼 헤어졌다는 거죠?"

다시 상대가 무슨 말을 하는 사이 수진의 표정이 살짝 일그러졌다. 잠시 후 사무적인 목소리로 수진이 다시 말했다.

"그러니까 헤어졌다는 거네요. 이유 같은 거 길게 설명하셔도 소용없고요, 사실관계 확인이 끝났으니까 연애 관계는 종료 처리할 거예요. 감찰실장 권한이니까 그렇게 아시고, 관련 조항은 숙지하고 있으리라 믿겠습니다. 무리한 행동은 하지 마세요. 그럼 이만 끊습니다."

수진은 수화기를 내려놓고 책상 한쪽에 놓여 있던 도장을 들어 빨간색 잉크 패드 위에 살짝 눌렀다. 그런 다음 책상 가운데에 놓인 서류 위쪽에 도장을 꾹 눌러 찍었다. 손을 떼자 '관계 종료'라는 글자가 빨간색으로 찍혀 있었다. 손 글씨로 빈칸을 채운 네모난 표 모양의 서류 위쪽에는 문서 제목이 크게 인쇄되어 있었다. '연애사실발생보고서'라는 이름이었다.

수진은 도장이 찍힌 곳 아래에 날짜를 적고 그 양식을 서류철에서 빼내어 옆에다 놓았다. 다음 장도 역시 연애사실발생보고서였다. 수진은 한 손에 수화기를 들고 보고서 아래쪽에 적힌 연락처를 눈으로 확인했다. 그 순간 감찰실 문이 열리더니 새로 전입 온 영외 거주 하사가 얼굴을 빼꼼 들이밀었다.

"실장님, 바쁘세요?"

수진은 수화기를 내려놓고 고개를 들어 최수지 하사를 바라보았다.

"괜찮은데, 왜?"

"어제 사무실 병사들 휴가 결재 올렸는데요, 지금 결재해주셔야 시간 안에 처리될 것 같아요."

"아, 미안."

최 하사가 문지방을 쭉 넘어 들어왔다. 그러더니 수진의 책상 위에 놓인 서류철을 보고는 붙임성 좋게 말을 건넸다.

"그거 하시는구나. 두께 보니까 여기는 연애자가 많네요."

"연애자? 전투부대에서는 그렇게 부르는구나."

"후방 부대에서는 그렇게 안 부르나요? 그럼 뭐라고 불러요?"

"글쎄, 아무렇게도 안 부르는데. 커플?"

"아, 전투비행단에서는 연애자 관리가 엄격했어요. 매달 단장님한테 현황 보고하고, 군기 단속 기간 되면 감찰실에서 명단 정리해서 인원 보고 따로 하고, 미보고 연애자 색출하고. 해외파병 중이니까 아무래도 더 그렇겠죠. 여기는 그렇게 안 엄격한가 봐요?"

수진이 의아한 표정으로 최 하사를 바라보다가 차분한 목소리로 말했다.

"그걸 왜 관리하지? 내가 세상에서 제일 관심 없는 게 남연애하는 건데. 군기랑 그거랑 무슨 상관이야."

"네에? 그럼 왜 그렇게 열심히 확인하시는 거예요?"

"전투비행단 뿌리가 공군 계통이라 지침이 좀 이상하게 적용됐나 본데, 그건 정말 예상 밖이네. 연애하는 거 뭐라 그러는 거 아닌데."

"그럼요?"

"연애했다고 핑계 대는 거 막으려고 그러는 거지."

"연애하면 특별 관리하는 거 아니었어요?"

최 하사가 진지하게 물었다. 수진은 손짓으로 최 하사를 책상 앞 의자에 앉게 한 다음 허리를 곧게 펴서 키 큰 최 하사와 눈높이를 맞추고 차분하게 말했다.

"연애는 자유야. 보고 안 해도 상관없어. 아무 일도 안 일어나면 자기들끼리 무슨 짓을 하든 상관할 바 아니지. 괜히 누가 연애하나 안 하나 감시하고 다니면 웃기는 사람 된다, 여기서는."

그러자 최 하사가 한 손으로 책상 위를 가리키며 물었다.

"그럼 저건요? 왜 모으는 건데요?"

"사고 났을 때 처리하려고. 예를 들어 누군가가 다른 사람 집에 무단 침입 해놓고 헌병대에 가서는 연애하는 사이여서 허락받고 들어갔다고 진술하는 경우가 있겠지? 그럼 확인에 들어가는 거야. 연애사실보고서를 작성했느냐고."

"그러면요?"

"작성한 게 맞으면 정상을 참작해주는 거지. 그런데 이게 등록이 안 돼 있으면 어떻게 될까?"

"무단 침입이 되나요?"

"그럼."

"실제로 사귀는 사이였어도요?"

"응."

"주변 사람들이 모두가 그렇게 알고 있어도요?"

"그럼! 그게 이 서류의 핵심이니까."

최 하사는 등받이에 기대며 어리둥절한 표정을 지어 보였다. 수진이 다른 예를 들었다.

"강간 신고가 들어왔다 쳐. 가해자는 일단 사귀는 사이였다고 진술하겠지. 우주군에서는 그게 안 먹혀. 그 말을 하려면 등록이 되어 있어야 되거든. 서류만 내면 되는 것도 아니야. 서류가 접수되면 양쪽 증언을 다 듣고 책임 있는 입회자가 평가도 하게 돼 있어. 여기서는 내가 하지. 그리고 매 분기 직접 전화를 걸어서 확인도 해. 아직도 관계가 유지되고 있는지 끝났는지. 물론 이걸 면죄부로 사용하려는 케이스도 있지만 그렇게는 안 될 거야. 서류와 별개로 강간 사건은 헌병대가 제대로 조사하게 되어 있거든. 별 구속력 없는 서약서처럼 보이겠지만 있는 게 낫다고 생각해. 그런 취지로 도입된 제도야. 연애 관계였다고 변명하는 놈들이 워낙 많아서 만들어진 거기도 하고 말이야. 그런데 나는 남의 연애사 듣는 게 세상에서 제일 귀찮아. 들어도 까먹어. 그래서 분기마다 다시 들여다봐야 돼. 확인하려고 전화 걸면 연애 상담인 줄 알고 이야기가 길어지는 사람도 수두룩하지. 그거 다 들어줘야 돼. 그리고 다음 분기 되면 또 까먹어. 새로 온 사무실 선임 부사관한테 넘기고 싶어도 그러지도 못해. 물론 최 하사 이야기야. 선임 부사관 경력이 임관 20년 이상이면 되는데, 아니면 감찰실장이 직접 해야 한대. 그래서 괴로워. 아니, 최 하사 온 건 좋은데, 최 하사 온 날 집에 가서 혼자 가만히 생각해보니까 내가 이 일을 계속해야 하더라고. 지금이 그 상황이야. 분기별 업데이트."

"괴로우시겠네요."

"대단히."

"저는 그런 거 좋아하는데."

"그럴 것 같아서 이 상황이 더 한심해. 아, 하여튼 전투부대 사람들, 남의 연애를 왜 관리하고 그래? 그 군기가 연애하지 말라는 군기야? 스토킹하고 강간하고 한 놈들 엉뚱한 핑계 못 대게 하는 게 군기지."

"그럼 여기서는 실장님이 그거 업데이트하시는 거 말고는 아무것도 안 해요?"

"안 해. 나머지는 헌병대 일이야. 형사사건이 발생해서 헌병대가 확인 요청하면 명단에 있는지 없는지만 확인해주면 돼. 그걸로 끝. 그것도 전부 내가 할 거고 내용은 전부 비밀."

"그럼 여기는 진짜 그것도 받아줘요? 규정에 이상한 게 있던데. 불륜 관계도 접수 가능하다거나."

"등록만 하면. 연애 사실 여부 말고 다른 건 안 따지니까.

그런데 신청을 안 하겠지."

"하는 사람도 있을 것 같은데요."

수진이 마치 누군가를 떠올리기라도 하는 것처럼 대답을 머뭇거렸다.

"그거야 뭐."

최 하사는 눈을 반짝이며 존경스러운 눈으로 수진을 바라보았다.

"실장님, 판도라의 상자셨군요! 등록만 하고 비밀 연애 하는 사람들도 많을 거 아녜요?"

"열지 말라는 상자 같은 거 절대 안 열어보고 싶은 판도라가 상자를 맡고 있다는 게 문제지. 아무튼 최 하사 가끔 나랑 이야기 좀 해. 다른 규정도 비슷할 텐데, 전투비행단 방식으로 해석하면 취지가 좀 이상해져. 막을 건 안 막고 엉뚱한 거 막는 데 시간 쓰고 에너지 낭비하게 되니까. 전방 부대 쪽은 우주군 본부에 건의해서 좀 뜯어말려야겠네."

"네. 그런데 화성 쪽은 훨씬 엄격하게 관리한다던데요."

"그래서 내가 거기를 안 갔지. 그럴 때 보면 사실상 우리 관할 아닌 것 같아."

"저는 화성 사람들 좋아 보이던데. 아, 갑자기 생각났는데요, 만약에 실장님이 연애하시면 누구한테 보고해요?"

"저기, 그건 좀. 그래도 감찰실 선임 부사관이니까 일단 말해줄게. 기지 사령관한테 보고하면 돼. 그 이상이나. 사실상 하지 말라는 거지. 그리고 최 하사, 서가을이라는 기상대 예보관 알지? 내가 그 친구한테 자주 해주는 말이 있는데 해줄까?"

"네! 뭔데요?"

"그만 좀 기어오르지."

"아, 네. 저는 이만 나가보겠습니다!"

다음 날 이른 아침, 최 하사는 보고서를 올려두려고 감찰실장 집무실에 들어갔다가 빈 책상 한가운데에 덩그러니 놓여 있는 종이 한 장을 발견했다. 비어 있는 연애사실발생보고서 양식이었다.

최 하사는 들고 들어간 결재판을 책상 한구석에 내려놓고 집무실을 나왔다. 집무실 문밖은 곧바로 감찰실이었다. 최 하사가 막 출근하는 송 상병을 보고 물었다.

"마침 잘 왔네. 물어볼 거 있는데. 우리 실장님 말이야, 일을 엄청 효율적으로 하는 분이랬지?"

"그런 면이 있으시죠. 상황이 어떻게 돌아갈지, 누가 무슨 문제를 들고 올지 미리 예측하고 관련 규정이나 서류 같은 거 준비해놨다가 상대가 말만 꺼내면 책상 위에 있는 거 척척 내밀면서 이거나 해 오라고 하세요. 늘 그런 건 아니고 몇 번 그러셨는데, 그 소문이 반년 만에 전설이 돼서 다들 실장님 좀 무서워해요."

"그렇지? 그럼 조만간 누가 저거 작성하러 찾아올 거라는 거네."

"누가요? 뭘 작성하러 오는데요?"

"실장님 방에 연사발보고서 양식이 놓여 있더라고."

"그럼 누군가 두 사람이 찾아오겠네요."

냉방 시간 전이라 감찰실 문은 닫혀 있지 않았다. 두 사람이 자기 자리로 돌아가는 사이, 문밖 복도에서는 누군가가 두 사람이 하는 이야기를 듣고 의미심장한 표정으로 고개를 끄덕였다. 정보과 엄종현 대위였다.

기지 정보과는 감찰실 옆방 맞은편에 있었다. 본부 건물 모서리 쪽에 위치한 감찰실은 창문이 두 개에 햇빛도 잘 드는 반면, 정보과는 해가 들지 않는 쪽에 있는 데다 하나 있는 유리창도 작은 환풍구를 빼면 거의 막혀 있는 것이나 다름없었다.

엄종현은 복도에서 발소리가 날 때마다 문을 살짝 열어 문틈으로 밖을 내다보았다.

"누가 오기로 했어요?"

정보과 선임 부사관 전인구 상사가 그 모습을 보고는 종현에게 물었다.

"아니요."

"감찰실 사람들 드나드는 거 보는 거예요? 누구? 새로 전입

온 최 하사?"

"설마요."

"그럼, 발소리 알아맞히는 거예요? 인상 찡그리고 있는 거 보면 누구 발소리인가 찍은 다음에 정답 확인하려고 내다보는 것 같은데. 그거 아니에요?"

종현이 머쓱하게 대답했다.

"그런 거 비슷하죠."

"우리도 옛날에 그런 거 많이 했어요. 우본 근무할 때. 여기는 외부인도 없고 내부 주요 인사도 없어서 발소리 듣고 누군지 알아맞힐 일이 없지만. 요즘은 본부에서도 그런 거 안 하지 않아요?"

그 뒤로는 문틈을 내다보기가 어려워졌다. 대신 오전 내내 발소리에 귀를 기울인 탓에 오후가 되니 전 상사가 말한 대로 미간에 잔뜩 힘을 주고 있으면 자주 들리는 발소리 정도는 구별해낼 수 있었다. 전 상사는, 잠깐 발소리에 귀를 기울였다가 금방 다시 하던 일로 돌아오는 종현을 보고는 흐뭇한 미소를 떠올리며 하는 일 없이 노닥거렸다.

종현의 책상 위에는 화성 기지에서 보내온 종이접기 도안들이 잔뜩 펼쳐져 있었다. 접히는 부분이 점선이나 가는 실선으로 표시된, 일종의 설계도였다. 그 서류를 집중해서 들여다보고 있는데, 갑자기 전 상사가 말했다.

"이건 누군지 모르겠는데요?"

종현은 고개를 들어 영문을 모르겠다는 표정으로 전 상사를 바라보았다. 그러고는 곧 발소리 이야기라는 것을 깨닫고 가만히 복도 쪽으로 귀를 기울였다.

종현이 말했다.

"두 사람이죠?"

전 상사가 고개를 끄덕이며 대답했다.

"소리 거의 안 내고 빠른 걸음으로 걷는 건 작전과 한섬민 중사 같은데 다른 하나는 누군지 모르겠네요. 저런 소리는 없었는데. 파견 온 사람인가."

그 말에 엄종현이 귀를 쫑긋하더니 바퀴 달린 의자를 뒤로 밀어 문 쪽으로 미끄러져 갔다. 그리고 문을 살짝 열어 감찰실 쪽을 확인했다. 동절기 약식 정복을 입은 남자 하나가 감찰실 안으로 사라지는 모습이 보였다. 얼굴은 보이지 않았다. 뒤따라 들어가는 한섬민의 모습도 보였다.

생각에 잠긴 듯한 엄종현에게 전 상사가 물었다.

"한 중사 맞아요?"

"예. 다른 사람은 누군지 못 봤고요."

"거봐요. 내가 그런 건 잘 맞힌다니까. 감찰실에는 뭐 하러 왔을까. 사유서 쓰러 왔나? 주임 원사가 데리고 온 거 아네요? 발소리는 주임 원사 아닌데."

"아니요, 남자였어요."

종현은 태연한 얼굴을 하고 자리로 돌아왔다. 그때 사무실 전화벨 소리가 울렸고, 전 상사가 느릿느릿하게 전화를 받았다.

"아이고, 충성! 이게 누구십니까?"

종현은 우주군 것도 아닌 구호를 외치며 허공에 대고 경례를 붙이는 전 상사의 얼굴을 빤히 들여다보았다. 전 상사가 눈을 찡긋하더니 고개를 돌리고 통화를 계속했다. 낄낄거리는 소리가 계속 이어졌다.

종현은 다시 종이접기 도안을 들여다보았다. 그러다 한참 뒤에 여우 발자국 소리를 들은 토끼처럼 갑자기 고개를 번쩍 들었다. 토끼 귀가 달려 있었으면 귀를 수직으로 세웠을 것 같은 움직임이었다. 복도 쪽에서 발소리가 들렸다.

종현은 의자를 스르르 밀어 문 쪽으로 다가갔다. 감찰실 문을 빠져나와 맞은편으로 혼자 걸어가는 남자의 뒷모습이 보였다. 어차피 똑같은 옷이라 한눈에 누군지 알 수는 없었다. 종현은 고개를 갸웃하고는 혼자 중얼거렸다.

"박 대위 아닌가?"

그러자 언제 전화를 끊었는지 전 상사가 종현 바로 옆에 얼굴을 들이밀고 속삭였다.

"어느 박 대위요? 헌병대? 아, 우주군 본부에서 파견 온 홍보실 박 대위 말하는 거예요? 듣고 보니 그렇네. 엄 대위님이랑 한방 쓰는 사이시죠? 발소리 잘 알겠구만."

종현이 대답했다.

"숙소 들어가자마자 슬리퍼만 신고 다녀서요."

"그래도 걸음걸이가 눈에 그려지지 않아요? 거기에 발소리를 대입하면 답이 나올 텐데."

"글쎄요, 잘 모르겠는데요."

그러자 전 상사가 크헤헤 웃고는 다시 자리로 돌아가 아무 일도 하지 않고 오후를 보내기 위한 자세를 잡았다.

"과장님 안 계시니까 그렇게 행복해 보이실 수가 없네요."

종현의 말에 전 상사가 만면에 환한 미소를 띠었다.

그날 저녁, 종현은 퇴근하자마자 저녁 식사도 거른 채 숙소로 내려갔다. 숙소 정문으로 들어서는데 벌써 사복으로 갈아입은 박국영이 계단을 내려오고 있었다. 입구 현관에 붙어 있는 전자시계가 겨우 5시 20분을 가리키고 있었다.

종현이 물었다.

"어디 가?"

"저녁 먹으러요."

"그렇게 입고?"

"아, 영내 식당 말고 밖으로 가요."

국영이 짤막하게 대답하고는 현관을 획 빠져나갔다. 종현은 국영의 걸음걸이를 유심히 바라보다가, 국영이 주차장 쪽으로 향하는 것을 보고는 눈을 살짝 크게 떴다.

"차 샀구나!"

"중고예요. 누나 거 싸게 넘겨받았어요."

"부대 안에서 그런 거 몰고 다녀도 누가 뭐라고 안 해?"

국영은 대답 대신 가볍게 경례를 하고는 파란색 스포츠카에 올라탔다.

요란한 소리를 내며 차가 주차장을 빠져나가자 독신자 숙소 3층 창문이 열리더니 행성직 김은경 서기관이 고개를 내밀었다. 그리고 현관에 서 있는 종현에게 물었다.

"바깥구경 차였어요?"

"그렇다네요."

"한섬민 태워서 가지."

"나간대요? 저 좀 있다가 나갈 일 있는데 지금 그쪽에 있으면 잠깐 기다리라고 하세요."

"아니요, 벌써 나갔어요. 약속 있다고. 버스 타고 가겠다고 걸어갔는데, 가다가 만나겠죠."

종현이 고개를 갸웃하며 물었다.

"벌써요? 이제 5시 20분인데 다들 빠르네요. 오늘 무슨 날이에요?"

"그러게요. 젊은 사람들 무슨 날인가. 저는 달력에 없는 최신 지구 명절은 감이 하나도 없어서요."

한섬민은 부대 정문 밖 언덕길을 걸어 내려가다가 차 소리를 듣고는 그 자리에 멈춰 섰다. 언덕 위를 돌아보지도 않았는데 잠시 후 국영의 파란색 스포츠카가 다가와 그 앞에 멈춰 섰다. 마치 약속이라도 한 듯 자연스러운 광경이었다.

운전석 유리창이 내려가고, 두 사람이 무언가 이야기를 나누는 듯했지만 한섬민은 끝내 차에 타지 않았다. 국영의 차가 마을 쪽으로 가버리자 섬민이 조심스럽게 주위를 살피고는 다시 언덕 아래로 걸어 내려갔다.

기상대 예보관 서가을은 기상대 옥상에 설치된 망원경을 통해 멀리서 그 광경을 지켜보고 있었다. 삼각대 위에 놓여 있는 길이 1.5미터쯤 되는 망원경이었다.

"수상하네, 저 두 사람. 뭔가 있나?"

그 소리를 듣고 망원경 시야 밖, 바로 옆에서 감찰실장이 물었다.

"누구 말하는 거야?"

서가을이 대답했다.

"아니에요. 시험 삼아 잠깐 동네 염탐했어요. 자, 망원경은 이상 없고요, 초점 맞추는 법을 알려드릴게요."

박수진은 왼팔에 노란색 당직 완장을 차고 있었다. 오른손에는 커다란 무전기가 들려 있었다. 수진이 물었다.

"그냥 지금 맞춰주면 안 돼?"

"지금은 하늘에 아무것도 없잖아요."

"자동으로 되는 거 없어?"

"천문대가 아니라 기상대여서. 그리고 찾으시는 별이 소행성이라 좀 작아요. 탐사선이 소행성 여기저기에 반사판을 설치했다고는 해도 우주정거장처럼 밝게 보이지는 않을 거예요. 달보다 60도 뒤에서 달이랑 같은 속도로 도는데, 이렇게 말하면 달 궤도가 어딘지 모른다고 하실 거고. 일단 전화기에 천문 어플리케이션 있으시죠? 우주군 거 말고 민간 업체 걸로. 네, 그거 켜놓고 밤하늘 비춰 보면 대충 어디쯤 지나가고 있는지 화면에 다 나오니까 그 방향으로 망원경을 놓은 다음에, 옆에 붙어 있는 요 작은 망원경으로 소행성을 찾으시면 돼요. 이 작은 렌즈 가운데에 소행성이 들어오면 이쪽 렌즈로 옮겨와서 큰 망원경을 조절하시면 되고요. 초점은 이걸로."

가을의 설명이 길어지자 수진이 투덜거렸다.

"복잡하네."

"설마요. 그냥 수동으로 하는 건데요, 뭐. 망원경으로 포착 안 되면 너무 오래 붙들고 있지 말고 차라리 육안으로 보세요. 눈 좋으시다면서요. 새벽에 순찰 돌다가 보면 그것도 은근히 낭만적일지도 몰라요. 오늘 별로 춥지도 않을 거고."

"고마워. 눈은 별로 안 좋지만. 다 보고 나서 망원경은 어떻게 해?"

"그냥 두세요. 무거워서 혼자 못 옮겨요. 옮기다가 망가뜨리시면 우리 대장님만 곤란해지시고요."

"기상대장님이 왜?"

"감찰실장님한테 물어내라고 할 수도 없고."

"물어내면 되지."

"물어내시면 되는데 물어내라고 할 수가 없으니까요. 감찰실장님 목이 좀 고양이 목이라."

"좋군. 그런데 순찰할 때 보면 내 목에도 방울 달려 있던데. 내가 당직실 나서자마자 당직병이 순찰 코스 따라 여기저기 전화 돌리는 거 아닌가? 그리고 그렇게 부담스러우면 당직도 좀 빼주지. 부담스러워할 때는 감찰실장이고, 당직 짜고 어디 차출 보내고 할 때는 감찰실장 직무 대행이야."

"그건 그거고, 망원경 물어내라고 하는 건 또 다른 일이죠. 솔직히 당직이면 전투복 입고 근무하셔야 되는데 약식 정복 입고 계셔도 아무도 뭐라고 안 하잖아요. 그러니까 그냥 놔두고 가세요. 훔쳐 갈 사람도 없어요. 심심하니까 말동무하려고 계속 말 거시는 것 같은데, 저는 이만 퇴근합니다."

"눈치는 빨라가지고. 그런데 있잖아, 소행성이 지구 근처를 돌고 있으면 안 위험한가?"

수진의 말에 가을이 마지못해 대답했다.

"저거 지금 지구 위성이에요. 원래는 태양 주위를 공전하는

데 지구랑 가까워지는 50년에 한 번씩 지구 중력에 붙들려서 몇 바퀴 돌다가 나가거든요. 물론 생각만큼 가깝지는 않아요. 지구 쪽으로 떨어질 가능성은, 글쎄요. 지구 근처라고 하기에는 엄청 멀어서."

"흔한 일이야?"

"소행성이 지구 중력에 붙들려서 잠시 위성 노릇 하다가 나가는 건 엄청 흔하고요, 저 크기는 흔하지 않죠. 그래서 우주 쇼 좋아하는 연합우주군이 이 기회 놓칠세라 반사판을 막 붙여놓은 건데, 따지고 보면 그거랑 팩맨이랑 같은 원리 아닌가 몰라요. 내가 하면 로맨스죠, 뭐. 사실 이거 엄 대위님 전문인데, 아무튼 소행성 달아나기 전에 꼭 보세요. 가버리면 다음에 왔을 때는 눈이 침침해서 못 보니까. 저는 퇴근합니다."

그날 밤, 기지 작전과 작전실에서 당직 근무를 서던 박수진은 읽고 있던 책을 덮고 안경을 벗으며 벽시계를 확인했다. 새벽 3시 반이었다. 책상 위 모니터로 고개를 돌려 손으로 화면 한쪽을 누르니 '기지 차량 출입 현황'이라는 제목의 표가 쭉 펼쳐졌다. 수진은 다시 안경을 쓰고 그 표를 자세히 들여다보았다. 그러고는 조용히 속삭였다.

"아직 안 들어왔네."

수진은 살금살금 자리에서 일어나 모자와 무전기를 챙겨 들었다. 당직 부사관과 당직병이 맞은편 책상에 앉아 나란히 졸고 있었다. 수진은 두 사람을 깨우려다 말고 조용히 작전실 문을 나섰다.

수진이 발소리를 죽이고 계단을 내려갈 때쯤, 졸고 있는 줄로만 알았던 당직병이 허리를 펴더니 언제 졸았냐는 듯 또렷한 눈을 하고는 수화기를 들고 어딘가에 전화를 걸었다.

"당직병입니다. 당직사령님 기지 외곽 순찰 나가셨습니다."

당직병은 짧게 말하고는 또 다른 곳으로 전화를 걸었다.

"당직병입니다. 당직사령님 기지 외곽 순찰 나가셨습니다."

현관문을 나서자마자 수진은 귀에 이어폰을 꽂았다. 부드러운 남자 목소리가 흘러나왔다. 이자운이 진행하는 방송이었다.

"〈아스티의 밀도를 높여요!〉, 진행을 맡은 이자운 일병입니다. 여러분 많이 기다리셨죠? 저도 일주일 동안 눈이 빠지게 기다렸습니다. 시간이 참 더디게 가네요. 군인이기 때문일까요? 군인 이야기가 나왔으니 말인데, 우주군 하면 어떤 이야기가 떠오르시나요? 오늘 제가 재미있는 이야기를 들었는데요, 우주군에 전해 내려오는, 여기가 영내인지 아닌지 구별하는 방법입니다. 우주군 장병들은 내가 군대에 있는 건지 회사에 다니는 건지 헷갈릴 때마다 현재 위치를 확인할 수 있는 첨단 기법을 활용한다고 하는데요. 먼저! 가까운 탕비실 캐비닛으로 달려갑니다. 탕비실이 있다는 점에서 벌써 위치가 헷갈리겠죠? 두 번째! 캐비닛을 연 다음 초코파이가 있는지 확인합니다. 그리고 셋째! 초코파이 포장을 뜯고 한입 베어 뭅니다. 이때 초코파이가 너무너무 맛있으면 영내에 있는 거고요, '이게 뭐야, 괜히 뜯었네, 버리기도 그렇고', 하는 생각이 들면 부대 밖에 있는 겁니다. 와, 놀라운 방법이죠? 초코파이처럼 달콤한 오늘의 첫 곡은, 초코파이 같은 걸 왜 먹는지 도저히 이해할 수 없었던 젊은 날의 아스티가 부릅니다. 비텐서티, 〈론 오비터(Lone Orbiter)〉!"

외곽 순찰은 순조로웠다. 졸고 있는 초소는 단 하나도 없었다. 수진은 순찰 일지에 사인을 하며 야간 경계 근무를 서고 있는 헌병대 병사에게 말했다.

"근무를 너무 잘 서고 있는데? 눈빛이 예리한 게 누가 보면 공군인 줄 알겠어. 공군에서 들으면 어리둥절하겠지만."

잠시 후 수진은 기상대 옥상, 망원경이 있는 곳으로 올라왔다. 서가을이 말한 대로 휴대전화를 들고 하늘 여기저기를 비추자 화면에 별들이 나타났다. 하지만 구름이 잔뜩 껴서 실제 밤하늘에는 별이 그다지 많지 않았다. 수진은 손을 주머니에 찔러 넣고 망원경 옆에 가만히 서 있었다. 망원경을 들여다봐야 별 소득이 없을 것 같은 밤이었다.

"기상대 맞아? 구름 끼는 걸 몰라서 안 가르쳐준 거야, 아는 데 말 안 한 거야?"

수진은 멍하니 야경을 바라보았다. 지평선 아래 멀리서 불빛 하나가 기지 쪽으로 다가오는 모습이 보였다. 정문 진입로 쪽이었다. 수진은 망원경을 그쪽으로 돌린 다음 접안렌즈에 눈을 갖다 댔다. 초점을 다시 맞출 필요도 없이 다가오는 차량이 또렷하게 보였다.

"서갈이 염탐하던 데가 딱 저기인가 보네."

수진은 혼잣말을 하며 이어폰을 귀에서 뗐다. 파란 스포츠카가 망원경 시야에 잡혔다. 언덕을 올라오던 차는 정상 직전에서 갑자기 멈춰 섰다. 그리고 누군가가 차에서 내렸다. 한섬민이었다.

수진은 전화기를 꺼내 시간을 확인했다. 4시 10분이었다. 그런 다음 다시 망원경으로 돌아갔다. 섬민을 내려놓은 차가 기지 정문으로 들어갔다. 그리고 독신자 숙소 주차장에 멈춰 섰다. 가로등 불빛에, 박국영이 차에서 내려 기지 정문 쪽을 바라보는 모습이 선명하게 보였다.

국영이 주머니에 손을 넣어 무언가를 꺼냈다. 얼굴에 불빛이 비치는 것을 보니 휴대전화인 모양이었다. 수진은 망원경 방향을 정문 밖 언덕 쪽으로 돌렸다. 한섬민이 언덕 정상을 넘어 정문 쪽으로 걸어 내려오다가 가방을 열어 무언가를 찾았다. 잠시 후, 가방 안쪽이 환해졌다. 역시 휴대전화인 모양이었다. 섬민은 아무것도 하지 않고 그대로 가방을 어깨에 맸

다. 그리고 정문을 향해 터덜터덜 걸어왔다.

"서갈이 말하던 수상한 두 사람은 저 둘을 말하는 거겠군."

수진이 혼잣말을 했다. 곧이어 혼잣말을 하는 자신이 어색했는지 다시 이어폰을 귀에 꽂았다. 그리고는 망원경을 내버려둔 채 기상대 계단을 내려갔다.

"그러거나 말거나. 집에 잘 들어왔으면 됐지."

다음 날 아침, 종현은 등산로를 따라 출근길에 올랐다. 주위에 아무도 없는 것을 확인하고는 전화기를 꺼내 지난밤 보안 회선으로 전달된 메시지를 확인했다.

'한섬민 중사 오전 3시 58분, 기지 진입로 앞 6628 차량에서 하차. 하차 위치 지도 확인.'

종현은 제자리에 멈춰 서서 지도를 불러냈다. 그리고 고개를 갸웃했다.

"이렇게 멀리서 내렸다고?"

등산로를 다 오르자 박국영이 차를 몰고 기지 본부 건물로 올라오는 모습이 보였다. 번호판을 보니 3246이었다. 종현은 그 자리에 서서 잠시 기다렸다가 국영이 차에서 내리자 그쪽으로 다가가 물었다.

"어제 몇 시에 들어온 거야? 저녁 먹으러 간다며."

"4시 좀 넘어서 들어왔어요. 기다리셨어요?"

"기다리긴."

"고모네 갔다가 조카가 아파서 밤에 응급실 갔었거든요. 사촌 누나 딸이요."

"저런. 애는 괜찮고?"

"좋아졌어요. 그런데 제가 다 죽겠네요. 요즘은 하룻밤 새면 피로가 이틀 가던데."

기지 홍보단 사무실은 1층에 있었다. 종현은 현관에서 국영과 헤어진 후 2층 계단으로 올라갔다. 그러고는 계단 끝에서 정보과가 있는 왼편이 아니라 기지 작전과가 있는 오른쪽으로 발걸음을 옮겼다. 작전실 문은 열려 있었다. 종현이 문앞에 모습을 드러내자 아직 당직 완장을 벗지 않은 박수진이책상 앞에 앉아 있다가 기다렸다는 듯 고개를 한 번 끄덕였다. 그리고 낮은 목소리로 인사를 건넸다.

"엄 대위가 담당이구나. 어서 와."

예상했다는 듯한 말투에 종현이 당황한 기색을 감추며 대답했다.

"당직이셨군요. 수고 많으셨습니다."

"물어볼 게 있어서 왔지? 잠깐 기다려. 기지 작전실 사람들출근하면 나도 퇴근할 거니까. 조용히 밖에서 봅시다. 뒷마당에서."

종현은 떨떠름한 얼굴을 하고는 복도 반대쪽, 정보과 방향으로 몸을 틀었다. 그러다 바로 뒤에 서 있던 한섬민과 마주쳤다. 출근길인 모양이었다. 경례를 하는 한섬민에게 눈짓으로 간단하게 답례한 후 한 발 옆으로 비켜섰다. 한섬민이 말없이 작전실로 들어갔다.

수진은 임무 교대를 마친 후, 기지 본부 건물 뒷마당의 농구 골대 근처에 서서 종현을 기다렸다. 잠시 후 종현이 머쓱한 얼굴로 건물 뒷문에서 나타났다. 그가 충분히 가까이 다가오자 수진이 거의 속삭이는 듯한 목소리로 말했다.

"박국영 차는 4시 10분에 기지로 들어왔어. 한섬민은 5분 뒤에 들어왔고. 시차는 있지만 같이 들어온 거지. 정문 앞 언덕 위에서 박국영이 한섬민 내려줬거든."

"추정인가요?"

"직접 봤어."

"어떻게요?"

"그런 게 있어."

종현은 감찰실장의 얼굴을 빤히 들여다보았다. 명민하고 날카로운 눈빛이었다. 종현이 다시 물었다.

"연애사실발생보고서 말인데요."

"그거 때문에 어제 종일 복도를 기웃거린 거야?"

"혹시 우리 조종사와 박 대위가?"

수진이 대답했다.

"아니. 감찰실은 우연히 같은 시간에 찾아온 것뿐이야. 박 대위는 기지 차량 출입증 찾으러 왔고."

"아."

"한 중사는 민간 업체 접촉 신고. 이건 민감한 문제지?"

종현이 고개를 끄덕였다.

"그래도 자진 신고를 했군요."

"알고 있었구만. 정보 라인 쪽은 조종사 관리 프로그램이 돌아가고 있나 보네. 참모총장이 직접 챙기게 돼 있던가?"

"예, 뭐."

"구 총장님 긴장하셨겠네. 그래도 한섬민이 배신할 리는 없지. 우리 쪽으로 올라온 보고는 오늘 중으로 정보과에도 통보 갈 거야. 참모총장한테는 올라갔을 거고. 구예민 총장님, 엄청 재밌는 물건 쒀 올리신 것치고는 한동안 세상이 조용하던데. 관리 프로그램까지 돌아가는 거 보니까 역시 그거 한섬민 장난감 맞구나? 부럽네. 살뜰히 챙겨주는 사람도 있고."

화제가 그쪽으로 흘러가자 종현이 곤란한 듯 화제를 돌렸다.

"아무튼 연애는 아니라는 거죠, 그 두 사람?"

"나야 모르지. 내가 확인해줄 수 있는 건 보고서를 안 썼다는 사실뿐인데 사실 이것도 다른 사람한테 말해주면 안 되긴해. 다만 정보 라인 쪽에서 확인 들어가면 한섬민이 더 귀찮아질 것 같아서 말해주는 거야. 일단 그렇기는 한데, 박국영이랑 한섬민, 그 새벽에 나갔다 들어오면서 따로 간 것처럼 꾸미는 건 수상하지 않나? 보통은 수상하다고 하지? 나는 그쪽으로는 감이 없어서. 그 둘이야 그냥 나란히 서 있기만 해도 자동으로 그림이 만들어지는 외모들 아닌가 싶은데."

종현이 대답했다.

"아닐 거예요, 그건. 같이 안 있었어요."

"그래? 그렇군. 확신하는 거 보니 벌써 사생활 관리도 들어갔나 보네. 뭐, 그다음 이야기는 설명 안 해줘도 돼. 관심 없으니까. 정보과에서 알아서 하시고, 나는 퇴근한다. 오전까지만 자고 오후에는 놀러 가야지."

수진이 가벼운 걸음으로 자리를 떠나자 종현도 다시 건물 뒷문 쪽으로 사라졌다.

기지 본부 건물 1층, 뒷마당 쪽 복도 유리창 아래에 놓여 있는 벤치에 다리를 접고 모로 누워 있던 박국영은, 두 사람이 모두 사라지자 오뚜기처럼 스르르 몸을 일으켰다. 그러더니 이내 못 들은 걸로 하기로 했는지, 고개를 저으며 다시 스르르 벤치에 몸을 뉘었다.

국영은 오전 내내 사람들의 눈에 띄지 않는 곳을 찾아다니며 쪽잠을 자다가 점심시간이 되자 신나는 얼굴을 하고는 홍보단 사람들과 어울려 식당으로 내려갔다. 식사를 마치고 식판을 반납하러 가는 길에 한섬민을 만난 박국영은 재빨리 식판을 반납대에 내려놓고는 섬민에게 별 의미 없는 말을 건넸다.

"아스티 방송 들어?"

"그럼요."

"그거 팬들한테 인기가 많은가? 팬 카페 같은 데서는 반응이 어떤지 모르겠네."

"흥미 있어 해요. 욕하는 사람도 있고. 그거 물어보려고요? 이제 담당도 아니라면서."

"담당은 아니지만 궁금해서."

"담당은 아니지만 그냥 궁금해서 묻는 건데 팔은 왜 그렇게 휘둘러대는 거예요? 지금 대화 내용하고 그 제스처하고 전혀 안 맞잖아요. 뭐지?"

"연습하는 거야. 홍보단은 사람 대할 일이 많으니까."

"아니, 그런데, 지금 박 대위님이랑 저를 손가락으로 한 번씩 가리켜야 하는 대화 내용이 아니잖아요. 홍보단이 사람 대할 일 많다는 이야기 하면서 손목시계 있는 데를 가리키는 건 또 뭐고."

"내가 언제 그랬다고. 아무튼 팬들이 원하는 거 있으면 보고 있다가 전달해줘도 돼. 너무 적극적으로 반응하는 건 곤란하겠지만, 보고 있다는 시늉 정도는 할 수 있다고 하거든. 본부 홍보단 쪽에서 담당하는 친구들이 한 말이야."

"예, 뭐. 춤까지 춰가면서 할 말은 아닌 것 같지만. 취한 것 같지는 않은데 집안에 무슨 일 있으세요? 아침에 일어나 보니까 비싼 차에 스크래치라도 가 있었어요?"

"일은 무슨. 그럼 수고해."

"저기, 손은 흔들지 말죠? 차라리 경례를 하라고 하시든지."

엄종현은 태연하게 반찬을 집어 먹으며 박국영과 한섬민이 대화하는 모습을 흘끔 쳐다보았다. 주로 박국영이 혼자서 호들갑을 떠는 모양새이기는 했지만 꽤나 다정해 보이는 광경이었다. 종현의 맞은편 옆자리에 앉아서 밥을 먹던 감찰실 최하사가 눈짓으로 그쪽을 가리키며, 옆에 앉은 서가을에게 종현의 생각과 똑같은 말을 했다.

"엄청 반가우신가 봐요. 매일 보는 얼굴인데."

가을이 대꾸했다.

"그러게. 핸섬맨 요새 훈련 때문에 정신없는 줄 알았는데 요사한 기운이 범접하는 모양이네. 굿을 하든지 해야지. 아이고, 주술사처럼 말해버렸네. 이거 기상대 사람들한테 말하면 안 돼. 나 혼난다. 진지하게 하는 말이야."

그 말을 듣고 종현의 옆옆 자리에 앉아 있던 김은경 서기관이 말했다.

"훈련 때문에 정신없는 거 맞아? 한섬민 내년 봄에 에프에

이(FA) 되는 거 아닌가?"

가을이 물었다.

"그래요? 내년에 의무 복무 끝나요? 그런다고 어디 가겠어요?"

"모르지. 연봉 앞자리에 1 하나 더 붙는 거면 생각도 안 하겠지만, 뒤에 0이 하나 더 붙으면 어떻게 될지."

"그런 데가 있어요? 나나 데려가지."

은경이 무심한 어투로 대답했다.

"민간 업체는 줄 수도 있지. 10년 훈련하는 데 드는 돈 일시불로 주고 즉시 전력감 데려오면 밑지는 장사도 아니고."

"단순 계산으로는 그런데 어차피 허가 안 내줄 거 아니에요. 연합우주군 허가 안 받고 영업할 조종사가 있나요?"

"왜? 화성에 가면 되지. 거기 아직 무법천지라 기술 있는 사람한테는 좋대."

"그래요? 행성기상학 학위를 그쪽으로 팔아볼까요?"

"정보과에서 보고 있다."

은경의 말에 가을이 대답했다.

"옴종현 대위님은 착한 분이셔서 괜찮아요."

그러자 은경이 피식 웃으며 물었다.

"서갈이 드디어 엄 대위도 식구로 받아들였구나. 옴 대위 되는 거야?"

"엄정현, 옴종현 헷갈려서요. 하나로 통일하려고."

종현은 화가 나지는 않았지만 자기 이야기가 오가는 게 난처했는지 식판을 들고 자리에서 일어나면서 인사를 했다.

"식사들 맛있게 하세요. 저는 먼저 일어나겠습니다. 하던 이야기 계속하셔도 돼요."

그러자 서가을이 은경에게 말했다.

"거봐요. 완전 젠틀하시잖아요."

5시가 되자 국영은 1등으로 식당에 가서 식사를 마치고 식당을 나와 기지 본부 건물 앞 주차장에 세워둔 차로 가서 운전석 쪽 앞문 포켓을 뒤져 무언가를 찾아냈다. 출차 시간이 새벽 2시 30분으로 찍혀 있는 병원 주차장 영수증이었다. 국영은 숫자를 확인한 뒤 부질없다는 듯 영수증을 도로 포켓에 집어넣고는 안전벨트를 매고 시동을 걸었다.

한섬민은 눈앞에 펼쳐진 열두 개의 화면을 동시에 확인했다. 좁은 방이었다. 머리에는 마이크가 달린 작은 헤드폰을 쓰고 있었고, 양손에는 조종 장치를 하나씩 붙든 상태였다. 관절이 세 개씩 달린 조종 장치의 한쪽 끝은 조종석 양옆 팔걸이에 고정되어 있었다. 반대쪽 끝에는 조종사가 움켜쥐었다 놓았다 할 때 가해지는 압력을 감지하는 장치가 붙어 있었다. 각각 로봇 팔을 직관적으로 표현한 형태임이 분명했다.

그게 다가 아니었다. 두 발에도 기계장치가 연결되어 있었는데 양쪽이 다른 모양인 걸 보면 용도가 같지 않은 모양이었다. 그중 하나는 움켜쥐는 부분이 없는 것을 제외하면 양손에 쥔 조종간과 거의 똑같았다.

헤드폰으로 소리가 들려왔다.

"근접 전투 시뮬레이션, 조종 장치 전투 모드로 세팅합니다. 오른손 1번 팔, 왼손 2번 팔, 오른발 3번 팔, 왼발 기동장치. 현재 임무는 육탄 방어. 가상 적기는 국제 협약에서 허용한 무기로 무장하고 있습니다. 180도 간격으로 팔이 두 개 달린 모델. 적기 선제공격 후 방어 임무입니다. 30초 후에 가상 적기와 접촉합니다. 조종사 스탠바이. 카운트 시작."

섬민은 열두 개의 화면 중 하나를 노려보았다. 원기둥 모양의 본체에 120도 간격으로 커다란 로봇 팔 세 개가 뻗어 나와 있는 기체의 모습이 또렷한 윤곽선으로 표시되어 있었다. 섬민이 오른손 왼손을 번갈아 쥐었다 놓았다 하자 화면 속 기계 팔 두 개에 각각 장착된 길쭉한 방패가 까딱까딱 움직였다. 조종사와 기계 팔의 움직임 사이에는 1초 남짓 시간 차가 있었다.

적기는 일반적인 로봇 모양을 하고 있었다. 얼굴이 있고, 두 팔은 어깨에 달려 있었으며, 허리의 윤곽도 대충 알아볼 수 있었다. 다리는 없었다. 대신 그 자리에는 노즐이 달려 있었다.

열두 개의 화면 중 가장 큰 화면에 점점 가까워지는 적기의 모습이 보였다. 도끼를 든 붉은색 로봇이었다. 다른 화면에는 두 로봇의 궤도가 표시되었다. 점점 가까워지는 궤적이었다.

이윽고 적이 화면을 가득 채울 만큼 가까워졌다. 위로 뻗은 팔에는 도끼가 들려 있었다. 섬민은 팔 두 개를 움직여 폭이 좁고 길이가 긴 두 개의 방패를 몸체 정면으로 내밀었다. 그러자 시야가 가려졌다.

조종실에서 나와 머리를 거칠게 풀어헤치면서 한섬민이 불만을 터뜨렸다. 손에는 헤드폰이 들려 있었다.

"방어 작전이라는 건 애초에 말이 안 되는 거 아닌가요. 조작 신호가 전달되는 데 걸리는 시차 때문에 보고 반응을 할 수가 없어요. 아무리 효과적인 자세로 막아서도 공격하는 쪽이 무조건 유리하고요. 곧바로 반응한다고 쳐도 제가 본 그 화면 자체가 1초 전 거잖아요. 신호가 궤도까지 전해지는 데 1초가 더 걸린다 치면 공격하는 쪽이 항상 2초가 빠르니까, 아무튼 이건 말이 안 돼요."

헤드폰에서 무슨 말인가가 들려왔다. 섬민은 헤드폰을 쓰지 않은 채 스피커를 한쪽 귀에 갖다 댔다.

"지상에서의 중계 속도는 줄일 거야. 0.5초 이하로. 그리고 공격하는 쪽도 궤도 위에서 먹고 자고 하는 게 아니고 지상에서 원격조종 하고 있을 거니까 두 배까지 차이가 나는 건아니지."

섬민이 흥분한 목소리로 대답했다.

"제발 좀 그래주세요. 그런데 0.5초만 차이가 나도 마찬가지라고 봐요. 옛날처럼 느릿느릿 움직이는 로봇 팔도 아니고이렇게 반응속도 빠른 팔로 싸우는 상황에서는. 우주라고 생각하지 말고 그냥 일상이라고 생각해보세요. 지금 누구랑 싸우는데 상대가 0.5초 늦게 반응하면 제가 한 대나 맞겠어요?그러니까 방어할 상황을 만들지 말아주세요. 무조건 공격 상황에서만 출동할 수 있게."

"절대적으로 불리한 건 아는데, 어떤 복잡한 상황이 생길지알 수 없잖아. 대비는 해야지."

숙소로 돌아오자 이미 늦은 저녁이었다. 섬민은 곧장 휴게실로 들어가 빈 소파에 털썩 퍼져 앉았다. 그리고 말없이 천장만 뚫어져라 바라보았다. 몇 사람인가가 휴게실에 있었지만 아무도 선뜻 말을 건네지 않았다.

그러다 누군가가 침묵을 깼다.

"핸썸매앤! 크리스마스에 뭐 해?"

서가을의 목소리였다. 섬민은 고개도 돌리지 않은 채 성의없이 대답했다.

"훈련."

아무렇지 않게 말했는데도 두 음절 만에 후회와 짜증이 섞여 들어갔다. 옛날 농구부 시절부터 생각하면 얼마나 오랫동안 저 말에 묶여 있었는지 모른다.

가을이 그 소리를 들었는지 못 들었는지 태연하게 물었다.

"크리스마스에? 그날 기지 다 놀걸?"

"그래? 그럼 잠."

"너 그러다 큰일 나. 자다 깨면 먹을 게 아무것도 없을 거니까. 식당도 안 하고 매점도 문 닫지 않나? 너 차도 없잖아."

"사다 놓지 뭐."

"그래도 크리스마스인데 아무거나 먹어?"

"하고 싶은 말이 뭐냐?"

섬민이 묻자 가을이 흐흐흐 웃으며 대답했다.

"파티 할까?"

"여기서? 영내에서 하면 그게 과연 재밌을까? 뭐 초코파이는 맛있겠네."

"아니, 저 아래 박수친 언니네 가서. 너 안 가봤지? 그 집 마당도 있고 완전 좋은데."

"야, 아무리 우주군이라도 감찰실장 집에 가서 크리스마스 파티 하는 군인이 어딨냐? 아, 너는 군인 아니지."

섬민이 핀잔을 주자 가을이 오히려 적극적으로 설득에 나섰다.

"아니, 크리스마스이브에 아스티가 특집 방송 한다잖아. 〈밀도를 높여요!〉 그거 모여서 같이 들으려고. 같이 듣는다기보다는 틀어놓고 우리끼리 놀 거지만."

"혹시 깐족깐족 사회 보는 사람도 있는 파티냐? 격투로 끝나겠는데?"

"감찰실장 집인데 지가 아무리 조종사라도 진짜로 때리기야 하겠어?"

섬민은 아무 대답이 없었다. 조금은 설득당한 눈치였다. 가을이 회심의 미소를 띠며 제 딴에는 결정타라고 믿는 듯한 한마디를 던졌다.

"바깥구경 대위님이랑 몇 명 더 부르려고."

섬민은 더 대답이 없었다. 가을이 기다리다 지쳐 돌아서려는 찰나, 섬민이 갑자기 생각난 듯 물었다.

"그런데 너, 시골 촌구석에서 하는 크리스마스이브 파티 따위에 왜 이렇게 적극적이야? 솔직히 너 25일 당직이지? 올해는 바꿔줄 사람도 없고. 그렇지?"

"아, 진짜. 눈치는 완전 빨라가지고."

박국영은 저녁 내내 자다가 방금 일어난 듯한 얼굴로 휴게실에 들어가려다가, 갑자기 서가을의 입에서 자기 이름이 나오자 차마 문 안으로 발을 디디지 못하고 그 자리에 멈춰 섰다. 그러고는 문밖에 가만히 선 채로 두 사람이 하는 말을 엿들었다. 그 타이밍에 짠, 하고 나타나기도 어색했는지 국영은 발소리를 죽인 채 왔던 길로 돌아갔다.

계단을 오르면서 국영은 머쓱한 폼으로 주머니를 뒤졌다. 그러고는 자기 방에 들어서자마자 이어폰을 꺼내 귀에 꽂고 붙들리듯 침내에 몸을 뉘었다. 낮에 듣다 만 아스티의 방송이 이어졌다.

'……우주군은 왜 자꾸 남의 나라 군대처럼 구냐는 질문이 많았는데요, 알기 쉽게 설명해드릴게요. 우주군은 한국 영토를 지키는 군대가 아니에요. 연합우주군은 케슬러 신드롬 방지 협약이라는 국제 협약 때문에 만들어졌는데요, 이게 뭐냐면 인공위성이나 우주정거장이 떠 있는 궤도에서 발생하는 연쇄 폭발 현상을 막기 위한 조약이에요. 영화에서 보면 빈 공간에 둥실 떠 있는 것 같지만, 사실 인공위성은 엄청나게 빠른 속도로 움직이고 있거든요. 마하 25. 사람이 타고 조종할 수 있는 제일 빠른 전투기가 마하 3 정도니까 어마어마하죠? 그러다 보니 낡은 인공위성에서 나사 하나만 튀어나와도 거기에 맞으면 총알에 맞은 것처럼 되는 거예요. 그런데 인공위성 한 개가 통째로 폭발하면 어떻게 되겠어요? 총알이 수천 개가 튀어나오겠죠? 그중에 몇 개는 대포알 같을 거고요. 그 파편이 다른 인공위성에 맞으면 어떻게 되겠어요? 박살이

나겠죠? 그럼 또 수천 개의 파편이 만들어지고요. 이렇게 파편이 늘어나면 순식간에 저 위에 올라가 있는 인공위성들이 전부 파괴되는 거예요. 지금처럼 인공위성이 많아진 상태로 연쇄 폭발이 일어나면 앞으로 인공위성이나 우주정거장은 상상도 못 하게 될 거고요. 그런 사태를 막으려면 인공위성을 폭파시키지 못하게 해야겠죠? 지상에서 미사일을 쏴서 폭파시키는 것도 막고, 인공위성끼리 충돌해서 격추시키는 것도 못 하게 하고요. 그걸 하기 위한 국제 협약이 케슬러 신드롬 방지 협약이고, 그래서 만들어진 게 연합우주군이에요. 한국도 거기에 가입을 하면서 우주군을 창설하게 됐고요. 아, 어렵다. 복잡하죠? 그러면 궤도 위에서 전쟁은 어떻게 해야 되느냐, 이게 원래 질문이었죠? 제가 다른 분들한테 여쭤보니까 무식하게 백병전을 하는 게 제일 안전하다고 합니다. 가까이 달라붙어서 엔진이나 조종 장치를 망가뜨린 다음에 지구 쪽으로 밀어 떨어뜨리는 거죠. 와, 원시적이죠? 그런데 이렇게 원시적으로 싸우려면 오히려 첨단 장비가 필요하다고 하네요. 지상에 가만히 있어도 비싼데 우주까지 날려 보내려면 어마어마한 돈이 들 거고요. 그만큼 그걸 조종하는 조종사도 엄청 중요하겠죠?'

국영은 멀뚱멀뚱 천장을 바라보았다.

"잘하네, 잘해. 나는 몇 년을 해도 조리 있게 정리가 안 되는데."

국영은 그 자세 그대로 잠시 뒤척거리다 이내 잠에 빠져들었다.

날이 밝자 국영은 알람 소리라도 들은 것처럼 화들짝 놀라며 자리에서 일어났다. 그리고 허겁지겁 세수를 하고 옷을 챙겨 입은 다음 룸메이트가 깨지 않도록 조용히 방을 빠져나갔다.

"배고파. 6시밖에 안 됐네."

정문 앞 매점은 열리지 않았다. 차를 몰고 식당으로 올라가 봤지만 그쪽도 아직 사람이 없기는 마찬가지였다.

주차장에는 감찰실장 차가 세워져 있었다. 국영은 차에서 내려 본부 건물로 들어갔다. 감찰실 문을 두드리자 박수진이 안에서 "예" 하고 대답했다.

"실장님, 나오셨습니까?"

"박 대위 어쩐 일? 당직 아니잖아."

"저녁 거르고 잤더니 배가 고파서 일찍 깼어요. 혹시 먹을 거 있으시면 좀……."

수진이 최 하사의 빈 책상을 가리키며 말했다.

"저기 뒤져보면 뭔가 나올 텐데 본인이 없어서 뭐라 말 못 하겠네."

최 하사의 책상 서랍에서 과자를 찾아낸 국영이 허겁지겁

봉지를 뜯으면서, 전혀 허기지지 않은 사람처럼 여유를 가장하며 물었다.

"실장님은 어쩐 일로 이 시간에 출근하셨어요?"

"당직 퇴근하고 아침부터 열여섯 시간쯤 잤더니 허리가 아파서."

말 대신 과자 먹는 소리가 이어졌다. 한참이 지난 다음 수진이 말했다.

"모처럼 일찍 출근해서 우아하게 책이나 보고 있으려고 했더니 평소에는 2층까지 잘 올라오지도 않던 후배가 굳이 여기까지 와서 와작거리는 소리를 내네."

"엇, 그랬나요? 제가 이성이 마비돼서. 이제 정신이 드네요."

"그래, 박 대위야. 정신 차린 김에, 한섬민 근처에 얼쩡거리지 마라. 우연히 마주치더라도 일부러 피해 다녀. 앞으로 석 달은 그래야 될 거다. 안 그러면 뒷조사당해요."

"예."

"금방 알아듣네."

"효과 좋은데요, 이 탄수화물. 갑자기 다 알아듣겠어요."

국영이 너스레를 떨었다.

"배 채웠으면 다시 내려가서 출근 전까지 자다 와."

"네."

국영은 방문을 나서려다가 문고리를 잡고 안쪽으로 돌아

섰다.

"한 중사는 어디 안 가겠죠? 요즘 고민이 많아 보이던데."

"글쎄, 화성 가면 돈벌이가 꽤 괜찮을 거라고 누가 그러던데. 대접도 잘 받겠지, 여기 있는 것보다는."

"실장님이면 어쩌시겠어요?"

"나 같으면? 화성은 가기 싫고 지구 어디에서 연락 오면 가지 않을까? 뭐 알아서 하겠지. 박 대위도 박 대위 일이나 해."

그날 저녁, 정보과 엄종현은 읍내 어느 건물 계단참에 나 있는 작은 창문을 통해 맞은편 건물 1층 커피숍을 흘끔흘끔 들여다보고 있었다. 카페치고는 좁은 면적에, 의자가 전부 창밖을 향하고 있어서 입술 모양을 읽어내기에 딱 좋은 곳이었다.

휴대전화를 열자 보안 회선을 통해 한섬민이 6628 차량 주인과 나누는 이야기가 약간의 시차를 두고 전해졌다.

'조종사가 궤도 전투 장비 전술에 관해 질문. 로봇 팔 조작법에 관해 질문.

외부 접촉자가 요령 설명 중.'

한참 동안 그런 내용이 전해지다가 잠시 후 모두가 우려하던 내용이 게시되었다.

'외부 접촉자가 조종사에게 이직 권유. 조건 제시. 최소 보장 조건 제시 후 조종사 의견 타진.

조종사는 응답 없음.

조종사가 생각해보겠다고 대답. 반복. 조종사가 '생각해보겠다'고 대답.'

우주군 참모총장 구예민은 거실의 안마 의자에 앉아서 음악을 듣고 있다가 계속해서 들려오는 진동음에 귀찮은 듯 휴대전화 쪽으로 손을 뻗었다. 발신자가 '발사기지 사령관'으로 되어 있는 보안 메시지였다. 제목은 '긴급: 조종사 외부 접촉 보고'였다.

구예민은 계속해서 올라오는 '긴급' 어쩌고 하는 메시지를 잠시 지켜보다가 휴대전화를 테이블에 도로 올려놓고 편안한 얼굴로 눈을 감았다. 긴급하게 처리해야 할 일 같은 건 절대 일어나지 않으리라는 확신에 찬 얼굴이었다.

한섬민은 창밖을 빤히 쳐다보지 않으려고 애쓰며 옆에 앉은 50대 남자에게 말했다.

"생각해볼게요."

"잘 생각해보세요, 좋은 기회니까. 다시 말하지만 아까 이야기한 건 최소 조건입니다. 무조건 그 이상이라고 생각하면 틀림없을 거예요."

"예."

섬민이 짧게 대답하자 남자가 말했다.

"그리고 오늘이 마지막 만남이 될 겁니다."

"네?"

"더 이상 매달리는 건 우리 쪽에서도 위험부담이 커서요. 스카우트를 하는 데도 선이라는 게 있거든요. 우주군을 등지고 싶지는 않으니까. 그런데 지금은 거의 선을 밟고 서 있는 지경이라 더 움직이지는 않을 예정입니다."

"네."

"대화는 즐거웠습니다. 질문하는 것만 봐도 알아요. 한 중사님이 얼마나 그 일을 좋아하고 또 전문성이 있는지. 직접 안 봐도 알 수 있습니다."

"그럼 좀 더 이야기를 나눠도 좋지 않을까요?"

"그래서 그만두는 겁니다. 저로서도 대화는 충분히 즐거운데 차츰 이런 생각이 들었습니다. 한 중사님이 저를 만나기로 한 건 제가 경험 많은 조종사 출신 경영인이기 때문이 아닐까. 그렇지요? 대답하실 필요는 없습니다. 당연한 거고, 그래서 제가 이 일을 맡게 된 거니까요. 그런데 그게 다라는 생각이 드는 건 왜일까요? 솔직히 조금 전에 한 중사님이 한번 생각해보겠다고 하신 말씀도 딱 그런 느낌이었습니다. 정말로 생각을 해보겠다는 게 아니라 그래야 제가 다시 나타나서 한 중사님 질문을 받아줄 거니까 하는 말이 아닐까 하는. 어때요? 제가 잘못 넘겨짚은 건가요?"

섬민이 대답했다.

"아니에요, 그건. 정말로 생각해볼 거예요. 하지만 지금은 꼭 여쭤보고 싶은 게 남아 있어서요."

남자가 씩 웃음을 지어 보였다. 체념한 듯 편안한 미소였다. 무언가에 대한 집착을 놓아버린 순간에 사람들이 짓곤 하는 표정. 그 얼굴을 보고 섬민의 표정이 굳어졌다. 이제는 다 틀렸구나 하는 얼굴이었다.

남자가 말했다.

"대답은 들은 것 같네요. 우주군을 떠날 생각이 전혀 없으시지요?"

섬민은 아무 대답도 하지 않았다. 그저 한숨을 길게 내쉴 뿐이었다. 남자가 다시 편안한 얼굴로 말했다.

"설득이 잘되고 있다고 회사에 보고를 했는데, 이건 오히려 제가 당하고 있었네요."

"죄송합니다."

"하하, 역시 그렇죠? 하하하. 미안해하실 건 없습니다. 정말로 즐거웠거든요. 우주군은 좋겠네요. 이렇게 집요하고 유능한 조종사가 있어서. 자, 그럼 일 이야기는 이쯤에서 접고……"

섬민이 아쉬운 얼굴로 남자의 얼굴을 살폈다. 그러자 남자가 가지고 온 서류를 가방에 챙겨 넣고는, 양 팔꿈치를 테이블에 올리고 두 손을 자연스럽게 맞잡더니 만면에 웃음을 띤 채 이렇게 말했다.

"지금부터는 특별히 질문 위주로 대화를 좀 나눠볼까요? 오늘이 마지막 날이니까요. 즐거운 꿈을 꾸게 해준 답례로 오늘은 마음껏 질문을 하셔도 좋습니다. 한 시간쯤이면 될까요? 지금부터는 공짜 시간이니까 편하게 질문하세요."

섬민은 말없이 고개를 숙여 정중하게 사과와 감사의 인사를 했다. 그러더니 가방을 뒤적거려 무언가를 테이블 위에 끄집어냈다.

"그럼 염치 불고하고."

남자는 섬민이 테이블 위에 펼쳐놓은 물건을 보고 크게 웃음을 터뜨렸다.

"그런 어마어마한 질문지가 있었군요! 허허, 참 나. 제가 지금이나마 눈치를 챘기에 망정이지 잘못했으면 다섯 번은 더 만났겠는데요. 아이고, 이건, 그림까지 그려가면서."

"꼭 듣고 싶었습니다. 그리고 정말 많이 배웠고요. 저야말로 선을 넘은 것 같습니다. 이렇게까지 하면 안 되는 건데, 선생님께서 말씀하시는 노하우를 하나씩 들을 때마다 훈련 성과가 눈에 띄게 좋아져서요. 이 기회를 놓치면 언제 또 이런 귀인을 만나나 싶어 욕심을 부렸습니다."

"하하, 괜찮습니다. 괜찮아요. 아예 그렇게 독하게 나오시면 그건 오히려 괜찮습니다. 기분이 나쁘지 않네요. 한 중사님, 기억하고 있을게요. 이제껏 재능 있는 조종사를 숱하게 봐왔지만 그 수첩은 그저 놀라울 따름입니다."

종현의 휴대전화에 이런 메시지가 전해졌다.

'외부 접촉자.' '지켜보겠다.' '놀라울 따름.' '조종사는 많이 봤다.' '당신 뭐냐?"

구예민의 휴대전화에도 비슷한 메시지가 전달되었다. 물론 종현이나 다른 정보과 요원들에게 전해진 것보다는 훨씬 자연스럽게 정리된 표현이었다. 그러나 참모총장은 이미 메시지 같은 것은 신경도 쓰지 않은 채 기분 좋은 얼굴로 잠이 든 뒤였다.

한섬민과 6628 운전자가 헤어지고 얼마 되지 않았을 무렵 화성에서는, 우주군 전투복을 입은 마흔가량의 남자 군인 하나가 주머니에 손을 넣어 휴대전화를 끄집어냈다. 그리고 한 손으로 방금 온 메시지를 확인했다.

'조종사 포섭 5차 시도 실패. 현장 판단에 따라 작전을 종료합니다. 현지 우주군 정보 라인의 감시망이 좁혀오고 있어 지금까지 구축된 작전 네트워크를 전부 해산하고 6개월간 잠

복에 들어갑니다.'

한 손으로 다시 휴대전화를 주머니에 집어넣는 우주군 장교의 양 어깨에는 별이 두 개씩 달려 있었다. 전화기를 들지 않았던 손에는 권총이 들려 있었다. 오래 사용한 듯 여기저기 흠이 나 있는 총이었다.

"지구로 돌아간 놈들은 영 선입견을 안 벗어나는구만. 물러터져가지고. 쯧. 새로운 변수가 생기나 궁금했지? 그런 거 없어. 이 상황과는 아무 관련 없는 정보니까 포기하시고. 자, 그래서 어쩌겠다고? 귀순하겠다고?"

총구 앞에는 수염이 덥수룩한 남자가 무릎을 꿇고 있었다. 두 손은 뒤로 묶인 채 이마에서 피가 흘러내렸다.

무릎 꿇은 남자가 고개를 끄덕였다. 그러자 군복 입은 남자가 가차 없이 발길질을 해댔다.

"대답을 하라고. 귀순하겠다는 건가?"

우주군 소장(少將)이 냉랭한 목소리로 재차 물었다. 바닥에 쓰러져 있던 남자는 힘겹게 몸을 일으키며 갈라진 목소리로 대답했다.

"유용한 정보를 가지고 있습니다. 도움이 되실 겁니다."

총을 든 남자가 다시 무릎을 꿇은 남자의 얼굴을 뚫어져라 바라보았다. 두 사람은 한참 동안 아무 말도 하지 않았다. 그러다 우주군 소장이 다시 입을 열었다.

"뭐 팔아먹게? 은신처?"

"그렇습니다."

화성정무관, 일명 화성총독 이종로 장군은 아무 표정 없는 얼굴로 그 말에 답했다.

"은신처라. 됐어, 안 사. 이제 뭐 없지? 그리고 잔당, 당신 아무리 봐도 협상할 타이밍이 아닌 것 같은데. 그 말은 내가 타격대를 이끌고 이 방 안에 들어오기 전에 했어야지."

도피 생활 중이던 반란군 잔당 강태진은 대답 대신 침을 꼴딱 삼켰다. 그것조차도 고통스러운 모양이었다. 이종로가 다시 말했다.

"협상할 생각 같은 거 오늘 아침까지도 없었지? 저놈 저거 곧 지구로 가버린다던데 그럼 물러 터진 새 총독이나 잘 구슬러서 어떻게든 살길이나 찾아봐야겠다 생각했을 거야, 그지? 다시 반란을 일으킬 생각 같은 것도 없고, 어차피 대의 같은 건 처음부터 없었겠지. 다 출세해보자고 하는 일 아닌가. 그럼 차라리 망명을 했어야지. 약아빠진 황선이 놈처럼 팔아먹을 수 있을 때 팔아먹고 내 눈에 안 띄는 데로 튀었어야지. 그런데 후회해봐야 소용없다, 그지? 이제 다 끝났으니까."

포로는 눈을 질끈 감았다. 만감이 교차하는 듯 눈물이 찔끔 흐른 것도 같았다.

그가 다시 눈을 떴을 때 총구가 얼굴에서 멀찍이 물러나 있었다. 안도의 한숨을 내쉬기 직전, 내쉬기 위한 들숨을 쉬는 찰나, 총독의 팔이 펴지더니 총구가 다시 눈앞으로 다가왔다. 그와 동시에 방아쇠울에 걸려 있던 총독의 검지가 망설임 없이 뒤로 당겨졌다.

총독이 방아쇠를 당기며 뭐라고 거친 말을 내뱉었지만 강태진은 그다음 말을 듣지 못했다.

한국우주군 발사기지는 한동안 평화로웠다. 다음 날 아침에도, 그다음 날 아침에도, 감찰실장 직무 대행의 책상 위에는 빈 연애사실발생보고서 양식이 그대로 놓여 있었다. 결재 서류를 가지고 온 최 하사가 그것을 발견하고는 박수진에게 넌지시 물었다.

"이건 치울까요?"

수진이 고개를 가로저었다. 최 하사가 방을 나가고 난 후, 수진은 작은 목소리로 혼잣말을 했다.

"그냥 둡시다. 곧 올 거니까. 무서운 사람이 올 거야, 우주 건너서."

그러고는 자기 혼잣말 소리에 놀라 입을 벌린 채 눈을 좌우로 굴렸다.

아침치고는 아직 낮게 떠 있는 태양이 멀리서 그 광경을 훔쳐보는 듯했다. 늘 신이 난 듯 웃고 있는 태양. 지난 몇 달간

전 세계 우주군을 먹여 살리다시피 한 인공 구조물이 우주군 발사기지를 몰래 들여다보고 있었다.

엄정하지만 융통성 있게

사령관 집무실에는 삼면에 창문이 나 있었다. 보안 따위 전혀 신경 쓰지 않고 만들어놓은 커다란 창문이었다. 커튼은 처음부터 달려 있지도 않았다. 참모총장 집무실보다 넓지는 않았지만, 책장이 없고 채광이 좋아서 못해도 한 배 반은 돼 보이는 방이었다.

　우주군 발사기지 사령관 송근기는 커다란 책상 너머에 놓인 커다란 의자에 앉아 있었다. 등 뒤와 양옆에서 햇살이 쏟아져 들어왔다. 책상 앞에는 묵직한 회의용 테이블이 놓여 있었다. 원탁이었지만 사령관이 따로 앉아 있었으므로 별 의미는 없었다.

　송근기 중장이 말했다.

"민감한 사건이니까 엄정하면서도 융통성 있게 다뤘으면 한다."

사령관을 반쯤 등지고 앉아 있던 감찰실장 직무 대행 박수진 소령의 어깨가 움찔했다. 그리고 곧바로 펜을 든 오른손이 하늘을 향했다. 발언권을 달라는 의미였다.

"그래, 박 소령."

사령관이 지목하자 수진이 뒤를 돌아보며 물었다.

"엄정하면서도 융통성 있는 게 뭐죠?"

원탁에 둘러앉아 있던 헌병대장, 작전과장, 그리고 정보과 엄종현 대위가 동시에 호흡을 멈췄다. 사령관이 목소리를 가다듬고 근엄하게 대답했다.

"감찰, 헌병, 정보참모가 공동으로 다룰 거니까 자동으로 엄정해지겠지. 융통성 있게 하라는 건 속도 조절을 하라는 거고."

수진이 사령관의 의중을 다시 확인했다.

"남들이 보면 무서워 보이게 티를 내면서 요란하게 조사하기는 하되 서로 견제하면서 천천히 가라는 거군요. 협조해서 빨리빨리 가지 말고."

사령관은 감찰실장 직무 대행을 노려보았다. 내용은 공격적이지만 감정은 전혀 느껴지지 않는 말투였다. 비꼬는 투도 아니고 도전하는 기색은 더더욱 찾아볼 수 없었다. 다만 정확한 지침을 바랄 뿐이었다. 사령관은 너그러운 목소리로 대답하기로 결정하고 실행에 옮겼다.

"어느 쪽으로든 예단하지 말라는 소리지. 크로스 체크를 충분히 하라고. 일단 큰 사건인 건 분명해. 행성 간 연락선에 총기 데이터가 전송됐으니까. 정보 라인 쪽에서 확인해봤지?"

엄 대위가 망설임 없이 대답했다.

"예, 화성에서 출발해 지구로 날아오는 행성 간 연락선의 비상용 부품 생산 장비에 총기 데이터가 전송된 것을 확인했습니다. 전송 지점이 우리 기지인 것도요. 이 둘은 반론의 여지가 없습니다."

수진이 끼어들었다.

"정확히 설명해주겠어? 단계가 어떻게 되는 거지? 우선 비상용 부품 생산 장비라는 것부터."

"입체 프린터와 거기에 연결된 조립용 로봇 팔입니다. 행성 사이를 수 개월간 비행하는 우주선은 고장이 날 경우 자체 정비 말고는 수리할 방법이 없습니다. 그런데 어떤 부품에 이상이 생길지 모르는 상황에서 중량이 많이 나가는 부품들을 전부 가져갈 수는 없겠죠. 그래서 소량의 재료와 도면 데이터만 싣고 출항하는 겁니다. 필요한 장비가 있으면 즉석에서 만들어버리게요. 입체 프린터로 부품을 찍어내고 로봇 팔로 조립을 해버리는 식입니다."

종현의 설명이 끝난 뒤에도 수진은 아무런 대꾸를 하지 않았다. 대신 노트에 무언가를 적고 있었다.

침묵이 흘렀다. 회의에 참석한 모두가 수진의 필기가 끝나기를 기다리고 있었다. 수진의 앞에는 다섯 가지 색의 볼펜과 두 가지 색의 형광펜이 놓여 있었다. 수진은 파란색 볼펜과 삼각자를 사용해서 '입체 프린터'라는 글씨 위에 정성스럽게 네모를 쳤다.

네모를 다 그리고 나서 수진이 덧붙였다.

"형상과 질료 같은 거군. 그 형상 부분을 원거리에서 추가할 수 있다는 거야?"

"물론입니다. 지구나 화성에서 데이터를 전송할 수 있죠. 원래 우주선에 있는 부품 데이터는 대충 다 갖고 있지만, 그걸로 해결 안 되는 상황이 있을 수 있으니까요. 최신 부품이 필요하다거나."

"그 전송 절차를 이용해서 누가 총기 데이터를 보냈다? 데이터만 간 거지? 총이 실제로 만들어진 건 아니고."

"예, 작동 기록도 확인하고 재료 잔량도 체크했습니다. 실물로 제작되지는 않았습니다."

종현의 말이 끝나자 수진이 또 공책에 무언가를 적기 시작했다. 다시 침묵이 흘렀다. 수진의 두 손에 모두의 시선이 고정됐다. 헌병대장이 조급한 듯 어깨를 움찔움찔하다가 작게 한숨을 내쉬며 물잔을 입으로 가져갔다.

필기를 끝낸 수진이 볼펜을 내려놓고 사령관 쪽을 돌아보며 말했다.

"큰 사건이기는 한데 애매하게 큰 사건이네요."

송근기 중장이 천천히 고개를 끄덕였다. 거대한 풍채 위로 햇빛이 잔뜩 쏟아져 내렸다.

"그렇지. 우주군 본부에서는 총기 부분에 초점을 두고 조사할 모양이기는 해. 그래도 아직 사건이 터진 건 아니니까 우리 기지에서 자체 조사할 말미는 주겠다는 거지."

"얼마나요?"

"이틀."

수진이 다시 물었다.

"이틀이 지나면요?"

"본부에서 맡겠지, 우리는 손 떼고. 연합우주군이 직접 개입하는 걸 막으려면 본부도 대충 넘어가지는 못할 거야. 박실장, 그 회의록 공유해줄 거지?"

수진은 공책에 '이틀'이라고 쓰고 그 옆에 화살표를 그어 '우본 개입'이라고 쓰면서 건성으로 대답했다.

"회의록은 엄 대위가 작성해서 공유하겠죠. 아무것도 안 적고 있는 것 같아도 회의 끝나면 금방 보고가 올라갈 겁니다. 정보과는 엄청 유능하거든요. 가끔 만들면 안 되는 회의록 만들었다가 들키기도 하는 건 문제지만. 아무튼 제 건 개인용이라 참고하실 게 못 돼요."

필기를 마치고 수진이 이번에는 헌병대장 쪽을 돌아보며 물었다. 다른 사람들이 모두 수진이 필기하는 모습을 구경하는 사이, 어느새 회의의 주도권이 감찰실장 쪽으로 넘어간 듯했다.

"용의자는 차관영 교수가 확실하지요?"

"글쎄. 카메라에 찍힌 것만으로는 차관영 교수인지 확실하지는 않아. 얼굴이 나오지는 않아서. 차 교수님처럼 보이기는 하는데 용의자로 지목하기에는 너무 간접적인 증거지."

헌병대장은 대답을 마치기 전에 사령관의 얼굴을 흘끗 쳐다보았다. 수진이 짧게 쏘아붙였다.

"뭐라 부르든 그 시간에 통신중계소 근처를 얼쩡거린 사람은 그 한 명뿐이니까요. 그리고 외부인이 영내로 들어왔는데 정문 초병이 따로 출입 기록을 남기지 않았다는 건 말이 안 되니까, 아는 얼굴이라는 의미겠죠? 초병이 보기에 꼭 차관영 교수처럼 생긴 그 사람이 실은 차관영 교수가 아니었다면 결국 정문 초병이 책임을 져야 하는데, 그쪽에 먼저 책임을 묻고 싶지는 않네요, 비상식적이라. 우선 상식적으로 생각할게요, 아는 사람이어서 기록을 남기지 않은 것으로. 해당 영상은 회의 끝나면 바로 좀 받아볼 수 있게 해주시고요. 제가 헌병대로 연락하겠습니다. 그리고 차관영 교수 거주지가 요 아래 마을이지요? 혹시 만나보셨나요?"

"직접 만나지는 못했고 연락은 했지."

"저런. 의심받고 있다는 사실만 알려주셨군요. 뭐라던가요?"

"부인하던데."

"알리바이는요?"

헌병대장은 불편한 기색을 감추지 않으면서 대답했다.

"그 시간이면 한창 영상 미팅을 하고 있었을 시간이라더군. 유럽 쪽에 있는 누군가와."

"정확히 누구랑요?"

"민감한 통화여서 알려줄 수는 없다는데, 나중에 일이 심각해진다면 분명히 확인은 되는 통화라고……."

수진이 반쯤 고개를 돌려 사령관 쪽을 바라보며 물었다.

"이틀 뒤에 우주군 본부에서 확인 들어가면 그때는 수긍하겠다는 이야기인데, 어쩔까요? 이 이틀 동안의 사전 조사는 이런 게 허풍인지 아닌지 확인하기 위한 조사로 생각하면 되겠습니까? 아니면, 그냥 본인 진술을 믿고 지나갈까요?"

엄종현은 침을 꼴깍 삼켰다. 사령관이 조용히 고개를 저었다. 확실한 부정의 표시였지만 세차게 저었다고는 할 수 없을 만큼 은밀한 움직임이었다. 수진이 고개를 끄덕였다.

"알겠습니다. 대화 상대를 확인하는 일은 우본에 넘기도록 하겠습니다. 그럼 우리가 가지고 있는 건 뭐죠? 알리바이를 확인해줄 사람이 있나요?"

수진의 질문이 다시 자기 쪽을 향하자 헌병대장이 자세를 고쳐 앉으며 대답했다.

"없어. 마을 쪽에서 차 교수 집 방향을 찍은 감시 카메라 영상은 하나 있는데 멀어서 뭘 알아보기는 힘들고."

"멀리서요? 얼마나 멀리서요?"

"한 5백 미터?"

헌병대장이 그렇게 말하면서 수첩 아래 놓여 있던 태블릿 컴퓨터를 원탁 한가운데로 내밀었다. 화면은 온통 검은색이었다. 중간중간 켜져 있는 가로등 불빛과 눈에 익은 아랫마을 뒷산의 실루엣이 아니었으면 화면 자체가 꺼져 있다고 생각했을지도 모를 만큼 어두운 광경이었다. 왼쪽 하단에는 시간이 표시되어 있었는데 끝자리가 빠르게 변하는 것을 보면 정지 화면은 아닌 듯했다. 물론 움직이는 물체는 아무것도 없었다.

수진은 화면을 유심히 들여다보다가 잠시 후 고개를 들고 헌병대장에게 물었다.

"야간에 5백 미터 거리에서요? 당연히 도움이 안 될 것 같은데 그 이야기를 왜 굳이 꺼내신 거죠?"

"사건 발생 시간 전후로 두 시간씩을 다 확인해봐도 눈에 띄는 게 아무것도 없었거든. 차를 타고 나갔으면 전조등이 켜졌을 거고 걸어서 이동했어도 현관 조명은 켜졌을 거 아냐. 일부러 *끄고* 나온 거라면 어쩔 수 없지만."

수진이 다시 무언가를 공책에 써 넣었다. 나머지 네 사람은 또다시 벌을 서듯 수진의 손놀림을 바라보았다.

수진이 말했다.

"도움 안 되는 영상이라는 말씀을 굳이 하신 거군요."

그러자 헌병대장이 기다렸다는 듯 반박했다.

"그건 아니지. 보이는 게 없는 건 아니야."

"뭔데요?"

"여기 봐. 그 집 거실에서 불빛이 하나 새 나오고 있잖아. 다른 실내조명은 다 꺼져 있고 모니터 같은 데서 나오는 불빛이 희미하게 보이는 게 차 교수 진술과 일치한다고."

헌병대장이 화면 한군데를 가리켰다. 희미한 불빛 하나가 켜져 있었다. 아래쪽을 보니 시간도 계속 흘러가고 있었다. 자세히 들여다보고 있자니 불빛의 색깔이 조금씩 변하는 것 같았지만, 알아차릴 수 있을 만큼 큰 변화는 아니었다.

수진은 공책을 노려보았다. 그러고는 책상 위에 놓여 있는 검은 펜 쪽으로 손을 뻗으려다가 마음이 바뀌었는지 이내 그만두었다.

"역시 이건 따로 기록할 필요가 없겠네요. 자, 그럼 지금 바로 일을 시작해볼까요? 이 영상도 넘겨주실 수 있죠? 아까 그 감시 카메라 영상이랑 같이 받아 갈게요."

수진은 필기구를 챙겨 필통에 하나씩 집어넣기 시작했다. 아무도 폐회를 선언하지 않았지만 정리가 끝나면 모두 자리에서 일어나야 할 것 같은 분위기였다.

책상 정리가 완전히 끝나기 전에 사령관이 다급하게 입을 열었다.

"박 실장, 이거 하나만 말해두는 게 좋을 것 같은데, 차 교수를 용의자로 보는 건 나도 반대야. 오랫동안 우주군에 기여하신 분이고 우리는 그분의 명예를 지켜드릴 의무가 있다네."

감찰실장은 곧바로 대답하지 않았다. 대신 필통 지퍼를 천천히 닫은 후 노트와 삼각자를 왼쪽 옆구리에 끼고는 자리에서 일어났다. 그러더니 사령관 쪽을 돌아보며 전혀 감정이 실리지 않은 톤으로 물었다.

"그럼 뭐라고 지칭하면 좋을까요?"

사령관은 아무 대답도 하지 않았다. 수진은 사령관에게 경례를 하고는 책장이 하나도 없는 방을 성큼성큼 빠져나왔다.

잠시 후 복도를 지나 2층으로 가는 계단에서 엄종현이 수진에게 물었다.

"감찰실장님, 정보과에서 오히려 이런 걸 여쭤봐서 죄송한데요, 혹시 제가 모르는 맥락이 있었나요? 사령관님도 그렇고 헌병대장님도 그렇고, 차관영 교수가 누군데 그렇게……?"

"별거 아니야. 사령관님 두 기수 선배."

그러자 종현이 그 자리에 멈춰 서며 짧게 탄식했다.

"아, 우주군 출신이었군요."

수진은 계단참에 멈춰 서서 위쪽에 서 있는 종현을 올려다보았다.

"지금은 2급 군무원이야. 교수라고 부르기는 하는데 진짜 교수는 아니지. 대령까지 하고 전역해서 한 1년 쉬고 바로 연구직으로 들어왔어. 아직도 사람들은 대령님, 대령님, 그래."

"그래서 이 사건을 조심스럽게 다뤄야 하는 거였군요."

"뭐 꼭 그래야 되는 건 아니고, 그러는 사람도 있다 정도로 해둡시다. 엄 대위가 어느 쪽이 돼야 할지는 정보과장님이 알아서 잘 정해주실 거니까 지침 받아서 그대로 따르시고. 나는 나대로 할 거니까."

수진은 씩 웃으며 계단을 내려갔다. 그러다 네 칸 아래에서 다시 멈춰 서서 종현에게 물었다.

"아, 그런데 엄 대위 전공이, 정확히 말하면 종이접기 전문이 아니라 위성 분석이었지?"

"예."

"『월간 우주군』에서 본 것 같은데, 지구궤도에 떠 있는 거 보고 어떻게 생긴 위성인지 역추적하는 거랬나?"

"그렇죠. 요즘은 화성궤도에 떠 있는 걸 훨씬 많이 보고 있지만요."

"역시 화성 쪽 들여다보려고 스카우트된 거군? 그 이야기는 나중에 하고, 엄 대위한테 그거 한번 물어보고 싶었는데. 지구궤도든 화성궤도든 궤도에 떠 있는 걸 보고 역추적하는 거랬잖아. 그런데 궤도에 떠 있는 걸 본다는 행위 말이야. 정확히 뭘 말하는 거야? 내가 얼마 전에 야근하면서 요즘 지구 중력권에 들어왔다는 소행성을 망원경으로 보려다가 실패한 적이 있거든. 날씨가 안 좋아서. 그런데 망원경 빌려준 사람이 그러더라고. 그거 어차피 점 하나로밖에 안 보일 거라고."

"그렇죠. 더 좋은 망원경으로 보기는 하지만 뭐 결국 비슷합니다."

"그 작은 점을 보고 위성의 형태나 구조를 알아내는 거야, 그렇지?"

"잘 아시네요."

"집중적으로 연구하면 구조물이 접혔다가 펼쳐졌다가 하는 방식이나 완전히 펼쳤을 때의 도면까지도 알아낼 수 있고."

종현이 웃으며 대답했다.

"정확히 그게 제 직업이죠. 다른 일반 정보장교 업무도 많이 하지만요."

수진이 갑자기 웃음기 없는 얼굴로 물었다.

"내 질문은 이거야. 그 많은 걸 알아내는 데 점 하나면 충분한 거지?"

종현이 고개를 끄덕이며 한 박자 늦게 대답했다.

"그게 천문학이니까요. 어차피 더 많은 힌트가 주어질 가능성은 거의 없는 학문이라 점 하나만 보고 그게 하나짜리 항성인지 쌍성인지, 쌍성이면 공전주기가 얼마인지, 거느린 행성은 몇 개가 있는지, 주위를 도는 행성 중 제일 큰 행성 주위에는 토성 고리처럼 생긴 고리가 몇 겹이나 있는지 그런 걸 다 알아내야죠."

"맞아. 확대한다고 형태가 보이는 게 아닌데도 그 빛만 보고 이런저런 정보를 알아내는 거랬어. 심지어 그 행성 날씨가 어떤지 연구하는 학문도 있다는 것 같던데."

"서가을 예보관 전공이 그거예요."

"아, 서가을한테서 들은 이야기구나. 어쩐지 내 천문학 지식은 대부분 거기서 온 것 같다, 신뢰 안 가게."

"그렇지는 않을 겁니다. 갈 데가 없어서 우주군에 있는 사람은 절대 아니니까요."

그러자 수진이 의미심장한 톤으로 속삭였다.

"그렇지. 그런 사람들이 잔뜩 있는 데가 우주군이겠지. 그래서 하는 말인데, 점 하나만 자세히 들여다보면 그것도 알아낼 수 있을 거야, 그렇지?"

"그거라면, 정확히 뭘 말씀하시는 건지?"

"알리바이 말이야. 차관영."

종현은 어리둥절한 표정으로 천장을 바라보다가 다음 순간 수진을 내려다보며 눈을 번쩍 떴다. 그 모습을 보고 수진이 말했다.

"오케이. 말이 되는 소리인가 한번 찔러봤는데 표정 보니까 알겠네. 결과 나오는 데 얼마나 걸릴까?"

종현은 멍한 얼굴로 자신 없게 대답했다.

"하룻밤은 꼬박 걸리지 않을까요?"

"좋아. 내일 전에는 결과가 나와야 되니까. 엄 대위도 그거 준비 작업 하려면 남들 없을 때 하는 게 낫겠지? 인공지능 돌려야 되겠지?"

"예? 예. 그게, 그렇죠. 그렇긴 한데, 실장님 그걸 도대체 어떻게 생각해내신 거예요? 제가 생각하는 그거 말씀하시는 거 맞죠?"

"나도 모르지, 어떻게 생각해낸 건지는. 노트 정리한 거 복습하는 게 취미여서 그런가. 하여간 인공지능 쪽은 내가 사용 허가 받아놓을 거니까 저녁 먹고 잠깐 대기하고 있어."

수진은 차를 타고 기지 본부 건물 옆 언덕 위에 있는 통신중계소로 향했다. 마침 김은경 서기관이 근무하는 시간이었다. 은경은 수진을 보자마자 넋두리를 해댔다.

"이게 무슨 일인지 모르겠네. 화성직 퇴근 시간은 벌써 한참 전에 지났는데."

"서기관님도 대기하래요? 아직은 큰일 아닌 것처럼 말하던데."

"나한테만 큰일이지 뭐. 나 같은 사람 대기시키는 게 세상에서 제일 편한 대응 방법이니까."

"저런. 그래서 연락선 쪽은 어떻게 돌아가고 있대요?"

"아직 조용하게 처리하고 있대. 일단 승객들한테는 비밀로 하고 승무원들이 조용히 총알이 반입됐는지 수색하고 있대."

"총알요?"

수진이 물었다. 은경이 피식 웃으며 대답했다.

"입체 프린터로 화약은 못 만드니까. 샴푸도 못 만들고 치약도 못 만들고."

"만능 기계 아니었어요?"

"박 실장, 사실 입체 프린터가 뭔지 모르지?"

수진이 눈을 동그랗게 뜨고 고개를 끄덕였다.

"몰라도 일하는 데 지장 없더라고요."

"감찰실장이 입체 프린터가 뭔지 모른다는 사실만 알려지지 않으면 지장이 없겠지. 감찰실장 무서운 사람이라고 소문이 파다한데 알고 보면 딱 필요한 거 말고는 아무것도 모르고. 잘 숨기고 다녀."

"속이려고 속인 것도 아닌데요 뭐. 제가 만든 게 아니라 사람들이 만들어낸 캐릭터라."

"그러시겠지. 아무튼 총알은 찍어낼 수가 없으니까, 누군가가 몰래 전송된 데이터를 이용해서 우주선 입체 프린터로 총을 만들어 쓸 계획을 세웠다면 총알도 따로 밀반입했을 거라는 이야기야. 그게 발견되면 그때부터 진짜 큰일이 되는 거지. 누가 범인인지도 같이 드러나기는 할 텐데, 배후 세력 알아내려면 일이 커지기는 할 거야. 발견이 안 돼도 지구 쪽 정거장에 도착할 때까지 상당히 찝찝한 상황이 이어질 거고."

"서기관님 계속 대기하셔야겠네요. 우주선 승무원들도요."

"그럴까 봐 걱정이지. 빨리 찾았으면 좋겠는데. 아, 이거 박실장이 반가워할 일인가?"

은경의 말에 수진이 어깨를 으쓱했다.

"애매해요. 아직 우주선 사고가 난 건 아니니까요."

"기대는 하고 있는 눈치인데?"

"어떻게 흘러가는지 지켜봐야죠. 그냥 구경만 하고 있을 입장은 아니지만. 그래서 말인데요, 여기 인공지능 좀 빌려주세요. 오늘 밤에."

"우리 컴퓨터? 밤에? 지금 하지. 화성 정착지도 이제 밤이라 우리 이제 다 퇴근인데."

수진이 목소리를 낮추고 말했다.

"은밀하게 해야 하는 일이어서요. 신청서 쓰면 되죠?"

"쓰면 되는데, 박 실장 같은 일반인한테 그 비싼 물건을 맡기기는 좀 그렇고. 오퍼레이터 필요할 거 아니야. 우리 팀은 지금도 벌써 야근이라 그 시간에 오퍼레이터 출근시키기는 곤란한데. 내가 직접 와서 하는 것도 마찬가지고."

"아아, 그럼 정보과에서 하나 데려다 쓰죠 뭐."

"그러면 되겠네. 낙하산 대위 그런 거 잘하던데. 말이 낙하산이지 모셔온 거라던데. 정보과 안에서도 대우가 상당한 모양이더라고."

그 말에 박수진이 묘한 웃음을 지으며 되물었다.

"엄종현 대위요? 시간 되나 한번 물어볼게요."

"그 웃음은 뭐야? 그게 그렇게 신나는 일인가?"

"그럴 일이 있어요. 얼른 퇴근할 궁리나 하세요."

"그래야지. 신청서만 쓰고. 어디 보자, 다른 내용은 대충 다 알고, 컴퓨터 데리고 뭐 할 거야?"

"텔레비전이나 좀 보려고요."

"밤새?"

"밤새."

그러자 은경이 고개를 절레절레 흔들며 걱정스러운 목소리로 수진에게 당부했다.

"그냥 정보 임무라고 쓰자. 묻지 마 비밀 작전. 엄 대위한테 오늘 작업 컴퓨터에 안 남게 조심하라고 해. 그러니까 이게 무슨 말이냐면……, 아니다, 내가 직접 연락하는 게 낫겠다."

차관영은 창밖을 내다보았다. 대문 앞에는 양복을 빼입은 나이 든 남자와 그의 비서로 보이는 젊은이 두 명이 서 있었다. 길 한쪽에는 검은색 차도 주차되어 있었다. 광택을 보아하니 차가 명함인 사람 같았다.

"택배는 아닌 것 같은데. 뭐 하는 사람들이지?"

옆에 나란히 서서 창밖을 바라보던 중년의 딸이 그 말을 듣고 어깨를 으쓱했다. 차관영은 현관으로 나갔다. 그가 모습을 드러내자 양복 입은 노인이 반갑게 인사했다.

"아이고, 차관영 교수님 아니십니까? 불쑥 찾아왔는데 마침 댁에 계셨군요."

기억을 더듬어봤지만 아무것도 떠오르지 않았다. 모르는 사람이 분명했다. 그래도 차 교수는 드물게 찾아온 손님을 반갑게 맞이했다. 마치 원래 잘 알고 지내던 사람처럼 허물없는 표정도 지어 보였다.

"미리 연락이라도 하고 오시지. 항상 집에 있기는 합니다만 가끔 자리를 비울 때가 있어서요. 헛걸음 안 하셔서 다행입니다. 그런데 실례지만 누구신지 여쭤봐도 되겠습니까?"

영문은 알 수 없지만 밀려서는 안 되는 승부가 분명했다. 대범하고 친절해야 한다. 이유는 나중에 들어도 된다. 차관영은 몸에 밴 습관에 충실했다. 좋지 않은 일로 찾아온 사람이라면 저런 식으로 인사를 건네지는 않을 것이다.

손님이 대답했다.

"인사가 늦었습니다. 미리 찾아뵙고 인사를 올렸어야 했는데. 이광삼이라고 합니다. 별 대단한 사람은 아니고 이 촌구석에서 도의원 노릇이나 몇 년째 해 먹고 있습니다."

차 교수는 대문으로 걸어가 손으로 직접 문을 열었다. 이광삼이 비서에게서 명함을 받아 차 교수에게 내밀며 전혀 비굴하지 않은 자세로 고개를 숙여 인사했다. 몸에 밴 정치인의 제스처였다.

차관영이 말했다.

"갑자기 나오느라 명함을 못 들고 와서 죄송합니다. 그런데 무슨 일로 오셨는지요? 바쁘지 않으시면 일단 안으로 드시겠습니까? 누추하지만 길에서 이야기하기도 그렇고요."

이 의원이 기다렸다는 듯 대문 안으로 성큼 들어섰다. 그리고 곧장 현관 쪽으로 걸어갔다.

"마당이 좋습니다. 귀농도 너무 거창하게 하면 고달프지요. 화단 정도나 잘 가꾸는 게 딱 좋은 것 같습니다. 팔기도 뭣한

데 힘들게 농사짓고 수확하고 애태울 필요가 없지요."

잠시 후 두 사람은 거실 소파에 마주 보고 앉았다. 비서 두 사람은 집 안으로 들어오지 않고 차 뒤쪽에 서서 자연스럽게 담소를 나누었다.

이광삼이 흐뭇한 미소를 머금으며 창밖을 바라보다가 먼저 말을 꺼냈다.

"젊었을 때는 추리소설을 그렇게 좋아했었죠. 그때는 취향이 살벌해서 그런지 영국 추리소설이 잘 맞았거든요. 그래서 무슨 생각을 했냐면 우리 마을에도 퇴역한 대령이 한 분 사셨으면 좋겠다, 그런 바람을 가진 적이 있었습니다. 영국 추리소설은 좀 보신 적 있으신가요?"

"아니요, 저는 그다지 많이 못 읽었습니다."

"그러시군요. 영국 추리소설 보면 꼭 그렇게 대령이 나오거든요. 군대에 있는 대령이 아니라 동네 유지 같은 대령이 피해자로도 나오고 용의자로도 나오고, 마을마다 꼭 하나씩은 있습니다. 현역 대령이었으면 어마어마했을 텐데, 이 사람들은 그냥 민간인이지요. 교회 목사님이나 학교 선생님처럼. 옛날로 치면 지방 귀족들이 그 시절 영국에서 대령이 된 게 아닌가 싶어요. 차 교수님 뵈니까 그 생각이 나서 서론이 길었습니다. 허허."

"대령으로 있으면서도 대령이 그런 건 줄은 몰랐습니다. 옛날 귀족이면 요새로 치면 대령이 아니라 도의원이나 시의원 아니겠습니까? 천천히 이야기나 나누다가 가셔도 좋지만, 도정으로 바쁘실 텐데 일부러 시간 내서 찾아오셨으니 실례지만 용건을 먼저 여쭙겠습니다."

차관영이 점잖게 묻자 이광삼은 찻잔을 만지작거리며 능글능글하게 화제를 돌렸다.

"그렇지요? 딴소리가 길었네요. 그럼 염치 불고하고 본론으로 넘어가겠습니다. 오늘 제가 차 교수님을 찾아뵌 건 다름이 아니고 긴히 여쭤볼 말씀이 있어서입니다."

"말씀하시지요."

"차 교수님처럼 훌륭하신 분이 이런 누추한 동네에 오시면 저희로서는 궁금할 수밖에 없거든요. 아시다시피 다들 기회만 되면 떠나려고 하는 곳이라."

차관영은 처음으로 고개를 갸웃했다.

"그거야 이상할 게 없지요. 기회 되면 떠나는 건 젊은이들 이야기고 저처럼 더는 기회가 필요 없는 나이가 되면 조용한 데로 돌아오는 게 꿈이라."

"허허. 그렇습니까? 그렇다 해도 이 동네가 딱히 경치가 좋거나 살기 좋은 곳은 아니어서요. 반쯤은 우주군 베드타운으로 변해버렸고. 무엇보다 차 교수님께서도 잘 아시겠지요. 우주군 소음 때문에 불편하다고 민원도 여기저기 많이 넣으셨다고요."

"그것 때문에 직접 찾아오신 건가요, 설마?"

"그럴 리가요. 찾아뵙겠다고 하니까 비서가 알려준 겁니다. 만날 분에 대해서 기본 조사 같은 건 하니까요. 아, 뒷조사는 아니고 다 알려진 정보만 정리해주는 정도입니다. 도의원이나 돼서 말실수를 하고 다니면 그 사람들이 제일 곤란해지니까요. 해서 말인데, 우주군에서는 주로 본부 근무를 하셨더군요. 연고도 그쪽에 있으시고. 여기 기지에서는 오래 안 머무셨던데……"

"우주군이면 근무지가 어디든 발사기지는 자주 찾습니다."

"그러니까요. 그런데 저처럼 해병대 나온 사람들은 이해가 잘 안 가는 점이 있어서요. 어째서 교수님처럼 훌륭하신 분이 특별히 연고지도 아닌 이런 동네로 낙향을 하셨을까요?"

차관영은 대답할 말을 찾지 못했다. 애초에 도의원이 무슨 의도로 그런 질문을 하는지 감을 잡을 수가 없었다.

이광삼이 말했다.

"거참, 그럼 거두절미하고 묻겠습니다. 서론이 이미 길어졌습니다만."

"그러시지요."

"내년 선거에 관심이 있으십니까?"

"예?"

"도의원 출마하실 생각이 있으시냐고요. 여당 쪽에서 신망이 두터우시던데. 요즘도 국방부에 자문하시지요? 태양이 두 개가 된 후로는 뉴스에도 간간이 보이시고. 이런 훌륭한 분이 지역구에 계시면 현역 의원으로서는 염려가 될 수밖에요. 그래서 알아보려고 직접 찾아뵀습니다. 출사할 의향이 있으신지, 있으시다면 어느 쪽에 출사할 계획이신지."

순간 차관영은 머릿속이 하얘졌다. 도의원이 만면에 음흉한 미소를 띠며 찻잔을 입으로 가져갔다.

갑자기 차관영이 헛웃음을 터뜨렸다. 긴장이 해소되는 바람에 저도 모르게 터져 나오는 웃음이었다.

"아니, 별말씀을요! 그 일 때문에 오신 거군요!"

"그 일 때문에 왔습니다. 일어나기 전에 꼭 답을 들어야겠습니다."

차관영은 맞은편으로 다가가 이광삼의 손을 덥석 잡으며 말했다.

"의원님, 제가 도울 일이 있으면 힘껏 돕겠습니다. 선거 말입니다. 도정도 마찬가지입니다. 저는 당연히 출마할 생각 같은 건 없고요."

이광삼이 의심스러운 눈으로 차관영의 눈을 들여다보았다.

"정말입니까?"

"물론입니다, 하하하하하! 그런 게 있는 줄은 생각도 못 해

봤습니다. 걱정 끼쳐드릴 줄 알았으면 제가 미리 가서 인사를
여쭐 걸 그랬습니다."

순간 어색한 침묵이 흘렀다. 그러나 얼마 지나지 않아 이광
삼이 호쾌한 웃음을 터뜨렸다. 차관영 역시 따라서 웃기 시작
했다. 예의상 웃는 웃음이었지만 반 이상은 진심이었다. 차관
영은 그 파안대소 중에도 웃음기를 띠지 않는 도의원의 눈을
슬쩍 들여다보았다.

하지만 그런 건 상관없었다. 그 일 때문에 찾아온 사람만
아니라면.

그날 저녁, 엄종현은 독신자 숙소의 자기 방에서 연락을 기
다리고 있었다. 조금 늦게 퇴근한 박국영이 약식 정복 차림으
로 문을 열고 들어왔다. 자기 방이기도 했으므로 당연히 노크
는 하지 않았다. 종현은 문이 열리는 소리에 화들짝 놀랐다.
국영이 알아차리지 못할 만큼 짧은 순간이었다.

국영이 외출복을 입고 앉아 있는 종현을 보더니 물었다.

"어디 가세요?"

"일이 있어서. 아까 박 대위가 준비해준 거 본격적으로 처
리하려고."

"급한 일이었어요? 영화 드라마 검열하는 건 줄 알았는데."

"우주군은 정보과가 검열도 해? 그런 거 아닌데. 차관영 교

수 때문에."

"예? 그 소문 듣긴 했는데, 드라마랑 그 일이랑 무슨 상관이죠? 아, 정보과한테 이런 질문하는 거 아니지 참. 그나저나 그 양반 언젠가 한 건 할 것 같긴 했는데 큰일을 벌인 모양이죠?"

종현은 국영을 향해 의자를 돌렸다.

"잘 알아?"

"잘은 아니고, 우리 민원인 중 하나예요. 여기 기지연구개발단에서 엔진 시험 같은 거 하면 홍보과에 전화 오고 그래요."

"홍보과는 왜?"

"홍보과 전화번호는 여기저기 뿌려져 있잖아요. 다른 부서 번호는 알기가 어렵고. 게다가 그 양반 예술가거든요, 자칭이지만. 사진을 찍는다나 그림을 그린다나. 엔진 시험하면 수증기 발생하잖아요. 야외에서 풍경화인가 뭔가를 그리고 있는데 갑자기 없던 구름이 피어올라서 영감이 다 사라져버렸다던가, 그러면서 엔진 시험 일정 좀 미리 알려주면 안 되겠느냐고 전화가 오곤 하더라고요."

"한 번 온 게 아니야?"

"석 달에 한 번쯤은 올걸요. 똑같은 건 아니고 별 시비를 다 걸어요. 시끄럽다고 뭐라 그러고 수증기 때문에 갑자기 비 온다고 뭐라 그러고. 본인도 우주군 출신이면서 왜 그러는지 모르겠어요."

그러자 종현이 정보 요원 같은 어조로 물었다.

"요즘 우주군이 마음에 안 드는 거 아니야? 참모총장이 여자라서 그런다든지."

"그런 경향도 있겠죠. 구예민 총장님이 좀 동맹도 많고 적도 많고 그런 스타일이거든요. 적이 없으려면 관례대로 대충대충 하는 것도 넘어가줘야 하는데 그러지를 않으시니까. 요즘 우주군이 잘나가는 것처럼 보이니까 옹호를 하든 비판을 하든 언론 쪽에서 수요가 있어요. 찬반양론에 각각 두 명씩은 늘 필요하니까, 직업으로는 나쁘지 않죠. 차 대령은 비판 쪽으로 캐릭터를 잡은 것 같아요."

"그래도 돼? 엄연히 군속이잖아."

"본부 홍보과에서 모니터는 계속 하는데, 그냥 내버려두고 있어요. 싸움이 좀 있어야 흥행이 되니까."

"그랬구나. 그런데 그 비판이라는 거 말이야. 처음에는 그냥 캐릭터였어도 계속하다 보면 스스로 믿게 되지 않나?"

국영은 눈을 굴리며 기억을 더듬었다. 그러더니 무언가 생각난 듯 결과를 출력해냈다.

"듣고 보니 그런 것 같네요. 요즘 팩맨 태양 요격론 밀고 있던데. 연합우주군이 저걸 아직 안 없애고 있는 건 전 지구적인 우주군 열풍을 조금 더 이어가기 위한 술책이라고. 그러는 와중에 죽어가는 북극곰은 어쩔 거냐는 결론으로 빠져서 좀 그렇지만. 영 틀린 말은 아니죠. 한국우주군을 직접 비판하는 것도 아니고 해서 그냥 두고 보고 있는데, 요즘 그 양반 좀 진지해진 것 같기는 하죠. 너무 화성총독 팬 아닌가 싶기도 하고, 정치하려고 그러는 거 아니냐는 관측도 있고."

"팩맨 쉽게 못 없애는 건 협약 때문 아니야? 그게 연합우주군 존립 근거잖아. 뭐가 됐든 지구 주위를 돌고 있는 걸 미사일로 요격하는 행위를 금지하는 거."

종현이 셔츠를 갈아입으며 툭 던지듯 물었다.

"결국 요격할 거 아니에요? 지구 근처라고 하기에는 좀 멀고. 어차피 애매하잖아요. 타이밍 재는 거 말고 실질적인 의미가 있나요? 갑론을박해봐야 결론은 안 날 거고 어차피 저대로 놔둘 수는 없고. 언젠가 요격하겠죠. 유리한 시기에."

"뭐, 그렇겠지."

"아, 팬 이야기 하니까 또 생각난 거 있어요. 차 교수 따님이 진짜 교수님이신데 아스티 팬이거든요. 지난달에 차 교수가 홍보과에 전화해서 대신 사인 좀 받아달라고 부탁한 적이 있었어요. 갑자기 공손해져서는."

"저런. 그래서 해줬나?"

"기지 사령관 선배라는데 어쩌겠어요. 전화하면 굳이 그 이야기를 안 빼먹고 하거든요. '내가 사령관 선밴데' 하면서. 그렇게 프리패스 하다가 결국 사고 치는 거죠. 아직도 진짜 대령인 줄 알고. 위에서는 어떻게 처리한대요?"

"글쎄, 고민 중인 것 같아."

"예, 뭐. 모르고 한 거였지만 이번에는 저도 기여를 했으니까 결정되는 게 있으면 홍보단에도 바로바로 알려주세요. 수습하는 사람도 정보가 필요하기는 마찬가지거든요. 제발 엉뚱한 데 이상한 정보 좀 슬쩍 흘리지 마시고요. 우리는 신뢰가 자산이라, 곧 정정될 정보 계속 흘리면 일하기 힘들어요."

종현은 고개를 끄덕이고는 다시 책상 쪽으로 의자를 돌렸다. 그러다 잠시 뒤에 전화벨이 한 번 울리자마자 짐을 챙겨 들고 방을 나갔다.

다음 날 아침, 박수진은 퀭한 얼굴로 기지 본부 건물을 나섰다. 서가을이 지나가다가 수진을 알아보고는 인사를 건넸다.

"밤새 시험공부라도 하셨어요?"

"초췌해 보인다 싶으면 그냥 못 본 척 지나갈 줄도 아는 예보관이었으면 얼마나 좋았을까."

"그러게요. 왜 이렇게 생겨 먹어가지고. 실장님은 또 당직은 아니셨을 거고, 일이 많았어요? 누가 또 사고 쳤나."

"밤새 영화 보느라."

"예?"

"아니다. 밤새 영화 보고 드라마 보고 인터넷 동영상 보는 컴퓨터 들여다보느라. 이것도 아니네. 밤새 영화 보는 컴퓨터 들여다보는 정보장교 뒤통수 보느라. 나도 뭔 말인지 모르겠다."

"뭔지는 몰라도, 듣기만 해도 지루한 게 분명히 일 같네요. 이제 쉬러 가세요?"

"쉬러 간다기보다는 씻으러. 준비 작업 끝내고 이제 본론만 남았는데 언제 시작될지 몰라서 또 금방 와서 대기해야 돼. 빨리 시작했으면 좋겠네. 졸리면 낭팬데."

"잘하시겠죠. 남은 에너지 끌어모아서 잘 마무리하세요. 저는 동남풍 일으키러 가야 해서 이만."

수진은 아랫마을에 있는 집으로 내려가 씻고 잠깐 침대에 누웠다가 깜빡 잠이 들었다. 두 개의 태양이 창문을 넘어 커튼 안쪽으로 파고들었지만 수진은 미동조차 하지 않았다.

그러다 잠시 후 깜짝 놀라 잠에서 깼다. 시간을 확인하려고 팔을 뻗어 휴대전화를 찾는데 때마침 전화벨이 울렸다. 감찰실 선임 부사관 최수지 하사였다.

"깜빡 잠들었네. 사령관님이 찾으셔?"

수진이 묻자 최 하사가 대답했다.

"아니요, 사령관님은 아무 말씀 없으시고, 정보과에서 연락이 와서요. 차관영 교수가 차에 짐을 잔뜩 싣고 있다던데요."

"아이고, 저런. 도망가시려고? 악수를 두시네. 사령관님 영내에 계시나?"

"예, 집무실에 계세요."

"올라가야겠네. 10분 뒤에 갈 거니까 엄종현 대위한테 연락하고 작전과에도 알려줘. 내가 회의 소집할 거라고."

"헌병대에도 연락할까요?"

"아니, 작전과에 통보하면 알아서 하겠지."

수진은 차를 타고 기지 본부로 올라갔다. 2층에 들어서자 감찰실에서 작전과에 이르는 복도가 시끌시끌했다. 엄종현 대위가 작전과 지상작전실장과 헌병대장 두 사람에게 포위당한 채 한쪽 벽에 몰려서 있는 모습이 보였다.

수진이 모습을 드러내자 엄 대위가 구원을 바라는 눈빛을 보냈다. 수진은 궁지에 몰린 종현의 눈을 보며 다른 두 사람에게 물었다.

"무슨 일이죠? 여기서 이러고 계실 일이 아닐 텐데요."

지상작전실장 전운실 소령이 화가 난 듯한 목소리로 말했다.

"정보과가 월권을 해버렸어요."

"월권?"

"조금 전에 헌병대에서 차관영 교수 차를 막아 세워버렸거든요. 그런데 지시한 사람이 헌병대장님이 아니라 정보과였어요."

수진이 전 소령을 바라보며 물었다.

"차를 막아 세웠다니, 어디서?"

"섬 밖으로 나가는 다리 앞에서요. 바리케이드를 치고 검문을 해버렸어요. 지금 검문소에 잡아두고 있는데, 그다음에 기지 헌병대로 보고가 올라왔고요. 교량 경비 초소에 누구 지시로 차 교수를 붙들어뒀는지 물었더니 엄종현 대위 명령이었다더군요. '헌병 감찰 정보 합동 대응반' 지시라고. 제가 모르는 사이에 그런 반이 만들어졌습니까?"

헌병대장은 아무 말도 하지 않았지만, 기분이 썩 좋아 보이지는 않았다. 수진은 다시 종현 쪽을 보면서 전 소령에게 대답했다.

"그런 반은 아직 없지만 엄 대위가 필요한 조치를 취한 건 맞는 것 같은데. 차관영 교수가 지금 이 시각에 섬 밖으로 나가는 다리 위에 있으면 안 되는 거잖아. 하마터면 헛손질할 뻔했는데. 지금 우리가 합의하면 합동 대응반이 지시한 게 되는 거 아닌가?"

헌병대장이 입을 열었다.

"차 교수를 붙잡아둘 근거가 뭐지? 실제로 교량을 차단하고 차 교수를 구금한 건 헌병대였는데, 근거가 있는 조치인가? 사령관님 지시 사항도 아니지 않나."

그의 말이 더 길어지기 전에 수진이 자르고 들어갔다.

"법무실장은 자리에 없나요?"

"오고 있습니다."

전운실 소령이 짧게 대답했다. 수진이 고개를 끄덕이며 헌병대장에게 재차 물었다.

"경비 초소에서는 차 교수를 얼마나 잡아둘 수 있죠? 30분은 가능하겠죠?"

헌병대장은 대답 대신 어깨를 한번 으쓱해 보였다. 알아서 하라는 의미로 읽혔다.

"그럼 사령관 집무실로 가시죠. 앉아서 해결해봅시다."

수진이 그렇게 말하고는 앞장서 갔다. 다른 세 사람이 그 뒤를 따랐다.

사령관은 자기 자리에 앉아 있었다. 그리고 다른 네 사람에게는 앉으라는 말조차 하지 않았다. 얼굴에는 짜증스러운 표정이 역력했다. 차관영에게 직접 전화 연락을 받은 게 분명했다.

"예우에 각별히 신경 쓰라고 했을 텐데. 그게 그렇게 무리한 부탁이었나."

헌병대장은 표정이 굳었다. 지상작전실장은 오히려 기세가 등등했다.

사령관이 말을 이었다.

"정보과장도 오고 있지? 정보과장한테 설명을 들었으면 좋겠는데 오려면 한 시간은 걸린다고 하고. 엄 대위가 설명해보겠나? 아니면 감찰실장이 할 거야?"

"제가 하겠습니다."

박수진이 망설임 없이 입을 열었다.

"예우는 충분히 신경 쓰고 있었습니다만, 차관영 대령님이 섬 밖으로 이탈하려고 시도한 상황에서는 이야기가 다른 것 같습니다. 용의자로 보는 단계는 아니지만 조사 대상이 사라져버리는 건 지금 상황과는 비교도 안 될 만큼 큰 문제니까요. 누구라도 먼저 조치를 했어야 하는데 정보과가 맨 먼저 상황을 파악하고 조치한 거라……."

사령관이 수진의 말을 자르고 들어왔다.

"근거가 뭐냐고! 용의자로 보는 게 아닌데 사람을 연행해? 도망치는 걸로 단정하는 거잖아. 뉴스도 안 보나? 사회활동도 많고 바쁘신 분이야. 섬 안에 연금되어 있는 분이 아니라고. 오늘 일정에 늦으시면 책임질 거야?"

"단순히 일 때문에 섬을 빠져나가는 것으로 보기에는 곤란합니다. 진술에 문제가 생겨버렸거든요."

"문제?"

송 장군이 공격적인 어조로 물었다. 수진은 손에 들고 있던 서류를 원탁 위에 내려놓으며 말했다.

"알리바이가 깨졌거든요."

그러자 사령관과 지상작전실장, 헌병대장의 얼굴이 수진을 향했다. 수진이 입을 열자 수진과 종현 사이를 오가던 세 사람의 시선이 수진에게로 모아졌다.

"헌병대장에게 양해를 구한 시간이 25분쯤 남았겠네요. 바로 설명으로 들어가겠습니다. 어젯밤에, 사건 발생 당시 차관영 대령의 집을 찍은 영상을 분석했습니다. 5백 미터 거리에서 찍힌 그 감시 카메라 영상입니다. 엄종현 대위의 자문을 구했는데요, 엄 대위 전문 분야가 위성 분석이기 때문입니다. 잘 아시겠지만 실전에 배치되어 있는 타국 위성을 분석하는 임무인데요, 요즘은 지구궤도보다는 화성궤도에 떠 있는 위성을 분석하는 일이 더 많다고 합니다. 배경 설명은 넘어가고요, 본론부터 시작하면 좋겠지만 이 이야기를 하기 위해서는 서론이 필요합니다. 잠시 양해 바랍니다. 위성을 분석한다는 건 위성이 찍힌 영상을 보고 이 위성이 어떻게 생겼는지 알아내는 일에서 출발합니다. 영상이 있는데 모양을 알아내는 게 뭐가 대수인가 싶겠지만, 여기에서 위성 영상이라는 건 새까만 밤하늘을 배경으로 떠 있는 점 하나를 말합니다. 그렇지, 엄 대위?"

종현이 고개를 끄덕였다. 수진이 잠시 호흡을 가다듬고는 말을 이었다.

"내 설명이 이상하면 끼어들어서 정정하도록. 계속하겠습니다. 점 하나를 들여다보고 이 점이 어떻게 생겼는지를 알아내는 일이지요. 어떻게 알아내느냐? 일단 빛의 광도가 어떻게 변하는지를 측정합니다. 기본적인 천문학 연구 방법입니다. 아주 미세한 밝기 변화까지 알아낼 수 있는데요, 컴퓨터가 자동으로 광도 변화 그래프를 작성합니다. 오래 관찰하다 보면 반복되는 패턴이 나오고, 그게 한 주기가 됩니다."

수진은 책상에 놓여 있는 자료들 중 광도 변화 그래프가 나와 있는 종이를 사령관 쪽으로 내밀며 설명을 이어갔다.

"여기서 여기까지가 한 주기, 또 여기서 여기까지가 한 주기니까, 위성의 형태를 알아내려면 여기에서 여기까지 이 한 주기를 알아내는 게 관건입니다. 이걸 보고 위성의 모양을 역추적해내는 거죠."

전 소령이 끼어들었다.

"순서가 반대 아닌가요? 광도 변화 그래프는 결과고 위성의 모양은 원인인데, 결과를 보고 모양을 알아낸다고요? 그게 가능하다고요? 이 그래프만 보고?"

수진이 대답했다.

"좋은 질문이야. 정확히 그게 핵심이야. 전 실장이 생각하는 결론도 맞고. 이 그래프만 보고는 무슨 수를 써도 위성의 원래 형태를 알아낼 수 없어. 이 그래프만 보면."

"그럼요?"

"이거 하나만 붙들고 주관식이나 서술형으로 풀면 못 푸는 문제야. 그런데 객관식으로 풀면 돼."

"다른 보기가 없잖아요."

"다른 보기를 임의로 만드는 거지. 가상의 광원을 같은 각도에서 비추게 만들어놓고 해당 위성의 위치에 구를 올려놓는 거야. 자전주기를 똑같이 만들고, 그러니까 가상으로, 그래프를 그려보는 거지. 이걸 1번 선택지라고 하자고. 그다음은 구 대신 삼각뿔을 대입해서 빛을 비췄을 때 광도 변화 그래프를 그려보는 거야. 2번 선택지. 다음은 정육면체. 다음은 원통."

"잠깐만, 그래봐야 임의로 만든 선택지잖아. 그런 선택지 네 개를 원래 그래프랑 비교하는 게 무슨 의미가 있어?"

헌병대장이 끼어들었다. 수진은 고개를 숙인 채 다음으로 내밀 서류를 찾으며 침착한 목소리로 대답했다.

"의미가 있습니다. 사지선다가 아니거든요."

"그럼?"

"선택지가 500개쯤 되는 객관식 문제로 풀면 됩니다. 이렇게요."

수진이 사령관 쪽으로 내민 종이에는 광도 변화 그래프가 한 장에 수십 개씩 들어 있었다. 수진은 다시 설명을 이어갔다.

"가설이라는 게 있으니까요. 알려진 위성들의 리스트라는 게 있으니까 제로에서 시작할 필요는 없습니다. 알고 있는 모든 위성을 목표 위성과 동일한 궤도에 가상으로 올려놓은 다음, 해당 광원에 노출시켜놓고 광도 변화를 시뮬레이션해보는 겁니다. 그중에 일치하는 게 하나는 있겠죠. 물론, 그래도 일치하지 않을 수 있습니다. 전혀 새로운 형태의 장비를 식별해내는 게 엄 대위 임무의 핵심일 테니까요. 그럼 참고할 모델이 없겠죠. 이런 경우에는 어떻게 하느냐. 어떻게 하지, 엄 대위?"

"선택지를 만 개쯤 만들어서 시뮬레이션을 돌릴 수 있습니다."

"겨우 만 개?"

"십만 개도 가능합니다. 다른 방법도 있는데, 타깃 위성의 형태를 구성 요소별로 분할해서 분석하는 기법도 있습니다. 예를 들면 재래식 우주선은 원통 형태의 본체에 원뿔 모양의 귀환선이 달려 있습니다. 원뿔 반대편에는 노즐이 붙어 있을 거고요. 원기둥 형태에서 생겨난 광도 변화 그래프를 기본으로 두고, 여기에 원뿔 구조물 때문에 생겨난 광도 변화 패턴이 덧붙여진 부분만 따로 추출해낼 수도 있습니다. 기본 도형들은 패턴이 이미 잘 알려져 있어서 분석이 쉽거든요. 복잡한 구조물도 기본 도형의 조합으로 나눠서 분석하면 불가능한 일은 아닙니다."

수진이 손을 들어 종현의 말을 중단시켰다.

"시간이 없으니 서론은 이쯤에서 마치겠습니다. 저쪽으로 빠지면 전문 영역이 되니까요. 다시 하던 이야기로 돌아가서, 요지는 역추적 기법의 원리입니다. 결과를 보고 역방향으로 추적해 들어가는 게 아니라는 거죠. 순방향으로 시뮬레이션해서 패턴을 기록한 다음, 분석하려고 하는 결과물의 패턴과 단순 비교하는 작업인데, 다만 어마어마하게 많은 양을 단시간에 처리한다는 점이 포인트입니다. 컴퓨터의 도우심으로요. 수험생 자녀나 조카가 있으신 분은 아실 거예요. 수학 못하는 아이들이 객관식은 3번으로 다 찍어놓고 남는 시간에 4점짜리 문제 하나를 풀려고 시도하는 경우가 있는데요, 이때 사용하는 방법과 똑같습니다. 1에서 100까지 직접 대입해보고 맞아떨어지는 걸 찾아내는 식입니다. 자물쇠 비밀번호를 푸는 방식도 비슷하겠네요. 하나씩 넣어보면 됩니다. 시간만 많으면요."

사령관의 몸이 등받이 쪽으로 기울었다. 헌병대장과 지상작전실장도 더 해보라는 듯 몸에서 긴장을 풀었다.

수진이 본론으로 들어갔다.

"이게 이해가 되셨으면 여기서부터는 쉽습니다. 헌병대장님이 제공해주신 5백 미터 밖 영상을 보면 점 하나밖에 안 나옵니다. 하지만 사실 우주군에서는 그 점 하나면 충분한 경우가 많습니다. 다행히도 스틸 컷이 아니라 동영상이었거든요. 일단 광도 변화 그래프가 나오고요, 분광기를 거치면 점 하나가 세 개나 네 개로 나뉘기도 합니다. 후자는 생략하고 단순 작업을 했습니다. 어젯밤에 통신중계소 인공지능을 빌려서 밤새 텔레비전을 보게 했습니다."

그 말에 사령관이 짧게 탄식했다. 이해했다는 뜻이었다. 수진은 고개를 끄덕이며 자신 있게 진도를 나갔다.

"일단 영화를 봤습니다. 구할 수 있는 영화들을 하나씩 틀어놓고 영화의 광도 변화 그래프를 작성했습니다. 인공지능 컴퓨터의 머릿속에 작은 방 하나를 만들어놓고, 차관영 대령 거실에 있는 것과 비슷하게 생긴 텔레비전을 켠 다음, 그 앞에 놓인 가상의 소파에 인공지능을 앉힙니다. 그다음 플레이 버튼을 누르죠. 하나를 보는 데 1초도 안 걸리지만 파일을 마음대로 가져다 쓸 수 있는 여건이 아니어서 원래 플레이 타임대로 틀었습니다. 대신 그런 방 수만 개를 만들어서 동시에 영화를 보게 했습니다. 모두 인공지능의 머릿속에서 일어난 일입니다. 짐작하시겠지만 관건은 영화를 보는 일이 아니라 영화를 조달하는 일이었습니다. 엄 대위가 정보과의 노하우를 활용해서 수고해줬는데 자세한 내용은 묻지 않기로 했습니다. 아, 홍보단의 협조를 받은 걸로 알고 있습니다. 영화를 마친 다음에는 드라마를 봤습니다. 그날 같은 시간 모든 채널에서 방송된 프로그램을 다 봤고요, 그런 다음 엄 대위가 입력한 목록에 없는 것들을 보게 했습니다. 애니메이션, 다큐멘터리, 공연 실황, 뮤직비디오, 광고. 그다음에는 최근 인터넷에서 인기 있는 동영상들을 보게 했고, 우리가 찾아주는 데에는 한계가 있다는 생각이 들어서 나중에는 인공지능이 알아서 찾아보게 했습니다. 물론 이 편이 훨씬 효율적이었습니다. 그런데 인공지능 관리 담당인 김은경 서기관이 그날 본 것들은 제발 인공지능에 저장하지 말라고 당부하더군요. 옆에서 슬쩍 보니까 왜 그런 말을 했는지 알 것 같았습니다. 아무튼, 하룻밤 사이에 엄종현 대위와 저와 컴퓨터가 무슨 일을 했느냐. 요약하면 이렇습니다. 사건 발생 시점에 이 섬에 거주하는 인간이 구해서 볼 가능성이 있는 영상물을 전부 찾아서 봤습니다. 전부입니다."

"찾아냈나?"

사령관이 물었다. 수진이 고개를 끄덕였다.

"전부 광도 변화 그래프로 바꿨고, 헌병대장이 제공한 감시 영상에 기록된, 차관영 교수 자택 거실에서 나오던 희미한 불빛의 광도 변화 그래프와 동일한 패턴으로 움직이는 그래프를 발견했습니다."

"하아, 거참! 기가 막힐 노릇이구만! 어떻게 그렇께까지……. 그래, 그래서 그게 뭐였지? 아무튼 화상회의는 아니라는 거지?"

"예. 맨 처음 시작했던 영화 카테고리 쪽에서 찾아냈습니다. 처음 엄 대위가 제공한 데이터베이스에는 들어 있지 않아서, 다른 과정을 다 거친 후 인공지능이 스스로 검색하는 단계에 들어가고 나서야 찾아냈습니다. 그 바람에 시간이 많이 걸렸죠. 인공지능이, 뭐랄까요, 학습을 거쳐서 독특한 형태의 문화 수용자가 되어야만 생각해낼 수 있는 것이었거든요."

"그게 뭔가?"

"특정한 형태의 팬이 되어야 했는데요."

"아니, 영화 제목 말이야."

"아, 〈반달루시아〉라는 한국 영화입니다."

수진이 제목을 말하는 순간, 잠자코 듣고 있던 전운실 소령이 자기도 모르게 피식 웃음을 터뜨렸다. 방 안에 있는 모두의 시선이 그쪽으로 향했다. 전 소령은 저작권의 제약이 없는 여건에서 인공지능이 영화 한 편을 보는 시간 안에 평정을 찾았다.

사령관이 물었다.

"전 실장, 아는 영화야?"

수진이 전 소령을 보며 고개를 끄덕였다. 그러자 전 소령이 대답했다.

"아스티 영화입니다. 본부 군악대에서 근무하고 있는 이자운 일병이 우주군 입대를 앞두고 찍은 영화인데, 흥행은 실패했습니다."

"뭐? 그 비덴서티? 영화도 찍었어? 그보다 차관영 대령님이 그 시간에 그런 영화를 왜? 아……."

사령관이 말을 끝맺지도 못한 채 장탄식을 내뱉었다. 수진이 영화에 관한 정보가 담겨 있는 종이를 사령관 쪽으로 슥 내밀면서 사령관의 말을 대신 마무리했다.

"따님인 차민영 교수가 홍보단 박국영 대위에게 이자운 일병의 친필 사인을 부탁한 적이 있습니다. 이런저런 물품을 보내면서 사인을 받아달라고 부탁했는데, 물론 청탁은 차관영 대령을 통해서 홍보단으로 들어갔습니다. 차민영 교수가 차관영 대령 집에 상주하는 건 아니지만……."

"거의 매주 와서 살림을 거들어드리고 있지. 그래, 무슨 말인지 알겠네. 이제 알겠어. 그걸 알아내고 나서 감찰실장은 잠시 쉬러 내려가고 엄 대위는 차 대령님 자택을 감시했다는 거군."

종현이 사령관의 말에 대답했다.

"그렇습니다. 알리바이가 깨졌으니까요."

사령관이 말없이 종현을 바라보았다. 신뢰가 담긴 듯도 하고 원망하는 듯도 한 복잡 미묘한 표정이었다. 삼면에서 들어오는 자연광 때문에 각도에 따라 표정이 시시각각 달라 보이는 탓일지도 몰랐다.

"헌병대장, 헌병대장이 직접 가게."

사령관이 체념한 듯 명령하자 헌병대장이 짧게 대답했다.

"예."

"차 대령님을 모셔와. 곧장 내 방으로 모시게."

"차량은 어떻게 할까요?"

"압수해서 조사해야지. 직접 운전하시게 하면 안 돼. 그러다 사고 나."

점심시간이 되자 수진은 옥수수가 든 비닐봉지를 들고 기지 본부 옥상으로 올라갔다. 문을 열고 밖으로 나가니 김은경 서기관이 늘 앉던 자리에 앉아 있었다.

"요즘 식당에 자주 나타나신다는 소문을 들은 것 같은데요."

"아, 박 실장."

"식당 별로예요?"

"새로 온 사람들이나 좀 만나볼까 하고 몇 번 가본 거야. 1년 치 사회성이 바닥나서 이제 내년까지 거기 못 가."

"저런. 한 옥상에 두 명의 주인이 있을 수는 없는데."

"한 하늘에 두 개의 태양이 뜨는 세상인 거 몰라?"

수진이 은경 옆으로 가서 앉았다. 두 사람은 하늘을 슬쩍 올려다보았다. 그러다 약속이라도 한 듯 손으로 눈을 가리며 발밑에 드리운 그림자로 시선을 돌렸다.

"그림자가 두 개인 시절도 이제 얼마 안 남았겠죠. 하나는 어차피 허수아비니까. 잘 봐둬야 될 것 같아요."

"그럽지는 않을 것 같은데."

"지금이 우주군 전성기일지도 모르잖아요."

두 사람은 아무 말도 하지 않았다. 수진이 옥수수를 꺼내서 손으로 하나하나 뜯어 먹을 따름이었다.

한참 뒤에 은경이 먼저 말문을 열었다.

"차관영 씨 잡혀왔다고?"

"고이 모셔왔죠. 사령관님이 선배 대접은 극진하셔서."

"그분은 참 우주군 같지 않으셔. 누가 보면 공군인 줄 알겠네."

"공군에서 들으면 어리둥절할 말씀이시네요."

"누가 봤다는데, 사령관 방에 들어가면서 차관영 씨가 우주군한테 저주를 퍼부었대."

"저런. 그런데 무슨 저주를요?"

"참모총장 욕 같은데. 언제까지나 이렇게 줄타기를 할 수 있을 줄 알았냐, 팩맨은 왜 그대로 놔두는 거냐, 그거 요격해봐야 기온 안 떨어질 거 다 아니까 국제 협약 핑계 대면서 얼버무리는 거 아니냐, 차라리 화성정무관이 맡는 게 훨씬 낫겠다, 뭐 그런."

"시사평론가시네요."

"시사평론가지. 그 와중에도 사람들 시선 의식하는 거 보면 이제 준프로 정도는 되지."

"저거 요격하고 말고가 참모총장 소관은 아닌데."

"화성정무관이 할 수 있는 일도 아니고."

다시 침묵이 흘렀다. 그러다 은경이 문득 옆을 보며 물었다.

"차관영 씨는 이제 어떻게 된대? 왜 총기 데이터를 반입했대?"

"몰라요. 저야 뭐, 장기판의 병(兵)일 뿐이니까요. 우주군 본부에서 알아서 조사할 거예요. 우주선 쪽도 본격적으로 수색 작업에 들어가지 않을까요?"

"그러겠지. 차관영 씨 잡힌 게 우주선 내부에 있는 공범한테 알려지면 증거인멸 들어갈지도 모르니까. 공범이 있다면 말이야."

"드디어 우주군도 반대 세력이라는 게 생겼네요. 이제야 수면 위로 올라왔다고 해야 하나."

"돈이 되니까. 역사상 최초로. 그리고 구 총장이 좀 위험한 줄타기를 하는 건 사실이잖아. 지금까지는 그나마 흔들릴 염려는 없는 줄이었다만, 언제까지나 그렇지는 않겠지."

"그런가요? 한동안 탄탄할 것 같은데."

"그 사람이 오면 이야기가 달라지지 않을까?"

"아, 그 사람. 오고 있댔죠?"

"오고 있겠지."

"줄을 흔들까요?"

"그냥 가만 서 있기만 해도 줄이 밑으로 축 처지겠지."

"하긴. 가만히 있어주기만 해도 다행이겠네요."

"그런데 있잖아, '장기판의 병'이 아니라 '장기판의 졸(卒)' 아니야? 장기판의 말이나 체스판의 폰이나. 장기판의 병은 난생처음 들어본다."

"몰라요. 장기판 보면 병도 있고 졸도 있잖아요. 아무거나 하면 되지 이름이 무슨 상관이에요."

"그런 말 하면 없어 보이잖아. 그 서슬 퍼런 우주군 발사기지 감찰실장 직무 대행이."

"그거 다 다른 사람들이 만든 이미지라니까요. 팩맨 태양처럼 아무것도 아닌데. 저 그런 거 몰라요."

"이미지 하니까 말인데, 감찰실장이 이제는 농구 감독까지 한다고 소문이 자자하던데. 박 실장도 원래는 선수였다나 뭐라나. 뭐라더라, 혹시 무릎 부상당해서 국가대표 발탁 직전에 선수 생활 그만둔 적 있어?"

"네에?"

둘은 갑자기 터져 나오는 웃음을 참지 못하고 깔깔거리며 웃어댔다. 웃음을 멈추자 다시 옥상이 쥐 죽은 듯 조용해졌다. 배터리가 다 된 장난감 같았다.

점심시간이 끝날 때쯤 수진이 말했다.

"아무려면 어때요. 그렇게 믿으라 그러세요."

"예, 예, 비밀로 하겠습니다요."

수진은 옥수수를 입으로 가져갔다. 먼 데서 비행기 날아가는 소리가 들렸다. 저 아래 농구장에서 공 튕기는 소리가 텅 텅, 들려왔다.

곰 인형 버리기

박영아는 김은경의 눈을 빤히 들여다보았다. 그러면서 고개를 천천히 좌우로 기울였다. 은경의 시선은 움직이는 박영아를 따라가지 않았다.

　"제 말 듣고 계신 거죠?"

　박영아가 묻자 은경이 정색하며 대답했다.

　"물론이죠."

　"그럼 계속할게요. 저희 프로그램은 지구‒화성 간 통신이 민간에 개방되는 시점에 맞춰서 제작될 거예요. 화성 쪽은 이런 사업에 호의적이어서 크게 문제가 없는데 지구 쪽은 규제가 많아서 어떻게 될지 잘 모르겠네요. 그래도 일단은 지구와 화성 양쪽에 동시에 방영하는 게 목표예요."

은경이 추임새를 넣었다.

"시장이 두 배가 되는 거니까요."

"그렇죠. 저희 입장에서 지구 시장을 포기한다는 건 사실 말이 안 돼요. 직관적으로 생각해도 반 토막이 날 거고, 실제로는 70퍼센트 정도를 날려먹을 거여서요. 시험 방송은 나머지 30퍼센트를 대상으로 화성에서 먼저 시작하겠지만 투자받을 때는 지구 시장까지 완전히 열리는 상황을 전제로 추진할 수밖에 없더라고요. 그사이에 1년 정도 시간은 있겠죠. 화성 시험 방송 송출일과 지구 쪽 오픈일까지."

그러자 옆에서 듣고 있던 박국영이 끼어들었다.

"1년이면 빠듯하네요."

박영아가 대답했다.

"아, 화성 시간으로 1년이에요. 제가 지구로 돌아온 지 얼마 안 돼서 가끔 실수를 하네요. 지구 시간으로 환산하면 1년 10개월쯤 될 거예요. 비현실적인 건 아니죠."

"아."

국영은 눈을 들어 시계를 올려다보았다. 통신중계소 한쪽 벽에는 세 개의 시계가 걸려 있었다. 한국 시간과 화성 현지 시간을 알려주는 둥근 시계가 양옆에 하나씩 걸려 있었고, 그 가운데에는 지구 시간으로 환산한 화성 현지 시간, 즉 하루가 24시간 37분으로 끝나는 전자시계가 자리하고 있었다.

유리창 안쪽으로 보이는 통신실은 텅 비어 있었다. 빈 무대처럼 주황색 조명 하나가 켜져 있을 뿐이었다.

은경이 다시 말을 받았다.

"화성 시험 방송은 아직 개시 안 하신 거죠?"

박영아가 대답했다.

"그렇죠. 일단 민간 통신망이 열리는 게 먼저니까요. 개시일은 다음 내합으로 생각하고 있어요."

은경이 고개를 끄덕이는 것을 보고 다시 박국영이 물었다.

"그게 뭐죠?"

은경이 대답했다.

"태양, 지구, 화성 순서로 배열되는 때를 말하는 거야. 지구랑 화성이 태양을 중심으로 공전하고 있잖아. 행성 두 개가 같은 쪽을 돌고 있을 때가 내합이야."

박영아가 이어받았다.

"시계로 치면 12시 정각 같은 거예요. 시침과 분침이 같은 데 있는 타이밍. 거리가 제일 가깝죠. 12시 33분처럼 시침과 분침이 반대 방향에 가 있는 게 외합이고요. 지구, 태양, 화성 순서로 배열되는 땐데 이때가 제일 멀어요."

"아, 그럼 행성 사이 거리가 계속 변하는 거군요?"

국영이 무언가 깨달았다는 표정을 짓는 것을 보고 은경이 고개를 절레절레 흔들었다.

"행성직 쪽에도 관심 좀 가져주지. 홍보단한테 그거 물어보는 사람이 아무도 없었던 모양이구나. 제일 가까이 있을 때 광속으로 편도 3분쯤 걸려. 태양을 사이에 두고 반대편에 있을 때는 21분. 국제전화 하면 미세하게 딜레이 생기지? 이쪽에서 말한 게 저기까지 가는 데 걸리는 시간이 있고, 그걸 듣고 저쪽에서 대답한 게 이쪽으로 오는 데 또 똑같은 시간이 걸리고. 행성 간 통신할 때는 그 딜레이가 6분에서 42분쯤이 된다는 이야기야."

"예? 그럼 엄청 답답하겠네요. 행정 명령도 이걸로 하지 않아요? 그런 명령이 다 그런 식으로 전달되는 거예요?"

"어쩔 수 없지. 전파를 광속보다 빨리 쏘아 보낼 방법은 없으니까. 우주선 원격조종 하는 것도 다 그 정도 시간이 걸려. 공부 좀 하지. 박 PD님 말씀대로면 내년쯤에는 물어보는 사람 많아질 것 같은데."

"그럼 질문 하나 하고 답 하나 듣는 데 최소 6분이 걸리는 거예요? 대화를 어떻게 해요? 회의 한 번 하면 하루 다 가겠네요."

"그래서 행성직 공무원이 통화를 대신 해주는 거잖아. 질문을 모아서 열 개씩 스무 개씩 한꺼번에 하면 대답도 한꺼번에 오는 거야. 하나 묻고 하나 답하고 하는 식으로 진행하면 하루가 다 가지. 모아서 질문해도 그사이에 딜레이가 있는 건 마찬가지지만. 까맣게 모르고 있었나 보네."

"그냥 문서로 주고받을 줄 알았죠."

"문서가 많이 오가지. 그래도 중요한 건 직접 연락을 할 수 있게 돼 있는데, 자기 일이 세상에서 제일 중요하다는 사람이 한둘이 아니어서 말이야. 지구 안에서도 마찬가지잖아. 문서로 보내면 될 걸 꼭 회의를 잡아가지고."

"예, 뭐, 회의 자체가 실적으로 잡히니까요. 그런데 그 내합에 방송을 시작해야 한다는 건 뭐예요?"

국영이 박영아를 향해 시선을 돌리며 물었다.

"딜레이가 제일 짧은 때잖아요. 최소 6분. 그때부터 42분까지 점점 길어질 거고요. 그걸 한 시즌으로 잡고 드라마를 방영하는 거예요. 그러면 1회는 6분짜리 짧은 파일럿 드라마가 되고, 한 회 분량이 점점 길어지다가 마지막에는 42분짜리가 되겠죠. 초반에는 광고처럼 흥미로운 내용으로 짧게 짧게 만들어서 시청자를 끌어모으고, 마지막에는 긴 호흡으로 마무리하면 좋잖아요. 이걸 거꾸로 하면 1회가 42분이고 마지막이 6분이니까 별로죠. 그러니까 내합에 시작해야 하는 거예요."

다시 은경이 거들었다.

"그냥 통신 딜레이만 달라지는 게 아니고 행성 간 관계도 변해. 행성 간 연락선이 다니는 것도 내합 근처니까 두 행성 사이의 정치 경제도 가까워져. 그런 의미의 축제 기간이 되지."

그러자 박영아가 뒷부분을 받아서 이었다.

"외합에는, 그러니까 태양을 사이에 두고 두 행성이 멀어져 있을 때는 우주선도 못 다니고 통신 자체도 뜸해져요. 아무래도 딜레이가 엄청 길어지니까요. 외딴 행성 두 개가 되는 건데, 사실 이때 화성에서는 다른 의미의 축제가 시작되기도 해요."

국영이 물었다.

"그 시기를 환영하는 거예요?"

"외합절이라고, 일주일쯤 축제 기간이 있어요. 점점 늘어나서 지금은 2주간 쉬는 데도 있는데, 유래는 외합 기간에 지구와 화성 사이에 태양이 끼어 있어서 통신 장애가 발생한 거였어요. 개척기 때부터 있던 건데요, 지구에서 화성으로 날려 보낸 우주선에 보내는 신호가 태양을 지나면서 깨지거든요. 수신 상태도 안 좋고 잘못된 신호가 전송되기도 해서 우주선에 오작동이 생기는 거죠. 그 비싼 우주선에. 그래서 이 기간 되면 통신 장비를 아예 꺼버려요. 우주선은 자동 조종 걸어놓고 지구 쪽 담당자들이 다 휴가를 가버리곤 했대요. 그 전통이 이어지는 거예요."

은경이 한숨을 내쉬며 끼어들었다. 국영에게 하는 설명이었다.

"반란 전에는 그냥 그게 다였지. 그런데 지구 영향력에서 멀어진 시기에 반란이 일어났어. 지구 쪽 행성직 공무원들은 다 휴가를 가버리니까 그때는 화성 쪽 직할시에서 완전히 자치를 해야 되거든. 그야말로 전권 위임이 되는데 그걸 이용해서 독립을 선언해버린 거야. 자치의회 새로 만들고 화성 도시 동맹에 가입하고."

박 PD가 대꾸했다.

"그래서 진압됐죠. 무자비하게."

"무자비하다고 할 정도는 아니죠."

"과도하게 무력 진압한 건 사실이잖아요. 방어를 한 게 아니라 명백히 공격 작전이었고."

"수적으로 열세였으니까요. 공격이 방어였어요."

국영은 두 사람의 얼굴을 번갈아 들여다보았다. 예상치 못한 냉랭한 분위기였다. 그는 재빨리 화제를 돌렸다.

"그러니까 박 PD님이 우주군에 협조를 요청하시는 내용은 그 드라마를 여기 통신중계소에서 시험 상영해달라는 거죠?"

박영아가 눈치를 채고 언제 그랬냐는 듯 다시 활달한 어조로 대답했다.

"네, 지금은 민간 통신망이 오픈이 안 돼 있어서 테스트할데가 없어서요. 윗분들은 행성직 공무원분들 복지라고 생각해서 좋아하시는 것 같고요."

"그게 왜 복지죠?"

국영이 박영아에게 묻는 말에 은경이 대신 대답했다. 비즈니스 미팅이니 일단 휴전하겠다는 의미로 들렸다.

"지구에서도 국제전화 하면 딜레이 생겨서 갑갑하잖아. 중간에 0.5초쯤 시간이 비면 본능적으로 뭔가 말을 하는 게 예의일 것 같아서 말을 꺼내는데 그러면 또 상대가 말하려는 걸 가로막게 되고. 6분쯤 차이 나면 어떻겠어? 아예 30분씩 시간이 뜨면 상관이 없는데 6분, 10분, 이렇게 딜레이가 생기면 가만히 화면만 보고 있기가 애매하거든. 가서 다른 일을 하기에도 너무 짧은 시간이고. 게다가 이게 중요한 보고일 때도 있어서 담당자가 자리를 떠버리기도 그래요. 자리를 지키고 있어야 된다는 말이야. 그게 행성직 스트레스 1위거든. 이걸 견디느냐 못 견디느냐로 이 일을 할 수 있느냐 아니냐가 정해지는 수준으로. 그래서 그 시간에 볼 콘텐츠를 제공해주겠다는 거지."

"6분짜리 같은 영상을 계속 돌려봐요?"

"그런 방송 영역이 생겨나면 6분짜리 10분짜리 15분짜리 콘텐츠가 때에 맞춰서 수십 개씩 만들어지지 않을까?"

"짧은 영상물이야 지금도 차고 넘치잖아요."

"많지. 그런데 콘텐츠 제작사들도 많잖아. 그 사람들도 뭐든 만들기는 해야 될 거 아냐. 공짜 콘텐츠랑은 비즈니스 모델도 다르고. 저쪽 업계도 경쟁 장난 아닐걸. 새 시장 타진하는 거야 저쪽에서는 늘 하는 일이니까."

은경의 말이 끝나자마자 박영아가 치고 들어왔다.

"여러 채널이 생기고 시청자들도 집중해서 보게 되겠죠. 이것도 꽤 중요한 요소예요. 광고 단가에 영향을 미쳐서. 아무튼, 이론은 그런데 실제로 해보지 않으면 알 수 없는 것들이 많아요. 예를 들어, 6분 딜레이 기간에 딱 6분짜리 콘텐츠를 제공하는 게 진짜로 좋은가 하는 거요. 중간에 멈췄다가 다시 보는 경우가 있을 거 아니에요. 그걸 감안하면 5분이나 5분 30초짜리가 더 나을 수도 있겠죠. 그래서 실전 테스트를 안 할 수가 없는데, 할 수 있는 곳이 얼마 안 돼요. 한국에서는 일단 행정부 쪽에 있는 중계소랑 여기 정도. 그래서 협조 요청을 하는 거예요. 위에서는 일단 긍정적으로 검토하기로 한 거니까 어떻게든 해결이 되지 않을까 싶네요. 그런데 김은경 서기관님, 제 이야기 듣고 계신 거 맞아요?"

박영아가 다시 고개를 양옆으로 기울이며 물었다. 은경은 여전히 시선을 움직이지 않은 채 짧게 대답했다.

"그럼요."

국영이 그 광경을 보고 고개를 갸웃했다. 은경이 퉁명스럽게 물었다.

"그런데 박 PD님, 테스트를 하기에는 케이스가 너무 적지 않나요? 행정부랑 여기 정도라고 해봐야."

"아, 그렇지는 않아요. 행정부를 섭외한 건 한국이 좀 특이한 케이스이긴 한데, 우주군 쪽은 한국우주군만 단독으로 뚫은 게 아니거든요."

"연합우주군을 섭외했다고요?"

은경이 물으며 박국영을 쳐다보았다. 그러자 국영이 말없이 고개를 끄덕였다. 은경이 재차 박영아에게 물었다.

"우주군한테 뭘 주기로 했는데요?"

"우주 진출에 대한 긍정적이고 진취적인 이미지요. 우주군 홍보단이 하는 일."

"네? 그럼 지금 저보고 1년 동안 우주군 홍보 드라마를 보라는 말씀이세요?"

"그럴 리가요. 안심하세요. 그런 거 아직 제작 안 했으니까. 우주군에서 후원이 들어와야 저희도 제작을 할 수가 있거든요. 지금은 중립적인 것부터 시작할 거예요. 마음 편하게 피드백 해주시면 돼요. 전 세계 우주군에서 동시에 진행하고 있으니까 내 말 한마디가 너무 큰 영향을 미치는 건 아닌가 걱정하실 필요도 없고요."

"가볍게 생각했는데 야심 찬 프로젝트였군요. 행성 두 개에 있는 우주군 전체가 뛰어드는 거면."

"죄송해서 어쩌죠? 그래도 이제 우주군도 도약해야죠. 그리고 야망이라는 게 저희 회사에서 맨 처음 시작된 건 아닐 거예요. 요즘 제일 무서운 게 우주군 조직이라는 소리도 있는데요, 뭘."

"화성 쪽 우주군만 하겠어요?"

그날 일을 마치고 숙소로 돌아오는 길에, 은경은 독신자 숙소 맞은편에 세워져 있던 굴삭기를 바라보았다. 굴삭기 주위에는 안전모를 쓴 사람들이 모여 있었다. 굴삭기 끝에는 작대기가 매달려 있었는데, 자세히 보니 운전자가 그 작대기를 이용해서 땅바닥에 글씨를 쓰고 있는 듯했다.

구경꾼들 중 하나가 시계를 보더니 운전자에게 큰 소리로 말했다.

"이제 그만 내려오세요! 우리 진짜 일해야 돼요!"

잠시 후 운전석 문이 열리면서 안전모를 쓴 운전자가 굴삭기 밖으로 나왔다. 한섬민이었다.

섬민은 안전모를 인부들에게 돌려주고 공사장 밖으로 걸어나왔다. 그러다 은경을 알아보고는 멀리서 먼저 인사를 건넸다. 은경이 오른손을 들어 인사를 받으며 물었다.

"여기서 뭐 해?"

"아, 숙소 건물 새로 올린대요. 한 달쯤 걸린다나 봐요. 한 달이라니, 믿어지세요?"

"아니, 한 중사 뭐 하고 있었냐고."

"개인 훈련이요. 오늘 시뮬레이터 점검한대서."

"여기서?"

"그런 게 있어요. 저런 거 세 개 동시에 운전하는 일. 이제 퇴근하세요?"

"응."

"수고하셨습니다. 푹 쉬세요."

"한 중사도 쉬어. 어차피 장비 점검하는 날이라며."

섬민은 멋쩍게 웃으며 고개를 꾸벅 숙이고는 기지 본부 쪽으로 걸어 올라갔다. 그러다 갑자기 제자리에 멈춰 서더니 뒤를 돌아보며 은경에게 물었다.

"서기관님, 크리스마스 파티 가세요? 감찰실장님 집에서 파티 하자던데. 서가을이요."

"아, 그거? 안 가지 않을까? 재미있게 놀다 와."

"서기관님도 오세요. 지금 퇴근하시는 거면 주기상 그날 저녁에는 괜찮으실 것 같은데."

"고마워. 그때 봐서."

섬민은 은경의 눈을 바라보았다. 그리고 의아한 듯 자신의 뒤를 돌아보았다. 뒤에는 아무도 없었다.

"저, 서기관님, 제 뒤에 뭐 이상한 거 있어요?"

"응? 아니, 있긴 뭐가."

"뭔가 쳐다보시는 것 같아서. 아님 됐어요. 쉬세요."

그날 저녁, 막 잠이 들 무렵에 누군가가 은경의 방문을 두드렸다. 현관으로 나가 보니 서가을이 서 있었다. 은경이 먼저 모습을 드러내기 전에 누군가가 찾아오는 것은 흔치 않은 일이었기 때문에 은경은 순간 잠이 확 달아났다.

"무슨 일? 크리스마스는 나 어떻게 될지 모르는데."

"혹시 제가 깨웠나요? 죄송합니다. 파티 때문에 온 거 아니고 내일 새벽 기온이 20도쯤 뚝 떨어질 거여서요."

"아, 20도나?"

"이상 기온이에요. 평년 기온 찾는 거니까 정상 기온이기도 하고요. 따뜻하게 입고 나가시라고요. 정말 한겨울 제일 추운 날처럼 입고 나가셔야 할 거예요. 겨울옷 있으시죠? 세탁소에 맡겨놓고 안 찾아오셨다거나……."

다음 날 새벽에는 정말로 기온이 영하 10도까지 떨어졌다. 제일 두꺼운 옷을 입고 독신자 숙소 문을 나서자마자 은경은 고개를 돌려 서가을의 방이 있는 곳을 올려다보았다. 그러고는 모자를 푹 덮어썼다.

근무지인 통신중계소는 언제나 그렇듯 적당한 온도를 유지하고 있었다. 비싼 장비가 설치된 곳이라는 의미였다. 은경은 외투를 벗어 의자에 걸어놓고 그날 할 일을 체크했다. 은경이 퇴근한 뒤에 홍보단에서 올린 결재 서류가 있었다.

은경은 서류를 한 장씩 넘겨보다가 갑자기 고개를 들어 건

너편 의자를 바라보았다. 그리고 한숨을 내쉬었다.

화성 시간으로 오전 일을 마치고 통신실에서 나오자 어느 덧 날이 훤하게 밝아 있었다. 은경은 사무실 전화기로 어딘가에 전화를 걸었다.

"어, 나. 큰일 났네. 또 그게 보이기 시작했어. 어, 그거."

은경이 도착했을 때 박수진은 벌써 옥상 벤치에 앉아 벌벌 떨고 있었다.

"우리는 꼭 옥상에서 봐야 되는 거예요? 이 추운 날씨에 굳이 여기서?"

하지만 은경은 묻는 말에 답하지 않고 곧바로 본론으로 들어갔다.

"그게 나타났어. 한동안 괜찮다 싶더니 또 시작됐네. 어쩌지?"

"곰 인형이요?"

수진이 그렇게 물으며 손을 뻗어 은경의 눈앞에서 휘휘 내저었다. 그러자 은경이 대답했다.

"지금은 없지. 박 실장 이야기는 별로 신경 안 쓰여서 괜찮으니까. 듣기 싫은 사람이랑 이야기하면 그 앞에 나타나는 거라."

수진은 기억났다는 듯 고개를 끄덕였다.

"저랑 이야기하는 거 싫어하시는 줄 알았죠. 언제부터 그랬어요?"

"어제."

"어제? 누구, 싫어하는 사람이랑 대화하셨어요?"

"어, 홍보단에서 데리고 온 영상 사업자가 하나 있었어."

"아, 그 사람. 파일 잠깐 봤었는데, 싫으셨나 봐요."

"반쯤 화성 토박이라."

"저런. 그리고 또 있어요?"

"한섬민도 잠깐 만났는데 그때도 있었어."

"한섬민도 싫어하세요?"

"아니. 스트레스받는 이야기가 나와서. 그래서 일찍 잤는데 밤에 서가을이 깨우는 바람에 서가을 면전에 또 나타났고."

"그건 뭐 그럴 만도 하죠."

"그리고 오늘 아침에도 봤어."

"오늘 아침에요? 그 시간이면 보통 통신중계소에 혼자 계시지 않아요?"

"그렇지. 그런데 화면에 나타났어."

수진은 주머니에 손을 깊숙이 찔러 넣은 채로 그게 무슨 소리인가 한참을 생각하더니 갑자기 고개를 들어 은경을 바라보았다.

"혹시 화면 너머를 말씀하시는 거예요? 화성 쪽에?"

"어, 좀 골치 아픈 일이었거든. 내용은 비밀이고. 골치 아프니까 비밀인 거지만. 진짜 큰일이네. 조금만 스트레스를 받으면 바로 튀어나와."

"거대한 곰 인형이랬죠?"

"어."

수진은 주머니에서 손을 빼더니 팔을 양옆으로 쭉 뻗었다. 그러고는 주머니가 식기 전에 재빨리 손을 집어넣었다.

"한 이 정도 돼요? 그 거대한 인형이라는 거."

"더 크지."

"와."

"예전에도 말했지만 목소리는 그냥 잘 들려. 말하는 사람 얼굴이 안 보여서 그렇지. 심해지면 곰돌이가 소리도 지워버리기는 하는데 아주 심할 때 이야기고."

"아, 진짜, 행성직 근무 여건 너무 열악한 것 같아요. 너무 외로운 일이라. 남들 다 24시간 주기로 사는데 혼자 24시간 37분 주기로 사니까 어디 사회생활이 제대로 되기를 하나. 혼자 다른 행성에서 사는 것처럼 동떨어져 있어서, 자주 보는 사람 아니면 '이 시간에 연락해도 되나' 고민하다가 두 번 할 연락 한 번만 하게 되고. 에휴."

은경은 자기 대신 푸념을 늘어놓는 감찰실장의 얼굴을 바라보았다. 추워서 표정이 잘 지어지지 않았지만 두 사람 사이에 곰 인형 같은 것은 놓여 있지 않았다.

"나 어쩌지?"

"글쎄요. 그런데 일단 안으로 들어가면 안 될까요? 그 곰 인형이 나타나도 따뜻해지지는 않을 거 아니에요."

그날 저녁, 퇴근 시간이 되자마자 박수진은 독신자 숙소로 차를 몰고 내려갔다. 그리고 은경의 숙소로 곧장 올라갔다. 문을 두드리자 은경이 문을 살짝 열고 고개를 내밀었다. 그 순간 수진은 은경의 집 안을, 방이라고 부르는 사람도 있고 집이라고 부르는 사람도 있는 그 공간의 내부를 들여다본 적이 한 번도 없었다는 사실을 깨달았다.

"들어가도 돼요? 휴게실에서 이야기하기는 좀 그런데."

그러자 문이 열렸다. 활짝 열린 것은 아니었다. 수진이 간신히 들어갈 수 있을 만큼 조금 더 열렸을 뿐이었다.

집은 넓고 깨끗했다. 이사도 하지 않고 한 공간에서 오래 산 사람치고는 가구도 많지 않고 정리도 잘돼 있었다. 물론 같은 숙소에 있는 다른 방과는 비교도 안 될 만큼 잘 꾸며져 있기도 했다. 밝은 와인색 벽지에 겨자색 블라인드, 시들지 않은 화분 같은 것들은 독신자 숙소를 임시 거처로 생각하는 사람들의 방에서는 기대조차 할 수 없는 아이템들이었다.

은경이 조심스럽게 문을 닫으며 말했다.

"앉을래?"

수진은 의자를 한번 내려다보고는 선 채로 은경에게 물었다.

"드디어 들어와보네요. 멋진데요. 혼자 쓰시기에 좁지는 않죠?"

"쓸 만해. 근처에 아무것도 없을 때 지은 건물이니까. 지금도 아무것도 없기는 하지만 그때는 진짜 아무것도 없어서. 처음 왔을 때는 4인실인 줄 알았어."

"그래서 그놈은 어디에 있나요?"

"곰 인형 실물? 저 방에. 문 열고 들어가면 보여."

"꺼내놓으셨나요? 불길한 물건 같은데."

"아니, 뭐 딱히 꺼내놨다기보다는……."

수진은 성큼성큼 방으로 걸어갔다. 다들 혼자 숙소를 쓰던 시절에는 주로 서재로 사용했는데, 2인 1실 체제가 된 뒤로는 침실로 많이 쓰는 방이었다.

"어떻게 생겼는지 볼까요?"

수진이 기대 섞인 말과 함께 방 문손잡이로 손을 뻗었다. 그러고는 주저없이 문을 열어젖혔다.

무언가에 걸려서 문이 잘 열리지 않자 수진은 고개를 문 안으로 집어넣었다. 그러더니 문밖으로 고개를 빼고 은경이 있는 쪽을 돌아보았다.

"이게 뭐죠?"

"곰 인형. 그게, 원래 그래."

수진이 다시 몸을 돌려 방 안으로 들어갔다. 방 안에는 거대한 짙은 갈색 곰 인형이 천장에 뒤통수를 붙인 채로 바닥에 철푸덕 앉아 있었다. 말 그대로 거대한 곰 인형이었다. 세워놓은 것도 아니고 바닥에 앉혀놓은 상태인데도 목을 바로 들 수가 없어서 꺾일 듯 앞으로 접어놓은 자세였다.

방에서 나온 수진이 은경에게 물었다.

"이런 게 왜 집에 있는 거죠? 무슨 규정이든 적어도 하나는 위반했을 것 같은데요. 그런데 이게 뭐예요? 다른 사람들은 이런 걸 인형이라고 부르기도 하나요?"

"선물 받은 거야. 그 사람이 준 거."

"하이고. 내내 이러고 사신 거예요? 그 사람이 준 거면 15년도 더 된 거 아니에요? 저기, 서기관님, 제가 정신과 쪽으로는 문외한인데요, 서기관님 낫게 할 방법을 알 것도 같아요. 일단 저걸 한번 버려보시죠. 뭐가 좋아져도 좋아질 것 같은데."

잠시 후, 두 사람은 방 안을 가득 채운 곰 인형을 올려다보며 방바닥에 앉아 있었다. 인형은 눈이 까맣고 팔다리가 길었다. 검은 눈동자로만 표현된 곰 인형의 눈은 수진이 손에 든 머그잔만큼이나 컸다. 아무렇게나 구겨져 있는 것 같지만 긴 팔다리가 접혀 있는 모양이 어쩐지 무언가를 표현하고 있는 것처럼 느껴졌다. 단지 길이 때문이었다. 그렇게 표현되는 감정이란 별수 없이 처량함에 가까웠다.

가만히 곰 인형을 들여다보던 수진이 흠칫 놀라며 방문을 돌아보았다. 그러면서 은경에게 물었다.

"그런데 저거 어떻게 들어온 거예요? 이게 이 문으로 들어와요?"

"뼈가 없잖아. 머리만 어떻게든 밀어 넣으면 결국 들어오기는 하지. 처음에는 다른 사람들 도움받아서 거실에 갖다 놨어. 개발단 사람들이 트럭으로 실어다 줬거든."

"정문까지 배달 올 때도 트럭으로 왔겠네요."

"어, 뭐."

"정문으로 선물 받으러 나오라는 연락받고 나가셨을 거 아니에요. 무슨 생각이 드셨어요?"

"충격!"

"거실도 반은 차지했을 것 같은데."

"그래서 방 안으로 옮겨놨지. 방에 있는 거 싹 비우고. 힘들어 죽는 줄 알았네. 머리부터 힘들게 집어넣고 나서 보니까 지금처럼 앉아 있는 자세가 아니고 반대로 들어가 있는 거야."

"허리가 뒤로 꺾인 자세로요?"

"어. 한 며칠은 그냥 됐는데 도저히 봐줄 수가 없어서 이걸 또 뒤집었어. 무게 장난 아니더라."

"어이구. 그런데 물어봤어요?"

"뭘?"

"저거 준 사람은 무슨 생각으로 저런 걸 보냈대요? 저게 차지하는 부동산의 가치를 전혀 생각을 안 했네요."

은경의 눈빛이 아련해졌다.

"그냥 실수였겠지. 원래도 좀 큰 걸 보내려던 거긴 해. 앉혀놓으면 낮은 책장 높이 정도 되는 걸 생각한 것 같아."

"주문 제작품이죠? 사이즈 잘못 계산했나?"

"그렇겠지. 내 생각인데 앉혀놨을 때 웬만큼 커 보이게 하려고 업체 샘플보다 큰 걸로 주문한 것 같아. 혼자 집에서 높이를 대충 상상해봤겠지. 그러다 뭔가 착각을 한 건데, 아마 화성에 살아서 그런 것 같아."

"왜요?"

"화성은 천장이 높거든. 중력이 낮으니까 점프 한번 잘못하면 머리가 천장에 닿아버려서. 화성 가서 산 지 2년 만에 지구 천장이 어땠는지 감을 잃은 거지. 나 참."

수진은 은경의 얼굴을 바라보며 차분한 목소리로 물었다.

"2년이라는 건 지구 시간을 말하는 거죠?"

"어. 2년 좀 더 되지. 2년 2개월쯤."

"그 말은 화성의 1년도 아니고 지구의 2년도 아니고 지구와 화성의 회합 주기인 780일을 말하는 거고요?"

"그렇지."

"그러니까 그 사람이 화성으로 떠난 지 2년 뒤, 지구와 화성이 가까워져서 26개월 만에 다시 지구로 돌아올 수 있는 타이밍에 본인이 직접 오지 않고 얘를 대신 보낸 거군요."

은경이 무덤덤한 목소리로 대꾸했다.

"슬픈 이야기 그렇게 사무적으로 말하지 말아줄래?"

"울면서 할 수는 없잖아요. 그 사람, 떠날 때는 한 주기만 근무하고 곧바로 돌아온다고 약속했겠죠?"

"화성 가는 사람들 다 그렇지 뭐. 결국 아무도 안 돌아오고."

"저걸 선물 받았을 때는 울지도 웃지도 못하셨겠네요."

"사실상 끝난 거지. 26개월만 더 기다리라는 뜻으로 보낸 건지 이별 선물로 보낸 건지는 모르겠어. 본인도 몰랐을 거야. 그러거나 말거나 안 기다리기로 했지만."

"안 기다린 것치고는 부동산을 많이 내주셨는데요. 사람 하나 더 들인 거나 마찬가지 아니에요?"

"사람보다는 덜 불편해. 화장실도 안 쓰고 코도 안 고니까."

수진은 말없이 곰 인형을 바라보았다. 은경은 바닥에 머그잔을 내려놓고 벽에 등을 기댔다.

한참 뒤에 수진이 먼저 말문을 열었다.

"버립시다."

"오케이."

"어디 기증하고 싶으세요?"

"그냥 폐기하자."

"잘라서 꺼낼까요?"

"윽, 그건 좀……. 해체하는 건 안 보이는 데서 했으면 좋겠네. 잘못하면 다음에 환각으로 나타날 때는 험한 꼴을 하고 나타날지도 몰라. 지금은 귀엽기라도 하지."

"아. 설득력 있네요."

"그리고 곱게 보내주고 싶어. 생각해보면 얘가 나를 해코지한 적은 없거든. 보기 싫은 사람 듣기 싫은 이야기 안 보고 안 듣게 하려고 나타난 것뿐이니까. 내 편이라고 생각해."

한국 시간으로 다음 날 새벽에 연합우주군 공보실에서 중대 발표를 했다. 유엔 중재로 팩맨 태양에 대한 무기 사용안이 타결되었다는 소식이었다. 즉, 미사일을 발사해서 두 번째 태양을 격추하겠다는 말이었다.

저녁이 되자 우주군 발사기지 독신자 숙소 휴게실은 오랜만에 사람들로 북적거렸다. 함께 뉴스를 보기 위해 모인 사람들이었다.

"결국 미사일을 쏘기로 했구만. 더 미룰 수 없는 타이밍인가."

은경이 소파 뒤에 어정쩡하게 서서 한마디를 던졌다. 시큰둥한 표정으로 소파에 앉아 있던 서가을이 의견을 보탰다.

"별수 없죠. 혹한도 한번 지나갔고, 북반구 기준으로는 온도가 슬슬 떨어지기 시작했으니까 사실 여부와 관계없이 저거 때문에 올여름 폭염이 왔다는 말도 점점 설득력이 떨어질게 빤하고."

"남반구는 다르지 않아?"

"예산은 북반구에서 많이 나오니까요. 아무튼 이 타이밍에 팩맨 태양이 사라져줘야 우주군이 두 번째 태양을 격추시켰더니 온도가 떨어졌다는 인상을 줄 수 있으니까, 서기관님 말씀대로 지금이 마지막 타이밍일 거예요."

그러자 가을의 옆자리에 앉아서 걱정스럽게 뉴스를 들여다보고 있던 한섬민이 뒤를 돌아보며 말했다.

"그럼 예산 다시 축소되는 거 아니에요? 큰일이네."

은경은 섬민의 심각한 얼굴을 보고 피식 웃음을 지었다.

"시즌 2로 넘어갈 거야."

"시즌 2요?"

서가을이 참지 못하고 끼어들었다.

"요즘 제2의 위성이 되어버린 반사판 달린 소행성 이야기야. 연합우주군이 그거 열심히 들여다보고 있는 것 같더라고. 그런 소행성들 보통 지구 중력에 이끌려서 잠깐 지구 주위를 돌다가 결국 튕겨 나가게 돼 있잖아. 지구 – 달 시스템에서 만들어지는 라그랑주 포인트 4나 5에 들어가면 꽤 안정적인 상

태가 된다고는 하는데, 그것도 태양 섭동 때문에 결국 유지가
안 돼서. 그래도 애는 아슬아슬하지만 꽤 오래 버티고 있어서
잘하면 뭐가 될 것 같다 싶은지 계속 주시하는 눈치야. 관심
없는 척하면서 계속 곁눈질하는 게 느껴져."

"잘하면 뭐가 되는데?"

가을이 뜸을 들이더니 섬민의 목에 팔을 감으며 의미심장
한 목소리로 말했다.

"이렇게 바짝 끌어당기는 거. 궤도 수정. 미국우주군이 예
전부터 예산 따내려고 계속 밀던 프로젝트 있잖아, 왜? 소행
성에 우주선 날려 보내서 거기에 추진 장치 설치해버리는 거.
추진력 약한 로켓으로도 계속 조금씩 궤도를 수정하면 태양
섭동 효과를 상쇄할 수 있다는 이론. 그걸 하겠다는 거지. 그
럼 언젠가 써먹을 수 있는 위성이 되는 거고. 부동산 말이야.
아무튼 핸섬맨, 오랜만에 안아보는군. 요즘 훈련 열심히 한다
더니 전보다 탄탄해졌다."

"아, 좀 치워봐. 그런데 그게 실현 가능한 프로젝트였어? 이
번 주기에는 불가능하고 다음에 또 지구 중력권에 붙들릴 때
나 가능하다던데. 그거 50년 뒤 아닌가?"

"내가 바로 그 부분을 안 믿는 건데, 우주군이 저렇게 호언
장담하는 거 보면 저기다 반사판 말고 다른 것도 갖다 놓은
거 아닌가 싶어. 근거 없는 의심이지만. 50년을 더 기다릴 것

같지는 않아."

"다른 거 뭐?"

"추진 장치. 벌써 다 갖다 놓은 거지."

"뭐? 이 음모론자 나부랭이."

"반사판 달았는데 추진 장치 못 다냐?"

"그럴 돈이 어딨어?"

"그거야 모르지!"

그러자 은경이 복도 쪽으로 발걸음을 옮기며 섬민에게 말했다.

"한 중사도 어서 가서 자. 오늘이야 홍보단이나 정보과만 바쁘지만 내일부터 일주일은 온 우주군이 다 바쁠 거야. 궤도 작전실장 성격 봐서는 그쪽도 유난 떠는 거 장난 아닐걸. 그리고 에이스 조종사는 걱정 같은 거 해봐야 다 소용없어요. 연합우주군이 어떤 조직인데 수십 년 만에 찾아온 기회를 그렇게 쉽게 날려 보내겠어? 다음 타자가 다 준비돼 있겠지. 모험은 감수해야겠지만, 모험 싫어하는 군대는 없으니까. 아, 진짜로 가서 자야겠다."

계단을 오르려는 찰나, 은경은 서가을이 자기를 두고 한섬민에게 하는 이야기를 듣고 말았다.

"방에 올라가서 혼자 조용히 보시려고 그러는 걸 거야. 좋은 자리 우리가 다 차지하고 앉아 있잖아."

은경은 피식 웃음을 지었다. 물론 보는 사람은 아무도 없었다.

다음 날 새벽, 전날보다 37분 늦은 출근길에, 커다란 곰 한 마리가 뒤뚱뒤뚱 은경을 앞서갔다. 열다섯 걸음쯤 떨어진 거리였다.

은경은 길옆 공사장으로 눈길을 돌렸다. 먼 곳에 굴삭기가 놓여 있었다. 은경은 섬민이 굴삭기로 무언가를 연습하고 있던 공터로 걸어갔다. 다행히 가로등 불빛이 닿는 거리였다. 아무도 안 건드렸는지 섬민이 굴삭기 끝에 달린 작대기로 그린 그림이 그대로 남아 있었다.

그것은 우주군 엠블럼이었다. 선이 분명하지는 않지만 누구나 한눈에 알아볼 수 있는 그림이었다. 은경은 한참 동안이나 그림을 뚫어져라 바라보다가 저 앞에 멈춰 서 있는 팔다리가 긴 곰에게 말을 걸었다.

"와, 한 중사 얘는 진짜 어디서 나타난 인간일까. 종이 위에 손으로 그려도 이렇게 못 그리겠다. 이게 말이 돼? 이런 거 세 개를 동시에 조종한다고 그러지 않았어?"

그날도 화성 쪽 화면은 곰으로 가득 차 있었다. 웃고 있는 것도 같지만 사실은 무표정한 얼굴로 퍼질러 앉아 있는 곰. 늘 상대하던 화성 쪽 파트너인 반세경 과장이 화면 너머에서 질문을 하고 답변을 들려주었지만, 곰 때문에 얼굴 표정이 전혀 보이지 않았다. 은경은 하는 수 없이 곰 인형의 얼굴을 보면서 질문을 던지고 답변을 정리해야 했다.

"서기관님 오늘따라 유난히 피곤해 보이시네요. 괜찮으세요?"

반세경 과장이 답변 말미에 덧붙인 인사말도 은경에게는 곰 인형이 하는 말로밖에 들리지 않았다. 은경은 대답 대신 어색한 웃음을 지어 보였다. 그렇게밖에는 할 수가 없었다.

지구 쪽 시곗바늘이 아침 일과 시간을 가리킬 때쯤 사무실로 전화가 걸려왔다. 박수진이었다.

"오늘은 좀 어때요?"

"화면 가득이네. 내내 그것만 보고 일했어."

"그렇게 싫었어요?"

"그랬나 봐. 나 반세경 씨 꽤 좋아하는 줄 알았는데, 와, 오늘은 한 번도 얼굴을 못 봤네."

"파트너가 싫은 게 아니라 그 뒤에 있는 게 싫었겠죠."

"그러게. 그렇게 싫으면 안 보는 것도 나쁘지 않겠다 싶어."

"곰 인형은 안 치우시게요?"

"치워야지."

"그럼 날짜를 좀 미뤄봐요. 오늘은 진짜 말도 안 되게 바빠서. 감찰실은 왜 바쁜 건지 원."

"다들 그렇게 바쁘면 치우는 거 도와달라는 소리도 못 하겠다. 팩맨 격추 이후에나 치웁시다. 며칠 더 둔다고 당장 큰일 날 것도 아니고."

"예, 예. 아무튼 전화로 길게 할 이야기 아니니까 끝나고 봐요."

그날 저녁, 밤이라고 하기에는 조금 이르고 저녁이라고 하기에는 이미 꽤 늦은 시간, 전날과 달리 아무도 없는 휴게실에서 아직 근무복을 입고 있는 수진이 졸음에 겨운 은경에게 말했다.

"그러니까 그게 문제인 거죠? 화성직 공무원인데 화성 쪽 화면이 다 곰 인형에 가려져 있다는 거."

"화성에서 넘어오는 이야기는 다 싫어진 게 아닌가 해서."

"그냥 일 스트레스 아닐까요? 일 좋아하는 사람이 어디 있다고."

은경은 천천히 고개를 저었다. 깊은 생각에 잠긴 눈빛이었다.

"아니, 저 곰 인형이 다시 보이기 시작한 게 언제부터인지 정확하게 아니까."

"언제였는데요?"

수진은 은경의 표정을 조심스럽게 살피며 차분한 목소리로 물었다.

"차관영 씨 잡혀가던 날 우리 옥상에서 만났던 거 기억하지? 그때 그 이야기 했었잖아. 그 사람이 오고 있다고. 아무렇지도 않게 한 말이었는데 내 입으로 그 말을 꺼낸 뒤로 자꾸 생각이 나더라고. 아, 그 사람이 돌아오고 있구나. 드디어."

"그래서요?"

"그때부터일 거야. 곰 인형이 다시 보이는 것도. 그 사람이 준 거니까. 죽은 사람 취급했던 사람이 다시 현실화된다는 게 나한테는 스트레스였거든. 소화도 안 되고 잠도 설치고. 그런데 이 부담감이 다른 사람들 대할 때도 옮아간 것 같단 말이지. 원래는 그 사람 존재를 떠올리는 데서 오는 부담이었는데 이제 화성에 관한 이야기는 다 싫고 짜증 나고. 그래도 화성직 공무원인데 이래도 되나 싶어. 개인적인 이유 때문에 개인적이지 않은 행성 간 연락망에 부정적인 관점이 섞이게 되는 거잖아."

"행정부 쪽 라인도 있는데요 뭐. 여기가 유일한 라인도 아니고 지구 전체로 따지면 엄청 많은 라인 중 하나일 뿐이고요. 박 PD가 그렇게 말했다면서요. 너무 깊이 생각하지 마세요."

수진은 은경이 울먹이는 것 같다고 생각했다. 은경은 아무 대답도 하지 않았다. 그냥 멍하니 창밖을 바라보고 있을 뿐이었다.

수진이 나지막한 목소리로 은경을 위로했다.

"곰 인형 말고 이 기회에 그놈을 없애버릴까요?"

은경이 환한 얼굴로 수진을 돌아보았다.

크리스마스 전날 아침, 미국우주군이 연합우주군의 이름으로 날려 보낸 미사일이 반년 넘게 지구의 하늘을 비추던 팩맨 태양을 향해 날아갔다. 지상에서부터 새로 쏘아 올린 게 아니라, 인공위성처럼 이미 궤도를 돌고 있던 미사일 하나가 새로운 경로를 향해 불을 뿜으며 날아간 것뿐이어서 스펙터클한 장면은 어느 채널에서도 나오지 않았다.

세상 사람들이 다 그렇듯, 한국우주군 발사기지에서 일하는 우주군 장병들도 모두 일손을 놓은 채 텔레비전 아니면 컴퓨터 화면 앞에 모여 두 번째 태양이 사라지는 장면을 기다렸다. 미국 시간으로 초저녁, 첫 번째 태양은 지고, 크기만 따지면 어느덧 원래 태양보다 더 커져버린 두 번째 태양만이 홀로 하늘을 차지하던 시간이었다. 아메리카 대륙에 사는 사람들은 텔레비전 없이도 두 번째 태양이 사라져서 갑자기 밤이 오는 광경을 직접 경험할 수 있을 게 분명했지만 다른 지역 사람들은 그럴 수가 없었다. 오로지 중계방송에 의존하는 수밖에.

스펙터클한 장면이 아직 나오지 않아서 뉴스는 대체로 전문가들이 하는 해설로 채워졌다. 한 시간만 보고 있으면 같은 이야기가 반복되는 구성이었다. 그래도 우주군에 속한 사람들은 화면 앞을 떠나지 않았다.

서가을의 예언처럼, 또한 다른 많은 사람이 이야기한 것처럼, 중계방송 중간중간에 소행성 포획 프로젝트가 잠깐씩 소개되었다. 연합우주군 공보실이 제공한 새 프로젝트에 들어갈 우주선 영상은 전문가들의 현장 중계 화면보다 훨씬 인상적이었다.

그 외에 우주군의 창설 근거가 되는 국제 협약과 케슬러 신드롬, 궤도로 확장된 집단 방위 체제 같은 단어들이 자막으로 나왔다. 그 협약과 지금의 요격 조치가 얼마나 모순되는 일인지, 여기까지 이르는 과정이 왜 이렇게 길어야 했는지, 앞으로 우주군은 어떤 방향을 지향해야 할 것인지 등, 우주군에서 일하는 사람들도 1년에 한 번쯤 들을까 말까 한 내용들이 가득했다.

은경은 통신실 화면에 뉴스를 띄워놓고 혼자서 느긋하게 그 광경을 지켜보았다. 그리고 마침내 그 순간이 왔다. 갑자기 찾아온 밤이 온 세상을 뒤덮는 순간.

팩맨 태양에 비하면 너무나 작아서 육안으로는 전혀 알아볼 수도 없는 미사일 몇 개가 일으킨 작은 폭발이 신기하게도 단번에 그 거대한 구조물을 밤하늘에서 완전히 지워버리는 광경. 전구가 나간 듯, 누군가가 스위치를 내려버린 듯, 훤하게 밝았던 어느 외국 도시가 갑자기 밤의 지배에 들어가는 장면.

은경은 반복되는 영상을 세 번쯤 참고 지켜보다가 리모컨을 들어 화면을 꺼버렸다. 그러자 낯선 도시에 밤이 엄습하듯 통신중계소 안이 갑자기 조용해졌다. 은경은 조용히 한숨을 내쉬고는 사무실 쪽으로 천천히 걸어갔다.

"저렇게 연약한 구조물이었구나."

그날 밤에는 아랫마을에 있는 박수진의 집에서 크리스마스 파티가 있었다. 아무도 서 있지 않고 모두 자리에 앉아서 음식과 술을 즐기는 한국식 파티였다.

은경이 나타나자 사람들이 모두 환호성을 질렀다. 은경은 머쓱한 얼굴을 하고는 맨 구석 자리에 가서 앉았다.

분위기를 좌지우지하는 것은 늘 그렇듯 서가을이었다. 유일하게 크리스마스에 어울리는 빨간색 옷을 입고 온 사람이기도 했다.

"바깥구경 대위님 그렇게 안 봤는데, 크리스마스이브에 회를 떠오셨네요. 와, 이건 뭐. 여러분, 제가 뭘 가져왔는지 보세요. 짜잔. 이 케이크! 평범하다고 생각하시는 분은 주말마다 고속도로 막히기 전에 도시에 있는 집으로 달려가는 분들이고, 시골에 묻혀서 사시는 우리 실장님은 아실 거예요. 이 동네에서 이걸 구해 오기가 얼마나 힘든지. 그렇죠?"

집주인은 그쪽을 돌아보지도 않고 딴소리하듯 대꾸했다.

"자, 오늘은 무슨 와인으로 시작할까? 엄 대위는 오늘 운전하기로 했으니까 안 되고, 잔은 다섯 개만 있으면 되겠지? 와인 잔 세 개밖에 없는데 서가을이랑 나는 유리컵 써야겠다."

"아, 또 왜요? 왜 연말까지 저 싫어하세요?"

"주최 측이잖아."

"잔 가져올걸."

한섬민은 시큰둥한 표정으로 앉아 있었지만 화제의 중심에 들지 않은 시간이 길지 않았다. 국영이 아스티 이야기를 풀어놓자 초롱초롱 눈을 반짝이기까지 했다. 엄종현은 이제 제법 어엿한 정보과 요원이 되어 있었다. 즐겁게 파티에 어울리는 동안에도 언뜻언뜻 수상한 눈빛을 던질 수 있게 되었다는 뜻이다. 그래도 종현은, 언젠가 은경이 수진에게 말했듯 눈을 어디에 둬야 할지 알 수 없는 상황에서도 딱 적절한 곳에 시선을 둘 줄 아는 사람이었다. 어떤 역할을 맡든 별수 없이 예의 바르고 교양 있는 사람.

어울리지 못하는 것은 김은경 한 사람뿐이었다. 왁자지껄한 분위기가 이어지는 와중에도 수진은 가끔씩 고개를 돌려 은경의 표정을 살피곤 했다. 분명 은경은 홀로그램 같은 게 아니었다. 같은 음식을 먹고 같은 술을 마시고 있었지만, 은경의 존재는 다른 행성의 시간을 살고 있는 사람처럼 낯설어 보였다. 필터 하나만 갈아 끼우면 김은경 한 사람만 보이거나 은경을 제외한 다섯 사람만 보이거나 둘 중 하나가 될 것 같았다.

"옴 대위님, 정보과는 알 거 아니에요? 우리 내년 전망은 어때요? 다시 가난해지는 거예요?"

가을이 가볍게 건넨 말에 모두의 시선이 엄종현에게로 쏠렸다. 종현은 감찰실장 쪽으로 잠깐 눈을 돌렸다가 부적절하다고 생각했는지 와인 병으로 시선을 옮기며 대답했다.

"저도 첩보 같은 게 있는 건 아니고요, 연합우주군 공보실에서 나오는 말들을 자세히 들어보면, 그러니까 내용 말고 말하는 태도를 자세히 관찰해보면, 쫓기고 있는 것 같지는 않아요. 자신이 있는 게 아닌가 하는 생각이 드네요. 그렇지, 박 대위?"

"예, 뭐. 단정적인 표현으로 말하고 있는 것들이 있으니까 뭔가 하긴 할 생각인가 봐요. 연합 공보실이 원래 좀 조심스러워서 아무 말이나 막 흘리지는 않거든요. 거기는 협약에 직접적으로 영향을 받는 데라 우리보다 훨씬 외교적이어서요."

그러자 서가을이 환호했다. 술기운 때문인지 평소보다 더 신나 보이는 제스처였다.

"예! 그럼 계속 마음 놓고 퍼마십시다."

수진이 또다시 가을의 말을 무시하고는 국영에게 무겁지

않은 톤으로 물었다.

"홍보단은 뭐 하느라 그렇게 바빠? 뭔가 바빠질 거라고 예상은 하지만 구체적으로 뭐 하느라 바쁜지는 모르겠던데."

"완전 날카로운 질문인데요. 사실 별거 아니고, 새 홍보물 때문에 바빠요. 아, 정문 앞 기념품점 아이템도 좀 바뀔 거예요. 팩맨 태양 형광등 잘 팔렸었는데 이제 아이템 교체해야 되거든요. 그러고 보니 엄청 일사불란하게 바뀌기는 하네요. 미리 계획해놨다가 우리한테까지 내려보내는 느낌이기는 해요. 이제 다른 거 밀 건가 봐요."

다시 수진이 물었다.

"새 아이템은 뭔데?"

"오미티오미티라고, 새로 생긴 소행성 친구 캐릭터예요. 반짝반짝. 아시아권에서 안 먹히는 디자인이라 잘 팔릴지 모르겠네요. 어쨌거나 내년에는 걔가 우주군 먹여 살리지 않을까요? 오미티오미티 굿즈 말고 소행성이."

"오미티? 아니, 그거 아스터로이드(asteroid)일 때나 안전한 거지 지구로 떨어져서 미티어(meteor)로 이름이 바뀌면 위험한 거 아닌가?"

"뭐, 그렇죠. 그런 사소한 문제가 있지만."

그때 갑자기 서가을이 끼어들었다. 수진이 계속 말을 받아주지 않자 오기로 끼어드는 모양새였다.

"거봐요, 거기 반사판만 달아놓은 게 아니라니까. 추진 장치도 작업 중일지도 몰라요."

그러자 엄종현이 진지하게 대꾸했다.

"금시초문인데요."

"나도. 어쨌거나 반사판 단 채로 내년 여름까지는 지구 주위를 돌지 않을까 싶은데. 그때까지는 열심히 뽑아내야지."

박국영이 룸메이트의 말에 가세하자, 가을은 하려던 말을 삼켜버렸다. 전문가들을 상대하기에는 당장 근거가 부족한 모양이었다. 대신 가을은 재빨리 화제를 돌렸다. 대화 주도권을 뺏기지 않기 위해서였다.

"그런데 내년에 그분 오신다고 하지 않았어요? 화성총독. 투 스타였죠? 어디로 가시려나. 그분 완전 알짜 투 스타잖아요."

수진은 은경의 표정을 조심스럽게 살폈다. 다행히 은경은 크게 동요하는 기색이 없었다. 적어도 겉으로 보기에는 그랬다.

은경은 가을의 시선을 외면하지 못하고 결국 마지못해 입을 열었다.

"그러게. 우주군 장군들 별은 다 거품 논쟁이 있는데 화성총독은 논란의 여지가 없지."

"지구로 와도 영향력은 그대로겠죠?"

"그렇겠지? 그거 알아? 화성직 일 중에 제일 힘든 게 공문서 결재 라인 수동으로 만드는 일이라는 거. 예산 얼마 이상

되면 결재 받아야 되는 사람이 열댓 명은 돼서."

"열댓 명이나요?"

"그 정도면 양호하지. 우주군 결재 라인 있지, 거기에 한국 국방부, 연합우주군 재무팀, 화성 주둔군 사령부에, 화성 쪽 직할 시청에, 국무총리실, 유엔 본부, 아주 엉망진창인데 명령 계통이 복잡해서 자동으로 결재 라인 못 만들거든. 중요한 공문서 처리하라고 넘어오면, 내가 만든 것도 아닌데 30분이고 한 시간이고 결재 라인 고민하느라 시간 다 간다니까."

"왜요?"

"사람들이 순서에 엄청 민감해서. 자기가 왜 이 사람보다 앞에 있냐고 따지는 사람들 엄청 많거든. 누구는 계급으로 따지고 누구는 행정부 직급으로 따지고, 조약기구 사무국은 회원국 정부보다 위고 유엔은 또 그 위가 됐다가 어떤 때는 아니기도 하고, 화성 쪽 계통은 또 다르고. 한 칸이라도 뒤에 가려고 난리야."

"와, 은근히 극한 직업이네요. 무슨 판테온에서 제사 지내는 느낌으로."

"은근히가 아니고 대놓고 때려 부수고 싶지. 게다가 이게 고정돼 있는 것도 아니잖아. 시간이 가면서 어느 기관이 치고 올라오고 어느 기관은 유명무실해지고, 조약 사무국이 실세였다가 연합우주군이 파워 게임에서 이겼다가 계속 변하니까

권력 배분이 어떻게 달라지는지 눈치 잘 보고 있어야 돼. 경력 쌓인다고 쉬워지지도 않아요. 차라리 그냥 기수대로 정리하면 얼마나 좋아. 연공서열 그거 비난만 할 거 아니라니까."

"아이고. 그럼 우주군 서열 정리는 전문이시겠어요."

"당연하지."

"그럼 요즘 최신 트렌드는 뭐예요?"

"아, 맞다. 그 말 하려고 꺼낸 이야기였지, 참. 요 몇 년 사이에 결재 라인 뒤쪽으로 한 다섯 칸쯤 쭉 밀린 사람이 있어요."

"그게 누군데요?"

"그 사람. 어디 가서 화성총독이라고 부르면 혼나고, 화성 정무관. 반란 진압한 뒤부터 완전 영웅 취급이니까."

"와, 금의환향하시는군요! 오면 인기 많겠다. 비교적 젊은 나이에 투 스타에다가."

"아무래도. 전투비행단 말고 진짜 우주군으로 명성을 쌓은 한국우주군 야전 지휘관은 아직 한 명밖에 없으니까."

잠깐 들떠 있던 은경의 목소리가 점점 조그맣게 사그라졌다.

그날 새벽에 독신자 숙소에 사는 다섯 사람은 엄종현의 차를 타고 집으로 돌아왔다. 다들 곧장 자기 방으로 들어갔지만 은경은 좀 더 오래 바깥에 머물렀다.

"술 좀 깨고 들어가게."

"별로 안 드시는 것 같던데."

"늙어서."

하지만 찬바람이 딱 한 차례 얼굴을 스치고 지나가자 금방 정신이 또렷해질 만큼 얕은 숙취였다. 좀처럼 잠들지 않는 마음. 그것은 그리움이고 또 아쉬움이었다.

은경은 숙소 주차장을 벗어나 가로등이 없는 곳까지 한참을 걸어갔다. 그리고 밤하늘을 올려다보았다. 지구와 달의 중력에 붙들린 소행성이 밤하늘이라는 이름으로 불리는 우주를 밝히고 있었다. 희미하기는 하지만 크리스마스트리 꼭대기를 장식하는 별처럼 희망을 간직한 빛이었다.

곰 인형은 크리스마스 다음 날 저녁에 은경의 집을 떠났다. 박국영과 박수진이 끙끙거리며 거대한 곰의 머리를 방에서 빼내다가 한쪽 눈에 길게 스크래치가 생겼다. 수진은 은경이 그 무서운 눈을 볼 수 없도록 몸으로 요령껏 시야를 가렸다.

늦게 퇴근한 엄종현이 달라붙어서 모두 네 명이 현관문으로 곰 인형을 밀어냈다. 섬민이 지나가다가 복도 밖으로 목만 삐죽 내민 곰 인형의 뒤통수를 보고는 사진을 찍었다.

"세상에! 이게 뭐예요?"

"옛날 애인한테서 받은 선물이래! 엄청나지 않냐?"

수진은 별일 아니라는 듯 큰 소리로 떠들어댔다. 은경이 한쪽 손으로 얼굴을 가리며 과장된 몸짓으로 민망함을 표현했다.

"오늘부터 새 삶을 살 거야."

은경이 비장한 표정으로 하는 말을 듣고 섬민이 물었다.

"연애하시게요?"

"아니! 방이 하나 더 있는 삶을 사는 거지."

"그건 좀 부럽네요."

독신자 숙소 앞 현관에는 작은 트럭이 대기하고 있었다. 곰 인형은 계단을 힘겹게 내려간 다음 마침내 현관문을 빠져나갔다. 탁 트인 공간에 큰 대자로 누운 곰 인형은 수진이 상상한 것보다 훨씬 컸다.

"보고 말았네, 저 눈."

은경이 현관에서 곰 인형을 내려다보면서 그렇게 중얼거렸다. 수진이 그 말을 듣고 흠칫 놀랐다.

"잊으세요. 이 정도면 무사히 나온 거니까. 사지 멀쩡하고, 이렇게 펴놓으니까 좀 귀여운데요?"

사람들이 곰 인형을 트럭 짐칸에 앉혔다. 그리고 움직이지 못하게 끈으로 단단히 묶었다. 곰 인형은 뒤쪽을 보고 앉아 있었다.

"앞쪽을 보고 앉힐 수는 없겠죠?"

수진이 물었지만 트럭 기사도, 곰 인형을 옮기는 일을 도와준 사람들도 모두가 고개를 절레절레 흔들었다.

"목이 막 꺾여서 생각대로 안 될 거예요. 지금 저대로가 제일 멀쩡한 모양 아닐까 싶은데."

국영의 대답에 수진은 고개를 끄덕였다.

기사가 트럭에 시동을 걸자 이별의 시간이 찾아왔다. 은경은 작별 인사를 하듯 곰 인형의 팔을 천천히 쓰다듬었다.

"잘 지내. 돌아오면 안 돼."

수진이 애잔한 눈으로 그 광경을 바라보았다. 다른 사람들은 영문을 모르겠다는 표정으로 은경과 곰의 이별 장면을 지켜보았다.

"우리 언제까지 서 있어야 되는 거예요?"

국영이 묻자 은경이 아쉬운 듯 손을 거둬들였다.

"이제 됐어. 보내자."

"예? 예."

국영과 종현, 수진과 섬민이 정문 쪽을 바라보고 나란히 섰다. 은경은 주머니에 손을 찔러넣은 채 두 발 앞에 서서 트럭 위에 앉아 있는 곰 인형을 올려다보았다.

"이제 갑니다!"

트럭 기사의 말이 끝나고 차가 서서히 앞으로 움직였다. 트럭은 곧장 주차장을 빠져나가 기지 정문 방향으로 쭉 달려갔다. 뒤를 바라보고 앉은 자세로 짐칸에 묶여 있는 거대한 곰 인형이 차가 흔들릴 때마다 고개를 가누지 못하고 이리저리 머리를 흔들어댔다. 그 모습이 마치 고개를 끄덕이는 것 같았다. 서가을이 숙소 쪽으로 걸어오다가 그 광경을 보고는 의아한 표정을 감추지 못했다.

트럭이 정문을 빠져나가기 위해 잠깐 멈춰 섰을 때, 은경은 손을 들어 머리 위로 흔들었다.

"잘 가."

뒤에 서 있던 네 사람이 그 말을 따라 했다.

"잘 가."

트럭이 정문을 지나 언덕을 넘어갔다. 은경이 손을 내리자 뒤에 서 있던 수진이 말했다.

"자, 이제 짜장면 사주세요."

"저도 같이 먹어도 돼요?"

섬민이 거들었다. 사람들이 자기한테 손을 흔드는 줄 알고 마주 손을 흔들며 걸어오던 서가을이 큰 소리로 외쳤다.

"저 왔어요! 저 기다리신 거예요?"

박수진이 장난기 어린 목소리로 대답했다.

"어! 짜장면 먹으러 가자고!"

"저 짜장면 안 좋아하는 거 아시잖아요!"

"모르는데!"

"행성직 공무원으로서 두 행성의 관계를 장기적으로 어떻게 전망하시나요?"

박영아가 김은경에게 물었다. 행성 간 통신 딜레이 시간을 활용하는 영상물 상영 테스트를 위한 첫 번째 미팅이었다. 테이블 한쪽에는 작은 카메라가 놓여 있었다.

"장기라는 건 얼마나 긴 시간을 말씀하시는 거죠?"

"글쎄요. 50년 이상?"

"아. 문명사적인 이야기군요."

은경은 거기까지 말하고는 잠시 생각에 잠겼다. 박영아의 표정이 느긋해 보였다. 대답을 재촉하거나 공백을 못 견디는 기색은 전혀 없었다. 행성직 공무원을 시켜도 잘 버틸 것 같은 자세였다. 은경은 그 얼굴을 가만히 들여다보았다. 곰 인형이 중간에 놓여 있지 않아서 박영아의 표정을 자세히 살필 수 있었다.

은경이 입을 열었다.

"결국은 적대적인 관계가 될 거라고 생각합니다."

"그렇군요."

박영아가 조금은 놀란 표정을 지어 보였다.

"그렇습니다."

"왜 그렇게 생각하시죠?"

"너무 멀어서요. 물리적인 거리를 극복하지 못할 겁니다."

"제가 하고 있는 일과는 정확히 반대되는 입장이시네요."

"아니요, 그렇지는 않습니다. 차이를 극복하기 위한 노력은 훌륭한 일이라고 생각합니다. 물론 일차적으로는 돈을 버는 게 목적이시겠지만 결과적으로 양쪽의 차이를 줄이는 데 도움이 되겠죠. 하지만 장기적으로 어떻게 될 거냐고 물으신다면, 저는 결국 극복하지 못할 거라고 생각합니다."

"차이가 그렇게 큰가요?"

"매일 교신해본 입장에서는 그렇습니다. 지금처럼 박 PD님이 차이가 크냐고 물으시고 저는 0.1초도 되지 않아서 곧바로 대답하고, 이런 일상이 인간에게 주는 위안이 너무 큽니다. 같은 공간에 살고 있다는 느낌 말이죠. 그런데 질문과 대답 사이에 최소 6분이나 딜레이가 생긴다는 건 거의 극복할 수 없는 차이입니다. 결국 같은 세상에 살고 있다는 느낌이 전혀 안 들거든요. 딜레이를 메우기 위한 콘텐츠를 만드는 건 의미 있는 시도입니다. 하지만 솔직히 이런 생각이 드네요. 우주 건너에 있는 상대방이 이 6분의 딜레이 시간을 때우기 위해 자기 할 말을 마치자마자 다른 곳으로 시선을 돌리는 것을 보는 일이 과연 즐거운 일일까요?"

"그건 좀 절망적이네요."

"절망할 것까지야 있나요? 그냥 따로따로 떨어져서 잘 살겠죠. 이 우주에 완전히 독립된 세계가 두 개인 것도 나쁠 건 없잖아요. 하지만……."

"하지만?"

박영아는 다큐멘터리 감독을 연상시키는 차분하고 집요한 눈빛으로 은경의 입술을 응시했다. 은경의 입술은 지구와 달 사이의 통신 딜레이만큼 뜸을 들인 뒤에야 조금씩 달싹이기 시작했다.

"하지만 두 세계 사람들이 서로 사랑하게 되지는 않을 거예요. 아, 물론 예외도 많겠죠. 그래도 서로 미워하게 되는 사람들의 숫자에 비하면 턱없이 적을 겁니다. 마치……."

"마치?"

"마치 지금 우리 사이에 머리가 천장에 닿을 만큼 거대한 곰 인형이 앉아 있기라도 한 것처럼요."

그로부터 2주 뒤에 한국우주군 전 화성총독, 공식 명칭으로는 한국우주군 전 화성정무관 이종로 장군을 태운 행성 간 특급연락선 필룸이 지구 측 우주정거장에 도착했다는 소식이 전해졌다. 지상에 닿는 즉시 중장 진급이 유력하며 그에 따라 대규모의 지휘관급 인사 이동이 있을 거라는 소문이 우주군 본부와 발사기지, 그리고 해외에 주둔 중인 우주군 전투비행단을 휩쓸었다.

아스티가 진행하는 우주군 홍보 방송 〈밀도를 높여요!〉에서도 이 소식을 비중 있게 다뤘다.

"여러분, 드디어 그분이 오신답니다! 다들 뉴스에서 많이 보셨죠? 전 화성정무관 이종로 장군님이 오랜 화성 근무를 마치고 지구로 오신다고 해요. 벌써부터 막 흥분되네요. 저희 〈밀도를 높여요!〉 팀 내년 목표를 이종로 장군님과의 인터뷰를 성사시키는 것으로 잡았거든요. 여러분 모두 응원해주실 거죠?"

화성총독이 지상에 도착해 업무를 재개한 지 2주 만에 〈밀도를 높여요!〉가 전격 폐지되었다. 아울러 이자운 일병은 군악대 근무에 충실할 것을 명 받았다. 방송 재개를 청원하는 편지가 세계 각지에서 날아들었지만 이종로 중장은 고려조차 하지 않았다. 그의 대답은 한결같았다.

"여기가 스페이스 포스 엔터테인먼트야? 나팔이나 열심히 불라 그래."

전 세계에서 날아든 청원 편지 중에는 한섬민이 고향 집에 휴가를 갔다가 한주민이라는 이름으로 발송한 편지도 포함되어 있었다. 대수롭지 않은 팬 활동이었으나, 한국우주군이 화성우주군처럼 되어버린 몇 주 뒤에도 그 일을 별것 아닌 일이라고 말해줄 수 있는 사람은 생각보다 많지 않았다.

평화를 수호하는 디자인

"총장."

자신을 부르는 목소리가 들려왔다. 우주군 참모총장 구예
민은 바로 고개를 들어 답하지 않았다. 그러자 다시 한번 똑
같은 목소리가 들렸다.

"총장."

조금의 여유도 허락되지 않는 분위기였다. 구예민은 안경
을 벗어 책상 위에 내려놓고 목소리가 들려온 쪽으로 고개를
돌리며 대답했다.

"예, 의원님."

"비공개 회의지만 개인적으로 질의하는 게 아니라 국민의
대표 자격으로 질문하는 거니까 성실하게 답변해주시기 바

랍니다. 알겠어요? 대답하세요."

국방위 김무경 의원이 다그쳤다. 본인 말처럼 마치 방송국 카메라라도 돌아가고 있는 듯 누군가를 의식하는 말투였다.

"정확히 무슨 회의인지 아직 답을 못 들었습니다만, 일단 알겠습니다."

"묻겠습니다. 대한민국우주군은 누구의 적입니까?"

구예민은 짧게 생각을 정리한 다음 김무경 의원이 입을 열기 직전에 대답을 시작했다.

"이론상 누구의 적도 아닙니다."

"군사력이 있는데 누구의 적도 아닙니까? 위협으로 여기는 사람이 아무도 없어요? 그럼 대한민국의 적들은 한국우주군을 어떻게 생각합니까?"

"의원님, 한국우주군은 원칙적으로 독립된 주체가 아닙니다. 연합우주군에 속해 있고 협약에 따라 연합우주군이 작전권을 갖기 때문에 대한민국과 적대 관계에 있는 세력들을 직접 겨냥하지 않습니다. 주체의 층위 차이라고 보시면……."

김무경이 구예민의 말을 자르고 들어왔다.

"누구에게도 위협이 되지 않는 군대를 왜 보유하고 있습니까? 대한민국우주군은 세금으로 운영되지 않습니까? 우주군 장병은 병무청에서 징집해서 충원 안 해요? 용병입니까? 대답하세요."

"병무청에서 징집합니다."

"대한민국 국민이 군 복무를 하고 혈세로 예산이 충당되고 있으면 국익을 위해서 움직여야 하지 않습니까?"

"의원님, 우주군의 포지션은 창군 때부터 비교적 명확하게 정리가 되어 있습니다. 우주군은 간접적인 방식으로만 국익에 기여해야 하는 것으로 명시가 되어 있고, 직접적으로는 지구의 구성원으로서 지구궤도의 안전을 지키는 것을 최우선 목표로 하고 있습니다. 이렇게 하는 것이 대한민국의 국익에도 도움이 된다는 게 국내외적으로 합의된 협약의 이념이기 때문에……."

말을 마치기 전에 김무경이 또다시 끼어들었다.

"대한민국우주군 소속 전투비행단 두 개는 궤도를 지킵니까? 거기 있는 비행기는 대기권 밖까지 날아가요? 해외에 파병되어 있지 않습니까?"

"말씀하신 전투비행단 두 개는 연합우주군 전력으로 연합우주군 작전사령부의 직접 통제를 받습니다. 한국우주군이 자의적으로 작전 운용을 할 수 있는 전력이 아니고……."

"우주군이 왜 전투비행단을 가지고 있어요? 공군이 직접 운용하는 게 효율적이지 않아요? 총장은 전투비행단 운용에 그렇게 자신이 있습니까?"

"의원님, 공군도 전차를 보유하고 있습니다. 마찬가지로 육군도 항공 전력을 가지고 있고요. 해군은 위성을 다수 운용하고 있습니다. 어느 나라 어느 군대든 마찬가지입니다. 단지 독립된 궤도 작전 전력은 우주군만 가지고 있고요. 우주군의 목적을 달성하기 위해서 공중이나 지상 전력도 일부 보유하고 있습니다."

구예민은 회의실을 둘러보았다. 특히 뒷줄에 앉은 각 군 지휘관들의 얼굴을 유심히 살폈다. 거드는 사람은 아무도 없었다.

김무경이 말을 이었다.

"총장, 똑같은 이야기 지겹게 들으려고 질문을 하는 게 아니에요. 여기 모여 있는 의원님들, 그리고 뒷줄에 앉아 계신 각 군 지휘관 참모들, 국방부장관님 이하 관계자분들이 그 이야기를 모르는 게 아니잖아요. 국민을 생각하세요, 국민을. 자기 위치만 생각하지 말고 여기 있는 모두가 항상 국민을 대변해야 된다 생각하고 제대로 답변하세요. 아시겠어요? 대답하세요. 아시겠어요?"

"말씀하시지요."

"총장, 지난가을에 한국우주군 예산으로 로켓을 발사한 적 있죠?"

"예, 발사에 성공한 바 있습니다."

"그게 조금 전에 말씀하신 독립된 궤도 작전 전력이지요?"

"그렇습니다."

"공격용 위성이지요?"

"그렇습니다."

김무경이 거기까지 말하고는 잠시 뜸을 들였다. 준비된 한 방을 날리겠다는 신호였다. 그는 정복을 입은 우주군 참모총장의 빈틈없는 얼굴을 물끄러미 바라보았다. 그러다 잠시 후 입을 열었다.

"그건 누구의 적입니까?"

구예민은 전혀 타격을 받지 않은 듯 곧바로 대답했다.

"누구의 적도 아닙니다."

"총장, 대한민국우주군은 대한민국의 국익을 최우선으로 하지는 않는다고 했지요?"

"그렇습니다."

"그러면 대한민국 정부의 상식을 무시해도 됩니까?"

"질문의 정확한 요지는 파악이 안 되지만 일반적으로 그렇지는 않습니다."

"연합우주군의 이념을 우선적으로 따르더라도, 포괄적인 의미에서 대한민국 국민의 상식에 배치되는 행동을 적극적으로 할 수는 없게 돼 있다고 이해해도 되겠습니까?"

"사안에 따라 다를 수 있습니다. 예를 들어 영토 개념이나 관할 개념으로 들어가면 개별국 정부가 생각하는 것과 지구의 관점에서 생각하는 것들이 다른 양상으로 나타날 수 있습니다."

"아니, 일반적으로요. 한국 국민이 일반적으로 나쁜 일이라고 생각하는 짓을 연합우주군이 저지르는 경우에도 손 놓고 있어야 되는 건 아니지 않나 이 말이에요. 협약을 할 당시에 연합우주군에 권한을 위임한 건 우주군이 도덕적으로 개별 국가들보다 더 나쁘지는 않다는 일반적인 합의가 있어서 그런 거잖아요."

"그렇습니다."

"총장."

"예, 의원님."

"한국우주군이 보유한 최초의 공격위성 말인데요."

"예."

"왜 그렇게 생겼죠?"

구예민은 아무 대답도 하지 않았다. 뭐라고 답해야 하는지는 알고 있었지만 그 말을 하는 것보다는 하지 않는 쪽이 나아 보였다. 김무경이 다음 질문으로 넘어갔다.

"좋습니다. 그럼 이렇게 물어봅시다. 그 공격위성 디자인은 대한민국 국방부가 반대한 디자인이지요?"

구예민이 막힘없이 짤막하게 대답했다.

"그렇습니다."

"왜 반대했지요? 여기 계신 각 군 관계자분들 대다수가 반대한 것으로 알고 있는데, 맞습니까?"

"그렇습니다만, 다른 군의 의견은 고려 대상이 아니었습니다."

"아니, 묻는 말에 대답을 하세요, 자꾸 자기 입장 집어넣으려고 하지 말고. 여기 계신 분들이 왜 반대를 했습니까? 공격위성 디자인 결정에 영향을 미치게 되어 있건 아니건, 왜 반대에 부딪혔냐고요?"

구예민은 잠시 뜸을 들였다. 궁지에 몰린 표정은 아니었다. 김무경이 참지 못하고 재차 다그쳤다.

"기억이 안 납니까?"

"납니다."

"왜 반대했습니까? 제일 중요한 사유가 뭐예요?"

"못생겼다는 거였습니다."

"단지 못생겼다는 이유였습니까? 아니면, 못생겨서 뭐가 어떻다는 거였어요? 말해보세요."

"주요 반대 사유는, 적군처럼 생겼다는 거였습니다. 우리 편처럼 멋있게 생기지 않고 만화영화에 나오는 적군 로봇처럼 생겼다는 게 가장 큰 반대 이유였습니다. 왜 다른 나라 우주군처럼 팔이 두 개 달리고 얼굴이 붙어 있는 디자인을 택하지 않고 120도 간격으로 세 개의 팔이 붙어 있는 디자인으로 갔냐는 게 주요 반대 사유였고요, 검토한 다음 우주군 참모총장의 권한에 따라 기각했습니다."

"왜 기각했습니까?"

"참고할 필요가 없었기 때문입니다."

"왜 참고할 필요가 없어요? 총장, 그 공격위성으로 누구를 침공할 예정이지요?"

"침공은 불가능합니다. 해당 장비 작전 범위 밖입니다."

"그럼 왜 평화를 수호하는 디자인을 택하지 않고 지구를 침공하는 디자인을 채택한 거냐고요!"

구예민은 김무경의 얼굴을 물끄러미 바라보았다. 모두의 시선이 자기에게로 쏠려 있었다. 그래도 구예민 총장의 표정에서는 위축된 기색을 찾을 수 없었다. 다만 피로의 흔적을 볼 수 있을 따름이었다.

구예민이 대답했다.

"우주 자체가 좌우대칭에 적합한 공간이 아니어서……."

김무경이 또 끼어들었다. 구예민의 눈에 노여운 기운이 서렸다가 사라졌다.

"총장. 요점만 간단하게 대답하세요. 요약이 안 됩니까? 그렇게 입장 정리가 안 돼 있어요?"

그러자 구예민이 담담한 목소리로 짧게 대답했다. 누군가의 귀에는 상처받은 목소리로 들리기도 하는 말투였다.

"평화를 수호하는 디자인이라는 건 존재하지 않기 때문입니다. 그리고 보안 문제 때문에라도 답을 들었으면 하는데요. 이 회의는 도대체 무슨 회의입니까? 회의록은 남는 회의입니까?"

김무경은 몸을 뒤로 빼 의자 등받이에 등을 기댔다. 무언가 의미 있는 답을 끌어냈다는 제스처였다. 그러면서 회의실 한쪽 구석에 앉아 있던 우주군 삼성장군에게로 눈을 돌렸다. 전화성정무관 이종로 중장은 김무경 의원의 시선을 그다지 의식하지 않은 채 말없이 고개를 갸웃거릴 따름이었다.

그날 밤늦게 회의가 끝난 뒤 이종로가 김무경에게 말했다.

"아, 그때요? 그냥 좀 의아해서요. 요즘도 한국에서 의아하다는 말을 쓰나요? 옛날 말 된 거 아니죠? 하여튼 이상해서요. 평화를 수호하는 디자인이라는 건 존재하니까. 이 경우에는 팔이 세 개 달린 쪽이 평화를 수호하는 데 더 적합하겠죠. 왜 그렇게 대답을 안 하나 의아해서. 물론 우리 김 의원님이 워낙 짜증 나게 질문을 해대서 그랬겠지만. 말이 나왔으니까 말인데 거 사람이 왜 그래요?"

이종로가 방을 나간 뒤 김무경은 그가 빠져나간 문 쪽을 한참이나 바라보면서 황당하다는 표정을 감추지 못했다.

"저거 미친놈 아니야. 지가 만든 판이면서 발뺌하겠다는 거야 뭐야."

한섬민은 조종실 문을 나섰다. 머리에 헤드셋을 쓴 채였다. 훈련을 마친 직후여서 머리카락이 땀에 젖어 있었다.

"한 중사, 감찰실장님이 찾으시는데."

섬민은 그쪽을 돌아보았다. 궤도작전실 선임 부사관 신민형 상사였다.

"지금요?"

"마치고 바로 오래. 씻고 가봐."

잠시 후 섬민은 공군 조종복처럼 생긴 원피스 작업복으로 갈아입고 발사기지 본부 2층 계단을 올라갔다. 감찰실 문을 두드리자 최수지 하사가 일어나 섬민을 맞이했다.

"실장님이 찾으신다고?"

최 하사가 고개를 끄덕이며 감찰실장 집무실 쪽을 두 손으로 가리켰다. 섬민은 고개를 갸웃하며 그쪽으로 다가갔다. 그러고는 문을 열며 반갑게 인사했다.

"실장님, 저 찾으셨어요?"

감찰실장 집무실 책상에는 낯선 사람이 앉아 있었다. 방 안에 놓인 가구들도 얼마 전에 봤던 것과는 다른 모습이었다. 섬민은 문틈으로 고개를 내밀었다가 조심스레 안으로 들어갔다. 문밖에 서 있던 최 하사가 재빨리 속삭였다.

"새로 오신 감찰실장님이세요. 들어가보세요."

섬민이 어리둥절해 있는 사이 등 뒤에서 문이 닫혔다. 감찰실장 자리에는 중령 계급장을 단 중년의 여자가 매서운 눈매로 손에 든 서류를 훑어보고 있었다. 마치 섬민이 당황하는 순간을 즐기기라도 하듯 짐짓 무관심한 얼굴이었다.

신임 감찰실장 김수인 중령은 한참이나 뜸을 들인 다음에야 책상 위에 서류를 내려놓고 섬민을 올려다보았다.

"경례는?"

섬민은 절도 있는 동작으로 경례를 했다. 그리고 감찰실장이 고개를 끄덕이자 손을 내리고 굳어 있던 어깨를 풀었다.

"부르셨다고 들었습니다."

김 중령은 섬민의 얼굴을 물끄러미 바라보다가 잠시 뒤에 입을 뗐다.

"작전과 궤도작전실 한섬민 중사. 보직이 원격조종 부사관이군. 지구에서는 사관학교 출신 아닌 조종사도 양성하나 보네. 좋은 일이야."

"감사합니다."

"아니, 감사할 건 아니고."

섬민의 표정이 굳어졌다. 낯선 얼굴의 감찰실장이 말을 이었다.

"감찰장교 박수진 소령과는 친분이 있었나 봐. 기지에 있는 유일한 조종사니까 다들 신경을 많이 써줬겠지. 기대하는 바가 클 테니까. 참모총장님도 특별히 챙기시는 것 같고."

섬민은 아무 대답도 하지 않은 채 김 중령의 눈을 바라보고 서 있었다. 약식 정복을 입은 김 중령의 왼쪽 가슴에는 특이한 약장(略章)이 달려 있었다. 검은 바탕에 붉은 행성. 이제는 붉지 않은, 개척 시대 화성을 상징하는 이미지였다. 그 옆에 있는 파란 바탕에 하얀색 방패 약장은 아마도 '반란 진압'을 의미하는 듯했다. 약장의 의미 하나하나를 알지는 못했지만, 섬민은 반란 진압을 다루는 홍보물에서 그 그림을 본 기억이 있었다.

김 중령이 칼칼한 목소리로 말했다.

"그런데 한 중사. 그렇게 많은 지원을 받는 조종사가 우주군 돌아가는 일에 불만을 품고 있어서야 되겠나. 좀 충격적인데."

"무슨 말씀이신지……."

"읽어줄까? 잠깐 기다려봐. '최근에 아스티를 통해서 우주군을 알게 된 일반인입니다. 아스티님의 홍보 방송을 들으면서 뭐 하는 군대인지, 왜 필요한지 이해하기 어려운 우주군에 대해서 많은 것을 알게 됐습니다. 우주군이 바라보는 미래를 보면서 긍정적인 생각을 갖게 됐고, 우리 세금에서 나가는 우주군 분담금이 좋은 일에 쓰인다는 사실을 알게 됐습니다.' 중간 생략하고, 보자, 여기 좋네. '솔직히 우주군 이미지 좋아진 게 다 아스티 덕분인데 아무런 설명도 없이 갑자기 방송이 중단되는 것은 진행자와 팬 모두에게 예의가 아니라고 생각합니다. 적절한 조치를 기대합니다.' 이하 생략. 발송인 이름이 뭐더라? 그래, 일반인 한주민 씨."

섬민은 침을 꼴딱 삼켰다. 감찰실장의 말이 이어졌다.

"반쯤 장난인 건 알고 있어. 장난을 쳤다는 게 놀라울 따름이지. 지구에 온 뒤로 여러 가지를 보면서 놀라는 중이야. 우주군은 참 신기한 군대지? 뭐 대답할 필요는 없고, 주의 차원에서 사유서나 하나 써놓고 가. 에이스 조종사로 알려져 있던데 그런 건 잘 모르겠고, 품위 문제도 있고 하니까 앞으로 이런 짓은 안 했으면 좋겠네. 궤도작전실도 이제 슬슬 바빠질 거라니까 그런 거 할 시간도 없을 거야. 그만 나가봐."

섬민은 경례를 붙이고 뒤로 돌아서서 방문을 열었다. 막 방을 빠져나가려는데 뒤에서 감찰실장의 목소리가 들렸다.

"아, 그리고 완전군장 있지? 연병장 30바퀴만 돌고 퇴근해. 박수진 소령한테 신고하고."

"아니, 무슨 여기가 군대예요? 이건 너무 심하잖아요."

서가을이 벤치에 앉아 연병장을 달리는 한섬민을 구경하면서 투덜거렸다.

"서갈 그러다가 우주군 예보관 최초로 완전군장 메고 연병장 돈다."

감찰장교 박수진 소령이 같은 곳을 바라보며 덤덤하게 말했다.

"저는 저런 거 있지도 않아요."

"한섬민은 완전군장이 있었을 것 같아? 저거 헌병대에서 빌려온 거잖아."

"헌병대 말고는 아무도 없어요?"

"완전 세트로 갖고 있는 사람은 없겠지. 그렇다고 병사들 거 메고 뛸 수도 없고."

"나 참, 그런데 저거 가혹 행위 아니에요? 화성에서 하던 거 생각하고 시키는 거잖아요. 지구에서는 무게가 세 배가 되는데."

"가혹 행위면 또 누구한테 이르겠니, 감찰실장이 시켰는데. 그리고 군인한테 완전군장 시키는 게 무리한 요구는 아니지."

"우주군 개념으로는 누가 봐도 심하죠. 특히나 저렇게 대놓고 모욕적인 체벌은."

"체벌이 아니라 체력 단련이니까. 늘 그렇듯이 특이한 쪽은 우주군이고."

"저러다 무릎이라도 다치면 어쩌려고. 그보다 조종사를 저렇게 공개적으로 망신 줘서 좋을 게 뭐가 있어요? 결국 대체 불가능한 자원인데."

박수진이 천천히 팔짱을 끼며 대답했다.

"그게 말이야, 요즘은 제일 대체가 쉬운 게 원격조종 조종

사거든."

"왜요?"

"한섬민 본인이 제일 잘 알 거야. 우본 작전처 사람들 말 들
어보니까 인공지능하고 싸우면 이기기 힘들댔어. 원격조종
반응 속도 때문에. 조금 멍청해도 현장에서 시차 없이 반응하
는 인공지능이 훨씬 유리한데 이제 멍청하지도 않대. 더 무서
운 게 뭔지 알아? 좀 있으면 똑똑해지기까지 할 거라나."

"아니, 그래도 이미 인간 조종사 체제로 만들어져 있잖아
요. 1, 2년 사이에 뒤집기는 힘들 거 아니에요."

"많이 뜯어고쳐야겠지."

"그러니까요."

"아니, 내 말은 많이 고쳐야 돼서 힘들다는 게 아니라, 지금
부터 많이 고칠 거라고. 한섬민에, 한섬민 장난감에, 그게 다
참모총장 사업이거든. 그걸 들어내면 구예민 참모총장을 들
어내는 거니까, 모처럼 화성에서 여기까지 날아온 거 그 정도
는 하려고 하겠지. 아, 그런데 이런 심각한 이야기를 왜 기상
대 예보관 따위한테 하고 있는 건지 모르겠네."

"저기, 그건 좀 너무하시는 거 아니에요? 예보관 나부랭이
라니."

"진지하게 하는 이야기야. 못 들은 걸로 해. 소문내면 감찰
장교 본연의 자세로 돌아가서 기상대부터 탈탈 털 거니까 알

아서 하고."

"벌써 털고 계시던데."

"야, 말이 나왔으니 말인데, 기상대 도대체 왜 그 모양이냐?
안 털었는데 먼지가 알아서 나와. 미신 같은 거 좀 믿지 말라
니까."

"어쩔 수 없어요. 아시잖아요. 우주선 발사하는 데는 어디
든 다 이상한 징크스 같은 거 갖고 있는 거. 이렇게 생긴 조직
에서는 그 징크스가 다 기상대로 몰릴 수밖에 없어요. 게다
가 이거 심지어 민족 전통이라고요. 조선 시대 관상감에서 천
문학도 하고 길일도 정하고 명당도 보러 다니고 한 걸 보면
별수 없어요. 왜 그런 줄 아세요? 높은 분들이 자꾸 기상대에
동남풍을 바라시니까요. 아무도 동남풍을 바라지 않으면 기
상대도 데이터 나온 걸 예쁘게 정리해서 가져가기만 하면 되
잖아요. 우리도 그랬으면 좋겠어요. 하지만 저희 고객분들은
영원히 동남풍을 원하시겠죠. 적어도 22세기까지는. 그러니
까 그냥 받아들이세요."

"감찰실장님이 못 받아들이시니까 그렇지."

"화성 사람들은 도대체가 왜 그런대요? 사람이 기복 신앙
도 좀 믿어가면서 합리적이어야지, 그렇게 빡빡해서야 원."

"무슨 소린지 모르겠고, 아무튼 어서 정리해. 나도 시키면
하는 수밖에 없어. 나는 완전군장하고 뛰면 죽어. 한섬민이니

까 저러고 있지."

서가을이 짧게 대답했다.

"네."

섬민은 앞쪽으로 처진 철모를 한 손으로 고쳐 썼다. 턱 끈을 다시 매고 싶었지만 총을 들고 달리는 중이라 여의치가 않았다. 등에 멘 배낭보다는 다리에 달려 있는 방독면이 더 성가셨다.

벤치에 앉아 있는 서가을과 박수진을 흘끗 바라보았다. 한 바퀴를 더 돌고 왔더니 서가을은 어디론가 가버리고 박수진만 남아 있었다. 연병장을 둘러싼 건물 여기저기에서 자신을 구경하는 사람들이 눈에 띄었다. 굴욕적이라는 생각이 들지는 않았지만 역시 신경이 거슬리기는 했다.

다음 날 아침 조종실로 출근하자마자 작전부사관 신민형 상사가 섬민을 맞이했다.

"어제는 저녁 조깅 좀 하고 왔다고?"

"한결 개운하네요."

신 상사가 멋쩍게 웃었다. 말주변이 없는 사람이었다.

"오늘은 대기다."

"예?"

"감찰실 지시는 아니고, 우본 쪽 지침이야."

"무슨, 지침인데요?"

"조종 장치 교체. 내일까지는 교체 완료할 거라니까 그때까지는, 뭐 하지? 아, 전술 연구하고 있어."

"조종 장치는 왜요? 어디 고장 났어요?"

섬민이 묻자 뜸을 들일 줄 모르는 신 상사가 망설임 없이 대답했다.

"조종 시스템 전부 교체야."

"네? 그럼 지금 건 버려요?"

"버리긴, 비싼데. 예비로 다른 데 설치해놔야지."

"옆방에요?"

"그러겠지. 멀리 가져가기는 무거우니까. 새 시스템을 우선적으로 테스트하라고 본부에서 지침이 내려와서 당분간은 새 기계에 적응해야 돼. 준비하고 있어."

"본부에서요? 총장님이요?"

"궤도전략개발단장님 지시겠지."

"궤도전략…… 그게 뭔데요?"

"이번에 새로 만들어진 데 있잖아. 이종로 장군 임시 보직."

그 이름을 듣자마자 섬민은 숨을 한번 크게 들이쉬었다. 그리고 대수롭지 않은 듯 물었다.

"그런데 왜 임시 보직이죠?"

"그거야 다음에 갈 자리가 정해져 있으니까 그렇겠지. 1년도 안 있을 텐데 새로 자리를 비워주기는 그렇고, 그 정도 자리가 딱 좋지 않아?"

"다음 자리가 어딘데요?"

"참모총장. 내년쯤 별 하나 더 달고. 자, 어서 책상 앞에 가서 전술 연구나 해. 아침부터 노닥거리지 말고."

이틀 뒤에 새 조종 장치가 들어왔다. 이번에도 역시 팔다리를 다 쓰는 시스템이었지만, 공격위성에 달린 세 개의 팔을 두 팔과 한 다리로 동시에 조종하는 방식은 아니었다.

"이건 시프트 방식이네요."

궤도작전실 사람들이 조종 장치 주위에 모여 있었다. 궤도작전실장 심재선 중령이 신 상사의 말에 답했다.

"한 번에 팔 두 개씩만 조종하는 방식이네요. 대신 어느 팔두 개를 조종할지 전환할 수 있게 돼 있고."

신 상사가 물었다.

"이거 사전에 협조는 된 거예요?"

"협조는 무슨. 오늘 처음 봤어요."

"장난감 로봇처럼 생긴 두 팔 달린 공격위성 조종 장치에다가 발판 하나 더 단 거네요. 팔 하나는 버리겠다는 건가."

"흠, 버리는 것까지는 아닌 것 같고 이용하기 나름 아닐까요? 처음부터 팔이 두 개만 있는 거랑은 다르니까요. 남는 팔이 하나가 더 있고 마음만 먹으면 작전 방향을 120도씩 빠르게 전환할 수 있으니까 완전히 버리는 거라고 볼 수는 없겠죠. 한 중사 생각은 어때?"

섬민은 낯선 조종 장치가 잔뜩 붙어 있는 조종석을 가만히 내려다보았다. 그러다가 잠시 후 결론을 내린 듯 덤덤한 목소리로 대답했다.

"실장님 말씀이 맞을 거예요. 팔 두 개랑 머리가 달려 있으면 처음부터 앞면 뒷면이 정해져서 작전 공간을 반은 버리게 되는데 이건 그렇지는 않네요. 등이라는 게 존재하지 않으니까요. 위아래든 등이든. 아무튼 우주 공간에 어울리는 형태이기는 해요."

신 상사가 끼어들었다.

"그런데 과연 이게 더 낫기는 한가? 굳이 조종 시스템을 바꿔봐야……."

"글쎄요. 그건 해봐야 알지 않을까요? 의외로 좋을지도. 세팅되면 바로 한번 해볼까요?"

그러나 결과는 그다지 좋지 않았다. 네 시간 후 한섬민은 헤드셋을 목에 걸고 느릿느릿하게 조종실을 빠져나왔다. 섬민의 첫 마디는 이랬다.

"멀미할 것 같아요."

궤도작전실장이 격하게 동의했다.

"보고만 있어도 힘든 지경이니까. 120도 시프트하는 순간에 궤도작전실 화면도 다 120도씩 뒤집어져서 오퍼레이터들이 난리였어. 아, 이건 좀 아닌 것 같은데. 디스플레이를 개선하면 되는 문제일까? 시프트해도 화면은 그대로 있게."

신 상사가 걱정스러운 표정으로 다가왔다. 얼굴이 약간 창백해 보였다. 신 상사가 말했다.

"그게 문제가 아닌 것 같은데요."

"제일 큰 문제는 아닌데 그것도 문제죠. 한 중사 감상은 어때?"

심 중령이 물었다. 섬민은 땀이 젖은 머리카락을 수건으로 닦아내며 생각을 정리했다.

"선임 부사관님 말씀처럼 그게 제일 큰 문제는 아닌 것 같아요. 일단 시프트 체제 자체는 재미있다고 생각하는데 이게 우리 기체에 맞춰서 개발된 게 아니라 팔 둘 달린 로봇 조종 방식에 팔 하나만 더 갖다 붙인 상태라는 느낌은 버릴 수가 없어요. 완성된 시스템이 아니라 오히려 군더더기만 하나 더 붙어 있는 체제여서, 팔 하나가 더 달려 있는 게 마이너스예요. 결국 팔이 두 개인 체제로 전환하는 과도기 시스템인가싶기도 한데, 이건 아직 우리가 이 조종 방식의 잠재력을 못끌어내서 그런 걸 수도 있죠. 그런데……."

"그런데?"

"시뮬레이터에 들어 있는 가상 적군이요, 갑자기 확 강해졌어요. 이건 어디서 온 데이터죠?"

심 중령이 대답했다.

"화성 쪽에 실전 배치된 기체 데이터라던데. 우리 건 아니고."

섬민이 놀라움을 감추지 못하고 다소 긴장한 목소리로 물었다.

"진짜로 이게 벌써 실전 배치가 돼 있다고요? 그럼 이게 더 큰 문제 같아요. 상대가 이 수준이면 기존 조종 방식으로도 못 이겨요. 조종 방식의 문제가 아니고 하드웨어 문제 같은데요. 성능이 너무 차이가 나요."

"한 중사 판단도 그래? 이건 정보 쪽에 먼저 확인해봐야겠어. 근거 있는 시뮬레이션인지."

심 중령의 말이 끝나자마자 다시 섬민이 덧붙였다.

"그런데 끝에서 두 번째 거 뭐였죠? 짧은 도끼 들고 나온 두 팔 로봇. 그건 진짜 못 이기겠던데요. 파워가 엄청 센 것도 아닌 것 같은데, 반응 속도가 너무 빨라서 따라잡기가 힘들었어요."

그 말에 궤도작전실장과 선임 부사관이 말없이 눈빛을 교환했다. 무언가 서로에게 대답을 미루는 눈치였다. 섬민이 다그쳤다.

"뭔데요? 기밀이에요?"

그러자 심 중령이 신 상사를 향해 고개를 끄덕이고는 마지
못해 입을 열었다.

"특별히 눈에 띄게 어려웠다는 거지?"

"보셔서 아시잖아요. 완전 박살 났는데. 뭐예요? 신형이에
요? 겉으로 보기에 특이한 건 없던데."

심 중령이 한섬민의 눈을 똑바로 바라보며 대답했다.

"인공지능이었거든."

"예? 인공지능이야 뭐."

"지구에서 조종 안 하고 인공지능이 기체에 직접 탑재된 기
종이라고. 기체는 늘 보던 거고 지능만 하드웨어에 탑재해놓
은 건데."

"아, 아예 통신 시차가 없게 설정해 놓은 거군요. 어쩐지."

"뭐 처음이니까. 첫날부터 이기면 이상하지. 연구를 좀 해
보자고."

하지만 그다음 날도 또 그다음 날도 섬민의 전적은 나아지
지 않았다. 주말까지 포함해서 일주일 내내 연전연패를 거듭
한 섬민의 어깨는 자신도 모르는 새 축 처져 있었다.

박국영은 멍한 얼굴로 기지 본부 건물 앞 공터를 배회하고
있는 한섬민을 멀리서 바라보며 주차장에 세워둔 차에 올랐
다. 통신중계소 앞에 차를 세워놓고 사무실로 올라가니 김은

경이 퇴근 준비를 하고 있었다.

"박 대위는 꼭 퇴근 직전에 찾아오더라."

"아, 시간 계산을 잘못해서요. 내일 오겠습니다."

"됐어. 무슨 일인데?"

"늘 하던 거요. 행성 간 통신 딜레이 콘텐츠. 사인 받을 게 좀 많아서 가지고 왔어요."

"많아?"

"서약서에, 또 서약서에, 확인서에, 동의서에."

"내가 하고 싶어서 하는 것도 아닌데 마치 내가 먼저 해달라고, 해달라고 조르는 것처럼 서류를 만들어 온다?"

"그러니까요."

"그러니까 뭐?"

"제가 다 만들어 왔으니까 사인만 하시라고요. 읽다 보면 누군가의 멱살을 쥐고 싶어지실 텐데, 그래서 직접 왔어요."

국영은 책상 위에 서류를 펼쳐놓았다. 은경은 가방을 내려놓고 의자를 그쪽으로 굴렸다.

5분쯤 뒤, 아무 말 없이 천장만 바라보고 있던 국영이 지루한 듯 갑자기 은경에게 물었다.

"서기관님, 그 반란 말인데요. 자세한 내용 아세요?"

"화성 반란? 홍보단도 알 거 아냐."

"내용은 아는데 내막은 잘 모르겠어요. 뭐랄까……."

"쉬쉬하는 분위기지?"

"네."

은경은 서류를 들여다보면서 지나가는 말처럼 말을 이었다.

"외합절에 일어난 반란이고, 그 기간 동안 전권이 직할시에 위임되는 걸 이용해서 화성 직할시 시의회에서 독립선언을 한 거야. 그리고 화성 도시동맹인가 하는 신생 정착지 연합에 가입을 해버렸는데 곧바로 진압이 됐지. 그게 내용이야. 특별할 거 더 있나?"

"있죠. 왜 그걸 쉬쉬하는 거죠? 이종로 장군은 전쟁 영웅이 됐는데 그거치고는 반란 이야기가 다 묻혀 있어서요."

"아, 그거? 합법이거든."

"뭐가요?"

은경이 잠깐 고개를 들어 국영을 바라보았다. 그러다 서류 쪽으로 다시 시선을 옮기며 차분한 목소리로 말했다.

"반란이라고 부르기는 하는데, 아까 말한 것처럼 전권이 위임된 기간에 시의회에서 투표를 거쳐서 의결한 거라, 절차상 아무 문제가 없어. 반란이라기보다는 민주주의였지."

"네? 그런 거예요?"

"그런데 그게 좀 애매해. 반란이 아닌 것도 아니거든. 그보다는 제도를 너무 허술하게 만들어놓은 거지. 그 빈틈을 아주 합법적으로 파고들었단 말이야. 합법인데 누가 봐도 불법이거든. 내막이 궁금하다는 건 이거 말하는 거겠다. 당시에 우주군 윗분들이나 정부에서 무슨 생각을 하고 있었나 하는?"

"그렇죠. 또 화성 사람들은 무슨 생각을 하고 있었고."

"어정쩡했지. 왜냐? 합법이니까. 그런데 또 그냥 있기도 그랬지. 배신이잖아."

"그래서 어떻게 했는데요?"

"어떻게 한 게 아니고, 외합 기간에는 통신이 끊어져 있으니까 지구에서는 무슨 일이 일어났는지 잘 몰랐지. 통신이 재개됐을 때는 벌써 상황 종료였어. 반란이 일어났고 주둔군 사령관이 진압. 의회 해산하고 군정 체제 승인 요청. 잠깐 여론이 들끓었는데 그것도 얼마 안 갔어."

"왜요?"

"화성 주둔군이 98명이었는데 직할시 인구가 2만이었거든. 적극 가담자만 해도 2천 명은 되지 않을까. 그리고 주둔군 중에 한 스무 명은 독립 세력에 가담했고. 그런데 그걸 이종로가 진압해버렸으니까."

"그렇게 적었어요? 어떻게 제압했대요?"

이어지는 질문에 은경이 결국 서류를 내려놓고 고개를 들었다.

"무력으로. 잔인하게. 훈련받은 군대가 무기를 쓰기로 마음먹으면 백 명이 5천 명쯤 제압할 수 있나 봐. 개척 시대에는 화성 사람들도 다 무기를 쓸 줄 알기는 했는데, 설마 우주군이 발포까지 하겠어 하고 있다가 당했겠지. 금방 제압됐을걸. 겨우 한 시간쯤? 5백 명쯤 죽고."

"그다음은 어떻게 됐어요?"

국영이 호기심을 드러내며 물었다. 은경이 여전히 시큰둥한 투로 되물었다.

"너무 재밌어하는 거 아니야? 왜, 요즘 미친 화성 출신들이 분위기 흐리고 있어서 그래?"

"네, 뭐."

"지구에서는 그냥 쉬쉬했지. 뭘 숨기려고 그런 게 아니라 찝찝해서. 화성 주둔군이 잘 처리한 건 맞는데, 그러면 안 되잖아. 그런데 또 독립선언하게 놔둘 수는 없고. 일부러 무관심해졌달까. 생각하기 귀찮으니까."

"그래서 이종로 장군이 총독이 돼버린 거군요."

"다들 눈감고 있는 사이에 혼자서 잘 컸지. 별도 빨리 많이 달고. 그 인간 참, 원래 야망이 있는 인간이라 좋아했을 거야. 그렇게 키워주면 안 되는 거였는데. 지구로 못 돌아오게 하거나."

"아는 분이셨어요?"

"뭐 쪼끔. 그런데 그거 알아? 지구에서 다들 눈감고 있어서 큰 주제에 지금 와서는 지구에서 화성 외면한다고 불만이 가득하다? 홍보단한테도 시비 걸지 않나? 화성 정착지가 있는데 왜 우주 시대를 저 소행성부터 해서 다시 열려고 하는 거냐고. 홍보단이야 뭐 연합우주군에서 하라니까 아무 생각 없이 따라 하는데 화성 출신들이 갑자기 귀국해서는 막 원한에 사무쳐가지고 말이야, 영문을 알 수 없는 날카로운 말이나 해대고. 아주 난감하지?"

"장난 아니죠. 요즘 아주 살벌해 죽겠어요."

"이제 알겠어, 내막?"

"예, 대충. 그게 그렇게 연결되는 거였군요."

"자, 이제 내막이 파악이 됐으면 이리 와서 멱살잡이 한번 하자. 박 대위 솔직히 이 서류, 내가 자세히 안 읽어보고 사인해주기를 바라고 끼워넣은 거지?"

"아, 저런, 읽으셨군요. 저런."

"박국영 대위? 어디 가게? 이리 와서 설명해줘야지. 일부러 퇴근 직전에 온 거 맞지? 행성직한테 이런 얄팍한 장난치면 진짜 손모가지 달아나는 수가 있다."

통신중계소를 나와 기지 본부 건물로 돌아오는 길에 국영은 완전군장을 메고 앞서가는 한섬민을 만났다.

"또 감찰실장님이야?"

섬민은 소리 나는 쪽을 돌아보고는 목소리의 주인이 국영이라는 것을 확인하자마자 다시 고개를 돌렸다. 국영이 느린 속도로 차를 몰아 섬민의 뒤를 쫓아가며 물었다.

"총은 왜 안 들고 가?"

섬민이 귀찮은 듯 대꾸했다.

"총기는 안 내주니까요."

"응?"

"감찰실장님이 시키신 게 아니라 고민이 많아서 운동이나 좀 하려고요."

"뭐? 아무리 고민이 많기로서니 시키지도 않는데 그걸 메고 가냐?"

국영이 차를 느리게 몰아 섬민을 뒤따라가며 말을 시키고 있는데, 이번에는 앞쪽에서 감찰실 최 하사가 빠른 걸음으로 걸어오더니 한섬민 앞에 멈춰 섰다.

"한 중사님."

"왜?"

"감찰실장님이 퇴근하다 보시고 전화하셨는데요, 완전군장하지 마시래요."

"그건 또 무슨 소리야?"

"시위하는 것처럼 보인다고요. 반항하는 거냐고. 솔직히 좀 그래 보여요. 그냥 안 하시는 게 나을 것 같아요."

섬민은 그 자리에 우뚝 멈춰 서서 잠시 하늘을 올려다보더니 최 하사와 박국영을 번갈아 바라보았다.

"그래. 그래야겠지."

섬민은 그길로 국영의 차를 얻어 타고 독신자 숙소로 내려갔다. 그러고는 휴게실 소파에 반쯤 눕듯이 걸터앉아 멍하니 천장을 응시했다.

"배낭이랑 철모는 여기에 놓고 간다."

국영이 섬민을 걱정스럽게 내려다보며 말했다. 섬민은 아무 대꾸도 하지 않았다.

30분 뒤, 국영이 숙소 밖으로 나가려고 휴게실을 지날 때에도 섬민은 여전히 그 자세 그대로였다. 국영이 걱정스러운 듯 물었다.

"무슨 일 있어? 감찰실장님 때문에?"

그러자 섬민이 귀찮다는 듯 대답했다. 목소리도 겨우 알아들을 수 있을 만큼 작았다.

"감찰실장님 신경 안 써요. 감찰실장이 다 그렇죠 뭐."

"그럼 왜?"

"비밀이라 어차피 홍보단한테는 말 못 해요."

"그럼 뭐……."

"요즘 완전 박살 나고 있거든요."

"응?"

"바다에서 이순신이랑 마주친 왜장 같은 심정이에요. 아,

그때 그냥 민간 회사로 갈 걸 그랬나."

"뭐야? 그 정도야?"

"그런데 제가 지금 생각해봤는데, 이순신 진짜 나쁜 사람 같아요. 이순신 만나면 앞날이 캄캄해지더라고요. 전장에서 기죽는 문제가 아니라 미래가 안 보여서. 커리어가 막히면 좀 그렇잖아요."

"무슨 이야기야? 이종로 장군 이야기야?"

"그건 또 무슨 소리예요? 이순신 이야기라니까요."

구예민은 보고 있던 보고서를 책상에 내려놓았다. 우주군 사관학교 졸업식 행사 계획이라는 이름의 비밀문서였다. 펜을 들어 사인을 하려다가 결재 라인 참모총장 바로 앞 칸에 있는 직함을 보고는 펜을 내려놓았다. '궤도전략개발단장'이라는 짧지도 않은 이름이 네모 칸 안에 빽빽하게 들어가 있었다.

구예민은 전화기에 붙어 있는 버튼을 눌러 부관을 불러냈다. 그리고 전화기에 대고 말했다.

"행정처장 내 방으로 오라 그래."

전화기 너머에서 부관의 대답이 들려왔다.

"예, 지금 사관학교에 가 있는데 곧바로 호출할까요?"

"아니. 일 마치고 돌아오는 대로 내 방에 들르라고 해."

"예, 그리고 지금 막 손님이 찾아오셨습니다. 궤도전략개발 단장 이종로 중장입니다."

"지금? 집무실로?"

"예."

구예민은 잠시 무언가를 생각하더니 다시 전화기에 대고 말했다.

"안으로."

전 화성정무관 이종로는 성큼성큼 문 안으로 걸어 들어왔다. 구예민은, 다리를 약간 벌리고 서서 절도 있게 경례를 하는 이종로를 자리에 앉은 채로 맞이했다.

"지구 중력에는 빨리 적응한 것 같아서 보기 좋네."

"우주선 인공중력을 처음부터 지구 중력으로 맞춰달라고 했거든요."

"저런. 필름으로 온 거지? 특급연락선이었는데 다른 승객들이 힘들었겠네. 두 달 동안 점차적으로 높일 걸 처음부터 높여놨으면."

"빨리 적응하면 좋죠. 방에는 처음 들어와봅니다."

"구질구질하게 뭘 많이 들여놔서 보기가 그렇지? 꼴이 이래서 손님은 회의실로 부르거든."

이종로는 방 안을 가득 채우고 있는 책장을 둘러보며 대답했다.

"도서관 같고 좋네요."

"그렇지?"

"아, 좋은 뜻으로 드리는 말씀입니다. 화성에는 책이 이렇게 많지 않으니까요. 귀한 건 아니지만 종이책을 많이 찍지는 않아서요."

"그랬겠지. 용건은?"

이종로는 서가 앞에 붙어 서서 책등을 들여다보다가 참모총장 쪽으로 고개를 돌렸다.

"신고식도 했고 여러 번 뵙기도 했지만, 따로 찾아뵙고 그간 어떻게 지내셨나 여쭤보려고요."

"설마. 뭐 담소부터 시작해도 좋지만, 본론부터 해도 되니까 편한 대로 하지."

"그렇습니까? 그럼 그것부터 여쭤볼까요?"

"뭐든."

이종로가 목소리를 잔뜩 낮췄다.

"정보를 드렸는데 아무 대응이 없더군요."

"정보?"

"태양광반사판전개 테러 첩보를 사건 3개월 전쯤에 드린 것 같은데요. 팩맨 태양이라고 불리던 그거."

"아, 그거? 그랬지."

"3개월이면 대응하기 짧은 기간은 아니었을 것 같습니다만."

"길었지."

"허술한 첩보는 아니었던 것 같고요. 지금은 실물이 폭격으로 날아가버려서 확인이 불가능하지만 그 당시만 해도 구체적이고 상세한 첩보였을 텐데요."

"그랬나? 당신 말대로 지금은 실물이 안 남아 있어서. 자료가 남아 있어도 연합우주군에서 알아서 할 일이고."

이종로는 아무렇지도 않은 듯 책꽂이 다음 칸으로 몇 걸음 옮겨 갔다. 그리고 책 한 권을 꺼내 내용을 펼쳐보면서 말을 이었다.

"알아서 잘 처리하셨겠지요. 그런데 혹시 그 일도 직접 처리하셨습니까?"

구예민은 책상 위에 놓인 수첩을 펼쳐 일정을 들여다보며 되물었다. 소리가 들리지 않으면 두 사람이 각자 도서관에서 따로따로 시간을 보내고 있는 것처럼 보이는 광경이었다.

"또 뭐?"

"황선이요."

"황선이라, 화성에서 탈출한 사람 말이지? 그 친구도 연합우주군에서 데리고 가지 않았나? 조사받고 있을 텐데."

"잘 모르시는 거군요, 공식적으로는."

구예민은 수첩을 덮고 안경을 책상에 내려놓았다. 그러고 나서 이종로를 바라보며 말했다.

"화성에서는 어떻게 하는지 모르겠는데 지구에서는 스몰 토크로 날씨 이야기를 주로 해. 최근에는 할 이야기가 많았거든."

"화성에서 날씨 이야기는 작은 주제가 아니어서요."

"그렇겠지. 그럼 내가 화제를 바꿔볼까? 소문 이야기 어때?"

"좋습니다. 재밌겠는데요."

"요즘 이 장군이 데리고 온 사람들이 누구를 괴롭힌다는 소문이 있어. 부사관을 괴롭힌다던데."

"괴로워진 부사관이 어디 한둘이겠습니까? 장교도 괴롭고 병사들도 괴로울 텐데요."

"한섬민은 괴롭히지 말지. 보기 안 좋아."

"훈련은 원래 괴롭습니다."

"민간 업체 이용해서 빼가려다가 잘 안 되니까 망가뜨리려는 것 같잖아."

"그럴 리가요."

"그래? 그럼 스몰 토크는 이쯤하고 본론으로 넘어가지."

이종로가 책을 덮어 책꽂이에 꽂아 넣은 후 구예민의 얼굴을 바라보며 말했다.

"말씀하시지요."

구예민은 성큼성큼 앞으로 세 걸음쯤 다가서는 이종로를 올려다보았다. 위험해 보이는 얼굴이었다. 면도를 깔끔하게 하지 않았고, 군인치고 꽤 긴 머리카락도 정리가 되지 않았다. 그래도 그 모습 그대로가 자연스럽기는 했다. 야생에 있던 짐승을 데려다 제복을 입혀놓은 것처럼 안 어울리는 듯하면서도 묘하게 자연스러운 인상.

구예민이 학자 같은 말투로 질문을 던졌다.

"드디어 묻게 되는구만. 화성 외합절 반란 진압할 때 말인데."

"아, 옛날이야기였군요. 자세한 보고서를 올렸을 텐데요."

"봤지. 여러 번 읽어봤지. 그 사건 배경으로 소설도 쓸 수 있을 만큼 자세하게 파악하고 있는데, 빈 데가 있더라고."

"그렇습니까? 어디가 빠져 있었죠?"

"반란군 측 사망자 보고서. 부상자 보고서보다 훨씬 길더군. 보통은 반대였을 텐데. 보고서가 꽤 자세해서 놀랐어. 누가 어떻게 사망했는지 상세하게 나와 있더라고. 그 바람에 곤란했지 뭐야. 지구에 있는 유족들이 궁금해했는데 우리 대답은 처음부터 정해져 있었으니까. 더 자세하게 파악은 안 된다고 말하게 돼 있었지. 그런데 상세하게 알고 있었어, 그 보고서 때문에. 알고는 있는데 입 밖에 낼 수는 없는 내용이더라고. 본의 아니게 은폐라는 걸 하게 됐다니까."

"마음의 짐을 지게 해드린 걸 질책하시는 건가요?"

"설마. 잘했어. 보고는 상세할수록 좋지. 경황도 없었을 텐데 담당자가 대단히 유능했나 보다 짐작하고 있었어. 그 정도면 꽤. 그런데 말이야, 그 상세한 보고서도 완벽하지는 않더라고."

"으레 그렇지요."

"으레 그런가? 보고서 다른 부분과는 다르게 사망자 기록 마흔세 건이 얼버무려져 있던데. 아, 물론 다른 보고서였으면 보고서 전체가 그렇게 작성돼 있었겠지. 그런데 화성주둔군이 올린 보고서는 지나치게 상세했거든. 그러니 눈에 띨 수밖에. 그 마흔세 건의 사망 기록이 마치 다른 사람이 작성한 다른 보고서처럼 처리돼 있는 게."

"거두절미하실 것 같더니 아직도 서론이네요. 본론부터 말씀하셔도 됩니다만."

구예민은 두 손을 앞으로 모으고 편안한 자세로 전 화성총독을 응시했다. 그러면서 차분하게 서론 마지막 부분을 이어갔다.

"그 마흔세 건을 조사해보니까 재미있는 게 보이더라고. 이 사람들의 사망 지점이 아무 데나 흩어져 있는 게 아니더라는 소리지. 시간과 장소를 종합해보니 아무래도 한 사람 동선으로 보였단 말이야. 사망 방식도 교전에 따른 총격 같은 게 아니라 하나같이 처형으로 보이는 방식이었고."

"그래서요?"

"그게 자네였나?"

드디어 본론이었다. 이종로는 말없이 구예민의 시선을 마주 보았다. 그러다 갑자기 씩 웃으며 시선을 돌렸다.

"그게 총장님 본론이라고요?"

"유일한 본론이지. 내가 당신한테 하는 다른 말은 일급비밀이든 작전명령이든 다 스몰 토크야. 하나 마나 한 소리지. 사회생활 하느라 어쩔 수 없이 하는."

두 사람은 한참 동안 서로의 눈을 마주 보았다. 아무도 두 사람의 침묵을 방해하지 않았다.

먼저 발을 푼 쪽은 이번에도 이종로였다. 궤도전략개발단장은 갑자기 세 배나 커진 중력이 전혀 무겁지 않은 듯 가벼운 걸음으로 문을 향해 걸어갔다. 돌아서서 문손잡이를 쥐는 이종로의 뒷모습에서 풋 하는 소리가 삐져나오는 듯했다.

이종로가 고개를 돌리지 않은 채 마지막 한마디를 남겼다.

"방이 참 마음에 듭니다. 그런데 책을 다 빼면 방이 훨씬 넓어 보일 것 같습니다."

구예민이 지지 않고 대꾸했다.

"가구 없고 생활감 없는 집이 넓어 보이기는 하지. 모델하우스 하나 알아봐줄까?"

다음 날 오후, 우주군 본부 지휘통제실 뒤편 관람석에는 열댓 명의 요인이 모여 앉아 있었다. 군복을 입은 사람이 열 명 정도, 정장 차림인 사람이 다섯 명 정도였다. 그중에는 이종로 궤도전략개발단장과 김무경 의원도 포함되어 있었다. 구예민 참모총장은 관람석이 아닌 지휘통제실 안쪽에 자리했다. 얼마 전 공격위성 디자인에 관한 질의를 하기 위해 소집되었던 정체를 알 수 없는 회의의 참석자와 비슷한 구성원이었다.

"구 총장이 소집한 거라고 했지요?"

김무경이 묻자 이종로가 그쪽을 쳐다보지도 않은 채 대꾸했다.

"그렇더군요. 무슨 꿍꿍이인지 모르겠지만."

"비장의 카드가 있는 거요?"

"저야 모르지요. 그래도 아마 자기 무덤을 파는 꼴이 될 겁니다."

"공격위성 시연한다던데요? 뭔가 보여주면 우호적이 되게 마련인데. 게다가 저런 첨단 장비는."

"두고 보시죠."

같은 시각, 발사기지 조종실에는 긴장감이 감돌았다. 훈련 상황이 우주군 본부에 중계된다는 소식 때문이었다. 섬민은 지난 일주일 동안 그랬듯 여전히 멍한 표정이었다.

섬민이 물었다.

"우리 오디오도 중계되나요?"

신민형 상사가 짧게 대답했다.

"아니. 커트하려고."

"다행이네요."

"그래도 말조심해. 녹음은 되고 있으니까. 언제 누가 열람할지 몰라."

"알겠습니다. 준비되면 시작하세요. 저는 준비됐어요."

우주군 본부 지휘통제실에는 두 개의 큰 화면과 네 개의 작은 화면이 벽면 하나를 가득 채우고 있었다. 우주군 지휘관 참모와 초청 관람객들이 그 화면을 바라보고 앉아 있었다.

"시작하지."

구예민이 말했다. 그 훈련 개시 명령이 발사기지에 있는 공격위성 조종실로 하달되었다.

"드디어 그 공격위성을 가동하는 거요?"

김무경이 이종로에게 물었다. 이종로는 한심하다는 듯 그를 보았다.

"당연히 시뮬레이터죠. 공격위성 팔을 아무 때나 전개했다가는 형태나 기능이 전 세계에 노출되고 마니까."

"그럼 지금까지 한 번도 전개한 적이 없다는 겁니까? 실전연습을 한 번도 한 적이 없다는 소리예요?"

"그렇죠. 걱정하지 마세요. 정체가 뭔지 아무도 모르고 있으니까 가치가 있는 카드거든요. 막상 뒤집어놓으면 아무도 안 무서워할걸요. 왜 별거 아닌지 이제 곧 보실 겁니다."

시뮬레이션 화면이 펼쳐졌다. 생각만큼 흥미진진한 출발은 아니었다. 궤도를 돌고 있는 위성 두 대가 가까이에 접근하기까지의 과정 자체가 복잡하고 지루한 탓이었다.

"접근 기동은 생략하고 교전부터 시작해봐."

참모총장의 지시에 따라 위성 두 대가 공간 이동을 하듯 빠른 속도로 가까워졌다.

"접근 중. 감속 시작. 감속 정지. 5분 후 교전 거리 접근. 교전 형태로 전개합니다."

어딘가에서 목소리가 들려왔다. 발사기지 쪽에서 넘어온 목소리였다. 그러자 아군 공격위성 표면을 감싸고 있던 원통 모양의 보호판이 튕겨져 나갔다. 그러면서 그 안에 접혀 있던 팔이 드러났다. 모두 세 개였다. 본체 연결 부위에 하나 중간에 하나 그리고 마지막으로 손목 부위에 하나, 세 개의 관절이 달린 팔이었다. 모든 방향으로 움직일 수 있는 어깨는 정밀하면서도 강인해 보였다. 손은 집게 모양을 하고 있었다. 사람 손처럼 정교하지는 않지만 무언가를 쥐거나 뜯어낼 수 있는 형태였다.

세 개의 손 중 두 개에는 방패가 장착되어 있었다. 조금 전에 튕겨 나간 보호판의 일부인데, 넓적한 모양의 방패는 아니었다. 기계 팔을 간신히 덮을 정도로 가늘고 길쭉한 형태의 방패가 팔 바깥쪽을 감싸듯 고정되어 있었다. 전문가라면 발사를 기다리며 로켓 위에 가만히 세워져 있는 모습만 보고도 어떤 기종인지 알아볼 수 있을 만큼 특징 있는 외관이었다. 그러니까 이 위성의 발사 장면이 갑자기 비공개로 처리된 것은 바로 이 방패 때문이기도 했다.

나머지 한 팔에는 창처럼 생긴 무기가 달려 있었다. 쥐어져 있다기보다는 손목 언저리에 고정되어 있는 것에 가까웠다.

실제로는 볼 일이 거의 없는 영상이었다. 누군가가 옆에 바짝 붙어서 찍어주지 않는 한 그런 3인칭 시점 영상은 볼 방법이 없었다. 시뮬레이션이니까 보여줄 수 있는 공격위성의 모습이 작은 화면 하나를 독차지했다.

곧이어 적기가 교전 형태로 전개되었다. 작은 노즐이 여러 개 달린 우주선 앞쪽에 로봇 상반신이 붙어 있는 형태였다. 두 개의 팔과 얼굴 모양의 머리, 팔은 어깨처럼 생긴 관절에 달려 있었다. 손가락은 네 개였지만 손 모양도 훨씬 사람 손에 가까웠다. 소위 '우리 편'처럼 생긴 로봇이었다.

로봇의 양손에는 도끼가 들려 있었다. 변신이 끝나고 적기가 빠르게 방향을 바꿨다. 기체 곳곳에 붙어 있는 자세 제어용 노즐이 불을 뿜으며 재빨리 몸체를 비트는 모습을 보고

VIP 관람객들이 숨을 멈추었다. 느릿느릿할 줄 알았던 공격 위성들의 격투가 기대했던 것보다 훨씬 빨랐기 때문이다.

"직접 맞붙는 걸 보여주겠다는 건가. 그런데 이건, 흥행이 되겠는데."

김무경이 중얼거리는 사이, 적기가 도끼를 들고 아군 쪽으로 날아왔다. 아군기가 몸체 곳곳에 달린 부스터를 이용해 자세를 잡은 다음 핑그르르 돌면서 적기를 향해 다가갔다. 가늘고 긴 두 개의 방패가 상대의 공격을 요령 있게 막아냈다. 관람객들은 두 대의 공격위성에 매료되는 듯 보였다. 적군이고 아군이고 상관없었다. 적군이 더 우리 편 같기는 했지만 아군 괴물의 움직임도 충분히 섬세하고 정교했다.

하지만 교전을 눈으로 따라잡는 일은 쉽지 않았다. 아군 조종사가 '시프트'를 할 때마다 지휘통제실 큰 화면 두 개가 120도씩 옆으로 돌아갔다. 아군 조종사가 보는 화면, 즉 머리와 팔이 달린 적기의 모습이 한순간 120도쯤 뒤집혔다. 잠시 후 다시 120도. 휙휙 돌아가는 조종 화면을 보는 일은 공격위성 문외한에게 고역이었다. 전문가들도 마찬가지였다. 그렇게 실감 나는 화면이 빠르게 좌우로 돌아가자 지휘통제실에 앉아 있는 모두가 곧 멀미를 할 것 같은 표정이 되고 말았다. 구예민과 이종로 두 사람만이 아무 내색도 하지 않고 화면을 응시했다.

교전은 채 5분을 넘지 않았지만 지휘통제실이 초토화되는 데에는 그 정도 시간이면 충분했다. 멀미 때문이었다. 얼굴이 하얗게 질리지 않은 사람은 단 두 사람밖에 없어 보였다. 이종로가 한일자로 입술을 굳게 다물고 있는 것을 보면 사실은 그 역시 멀미를 느끼는 모양이었다.

"한 번 더 가지."

구예민이 무심하게 명령을 내리자 지휘통제실 뒤편 관람석이 술렁거렸다.

"총장, 잠깐 쉬었다 합시다."

누군가가 말했다. 절박함이 담긴 목소리였다.

"15분 하고 쉬는 훈련이 어디 있습니까?"

두 번째 교전은 지켜보는 사람이 훨씬 적었다. 생각하는 것만으로도 속이 울렁거렸던지, 아예 시선을 아래로 내리깔고 화면 자체를 외면하는 사람이 태반이었다.

이종로는 어쩔 수 없이 해설을 맡았다. 보고 있기 힘든 건 마찬가지였지만 자신에게 유리해 보이는 훈련 시연 광경을 그대로 흘려보낼 수는 없었다.

"아군이 패배했습니다. 교전 3분 만에 팔 두 개가 파손되고 메인 엔진이 대파됐군요."

"그럼 어떻게 되는 거죠?"

김무경이 지휘통제실 뒤쪽으로 고개를 향한 채 물었다. 이종로가 대답했다.

"엔진이 정지된 아군 공격위성을 적기가 지구 쪽으로 밀어 떨어뜨렸습니다. 저렇게 며칠을 더 돌다가 지구 대기에 타서 소멸되겠네요."

다음 교전도, 그다음 교전도 마찬가지였다.

"아군 기체 대파. 조종 불능 상태입니다. 5연패네요. 다들 보셨겠지만 아군 기체 반응 속도가 현저하게 느립니다. 적기 공격 후 이미 손상을 입은 다음에 방패가 그쪽으로 향하는 모습 보셨죠? 반응 속도가 못 따라가서 생기는 문제로 보입니다. 적기는 궤도에서 직접 조종하고 아군은 지상에 있는 조종사가 원격으로 통제하니까요. 그 시차 때문에 지는 것 같네요."

이종로의 해설이 이어지자 사람들이 비로소 고개를 끄덕였다. 누군가가 물었다.

"시차가 얼마나 되나?"

"0.4초쯤 됐을 겁니다."

"0.4초라. 저 템포로 진행되는 교전에서는 거의 결정적인 차이구만."

"그렇습니다. 극복이 되는 차이인지 모르겠습니다. 방식을 근본적으로 바꾸지 않는 한."

그제야 구예민이 안경을 벗어 탁자 위에 내려놓고는 뒤쪽을 돌아보며 말했다.

"잠시 쉬고 30분 뒤에 다시 시작하겠습니다."

지휘통제실 위층, 응접실 형태로 꾸며진 대기실에 패잔병처럼 널브러져 있는 군 주요 정책 결정자들을 보면서 이종로는 회심의 미소를 지었다. 멀미 때문에 씁쓸하게만 보이는 미소였지만 아무튼 이종로의 생각은 그랬다. 김무경이 그를 알아보고는 가까이 다가왔다.

"구 총장은 무슨 생각인 겁니까? 이런 짓은 왜 하는 거죠? 골탕 먹이려는 건가요?"

"그럴 사람 같아요? 뭔가 생각이 있어서 한 행동일 텐데 결과적으로는 잘 안 될 겁니다. 무슨 생각을 하든 마찬가지겠죠, 지금 이 꼴을 보면."

"그렇겠지요? 벌써 결판난 거나 다름없는 것 같은데. 다시 들어가서 그 꼴을 또 봐야 하는 거요? 다들 당장 나가버리고 싶어 하는 분위기인데."

"그래요? 그럼 그 사람들한테 가서 절대 가버리지 말라고 말려주시죠."

"내가 왜요?"

"이참에 아예 끝장을 내버리는 게 낫지 않겠어요?"

"아, 하긴."

다시 지휘통제실이 가득 찼다. 구예민은 딱딱한 표정으로 관람석에 앉아 있는 사람들의 얼굴을 보았다. 그리고 설명을 시작했다.

"기다려주셔서 감사합니다. 잠시 조종 시스템 교체 작업이 있었습니다. 조금 전에 보신 건 궤도전략개발단이 제시한 방식으로 작전을 수행한 거였고요, 지금 보여드릴 건 기존 시스템을 활용한 작전 수행입니다. 원격조종 시차는 0.38초로 아까와 동일하게 설정돼 있습니다."

그러자 김무경이 삐딱하게 앉은 자세로 목소리를 높였다.

"그게 무슨 의미가 있어요? 쓸데없이 붙잡아둘 생각 하지 말고 간략하게 합시다."

"그럴 계획입니다. 딱 한 번만 더 하지요."

한섬민은 발사기지 주조종실 옆방에 설치된 옛 조종 장치에 앉아 있었다. 두 팔과 한쪽 다리를 사용해서 공격위성에 달린 세 개의 팔을 직접 조종하는 방식이었다. 나머지 다리는 동체의 자세를 조절하거나 부스터를 사용해 짧은 거리를 이동시킬 때 사용하는 조종 장치에 연결되어 있었다.

"감각이 살아 있을지 모르겠는데요. 한 열흘 만에 잡는 거라."

섬민이 헤드셋에 대고 말했다.

우주군 본부 지휘통제실에는 긴장감이 감돌았다. 방의 원래 용도처럼 현장에서 벌어지는 작전 상황에 주목하느라 생긴 긴장이 아니라, 지휘통제실 자체를 감싸고 도는 예민한 공기 때문에 생긴 긴장이었다.

구예민이 말했다.

"휴식 시간 전에 보신 조종 방식은 한 번에 두 개의 팔만 조종하는 방식입니다. 나머지 한 팔은 쉬고 있는 식이죠. 대신 어느 두 팔을 조작할지를 빠르게 선택하고 전환할 수 있습니다. 그것으로 적을 교란하는 거죠. 물론 직접 겪으신 것처럼 아군 지상 근무자들도 상당히 교란됩니다만."

이종로가 덧붙였다.

"참모총장 말씀처럼 그게 저희 궤도전략개발단에서 제안한 방식입니다. 그런데 솔직히 말씀드리면 이것도 보완책밖에 안 된다는 사실은 이미 인지하고 있습니다. 궤도에 공격위성을 배치하는 전략 자체에 한계가 있지 않나 하는 게 저의 잠정 결론입니다. 공격위성을 직접 운용하는 것보다는 다른 위성에 대한 정보전 역량을 강화하는 쪽으로 자원을 집중하는 쪽이……."

구예민이 이종로의 말을 자르고 들어갔다.

"자, 준비가 된 모양이네요. 일단 보시죠."

다시 익숙한 장면이 펼쳐졌다. 두 대의 위성이 접근하는 과정은 이번에도 역시 생략되었다. 곧이어 아군 위성이 세 개의 팔을 펼쳤다. 같은 장비였지만, 이번에는 방패가 하나 창이 둘이었다.

겉으로 보기에 결정적인 차이는 화면이 '시프트'를 하지 않는다는 것이었다. 조종사가 보는 화면은 일정한 방향으로 고정되어 있었다. 옆으로 빠르게 돌기도 했지만, 눈으로 따라갈 수 있을 정도였다. 120도씩 점프하는 게 아니라 그저 빠르게 돌아갈 뿐이었다.

객석의 집중도가 높아졌다. 교전에 임하는 로봇들의 모습이 한층 자세하게 눈에 들어왔다. 거기에 구예민이 설명을 곁들였다. 언젠가 홍보단 소속 젊은 장교와 이야기한 적이 있는 '변사'라는 개념을 떠올리고 있었을지도 모른다.

"한결 보기 편하시죠? 우리 원격조종 조종사 한섬민 중사는 최상급 파일럿입니다. 국내외에 탐내는 기관이 많았는데 지금까지는 안 뺏기고 잘 데리고 있습니다. 말씀드린 것처럼 시뮬레이션 조건은 동일합니다. 반응 시차에서 오는 한계도 똑같고요. 다만 조종 장치를 옛날 버전으로 교체했을 뿐입니다. 이 방식으로 훈련한 기간이 훨씬 길고 새 조종 장치가 도입된 건 열흘 정도밖에 안 돼서요. 그러니까 지금 이걸 보지 않고 인간 조종사의 한계에 대해서 판단을 내리시는 건 다소 부적절하다고 말할 수 있습니다. 자, 접근하고 있네요. 지금부터는 해설 없이 한번 지켜보시죠. 싸움 방식이 정해진 건 아니어서 저도 무슨 일이 벌어질지는 모르겠습니다. 한 중사도 이런 등급의 인공지능과 대적해본 건 최근일 겁니다. 뭔가 방법을 찾아냈기를 기대해보지요. 이제 시작됩니다."

적기는 앞서 다섯 차례의 시뮬레이션에서 본 것처럼 빈틈없이 빠르고 묵직했다. 로봇 모양을 한 적기가 시계 반대 방향으로 서서히 회전했다. 반대로 말하면 한섬민이 조종하는 기체가 시계 방향으로 회전하면서 세 개의 팔을 움직여 기회를 보고 있었다.

어느 정도 패턴은 알고 있었지만 스키처럼 길쭉한 방패로 적기가 휘두르는 도끼를 막아내는 일은 쉽지가 않았다. 역시 반응 속도가 느린 탓이었다. 최대한 빠르게 반응했지만, 화면에 보이는 모습은 속수무책으로 얻어맞고는 허겁지겁 방패를 휘두르는 광경뿐이었다.

섬민은 적기 근처에서 몇 번쯤 기회를 엿보다가 두 기체 사이의 거리를 약간 벌렸다. 물러섰다가 다가가기를 몇 번. 화면 한쪽에 연료 소모량이 표시되고 있었다.

섬민은 탐색전을 펼치며 옛 조종기의 감각을 되살렸다. 교전 개시 후 3분을 지나면서 조금은 어색했던 움직임이 훨씬 부드러워졌다. 섬민이 헤드셋에 대고 다짐하듯 말했다.

"갑니다."

신민형 상사가 섬민에게 한 말과는 달리 그 목소리가 우주군 본부 지휘통제실로 중계되었다.

팔이 셋 달린 아군 기체가 갑자기 연료 소모량을 늘리며 적을 향해 가속했다. 방패 하나로 앞을 가리고 두 개의 팔에 달린 창끝으로 적의 몸통을 노리는 자세. 이번에는 기체가 시계 반대 방향으로 회전했다. 그렇게 둘 사이의 거리가 가까워졌다.

회전하며 돌격해 들어가는 아군 괴물을 잘생긴 적군 로봇이 용맹하게 막아섰다. 아군의 움직임이 더 현란했지만 적기의 반응이 더 정확했다. 적기는 아군 쪽으로 부스터를 가동했다. 뒤로 물러섰다는 뜻이었다. 아군을 따돌리거나 충돌을 피할 수는 없었다. 그래도 충돌을 지연시킬 수는 있었다. 길지 않은 시간이었지만 그것으로 충분했다. 적기의 인공지능은 그 짧은 시간을 이용해 회전하는 세 개의 팔을 상대할 타이밍을 잡아냈다. 그리고 망설임 없이 양손에 하나씩 든 도끼를 휘둘러 뻗어오는 두 개의 창을 튕겨냈다.

그게 끝이 아니었다. 창을 튕겨내자마자 적기는 아군기의 팔 가동 반경 안쪽으로 파고들었다. 그러고 나서 창을 쥔 두 개의 팔 중 하나에 도끼를 박아 넣었다. 아군기는 팔이 부러지지는 않았지만 도끼가 박힌 꼴사나운 모습으로 적기의 탄탄한 팔에 붙들려버렸다. 그러자 창을 쥐고 있던 다른 팔도 비슷한 운명이 되고 말았다.

적기는 왼손에 든 도끼를 허공에 놓아둔 채 손을 뻗어 맨손으로 아군기의 손목을 틀어쥐었다. 기체 여기저기에 달린 부스터들이 요란하게 불을 뿜어댔다. 두 대 다 마찬가지였다. 씨름의 샅바 싸움처럼 치열한 힘 대결이었다. 결국 두 대의 공격위성은 보기 흉한 모습으로 서로 뒤엉킨 채 궤도 위 어딘가를 핑그르르 도는 모양이 되고 말았다. 김무경이 조소 섞인 웃음을 띠었다.

그때였다. 한섬민의 목소리가 다시 지휘통제실로 중계되었다.

"됐어요!"

"뭐가? 대기권 쪽으로 자살 공격이라도 하게?"

신 상사가 물었다.

"아니요, 그것도 좋지만, 그보다는 3 빼기 2를 하려고요."

그 말에 궤도전략개발단 이종로 중장의 두 눈이 번쩍 뜨였다. 그와 동시에 자신만만했던 표정이 일순간 굳어졌다.

모두가 화면을 주시하고 있었다. 두 기체가 어지럽게 회전하는 통에 배경에 있는 지구가 나타났다 사라졌다 했다. 그래도 아까처럼 어지럽지는 않았다. 배경 화면이 빠르게 움직일지언정 눈앞에 있는 적의 모습은 흔들리지 않았다.

"엇!"

김무경이 외마디 소리를 질렀다. 눈앞에 보이는 잘생긴 로봇의 머리 쪽으로 기계 팔 하나가 빠르게 다가가고 있었다.

물론 아군기에서 뻗어 나온 팔이었다. 아무 손상도 입지 않은 쌩쌩한 팔.

"엇!"

다른 사람들도 똑같이 외쳤다. 감탄이나 탄식은 아니었다. 허를 찔린 사람이 보이는 즉각적인 반응에 가까웠다.

두 대의 기체는 두 팔이 완전히 얽힌 상태였다. 그리고 아군기에는 팔 하나가 더 남아 있었다. 격투에 대한 인간의 직관 바깥에서 튀어나온 팔이었다. 방패를 쥔 팔이었지만 반드시 방패를 들어야 할 운명 같은 건 지녀본 적이 없는 손이었다. 쥐었다 놓았다 할 수 있는 손.

섬민은 왼손에 쥔 조종 장치를 움직였다. 움켜쥔 주먹을 활짝 펼치며 팔을 몸 바깥쪽으로 휘두르자 시뮬레이터 속 로봇 팔이 방패를 우주로 날려 보냈다. 섬민은 멀리 떨어진 로봇이 반응 시차를 꼬박꼬박 다 챙겨가며 느긋하게 방패를 내던지기를 기다려주지 않았다. 자신이 조종 장치에 그렇게 명령하자마자 결과를 확인하지 않고 곧바로 다음 명령을 입력했다. 그러자 화면 속 로봇 팔이 그대로 반응했다. 방패를 허공으로 날리자마자 곧바로 상대의 머리를 향해 쭉 늘어났다는 의미였다.

다음 순간, 세 개의 팔이 달린 아군 괴물이 '우리 편'처럼 생긴 적 로봇의 머리를 몸통에서 분리해냈다.

우주 공간에서는 소리가 전달되지 않는다. 시뮬레이터 안에서도 마찬가지였다. 소리가 나게 하는 기술을 적용할 수도 있지만 아직은 그러지 않았다.

하지만 그 장면에서는 소리가 나는 것 같았다. 우지직 하고 무언가 뜯겨 나가는 소리. 지휘통제실 뒤편에 앉아 있던 구경 꾼들 중에는 분명 그 소리를 들었다고 생각하는 사람들이 있었다. 그것도 한두 명이 아니었다.

파손된 기체에서 작은 폭발이 일어났다. 부스터는 꺼지지 않았지만 머리를 잃은 로봇의 두 팔은 곧바로 맥없이 풀리고 말았다. 뜯겨 나간 머리를 움켜쥔 손. 아군이 괴물인 반면 적기가 용사의 형상을 하고 있다는 새삼스러운 깨달음. 악당이 된 기분. 그러나 이어지는 승리의 쾌감.

"시연은 여기까지입니다."

구예민 참모총장이 뒤를 돌아보며 말했다. 늘 그렇듯 담담한 말투였지만, 조금 전과 비교하면 한결 여유로워진 표정이었다.

"하아, 잡았다."

때마침 조종사의 목소리가 지휘통제실로 넘어왔다. 진심으로 안도하는 목소리였다. 그 목소리를 들은 구예민의 얼굴에 비로소 웃음이 떠올랐다.

"거기 오디오 좀 꺼주세요."

구예민은 관람석에 앉아 있는 정책 결정자들의 얼굴을 찬찬히 돌아보며 그날 시연회의 결론을 이야기했다.

"방금 우리 조종사가 격파한 기종은 규제가 상대적으로 약한 화성궤도에 배치될 예정인 기종입니다. 전 화성정무관인 이종로 궤도전략개발단장이 제공한 데이터인데, 사실 화성에서도 아직 배치가 안 됐죠. 지구에서는 당분간 어림도 없고요. 우주군은 협약에 묶여 있어서 일반인들의 생각과는 달리, 하고 싶은 대로 못 하는 경우가 많습니다. 현재 상황은 그렇고요, 방금 보신 훈련 상황이 의미하는 바를 정리하면 이렇습니다. 대한민국 우주군은 향후 2년 이내에 태양계 어딘가에 배치될 가능성이 있는 모든 무기들 중 가장 성능이 뛰어난 위성 공격 무기를 제압할 능력이 있는 장비를 이미 궤도상에 배치해둔 상태입니다. 또한 그것을 활용하기 위한 전술 운용 체제와 조종사를 보유하고 있습니다. 이게 과연 평화를 수호하는 디자인일까요? 잘 모르겠습니다. 그건 국방부에서 계속 연구해주시기를 기대하겠습니다. 오늘은 여기까지고요, 나머지는 일전의 그 비밀회의 같은 자리에서 답변하도록 하겠습니다. 어디든 불러주시면 찾아가겠습니다. 안녕히 돌아가시기 바랍니다."

맨 먼저 지휘통제실을 빠져나간 사람은 이종로였다. 구예민은 맨 나중에 방을 나왔다.

집무실로 돌아온 구예민은 사색하듯 느릿느릿 책장 앞을 서성였다. 문에서 책상까지 몇 번을 왔다 갔다 하는 사이 자기도 모르게 발걸음이 빨라졌다.

전화벨이 울리자 구예민은 초급장교 시절처럼 날렵하게 책상 쪽으로 다가가 전화기를 한 손으로 휙 낚아챘다. 정복 상의에 달린 수십 개의 약장이 우주군 수장의 이력을 글자 그대로 화려하게 장식하고 있었다.

"움직이기 시작했어? 좋아. 계속 보고하고. 수고."

수화기를 내려놓자 우주 공간 같은 침묵이 방 안을 엄습했다. 집무실 벽을 가득 채운 온갖 분야의 책들이 인간 구예민의 이력을 약장보다 꼼꼼하게 증언해주고 있었다.

정글과 문명의 상식

우주군 발사기지 구내식당은 점심시간에만 붐비는 편이었다. 파견 온 사람이 그렇게 많았는데도 저녁 시간에는 그다지 인기가 없었다.

　서가을은 한산한 구내식당 한구석에 앉아서 저녁을 먹고 있었다. 테이블 맞은편 한 칸 옆에는 박수진이 앉아 있었다.

　"서갈, 그런데 왜 앞에 안 앉고 한 칸 옆에 앉은 거지? 나 피하는 거야?"

　수진이 묻자 가을이 대답했다.

　"아니요, 그런 건 아닌데 왠지 감찰 장교랑 너무 가깝게 지내는 건 눈치가 보여서요."

　"언제부터?"

"얼마 전부터요. 다들 보세요. 이 근처에는 아무도 안 앉잖아요. 그래도 저니까 실장님 계신 거 보고 이쪽으로 온 거예요."

수진이 주위를 둘러보며 말했다.

"이제 감찰실장도 아니거든."

"지금이 더 무섭잖아요. 아, 그런데 조금 전에 든 생각인데요, 부대가 다 뒤숭숭해서 인식을 못 하고 있었는데 요즘 누군가 한 명 없어진 것 같지 않아요?"

"누구? 모르겠는데?"

그 말을 듣고 서가을 뒤쪽 테이블에 등을 맞대고 앉아 있던 박국영이 갑자기 대화에 끼어들었다.

"엄 대위님 휴가 가셨는데?"

가을이 깜짝 놀라 뒤를 돌아보며 소리쳤다.

"아, 깜짝이야! 바깥구경 대위님 언제부터 거기 계셨어요?"

"좀 전부터."

"인기척 좀 내시지. 옴 대위님 재주도 좋으시네요. 이 정신 없는 와중에 휴가를 다 가시고."

"작년 휴가 밀린 건가 봐. 감찰실에서 뭐라 그랬다던데. 이 달까지 강제로 써야 된댔어."

수진이 무표정한 얼굴로 두 사람의 대화를 듣고 있다가 감찰실에 관한 이야기가 나오자 의아한 표정을 떠올렸다.

"감찰실에서 그랬다고? 내가?"

"새로 온 실장님이 그러셨거나요. 아무튼 의무적으로 가야 되는 휴가라면서 갔는데요."

국영이 대답했다. 그러자 가을이 갑자기 생기발랄한 목소리로 국영에게 물었다.

"어디로 가신대요? 비수기에 휴가 가면 좋겠다. 외국으로 가신대요?"

"아닐걸. 외국 나가려면 절차가 귀찮아."

"그럼 국내 어디요?"

"글쎄. 애인이랑 가는 것 같기도 하고."

"옴 대위님 만나는 사람 있었어요?"

"자세히 안 물어봐서 나도 잘 몰라. 전화기 화면에 사진 떠 있는 걸 봐서 하는 말이야."

"사진이요?"

수진이 무슨 말을 하려다가 어깨를 으쓱하고는 숟가락을 식판에 내려놓았다.

"연예인 사진인가 보지 뭐. 그러거나 말거나. 나는 퇴근한다. 둘 다 천천히 먹고 퇴근해."

종현은 테이블 옆자리에 앉아 있는 여자의 얼굴을 지그시 바라보았다. 둥근 테이블에 위에는 홍차가 든 잔이 놓여 있었다. 실내였고, 창가에 놓여 있는 테이블이었는데, 의자 두 개

가 서로 마주 보고 있는 게 아니라 창밖을 바라보며 비스듬
히 옆으로 놓여 있어서 여자의 얼굴을 바라보려면 몸을 옆으
로 틀어야 했다.

여자는 종현의 시선을 피하지 않고 머리를 쓸어 넘기며 하
던 말을 계속했다.

"화성 사람들이 창의적이라는 것도 편견이에요. 창의적인
건 맞는데 지구에서 말하는 예술적인 창의성이랑은 좀 다르
거든요."

"어떻게요?"

종현이 나긋나긋한 목소리로 물었다. 대답을 듣기 위한 질
문이라기보다는 관심을 나타내기 위한 추임새에 가까웠다.
여자가 대답했다.

"생존을 위한 창의성? 그런 거예요. 엄마가 쓴 메모를 묶어
서 출간하려다가 잘 안 된 적이 있었는데요, 화성에서. 지구
에서는 가능할지도 몰라서 이번에 오면서 가지고 왔어요. 이
메모가 뭐냐면 사물들에 대한 화성식 용어 사전 같은 거예요.
물건의 의미를 재정의해서 쓴 사전. 어떨 것 같아요?"

"그냥 듣기에는 별로일 것 같은데요."

"그래요? 화성에서는 유용한데. 개척 세대셨거든요, 저희
엄마. 화성 대기조성 개조만 간신히 끝나고 물자가 아직 충
분하지 않은 시대부터 화성에 살아서 물건에 대한 갈망 같은

게 있던 세대예요."

"결핍 같은 건가요?"

여자는 하늘을 올려다보며 잠시 생각을 정리하다가, 애매하기는 하지만 그 정도는 아닌 것 같다는 의미로 한 손을 팔랑팔랑 흔들며 말했다.

"결핍하고는 조금 달라요. 영원히 갖지 못하게 될 거라고 생각한 건 아니었으니까. 그보다는 순수한 의미의 갈망이었겠죠. 말 그대로 '이게 있었으면 참 좋겠다' 하는."

"만들면 되지 않나요? 재료가 부족했을까요?"

"아니요, 만들었어요. 재료는 없는데 만들었죠. 그러니까 원래 재료는 없고 다른 재료 중에 남는 게 있으면 그걸로 대용품을 만든 거예요. 의자가 있었으면 좋겠는데 의자를 만들 재료와 공간이 없다. 그러면 원래 의자 만드는 재료가 아닌 것을 가져다가 의자를 놓는 자리가 아닌 자리에 의자 역할을 하는 무언가를 만들어 넣는 거예요. 그렇게들 해결했어요."

"그런 식으로 창의성을 발휘했군요."

"예. 그런데 여기에서 핵심은 창의성이 아니라 실용성 내지는 본질에 대한 통찰 같은 거거든요."

"예를 들면요?"

"의자의 본질이 뭘까요? 다리가 하나에서 네 개 정도 수직 방향으로 달려 있고 그 위에 수평 받침대가 있고 가끔은 등받이가 있기도 한 물건 같은 거겠죠? 그런데 개척 시대 화성의 주거 환경에서는 의자 다리를 지면에서 수직으로 만들 여건이 안 되는 경우도 많았거든요. 어떤 경우에는 벽에서부터 수평으로 뻗어 나온 다리를 만들기도 했을 거니까요. 그러니까 의자의 본질에서 다리가 빠져버리고 '엉덩이와 허벅지 일부를 통해 체중 전체를 지탱할 수 있는, 수평으로 놓인 고정된 평면'만 살아남는 거예요. 아무 데나 수평으로 판때기만 고정시킬 수 있으면 그게 의자가 되는 거죠. 그런 식으로 정의를 내려놓고, 지구인의 상식으로 알고 있는 의자의 구조와 기능을 다시 풀어쓰셨어요. 엄마가요. 다리 네 개를 붙여놓으면 왜 좋은지, 어떤 재료를 어떤 방식으로 사용해서 만들었고 그러면 어떤 점이 편리했는지. 그런 식으로 의자뿐만 아니라 갖고 싶은 모든 물건을 다시 풀어쓰는 거예요. 집, 자동차, 가위, 공원, 사회제도, 그런 것까지."

"철학 책 같았겠군요."

"철학 책 같기도 하고 사회학 책처럼 보이기도 했는데 그 모든 게 다 실용성으로 수렴됐어요. 익히 알던 재료를 구할 방법이 없는 상황에서 그것과 똑같은 기능을 하는 무언가를 만들어내는 거였으니까요. 왜 그게 그 형태가 됐는지 알면 대용품이 들어가도 되는 곳과 아닌 곳을 분명하게 알 수 있잖아요. 국가도 그런 식으로 만들려고 했죠."

"아."

"놀랍죠? 그런데 별수 없었어요. 다른 모든 것과 마찬가지로 재료가 없었으니까. 인구 자체도 모자라고 전통이나 상징물이나 애국의 대상이 되는 구심점, 이런 것도 하나도 없어서요."

"그러니까, 단지 조금 창의적인 국가관을 갖게 된 것뿐이라는 말씀이시군요."

종현이 진지한 목소리로 말했다. 말이 품은 가시에 비하면 훨씬 온화하고 부드러운 말투였다. 여자가 대답했다.

"좋은 나라를 갖고 싶었을 뿐이에요. 제가 그 세대는 아니지만 그렇게 믿어요. 개척 세대 화성 정착민들이 남겨놓은 비전이 그렇게 이상한 것도 아니었어요. 거친 환경에 놓여 있는 것치고는 지나치게 방어적이지도 않고 온건한 편이었죠. 제가 학교를 다니기 시작했을 무렵만 해도 화성은 살기 나쁜 데가 아니었어요. 낙관적이고 낙천적이기까지 한 데였거든요. 미래에 대한 전망은 항상 좋았어요. 인류 역사상 제일 좋은 세상에서 살게 될 거라는 기대가 있어서."

"지금은 아니군요."

"네, 지금은. 혁명 전까지만 그랬죠."

여자는, 이종로와 비슷한 시기에 행성 간 연락선을 타고 지구로 날아온 화성 토박이 우제영은, 고개를 돌려 입구 쪽을 막고 서 있는 정장 차림의 사람들을 바라보았다. 그리고 역시 검은색 정장 차림으로 옆자리에 앉아 있는 한국우주군 정보장교 쪽으로 시선을 돌리며 말을 이었다.

"그쪽에서는 반란이라고 부르시죠?"

엄종현이 한 치의 망설임도 없이 단호하게 대답했다.

"반란입니다."

"그래도 그건 완전히 합법적인 절차로 진행된 혁명이었어요. 외합이었고 화성 직할시에 모든 권한이 완전히 위임되어 있었어요. 화성 거주민들이 합법적인 절차에 따라서 독립을 결정한 거고요."

"우제영 씨, 그건 합법적인 절차를 따른 게 아니라 제도의 허점을 파고든 거죠. 사람들이 자주 착각하는데, 법이라는 게 그렇게 허술하지는 않습니다. 조항 몇 개를 이어 붙인다고 제도의 근본 취지를 이기지는 못합니다. 외합 기간 동안의 권한 위임 규정 정도로는 국적이탈 같은 어마어마한 일을 성사시킬 요건이 안 돼요. 절차만 가지고 퍼즐 맞추듯이 해서 승인하는 게 아니라 사람이 개입해서 상식에 따라 판단을 내리게 돼 있다고요. 결국 상급법원의 심판을 받아야 했을 텐데, 반란 세력이 이길 가능성은 당연히 없었습니다. 처음 들어본 이야기는 아닐 텐데요."

그러자 우제영이 감정이 섞이지 않은 말투로 되물었다. 얼굴 표정과는 사뭇 다른 어조였다.

"그 상급심은 언제쯤 열릴까요? 주둔군 사령관이 독단적으로 화성 거주민을 학살해버린 건 도대체 어떤 법이나 규칙을 근거로 한 거죠? 말씀하신 법의 근본 취지라는 게 그런 잔악한 행위를 용인하고 있던가요? 우주군이나 정부 관계자 누구라도 공개적으로 그렇게 말씀하실 수 있는 사람이 있나요? 보고는 지구로 다 들어갔겠죠? 화성에 있는 우리가 지구 측의 상식적인 반응을 얼마나 애타게 기다렸는지 아세요? 늘 보던 사람들이 처형을 당했어요. 인구가 2만 명밖에 안 되는 동네였다고요. 그 2만 명을 하나하나 다 아는 건 아니지만 최소한 얼굴 정도는 본 적이 있었어요. 좁은 데거든요. 부족한 게 많은 화성이지만 그래도 역시 제일 귀한 건 사람이었어요. 그날 전까지는요. 그날 처음 알았어요. 사람을 제일 하찮게 보는 사람도 섞여 있었구나. 우주군이 정착민을 처형할 줄은 몰랐어요. 어떻게 그런 생각을 했겠어요. 화성은 낙관으로 가득 찬 데였는데. 그런데 그 인간이 폼을 잔뜩 잡으면서 미처 날뛰더군요. 우리 다 어렸을 때부터 그 사람을 봐서 알고 있었어요. 학교에서 안전교육 같은 거 하면 수업에도 들어오고 그랬어요. 그거 보고 우주군 되는 게 꿈인 애들도 있었는데. 그런 사람이 한순간 학살자로 돌변하더라고요. 대부분은 충격받아서 아무 대응도 못 했을 거예요. 우리한테도 배역이 하나씩 주어졌던 낙관적인 연극이 갑자기 끝난 거니까. 하,

진짜. 그랬는데 통신이 재개되고 나서 지구 측에서 뭘 어떻게 했는지 아시죠. 이종로를 화성총독으로 만들었어요. 군사정권을 세우고 그 학살자한테 책임을 맡겼다고요. 외합이라 지구에서도 손쓸 방법이 없어서 그렇다는 사람도 있었어요. 멀어서. 저도 그렇게 믿었고요. 그런데 내합이 되고 또 외합이 되고 그다음 내합이 될 때까지도 하나도 안 변하던데요. 우주군은 그냥 외면했을 뿐이에요. 화성은 그냥 저대로 굴러가게 내버려두자고."

종현이 입으로만 가볍게 미소를 지었다. 웃고 있었지만 곤란한 표정이었다.

"그 이야기는 나중에 하시지요. 안타깝게 생각하고 있다는 점만 아셨으면 좋겠습니다."

"누가요? 주어가 뭐죠?"

"누군가는요."

우제영은 종현의 얼굴을 말없이 바라보았다. 그러면서 숨을 깊게 들이쉬고 내쉬기를 반복했다. 한숨처럼 깊은 호흡이 몇 번이나 이어졌다. 종현은 아무 대답도 하지 않았다. 그저 작은 숨을 여러 번에 나누어 들이쉬고 내쉬었을 뿐이었다.

한참 후에야 우제영이 다시 입을 열었다.

"생각보다 차가운 분이시네요."

"거기에 대해서는 뭐라 드릴 말씀이 없습니다."

"아니에요. 맡은 역할과 입장이 있으시겠죠. 저 사실 선생님 알아요."

종현의 얼굴에 진심으로 놀란 표정이 떠올랐다가 금방 사라졌다.

"저를요?"

"네. 엄청 오래된 일이에요. 7, 8년 전에. 아, 화성 달력으로요. 어렸을 때 화성에서 발행된 과학 잡지에서 신기한 손재주를 가진 아이의 기사를 읽은 적이 있었어요. 지구에서 열린 종이접기대회에서 우승한 아이였는데, 저랑 비슷한 또래였던 것 같아요. 수상작 사진도 실려 있었어요. 주먹만 한 새였는데 6인용 테이블 크기의 종이 한 장으로 칼이나 가위를 안 대고 접기만 해서 만든 거였죠? 날개를 들어서 안쪽 깃털을 부리로 다듬는 모습이었고요. 그 장면이 어쩜 그렇게 앙증맞고 귀여운지. 도저히 믿기지가 않아서 보고 또 보고 했던 기억이 나요. 종이 한 장으로 그런 걸 접을 수 있다니, 세상에는 이런 사람도 있구나, 우주에는 이런 일도 있구나, 나는 종이학도 제대로 못 접는데. 내내 그 아이의 얼굴을 기억하고 있었어요. 아까는 이름을 듣고 나서도 한참 동안 연결을 못 시켰는데 이야기하다가 서서히 생각이 났어요. 그럴 분위기가 아니어서 말은 못 하고 있었지만. 그분 맞으시죠?"

종현은 아무 대답도 하지 않았다. 다만 우제영의 얼굴을 지그시 바라볼 뿐이었다. 그러자 다시 우제영이 한마디를 보탰다.

"그 아이는 커서 뭐가 됐을까 가끔 상상해보곤 했어요. 구예민 라인에 들어가 있을 줄은 꿈에도 몰랐네요. 세상에."

한참 만에 열린 종현의 입에서는 그 옛날 사진 속의 아이를 연상시키는 다정한 말 대신 우주군 정보장교다운 사무적이고 공격적인 말이 튀어나왔다.

"행성 간 연락선에서 내리신 뒤에는 왜 하필 여기로 오신 거죠? 가까운 친척은 다 서울 아니면 경기도에 있고, 이쪽에는 특별히 연고가 있는 것도 아닌데."

"질문은 그렇게 하셔도 벌써 다 알고 오셨을 거 아니에요?"

"무엇을요?"

"또 그렇게 대답하시는구나. 뭐 우주선에서 내린 뒤로 쭉 예상은 하고 있었어요. 누군가가 숨어서 지켜보고 있을 거라고. 그 사람들이 모습을 드러내는 날에 과연 무슨 일이 벌어질까 걱정했어요. 죽일까? 잡아 가둘까? 그래서 엄마가 살던 집 같은 데로 갈 수는 없었어요. 그럼 친척들까지 위험해지니까. 여기로 온 건 특별한 이유가 있어서가 아니고 딱히 계획이 없어서였어요. 작전이 중단될 줄은 몰랐으니까."

"잠깐만요. 작전이라면 이걸 사용하는 작전 말씀이시겠죠?"

종현이 가방에서 무언가를 끄집어냈다. 총알 네 개가 찍혀 있는 사진이었다.

"찾으셨군요."

"이걸 찾을 때만 기다리고 있었으니까요. 지구에서 행성 간 연락선의 비상용 부품 생산 장비로 전송된 총기 데이터와 비교도 했고요. 구경이 잘 맞더군요."

"맞아요. 그러니까 그거 쓰기로 한 거, 저 맞아요."

"시작이 좋네요. 표적은 누구죠?"

"짐작하실 텐데요."

"그럼 목적은? 혼란을 야기하는 건가요?"

"그렇다고도 할 수 있겠죠. 표적은 언제 어디서 제거해도 좋은 사람이었고, 연락선에서 감행하기로 한 건 부수적인 효과 때문이고요."

"살아남을 생각은 없으셨군요."

종현이 담담하게 말하자 우제영도 마찬가지로 남의 일처럼 아무렇지도 않게 대답했다.

"별수 없죠. 크기는 좀 커도 완벽한 밀실이니까."

"그런데 왜 중단하셨죠? 말씀대로 중단 이후 상황에 대한 계획은 전혀 없었던 것 같은데. 정확히 말하면 누군가가 중단 지시를 내리는 절차 자체가 없었어요. 연락선에 타는 순간부터 화성 쪽 조직과는 완전히 연락이 두절된 상태로 움직이고 있었으니까. 그렇지 않습니까?"

"당연하죠. 그 수밖에 없었어요. 작은 조직이라."

종현이 다시 물었다.

"그런데 왜 중단한 거죠? 우제영 씨 심경에 변화가 생긴 건가요?"

우제영은 창밖에 펼쳐진 바다 쪽으로 시선을 옮기며 말했다.

"왜요? 제가 입체 프린터에서 권총을 찍어내기만 기다리고 있다가 아무 일도 안 일어나서 실망하셨어요?"

"말하자면 그렇죠."

바닷가 풍경은 한가해 보였다. 아직 추운 계절인데도 수영복만 입은 채 모래 위에 드러누워 있는 사람이 10여 명이나 보였다. 심지어 두 명은 수영이라도 하려는 듯 조심스럽게 물속에 몸을 담그고 있었다.

우제영이 꽤 긴 침묵을 깨고 입을 열었다.

"느긋해 보이시지만 사실은 조급하시죠?"

"별로 그렇지는 않습니다."

"아니에요. 분명히 급한 사정이 있으실 거예요. 왜냐하면 저는 그 뒤로 아무 짓도 안 했거든요. 누구와 접촉한 것도 아니고 화성으로 연락을 시도한 것도 아니고요. 심지어 누가 찾아오지도 않았어요. 애초에 행성 간 연락선에서 총알이 나왔는데도 제가 셔틀을 타고 지상으로 내려오게 놔둔 건 다른 연락

책을 검거하기 위해서 아닌가요? 미행하고 감시하는 데 돈이 많이 들었을 거예요. 우주정거장부터 감시하려면 다른 나라 소속 기관들도 관여가 됐을 거고요. 그렇게까지 했는데 어느 날 갑자기 자기 발로 찾아와서 우주군에서 나왔다고 신분을 밝힌다는 건 다급해도 보통 다급한 게 아니라는 뜻이겠죠."

"어떻게 생각하시든 상관없습니다."

"뭐 그럼 긍정하신 걸로 이해할게요. 이왕이면 다음 이야기도 제가 먼저 꺼내주면 편하시겠죠? 제대로 짚으셨어요. 저는 총기 데이터 반입 사실이 탄로 난 걸 까맣게 모르고 있었는데 결행 직전에 누가 신호를 줬어요. 중단하라고."

그 말에, 전혀 다급하지 않다던 종현의 눈이 짧은 순간이나마 반짝 빛났다.

"누가 어떻게 전달했죠?"

우제영이 피식 웃었다.

"그걸 그냥 알려드릴 리는 없죠. 저랑은 전혀 연고가 없는 사람이라 추적은 안 되실 거예요. 저도 화성에서부터 석 달이나 같은 우주선을 타고 날아왔는데도 그 사람이 그런 쪽으로 연결돼 있을 줄은 꿈에도 몰랐거든요. 아, 총기 데이터 넘긴 게 어떤 사람들인지는 다 아시죠? 차관영 일당 검거했다고 들은 것 같은데. 거기랑 우리랑은 이 작전 말고는 다른 접점이 별로 없어요. 말하자면 상극에 가까웠죠. 지금도 그렇

고. 다른 행성에 사니까 직접 부딪칠 일이 없어서 그렇지. 아
마 그 사람들은 우리를 이용하려고 한 걸 거예요. 어쨌든 혼
란이 일어나면 우주군을 정치적으로 공격할 수 있으니까. 우
리도 결과적으로는 혼란을 일으키는 게 목적이다 보니 어쩌
다 손발이 맞게 된 거지만요."

"역시 그런 거였군요."

"엄종현 선생님, 이렇게 빙빙 둘러 가는 것보다는 단도직입
적으로 이야기하는 게 저나 선생님이나 서로 편할 거예요. 승
객 중 누가 신호를 줬는지가 궁금하신 거죠? 제가 함정에 걸
려들 거라는 걸 알고 결행 직전에 막은 세력이 누군지가 궁
금하실 거예요. 그 일의 큰 그림은 그 사람이 속한 조직이 다
내려다보고 있었을 거니까. 사실 저도 지구로 내려온 이후로
내내 그게 궁금했어요. 그 사람들이 도대체 누군지. 저는 답
을 알아낼 방법이 없지만 우주군은 알아낼 수 있을 거고요.
그렇죠?"

종현이 감정을 드러내지 않고 고개를 끄덕였다. 그리고 조
심스럽게 상대에게 물었다.

"원하시는 게 뭐죠? 그저 답을 대신 찾아내주기를 기대하
는 건 아닐 텐데요."

우제영이 대답했다.

"면책이죠. 문서로."

"여기에는 그런 제도가 없는데요."

"제도가 없어도 문서로 주시면 상황이 안 좋을 때 거래 사실을 공개할 수 있겠죠. 일단 위에 보고하시고 준비되시면 말씀하세요. 문서를 누구한테 보내면 되는지는 그때 알려드릴 테니까. 잘 전달된 게 확인되면 그때 그 연락책 객실 번호를 가르쳐드릴게요. 그리고 약속은 믿으셔도 돼요. 이종로 추종자 따위를 감쌀 이유는 전혀 없으니까."

종현이 천천히 자리에서 일어났다. 그러고 나서 문을 지키고 선 사람들에게 잘 지키라는 의미의 눈짓을 보내며 우제영에게 당부했다.

"멀리 가지 마시고 근처에 계세요. 지금 머무시는 데가 이 근방이죠? 당분간은 누군가 보호해줄 사람이 필요하실 겁니다. 지구에서도 화성총독은 본인이 직접 나설 거니까요."

우제영이 종현을 올려다보며 말없이 고개를 끄덕였다.

발사기지 독신자 숙소의 1층 휴게실은 오랜만에 화기애애한 분위기였다. 화제는 이종로 장군이었다. 서가을이 소파 가운데에, 양옆에는 한섬민과 김은경이 앉아 있었다. 박국영이 등받이 없는 1인용 의자를 끌어다 그 옆에 자리를 잡았다.

김은경이 말했다.

"그 이야기는 또 어디서 들었대?"

서가을이 대답했다.

"연구개발단 상사분들이 점심시간 마치고 담배 피우면서 그러더라고요. 지나가던 주임 원사님한테 걸려서 혼나고 금방 해산됐지만."

"하여간 그 양반들."

은경이 고개를 절레절레 흔들자 남의 연애사에 은근히 관심이 많은 섬민이 눈을 반짝이며 끼어들었다.

"정말이에요? 서기관님이 이종로 단장님이랑? 와."

"뭐가 와야?"

"그림이 잘 안 그려져서요. 잠깐잠깐, 그럼 그때 그 거대 곰돌이만 달랑 보냈다는 남자가 설마?"

은경이 남의 일처럼 대답했다.

"그런 시절도 있었네. 지금 생각하면 전혀 이해가 안 가지만."

가을이 물었다.

"연애사실발생보고서도 쓰셨어요? 그 시절에는 이 동네에서 데이트하면 뭐 하셨어요?"

"왜? 겨울 되면 논에 가서 썰매라도 탔을까 봐? 얼마나 됐다고. 지금이랑 똑같지."

"CD플레이어로 음악 듣던 시절 아니에요?"

섬민이 나서서 가을의 장난을 거들었다.

"카세트테이프, 카세트테이프!"

"아니, 이 사람들이? 한 중사, 얘랑 친하게 지내지 말라니까."

국영은 별말 없이 헤헤 웃으며, 은경이 양옆에 앉은 두 사람의 목을 양팔로 휘감는 모습을 바라보았다. 섬민이 목이 졸리는 시늉을 하는 사이 가을이 고개를 파묻은 채 은경에게 물었다.

"요즘은 연락 안 닿으세요? 서기관님이라도 어떻게 좀 해보세요. 이러다 우주군도 군대로 거듭나겠어요. 내가 이러려고 우주군에 들어온 게 아닌데."

은경이 가을의 목을 틀어쥔 팔에 힘을 주면서 대답했다.

"내가 아는 그 사람이 아니야. 나는 모르는 사람이야."

"화성이 버려놓은 거예요?"

"버려놨나? 훌륭한 사람 된 거 아닌가?"

"아무튼 우주군이 아니게 된 건 확실하잖아요. 무슨 우주군이 그렇게 군인 같아요?"

은경이 팔을 풀면서 점잖게 말했다.

"좀 이해해줘라. 화성이 좀 험한 데잖아. 지구하고는 다른 상식이 통하는 데였을 거야. 우리가 너무 문명의 상식에 익숙해져서 그래. 개척 중인 행성에서 살다 보면 정글의 상식을 따라야 할 때가 있지 않을까?"

"하지만 서기관님도 그게 적응 안 돼서 헤어졌을 거 아니에요?"

"아이고, 너는 누구를 닮아서 그렇게 말을 막 하니?"

"이래도 되니까 우주군에 있는 거라고요. 그 정글의 상식이라는 게 도대체 뭔데 우리한테 강요하는 거냐고요!"

"정글의 상식? 큰 것과 작은 것이 서로 충돌할 것 같은 경로로 날아가고 있을 때 작은 쪽이 얼른 비켜서는 거."

은경이 의외로 간단하게 정리를 해버리자 듣고 있던 섬민이 얼른 끼어들었다.

"문명의 상식은요?"

은경이 그쪽으로 고개를 돌리며 대답했다.

"큰 것과 작은 것이 서로 충돌할 것 같은 경로로 날아가고 있을 때 큰 쪽이 얼른 옆으로 비켜서는 거."

"와!"

"한 중사는 '와' 좋아하는구나. 중요한 건 둘 다 어딘가에서는 멀쩡하게 통하는 상식이라는 거야. 우리는 문명의 상식 쪽을 택하려고 하지만 태양 건너에 있는 행성에서는 정글의 상식이 더 당연하고 자연스러웠을지도 몰라."

가을이 물었다.

"하지만 여기는 지구잖아요. 지구에서 행복하게 살고 있는 우주군한테 화성의 상식을 갑자기 강요하면 어떻게 해요?"

그러자 은경이 차분한 목소리로 말했다. 듣기에 따라서는 아련하게 들리기도 하는 말투였다.

"저러다 말 거야. 곧 암초에 부딪힐 거거든. 그 사람, 지구 같은 데서 경력을 쭉 쌓아가기에는 좀 문제가 있어."

국영이 물었다.

"무슨 문제요?"

"너무 직접 움직여. 뒤에 숨어서 조종하는 걸 잘 못해. 문명 사회에서는 그러면 승승장구하기 어렵거든. 족장 같은 사람 이야. 카리스마를 족장의 마력으로 정의하는 사람도 있는 거 알아? 문제를 실제로 해결하는 사람이라 부족 구성원들을 열광하게 만들기는 딱 좋지. 대신 거기까지야. 한 부족에 두 명의 족장이 있을 수는 없는데 우리는 벌써 하나가 있거든."

가을이 눈치 없이 한마디를 보탰다.

"역시 안 좋게 헤어지신 게 맞네요. 저주가 아주 거창하신데요."

구예민은 달리는 차 안에서 전화를 받았다. 참모총장 관용차 뒷좌석이었다.

"원하는 대로 해주고 연락책이 몇 호 승객이었는지 알아내면 곧바로 추적할 수 있도록 준비해. 아, 그리고 우제영 쪽 경비 병력 늘리고."

수화기 너머에서 엄종현의 목소리가 들려왔다.

"네? 그보다는 안전한 곳으로 피신시키는 쪽이 낫지 않을까요? 경비 병력을 증원하면 보안 문제가 생길 것 같은데요. 우리 쪽에서 본격적으로 나섰다는 사실을 저쪽에서도 알게 되고요."

구예민이 침묵으로 대답을 대신했다. 종현이 다시 말했다.

"그러기를 바라시는 거군요."

"우제영을 믿어? 나는 잘 모르겠는데. 아무튼 우제영은 이종로 중장 입장에서 그렇게 위험한 증인은 아니니까 별일은 없을 거야. 그러니까 경비 병력을 충분히 늘려. 과하다 싶을 정도로. 저쪽에서 먼저 궁금해서 반응하게."

"알겠습니다. 일단 들쑤시라는 거죠?"

"그래. 칼을 빼 들었으니 무라도 벨 사람들인데, 진짜 큰일 저지르기 전에 무를 벨 건지 누구 목을 벨 건지 알아내야지. 움직이게 만드는 게 우선이야. 나도 뭔가 있는 것처럼 꾸미려고 괜히 발사기로 이동 중이니까, 아무튼 티 내면서 움직이도록."

"예. 그런데 정말 괜찮을까요? 우제영은 결과적으로 위험해질 수도 있을 텐데요."

"이미 그래. 지구에 내려온 순간부터 상당히 위태로운 상태니까. 우리 쪽에서 책임지고 보호는 해야겠지. 그래도 지금 당장 이종로 중장 눈에 제일 크게 보이는 게 우제영은 아닐 거니까 그렇게 알고 침착하게 대응하고."

같은 시각, 이종로는 손에 든 문서를 뚫어져라 바라보고 있었다. 금세 미간에 주름이 잡혔다.

"이걸 입안한 사람이 구예민이라고?"

옆자리에 앉아 있던 발사기지 감찰실장 김수인 중령이 대답했다.

"입안하고 적극 추진했다고 합니다."

두 사람은 달리는 승합차에 앉아 있었다. 운전석과 조수석에 앉은 군인들은 전투복을 입고 자동소총을 앞쪽으로 매고 있었다. 이종로는 아직도 정복을 입고 있었고 김수인은 늘 그랬듯 약식 정복 차림이었다.

바깥은 이미 밤이었다. 비슷하게 생긴 승합차 두 대가 이종로가 탄 차를 나란히 뒤따랐다. 셋 다 유리창이 짙게 선팅되어 있어서 밖에서는 내부가 보이지 않았다.

김수인이 설명을 덧붙였다.

"반란 진압 보고가 지구로 전달된 다음 날부터 구예민 장군이 군 여기저기를 돌면서 탈환 계획 이야기를 하고 다녔답니다. 구체적인 계획을 입안한 건 그다음 주고요."

"화성에 있는 동맹국 병력을 우리 직할시에 투입하는 계획이라. 이게 가능한가? 동맹국이 내정간섭을 해줄 리가 없잖아. 당시에 우리는 그렇게 판단했던 것 같은데."

"실은 반반이었던 것 같습니다. 개척 시대 동맹조약의 특수성 때문에 한국 정부에서 강력하게 요청하기만 했으면 성사됐을지도 모릅니다. 특히 미국 정도는."

"여기 안 왔으면 까맣게 모르고 있었겠군. 정부가 결국 적극적으로 움직이지 않기로 한 건 보상 문제 때문인가?"

"그랬을 것 같습니다."

"하긴. 남의 병력을 끌어들이려면 뭔가를 지불하기는 해야 됐겠지. 개척 시대 동맹조약이 아무리 끈적끈적해도 말이야. 그런데 김 중령, 아무리 그래도 이건 좀 수상하지 않나?"

"예?"

"왜 하필 이 시점에 이 문건이 내 손에 들려 있는 거지?"

"아."

"'아'가 아니라, 왜 딱 오늘 저녁에 이런 물건이 자네 손에 들어온 거냐고. 추적한 지 한참 됐을 거 아니야."

"그렇군요. 참모총장이 일부러 흘렸을 가능성도 있겠네요. 어떻게 반응하는지 보려고."

"그렇지? 일단 두고 보자고."

승합차 세 대는 한참을 더 달린 후 바닷가 근처에 있는 어느 펜션 앞에 멈춰 섰다. 곧이어 차 안에 타고 있던 우주군 병력 20여 명이 우르르 차 밖으로 쏟아져 나왔다.

엄종현은 증원 병력을 맞이하기 위해 현관문으로 갔다. 종현이 문을 열자 정복을 입은 이종로가 성큼성큼 문 안으로 밀고 들어왔다. 그러고는 어정쩡하게 막아서는 종현을 한 손으로 밀치더니 신발도 벗지 않고 그대로 거실로 들어갔다.

"단장님, 여기는 어쩐 일이십니까?"

종현이 당혹감을 감추지 못하고 물었다. 이종로는 짧은 시간 동안 종현의 얼굴을 뚫어져라 바라보더니 다시 우제영 쪽으로 고개를 돌리며 종현에게 말했다.

"어쩐 일은. 자네가 요청한 증원 병력이지. 화성총독이 지구에 오더니 놀고먹는다는 소리가 여기저기서 들려서 따라와봤네. 행성 간 연락선 테러 용의자는 이쪽인가? 연행해 가도 되겠지?"

종현은 아무 대답도 하지 못했다. 우제영이 난감한 얼굴을 하고 종현과 전 화성총독의 얼굴을 번갈아 바라보았다.

"그럼 데려가겠네."

이종로가 그렇게 말하며 김수인 중령에게 고갯짓을 했다. 그러자 무장한 경비 병력이 다가가 우제영을 일으켜 세우고는 두 팔을 거칠게 당겨 등 뒤로 수갑을 채웠다. 이종로가 현관문을 나서자 경비 병력이 그의 뒤를 따랐다. 우제영은 신발도 신지 못하고 그들의 손에 끌려 나갔다. 종현이 황급이 그 뒤를 따르자 이종로가 현관으로 돌아와 그를 막아섰다.

"데려간대도."

이종로는 그렇게 한마디를 짧게 내뱉고는 현관에 놓인 여자 신발 한 켤레를 주우며 몸을 일으켰다.

"이거 챙겨가면 되지? 총장님께는 내가 보고하겠네. 자네도 하겠지만, 많이 하면 좋지. 편히 쉬게."

말의 여운이 채 가시기도 전에 현관문이 쾅 닫혀버렸다. 불과 몇 초 후에 자동차 시동 거는 소리가 들려왔다. 그 소리에 정신이 돌아온 종현이 황급히 현관문을 열고 고개를 내밀었을 때, 이종로가 타고 온 승합차는 이미 큰길 쪽으로 움직이기 시작한 참이었다.

집 안 바닥에는 온통 신발 자국이 가득했다. 우제영이 앉아 있던 소파 위에는 우제영이 화성에서 가지고 온 어머니의 원고가 어울리지 않게 덩그러니 놓여 있었다.

"오히려 이쪽이 당한 거군요."

우주군 발사기지에 있는 행성 간 통신중계소의 모든 직원은 퇴근한 뒤였다. 통신실 조명은 다 꺼져 있었고, 사무실에만 형광등이 밝혀져 있었다. 이미 퇴근한 지 오래인 사람 몇몇이 사복 차림으로 통신중계소 사무실에 나와 있었다. 김은경과 엄종현, 그리고 박수진이었다.

통신중계소 문 앞에는 참모총장 관용차가 세워져 있었다. 부관은 사무실 밖 복도에 서 있었다.

구예민은 박수진의 말에 대답하는 대신, 휴대전화로 들어온 문자 보고를 들여다보며 차분하게 새로 들어온 소식을 전했다.

"테러 지원 세력을 일소하겠다는군. 차관영 대령 총기 데이터 전송 사건을 재조사하겠다고."

수진이 물었다.

"이종로 단장 보고인가요?"

"그래."

"우제영이 거래하려고 했던 바로 그 내용을 본인이 직접 밝혀주겠다는 거군요. 그 말은 우제영의 연락책을 추적해봐야 별거 없을 거라는 이야기고, 동시에 차관영 일당은 자기와는 아무 상관이 없다는 선언이기도 하고요."

엄종현이 씁쓸한 얼굴을 하고 끼어들었다.

"우제영의 정보로는 이종로 단장의 계획을 짐작할 수 없다는 말이 되겠네요. 그럼 우제영은 남은 카드가 없는데……."

구예민은 안경을 벗어 테이블에 올려놓으며 비어 있는 머그잔을 만지작거렸다. 그냥 살짝 달그락거리는 수준이 아니라, 만지작거린 건 끝내 자전시켜버리고 마는 우주군의 버릇대로 머그잔이 테이블 위에서 빙글빙글 춤을 췄다.

머그잔이 자전을 멈추자 구예민이 입을 열었다.

"그럼 뭘까? 분명히 이종로 라인이 움직인 징후가 포착이 됐거든. 한섬민이 시뮬레이션 시연에서 이종로가 가져온 가상 적기 데이터를 박살내버린 직후에. 뭔가 있을 텐데. 이종로가 지구까지 그냥 왔을 리가 없잖아. 뭔가를 하려고 온 거라고. 안 그래요, 김은경 서기관?"

은경이 고개를 끄덕였다.

"계획이 있겠죠. 왕처럼 군림하던 사람이 별 이유도 없이 지구행을 택했을 리가 없으니까."

"내 말이 그 말이에요. 연합우주군도 아니고 겨우 한국우주군 참모총장 자리나 차지하려고 화성총독 같은 꿈의 보직을 헌신짝처럼 버릴 리가 없단 말이지. 나 같아도 그건 안 버릴 것 같은데."

수진이 종현에게 물었다.

"우제영은 우본 헌병대로 데려간 거야?"

"예."

"우제영 면책 서류는? 만들기는 한 거야?"

"다행히 아직 전달 안 됐습니다."

"다행이네. 이종로 단장이 한 타이밍만 늦게 들이닥쳤으면 그것도 꽤 귀찮았겠어. 서면으로 된 증거가 남아버렸으면."

"그랬겠죠. 테러 표적이 이종로 단장 쪽 사람이라, 말하자면 화성정무관 라인이 피해자 대리인 입장이 되어버렸으니까요."

수진이 곰곰이 생각에 잠겨 혼잣말처럼 말했다.

"처음부터 무용했던 우제영 카드는 이제 블러핑으로도 못 쓰게 돼버렸고. 그럼 뭐가 남았지?"

침묵이 흘렀다. 아무도 말을 하지 않았지만 의미 없는 말을 보태는 사람도 없었다.

잠시 후 구예민이 자리에서 일어났다.

"자, 드라이브를 너무 오래 나와 있었네. 나는 가서 우제영이 어떻게 됐는지부터 보는 게 낫겠지? 다들 내일 출근 잘 하시고, 필요하면 엄 대위 통해서 연락할 거니까."

참모총장을 배웅하기 위해 모두가 현관까지 따라나섰다. 어느새 연락을 받았는지 당직사령이 통신중계소 주차장 앞에 차를 대고 있었다. 주차하는 차에서 나온 강렬한 불빛이 통신중계소 앞에 서 있는 사람들을 빠르게 훑고 지나갔다.

어쩌면 그 불빛 때문이었을지도 모른다. 잠자코 서 있던 김은경이 한 걸음 앞으로 나서며 참모총장을 불렀다.

"총장님."

"응?"

"여쭤볼까 말까 했는데, 그 총기 데이터 반입 사건 표적, 우제영이 노리고 있었다던 사람이 정확히 누구죠?"

"그건 왜요?"

"좀 걸려서요. 제 감으로는 이종로 단장이 직접 나선 거면 뭔가 조치가 필요한 일이어서 나선 게 맞는데, 그렇게 무력화시킨 카드가 어차피 처음부터 써먹을 수 없는 카드였다는 건 뭔가 이상해서요. 그런 일에 직접 나설 사람이 아니어서."

구예민이 호기심 어린 미소를 띠었다.

"호오, 그래요? 엄 대위!"

지시를 받은 종현이 은경에게 속삭이듯 말했다.

"우제영이 타고 온 행성 간 연락선에 화성정무관 측근이 타고 있었거든요. 반란 진압 때부터 같이 있었던 사람이에요."

"혹시 박준명 대령? 지금 사관학교 가 있는?"

은경이 물었다. 종현이 고개를 끄덕였다.

"예."

"거봐, 이상하다니까."

은경의 말에 구예민이 크게 관심을 보였다.

"뭐가?"

"화성 반란 세력 관점에서 박 대령 정도를 테러 표적으로 삼았다는 건 좀 어색하거든요. 화성정무관 측근이었고 이 사람이 있어서 총독 체제가 유지된 건 맞지만, 뭐랄까요, 평판이 좀 묘해요. 일을 잘하는 사람이지 총독의 오른팔이나 왼팔은 아닌 정도? 화성총독이 무슨 일인가를 도모하기 위해서 박준명 대령을 지구까지 데리고 온다? 글쎄요. 안 될 건 없는데 뭘 굳이, 하는 생각이 딱 드네요. 그런 정도의 인물은 얼마

든지 대체가 가능하거든요. 우주군 본부의 감으로는 어떤지 모르겠지만 행성직의 감으로는 그렇습니다."

구예민과 엄종현은 서로의 얼굴을 마주 보았다.

"그럼 뭐야. 카드가 남아 있다는 건가? 우제영 빼돌린 게, 내통자가 아니라 표적을 지우려고 한 짓이라고?"

구예민이 혼잣말처럼 중얼거렸다. 종현이 그 생각에 동의를 표했다.

"우제영을 어서 만나보셔야 되겠는데요."

구예민을 태운 차는 곧장 본부 헌병대 취조실로 달려갔다. 우제영은 모서리에 기대기라도 한 것처럼 구석에서 얼굴을 푹 처박고 있었다. 구예민은 한 번에 이름을 부르지 못하고 잠시 그 뒷모습을 보면서 가만히 서 있었다.

"우제영 씨."

잠들어 있지는 않는지, 목소리를 알아들은 우제영이 고개를 돌렸다. 구예민이 보기에는 겁을 잔뜩 먹은 표정이었다.

구예민은 위로하듯 차분하게 가라앉은 목소리로 말을 이었다.

"이렇게 될 일이 아니었는데, 미안하군요."

우제영은 아무 대답도 하지 않았다. 어두워서 잘 보이지는 않았지만 구예민은 우제영이 눈물을 참고 있다고 생각했다.

하지만 조금 뒤에 어둠 속에서 날아온 목소리를 들어보니 의외로 목이 잠겨 있는 것 같지는 않았다.

"이렇게 될 게 아니었다는 건 어떤 일을 말씀하시는 거죠?"

구예민이 담담하게 대답했다.

"오늘 저녁에 일어난 일부터 그 옛날에 일어난 일까지 전부."

눈싸움 혹은 기 싸움이라고 불러야 할 긴 침묵이 이어졌다. 시간을 가늠하게 하는 눈금이 몽땅 지워져서 짧은 시간도 길게 느껴지고 긴 시간도 짧게 느껴지게 하는 무거운 침묵이었다.

구예민은 우제영이 자기 목소리를 단번에 알아들었다고 느꼈다. 시간을 두고 오래 축적된 기억. 기억하고 있다는 사실도 알지 못하고 기억을 떠올릴 단서도 만들어두지 않았지만, 아파트 계단의 센서 등처럼 누군가 아래에 가서 서기만 하면 저절로 확 밝아지는 기억. 기억이 떠오르는 순간이면 목 언저리가 뜨거웠을 것이다. 애꿎게도 삼켰던 무언가를 토해내는 감각마저 불러일으킬지도 모른다. 그런데도 우제영의 목소리에서는 습기가 느껴지지 않았다. 불길이나 어둠, 노여움 같은 것들도 마찬가지였다.

다시 구예민이 먼저 침묵을 깼다.

"한 가지만 대답해줄래요?"

"또 뭘요. 거래하려던 정보는 이제 다 필요도 없고 소용도 없다던데."

"아니요, 한 가지만. 혐의가 분명해서 당장은 어쩔 수가 없지만 불합리한 처우는 받지 않도록 조치할게요. 그러니까 한 가지만."

"조건부인가요?"

"아니요. 그럴 리가."

우제영이 고개를 들어 구예민을 바라보았다. 얼굴에 빛이 닿자 구예민은 비로소 우제영의 얼굴에 담긴 엇나간 시간의 기억을 읽을 수 있었다. 우제영이 체념한 듯 고개를 끄덕였다.

"물어보세요."

"표적이요."

"네?"

우제영이 힘없는 목소리로 느릿느릿하게 되물었다. 구예민은 차근차근 풀어서 다시 물었다.

"행성 간 연락선에서, 그 총기와 총알을 이용해서 누구를 저격할 생각이었죠?"

절망이 무겁게 내려앉은 우제영의 얼굴에 아직 생명력을 간직한 표정이 희미하게 떠올랐다. 의아한 표정이었다.

"네에?"

"질문한 그대로예요."

"그 말은, 표적이 누구였는지 모르신다고요?"

구예민이 차근차근 대답했다.

"알죠. 아는데 혼선이 있었어요. 그래서 확실하게 정리하려고요. 표적이 누구였죠?"

"그야, 클로이 워터스랑 오렌 코스비."

구예민은 놀라움을 겉으로 드러내지 않은 채 담담하게 말했다.

"그 두 사람이었군요."

"달리 누구겠어요? 왜요? 총독이 다르게 이야기하던가요?"

"큰 도움이 됐어요. 꼭 신세를 갚을 기회가 있었으면 좋겠네요."

"클로이 워터스, 오렌 코스비, 둘 다 민간인입니다. 화성에 처음 도착했을 때는 미국 국적이었는데 현지에서 우리 직할시 시민권을 획득하면서 한국 국적을 취득했습니다. 지구 시간으로 2년 전부터 화성정무관의 민간 전략 고문이었고요. 아무래도 진짜 측근은 이쪽 같은데요."

화면 너머 발사기지 통신중계소에서 김은경이 화성 측 시정부로부터 긴급 입수한 정보를 보고했다. 구예민은 우주군 본부 지휘통제실 메인 화면으로 그 모습을 바라보았다. 대형 스크린 한쪽에는 박수진이 손에 무언가를 들고 기다리는 모습이 보였다.

"박 소령, 말해봐. 그 두 사람 지금은 어디로 갔지?"

구예민의 지시에 수진이 대답했다.

"셔틀을 타고 지상에 내려온 다음 항공편으로 곧장 국내로 들어왔습니다. 다시 나간 흔적은 없고요. 아직 국내에 있다고 간주해도 무방할 것 같습니다."

"같이 뭔가 해보려고 데려온 걸 거니까 가까이에 있겠지."

"그래서 엄 대위가 조사 중인데요, 우주군 내부에 들어와 있는 게 아닌지. 아직 못 찾은 것 같은데, 어, 저기 오네요. 엄 대위, 뭐 나왔어?"

종현이 화면 안으로 들어와 화면 건너편을 향해 돌아섰다.

"찾은 것 같습니다. 신분이 위조돼 있어서 확인이 필요하지만, 통제구역 출입 기록에 우제영이 타고 온 행성 간 연락선에 등록된 지문과 같은 지문이 사용된 흔적이 남아 있는 곳이 있습니다."

구예민이 물었다.

"어디지?"

"정보전략집중연구센터입니다."

"이종로 놀이터? 궤도전략개발단에서 공격위성 추가 도입 계획 백지화하고 정보전 중심으로 전략을 바꿔야 한다고 그렇게 보고서를 올려대더니."

박수진이 그 말에 화답했다.

"진심이었군요!"

구예민은 화면 이쪽, 본부 지휘통제실에 앉아 있는 참모들 쪽으로 고개를 돌리며 물었다.

"민간인을 위장 신분으로 군 중요 시설에 잠입시킨 건 명백히 불법이지?"

누군가가 조심스럽게 대답했다.

"그게 사실이면, 그렇습니다."

"자, 그럼 누구를 보내면 되지? 아무나 보내서 연행하고 압수하고 필요하면 제압하세요. 대신 최대한 빨리."

화면 건너편, 우주군 발사기지 통신중계소에서 그 광경을 지켜보던 은경이 헤드셋 마이크를 손으로 가리고 수진에게 물었다.

"정보전략집중연구센터가 뭐 하는 데야? 연구소야?"

수진이 종현에게 눈짓을 하며 대답을 망설이자 종현이 고개를 끄덕여 이야기해도 괜찮다는 사인을 보냈다. 그제야 수진이 안심하고 속삭였다. 마찬가지로 마이크를 손으로 가린 채였다.

"정보전 하는 데예요. 연구는 연구죠. 해킹 연구하느라 여념이 없으니까."

"해킹?"

은경이 얼굴을 찌푸리며 물었다.

"궤도에 올라가 있는 공격용 위성들이요. 다른 나라도 우리처럼 대부분 원격조종 하잖아요. 그 신호를 가로채거나 무력화하는 거예요."

"그걸 정보 전략이라고 부르는 거야? 전혀 직관적이지 않네."

"그러게요. 그런데 거기가 꽤 경쟁력이 있어요. 한국우주군이 실물로 된 우주선은 몇 대 없어도 원격조종 시스템 난장판으로 만드는 데에는 재능이 있거든요. 너 죽고 나 죽자, 그런데 우리는 애초에 죽을 우주선 같은 거 없어, 이런 식의 싸움."

"이종로가 단장인 궤도전략개발단도 저기에 있는 거야?"

"그렇죠."

"뭘 개발하는 게 아니겠네."

"뭘 엉망으로 만드는 데지 개발하는 데는 아니에요. 별명이 궤도전략난개발단인데……. 잠깐만요. 그런데 엄 대위, 분위기 보니까 우리도 같이 출동해야 할 것 같지?"

해가 뜨기 한참 전부터 우주군 정보전략집중연구센터 진입로는 본부에서 온 우주군 차량으로 붐볐다. 교통난을 유발할 만큼 차가 많은 것은 아니었으나 부대 출입문이 닫혀 있는 바람에 진입로가 주차장이 되어버린 꼴이었다.

바리케이드가 쳐져 있는 커다란 철문 앞에 늘어선 10여 대의 차량에는 헌병대나 정보처에서 나온 사람들이 이러지도 저러지도 못한 채 누군가의 지시만 기다리며 앉아 있었다.

"나가지 마. 그냥 차 안에 가만히 있어."

"일단 참모총장 명령이잖아요."

"아, 여기까지 오기는 왔잖아. 문이 닫혀 있는데 어쩔 거야. 쓰리 스타가 들어오지 말라는데."

"참모총장이 위잖아요."

"그렇게 단순하게 비교할 수 있는 게 아니래도. 쓰리 스타 뒤에는 국방부가 있잖아. 참모총장 뒤에는 정부 고위 관계자 누군가가 있을 거고. 쓰리 스타 뒤에도 청와대 누군가가 있을지도 몰라. 그런데 그게 정확히 누군지 모르지. 아무도 몰라. 그럼 누가 위인지 어떻게 알아? 모르지? 그러니까 일단 가만히 있으라고. 그럼 위에서 먼저 해결을 본 다음에 어떻게 하라고 다시 지시를 내릴 거니까."

어느 차 안에서 그런 대화가 오갈 무렵, 늘어서 있는 차량 행렬 맨 끝에 수진이 차를 세웠다. 다른 차들보다 먼 데서 온 탓이었다. 조수석에 앉은 종현이 누군가와 통화하더니 금방 전화를 끊고 말했다.

"이종로 단장이 직접 막으셨다네요."

"저 앞에 서 있다고?"

"지금은 들어갔대요."

"그래? 총장님은 어떻게 나오시려나."

구예민은 발아래를 내려다보았다. 녹지 사이에 반듯하게 정리된 정보전략집중연구센터 건물들이 보였다. 센터 건물은 3층이었다. 높이가 낮은 대신 꽤 큰 정사각형 모양을 하고 있어서 지상에서보다는 공중에서 봤을 때 눈에 더 잘 들어오는 건물이었다.

구예민은 진입로 입구에 늘어선 차들을 내려다보면서 중얼거렸다.

"저 진입로 원래 큰길에서 안 보이게 하려고 일부러 빙 돌아가게 만들어놓은 거 아니야? 언제 저렇게 일자로 바꿔놨어? 저렇게 장사진까지 쳐놨으니 여기에 우주군 기지 있는 거 이제 온 세상이 다 알겠네."

헬리콥터 로터 소리가 요란했지만 헤드셋에 달린 마이크를 통해 같이 탄 사람 모두에게 전해지는 말이었다. 구예민이 다시 말을 이었다. 이번에는 한층 진지한 목소리였다.

"저렇게 무리하게 항명을 한다는 건 시간을 끌고 있다는 거야. 그건 바로 지금 이 순간에 뭔가 중요한 일을 하고 있다는 뜻이고 시간을 조금만 더 끌면 된다는 말이기도 하겠지. 무슨 소린지 알겠지? 신속하게 진입해서 제압하도록!"

헬리콥터는 곧장 센터 건물 위로 날아갔다. 그러고는 널찍

한 정사각형 옥상 위에 그대로 머물렀다. 잠시 후 헬기가 아래로 내려오는 대신 로프 몇 개가 아래로 늘어뜨려졌다. 무장한 요원들이 로프를 타고 건물 옥상으로 내려갔다. 요원들을 다 내려준 헬리콥터는 위로 조금 솟구치더니 방향을 돌려 센터 정면 공터에 내려앉았다. 헬리콥터가 땅에 닿자마자 구예민이 뛰어내리듯 지상으로 내려왔다.

"조종사 구조 요원들이 투입됐다네요. 제일 먼저 투입할 수 있는 특수부대라."

멀리 차 안에서 지켜보던 종현이 휴대전화로 전해진 메시지를 확인하고는 수진에게 말했다.

마침내 구예민이 이종로와 화성에서 온 그의 일당들이 있는 방에 들어섰을 때, 이종로는 자신을 체포하러 온 구조 요원의 소총을 두 손으로 붙든 채 한창 힘겨루기를 하고 있었다. 저항하는 사람은 이종로 한 명뿐이었고 다른 일당들은 잠자코 한쪽 구석으로 물러나 있었다. 바닥에는 얼굴이 피범벅이 된 구조 요원 하나가 동료의 부축을 받아 간신히 정신을 추스르고 있었다. 나머지 요원들은 아직도 저항 중인 이종로를 둘러싸고 있었다. 모두 총기로 무장하고 있기는 했지만 총을 겨누는 사람은 아무도 없었다.

"이제 그만하지."

정복을 입은 구예민이 사복 셔츠 차림으로 몸싸움을 하던 이종로에게 말했다. 구예민은 옆에 있던 의자를 끌어당겨 느긋한 동작으로 다리를 꼬고 앉았다. 그러자 비로소 이종로가 붙들고 있던 총을 놓아버렸다.

물론 저항을 멈춘 이종로에게 달려드는 사람은 아무도 없었다. 하룻밤 새 무슨 일이 일어났는지 알 수는 없지만 대부분의 우주군 장병들에게 이종로는 아직도 영웅이고 위인이었다.

"무슨 일을 꾸민 거야, 이런 데서? 아무튼 일단 앉지."

구예민이 손짓으로 구조 요원들을 뒤로 물리며 물었다. 컴퓨터와 모니터가 가득 들어차 있는 방이었다. 빨간색과 녹색 불빛이 여기저기에서 반짝거렸다. 이종로는 풀어진 셔츠를 매만지며 흥분이 가라앉지 않은 목소리로 대답했다.

"이렇게 빨리 오실 줄은 몰랐네요. 게다가 직접 들이닥치실 줄은."

"화성총독만 직접 움직일 줄 아는 건 아니니까. 저 두 사람이겠군, 클로이 워터스와 오렌 코스비는. 뭐 하는 기술자지? 우리 공격위성 해킹 한 거야?"

이종로는 바로 뒤에 놓여 있던 의자에 털썩 주저앉았다. 뭘 해도 거침이 없는 움직임이었다.

"그런 장난감을요?"

"더 큰 걸 건드렸군. 어느 정도면 당신이 갖고 놀기에 적당한 장난감일까."

"뭐, 조사해보면 아시겠죠."

"그러려고. 그래도 순순히 알려주면 일이 좀 수월하겠지."

이종로가 호쾌하게 웃으며 농담하듯 말했다.

"뭐가 됐든 결국 저는 잡아가셔야 될 텐데요."

구예민은 헬리콥터를 타고 내리느라 엉망이 된 머리카락을 손으로 쓸어 넘기며 대꾸했다.

"걱정은. 점잖게 잡혀갈지 꼴사납게 끌려갈지만 결정하면 돼."

"뭐 그럼 제 발로 걸어가는 쪽을 택하는 게 낫겠네요. 저도 체력이 예전 같지는 않아서요. 어떻게, 차로 갈까요? 옥상에 헬기가 대기 중인가요?"

구예민은 금방 일어날 듯 몸을 앞으로 기울이고 앉아 있는 이종로의 얼굴을 들여다보았다. 조금 전보다 한결 편안해진 얼굴이었다. 흥분이 가라앉자 마침내 자신이 조급해할 이유 가 없다는 사실을 깨닫게 된 사람의 표정.

"끝냈나 보네, 뭘 꾸몄든."

"끝났죠. 간신히."

"왜 군이 그런 짓까지 벌이는 거지? 그것도 지구까지 와서."

"군이 제로베이스에서부터 다시 우주 진출을 시작하는 사 람들이 신기해서요."

"무슨 소리야?"

이종로는 아무 대답도 하지 않고 자리에서 벌떡 일어나더니 복도 쪽으로 성큼성큼 걸어갔다. 만면에 사람 좋은 웃음을 가득 머금은 표정이었다. 구예민과 함께 온 구조 요원들이 엉거주춤 그를 뒤따랐다.

"이쪽이야? 이쪽?"

이종로가 자신을 체포하러 다가온 구조 요원들에게 별일 아니라는 듯 길을 묻는 소리가 등 뒤에서 들려왔다. 그러자 구예민이 못 참겠다는 듯 목소리를 높였다.

"뭐 해? 포박해서 데려가야지. 헬기 말고 차로 모시고."

이종로가 사라지자 정보전략집중연구센터 진입로에서 눈치만 보고 있던 사람들이 비로소 방으로 밀려들어 왔다. 엄종현이 박수진과 함께 방 안으로 들어오자 구예민이 그쪽을 보며 넋두리하듯 말했다.

"괴물을 배양해서 본국으로 데려왔네. 왠지 그럴 것 같았지만. 무슨 짓을 한 건지 어서 좀 알아봐. 급한 걸지도 몰라."

이종로가 무슨 짓을 했는지 알아내는 데에는 채 5분도 걸리지 않았다. 종현은 방 한가운데에 편안하게 앉아 있는 구예민 앞으로 다가가 전문가들이 방금 알아낸 사실을 요약해서 보고했다.

"소행성 궤도를 바꾸고 있는 것 같습니다."

"뭐?"

구예민이 자세한 설명을 바라며 짧게 물었다.

"연합우주군이 영구 포획을 공표한 소행성에 우리한테도 공개되지 않은 장비들이 다수 설치돼 있는 것 같습니다. 조금 전 이 시설에서 그 장비를 해킹 하는 데 성공했고요."

박수진이 갑자기 생각난 듯 거들었다.

"제 기억으로는 그 두 사람 미국우주군에 자문한 적이 있었던 것 같아요. 그때 뭔가 소행성 포획 프로젝트 관련 정보를 빼돌렸을지도 모르겠네요. 아니면 개발 단계에 참여하면서 아예 거기다 뭘 심어났을 수도 있고요."

"그래서 그 소행성에 설치된 장비를 해킹 한 다음 그걸 여기에서 가동했다고? 우리 한국우주군 시설을 이용해서?"

구예민이 종현에게 물었다.

"예, 가동됐습니다. 조사해봐야겠지만 지금은 명령 취소가 안 되는 상태로 보입니다."

당혹스러운 침묵이 주위를 감쌌다.

"난감하네. 그런데 그게 하필 추진 장비일 거라는 말이지?"

참모총장의 물음에 낙하산으로 소문이 자자했던 정보장교가 얼어붙은 표정으로 대답했다.

"입력된 가동 명령이 궤도와 관련된 것으로 보입니다. 소행성에 부착된 추진 장비일 가능성이 높고요. 결론적으로 화성 총독은 소행성 궤도를 바꾸려고 지구로 돌아온 것 같습니다."

방 안에 들어와 있던 스무 명 남짓한 사람이 모두 동시에 입을 닫았다. 무거운 침묵이 그 위에 내려앉았다. 수많은 생각이 동시에 떠올랐지만 결국 모두 한군데로 수렴되는 것들이었다. 이번에야말로 진짜 큰일이 벌어지고 말았다는 생각. 소행성 하면 떠오르는 일들 중 지구에 가장 해로운 상상.

구예민이 부관을 불렀다.

"연합우주군 작전사령부 연결해. 긴급으로. 당장."

인류의 최전선

발사기지 정문 바로 안쪽에 있는 홍보관 건물 주차장에 박국영의 파란색 스포츠카가 주차되어 있었다. 홍보관 건물 안에는 부대 안에서 제일 큰 매점이 있었는데, 방문객들을 위한 기념품 매장을 겸하는 곳이었다. 박국영은 매점 쪽 테이블에 앉아 정문 방향을 멍하니 바라보고 있었다.

잠시 후 박수진이 매점 안으로 들어오다가 박국영을 발견하고는 그쪽으로 다가왔다.

"이 시간에 일 안 하고 여기서 뭐 하는 거야?"

국영은 말소리가 나는 쪽으로 고개를 돌렸다.

"아, 실장님."

"태업이야? 그러다 감찰실에 잡혀간다."

"박 소령님이 다시 감찰실장 직무 대행 되신 거 아니에요? 김수인 중령님 면직되셨다던데."

"그렇지. 그래도 그분의 뜻은 이어갈 생각이야. 그럼, 자네 소속이 어디지?"

수진이 단속이라도 할 것 같은 목소리로 묻자 국영이 피시식 웃었다.

"아니에요. 일하는 거예요. 높은 사람들 잔뜩 들이닥치는 바람에 일반인 견학 일정 다 취소됐잖아요. 개별 연락 다 했는데 연락이 안 닿는 사람이 하나 있어서요."

"기다리는 거야?"

"예, 혹시 여기까지 와버리면 좀 그렇잖아요. 정문에서 쫓겨나면 기분이 상당히 나쁠 텐데. 뭔가 상황이 발생했나 보다 인터넷에 올려버릴 수도 있고. 잘 설명하고 기념품이라도 줘서 보내야죠."

"언제까지 기다리게?"

"견학 시작 시간 지나고 30분 정도면 적당하지 않을까요?"

수진이 매점 쪽으로 돌아서며 말했다.

"그럼 수고."

매대에는 물건 종류가 많지 않았다. 음료와 과자, 라면이나 샴푸 같은 간단한 생필품들이 진열되어 있었고 술이나 안주류는 전혀 눈에 띄지 않았다. 수진은 페트병에 든 녹차 하나를 골라서 계산대로 향했다. 그러다 초콜릿이 놓여 있는 진열대 앞에 서서 무언가를 찾고 있는 한섬민을 발견했다.

"한 중사."

"아, 실장님."

"여기서 뭐 하고 있어?"

"민트 초콜릿 찾고 있어요. 이쯤에 분명히 있었는데, 다 떨어졌나?"

"아니, 그게 아니고……. 저쪽에서 이야기하자. 살 거 사고요 앞으로 와."

수진은 계산을 마친 후 국영이 앉아 있는 테이블에 가서 자리를 잡았다. 국영이 말했다.

"혹시 제 거는?"

"맡겨놨냐."

2분쯤 뒤에 섬민이 다가와 박국영의 옆자리에 털썩 주저앉으며 말했다.

"민트초코 이제 안 들어온대요."

국영이 놀라서 물었다.

"여기에 민트 초콜릿이 있었어? 그런 걸 누가 먹는다고."

"제가요. 아, 근방 50킬로 내에서 민트초코를 구할 수 있는 유일한 데였는데."

아무렇지도 않게 대답하는 섬민을 보고 국영은 수진이 궁금해하던 것을 대신 물었다.

"그런데 한 중사 지금 공격위성 조종하고 있어야 되는 거 아니야?"

섬민은 탄산수 뚜껑을 열어 피식하는 소리를 내고는 반문했다.

"위성이 무슨 트럭이에요? 원격조종 조종사가 계속 운전대 붙들고 있게. 좀 전에 부스터 가동해서 천이 궤도에 넣어놨으니까 한동안 손댈 거 없어요. 알아서 날아가겠죠. 이런 거 사관학교에서 다 가르치지 않아요? 조종사만 따로 가르치는 거 아닐 텐데."

"그걸 몰라서 묻는 게 아니고, VIP들이 와서 구경하고 있지 않아? 트럭 운전수처럼 운전대 붙들고 있을 줄 알았지."

"안 그래도 그것 때문에 도망 나왔죠 뭐. 뒤에서 계속 지켜보고 있어서. 지켜보고 있으면 뭐가 더 잘되나. 주술이 필요하면 기상대 쪽으로 가시지. 그쪽 전문인데."

수진이 대화에 끼어들었다.

"그런데 우리 위성 말이야, 그렇게 가버리면 이제 영영 못 돌아오는 거지?"

섬민은 얼굴은 수진을 향하고 눈은 국영을 향한 채 자신 없는 목소리로 대답했다. 비밀 이야기를 홍보 담당에게 해도 되나 하는 눈빛이었다.

"소행성 있는 데까지 궤도 상승시키고 나면 연료 거의 다 쓰겠죠. 목표 궤도에 넣을지 말지는 아직 결정이 안 된 것 같지만."

수진이 국영을 변론하며 말했다.

"홍보단도 웬만큼 알아. 그러니까 내가 한 중사더러 이쪽으로 합석하라고 했지."

그러자 박국영이 투덜거렸다.

"나만 맨날 민간인 취급이네. 이종로 장군이 한국우주군 시설에서 사고 치는 바람에 연합우주군이 우리 대하는 게 갑자기 싸늘해진 것 정도는 알거든. 연합이랑 협조는 별로 안 됐을 거고. 우리 공격위성 투입하기로 한 건 총장님 결정이겠지?"

섬민이 고개를 끄덕였다.

"연합우주군 위성 한 대가 우리보다 먼저 기동을 시작하기는 했어요. 엔진 짱짱하고 연료 통도 크니까 쑥쑥 잘 날아가겠죠. 우리 것도 나쁘지는 않지만 편도밖에 못 가고. 그런데 연합이 한 대를 보냈는지 하나가 더 있는지는 안 알려주네요. 두 대를 보내는 거면 굳이 우리 걸 백업으로 투입할 필요까지는 없는데. 온 나라를 통틀어 딱 하나밖에 없는 전략 자산이라. 아, 아깝다. 그런데 사고친 게 한국우주군이라 별수 없나 봐요."

누가 썰렁한 농담이라도 한 듯 갑자기 침묵이 엄습했다. 세 사람은 말없이 창문 너머 정문 쪽을 바라보았다. 홍보관을 드나드는 사람은 아무도 없었다. 아무 소리도 들리지 않는 날이었다.

수진이 조심스럽게 침묵을 깼다.

"그런데 말이야, 한 중사."

"네."

"소행성 말인데."

"네, 소행성."

"진짜 지구 쪽으로 떨어질 수도 있는 거야?"

섬민은 곧바로 대답하지 않고 뜸을 들였다. 국영은 대화에 끼고 싶지 않은 듯 이리저리 시선을 피했다. 하지만 섬민의 목소리가 들려오자 국영의 시선도 어쩔 수 없이 섬민에게로 향하고 말았다.

"연합이 안 가르쳐주는 것 중 하나예요. 소행성에 정확히 뭘 설치했고 연료가 얼마나 있는지, 출력은 얼마인지, 무장은 돼 있는지. 그래서 확답은 못 하겠지만, 굳이 저 일을 시작한 거 보면 일 저지른 쪽에서는 가능하다는 계산이 끝난 거겠죠?"

"꼭 저지해야 되는 거구나."

수진의 말에 박국영이 부연 설명을 덧붙였다.

"실제로 가능한지 여부를 떠나서, 적어도 연합우주군이 밀고 있는 저 소행성이 어느 날 갑자기 위험한 물건으로 돌변할 수 있다는 걸 보여주는 효과는 있겠죠. 안전한 화성과는 다르게. 그래서 홍보단에서도 대응책을 만들어야 된대요. 그리고 소행성 저지 계획이 지금처럼 비공개로 쭉 진행될지 아니면 연합 쪽에서 갑자기 공개 대응을 할지 모르겠는데요, 그것도 우리한테는 안 가르쳐줘서, 갑자기 공개로 전환되면 우리도 할 말은 해야 될 거예요. 그래서 말인데 한 중사, 이참에 사진 몇 장 좀 찍어두는 게 어떨까? 폼 나는 걸로."

한섬민이 쏘아붙였다.

"됐거든요. 아, 그냥 다 사라져줬으면 좋겠어요. 아니, 조종실 2층에 왜 관람석 같은 걸 만들어가지고. 어휴. 응원하고 싶으면 민트초코나 좀 보내지."

수진과 국영은 아무 대답도 하지 않았다. 오후의 평화로운 공기가 발사기지 전체를 무겁게 내리눌렀다.

잠시 후 섬민이 벽시계를 확인하고는 자리에서 일어났다.

"그럼 쉬세요. 저는 운전대 잡는 시늉하러 가야 해서."

"태워줄까?"

국영이 물었다.

"그 요란한 파란색 차를 타고 나타나라고요? 요 앞에 세워놓는 것도 좀 애매한 거 아시죠?"

"면회실 있는 데니까 민간인인 줄 알겠지. 숙소 앞에 세워놓는 것보다 여기가 나아. 헌병대 관용차 요 앞에 있던데 그걸로 데려다줄까?"

섬민이 어이없다는 듯 피식 웃고는, 짤막하게 대화를 마무리했다.

"됐어요. 그냥 걸어가려고요."

발사기지로 내려온 우주군 참모총장 구예민은 조종실에 진을 치고 있던 외부 손님들을 발사통제실 관람석으로 몰아넣는 데 성공했다. 기지 본부 건물에 있는 방으로, 중요한 로켓 발사가 있는 날 VIP들을 모시기 위해 만들어놓은 공간이었다.

백 명 정도가 들어가는 관람석 앞쪽에는 커튼으로 가려진 무대가 있었다. 커튼 바로 뒤는 유리 벽이었는데 유리 벽 안쪽, 무대가 있어야 할 공간에는 로켓 발사를 관장하는 장비들이 들어차 있었다.

관람을 위해 만들어진 곳이었으므로 객석에 있는 사람들이 얌전히 자리를 지키고 있게 하려면 무언가 보여줄 것이 필요했다. 구예민은 진행 중인 작전과 별 관련이 없는 로켓 발사 관련 인원으로 무대 안을 채웠다. 마치 그 무대 안에 앉아 있는 사람들이 한섬민과 궤도작전실이 수행하고 있는 작전에 지대한 영향을 미칠 결정을 내리고 있는 것처럼 보이도록. 하지만 실제로 그들이 하고 있는 일은 연합우주군이 포획하려다 이종로에게 가로채기 당한 소행성의 궤적을 모니터하는 일에 지나지 않았다.

"괜찮아. 작전이 두세 시간 안에 끝나는 줄 알고 온 사람들이 대부분이니까, 저 상태로 열 시간이고 스무 시간이고 아무 일도 안 일어날 거라는 걸 깨닫자마자 금방 집으로 돌아가고 싶어질 거야. 다들 바쁜 사람들이잖아."

구예민의 말에 기지 사령관 송근기 중장이 고개를 끄덕였다.

"알겠습니다. 그럼 앞으로 대통령 이하 VIP는 이쪽으로 다 안내하겠습니다."

"이하면 대통령도 포함인가?"

"아니요. 그건……."

"아니, 아니지. 대통령도 이쪽으로 안내해야지."

"예?"

"대통령이 저기로 가버리면 다 소용없잖아. 다 몰려가는 거나 마찬가지라고. 처음부터 이쪽으로 방향을 잡게 해. 아마 비서실하고 미리 조율해놔야 할 거야. 일하는 사람들 방해 안 받게 잘 좀 거들어주자고."

거대한 태극기가 걸려 있는 벽에는 그 태극기보다 조금 작은 스크린이 걸려 있었다. 화면 안에는 소행성과 아군 공격위성의 궤적을 나타낸 3차원 도표가 2차원으로 표현되어 있었다. 제일 먼저 눈에 띄는 것은 붉은색으로 표시된 소행성 궤도였다. 지구에서 본 달의 60도 뒤, 라그랑주 포인트* 5(L5)에 있던 소행성이, 지구와 달 사이에 있는 또 다른 라그랑주 포인트인 L1 지점을 향해 조금씩 이동해 간 모습이었다.

L1은 지구와 달을 오가는 우주선이 에너지를 가장 적게 사용하기 위해 들르는 지름길이었다. 이 지점 자체는 지구와 달의 중력이 똑같이 작용하는 중력 균형점이 분명했지만, 성격은 원래 있던 L5와는 확연히 달랐다. 벼랑 끝, 혹은 공중에 매달아놓은 외줄 위. 즉, 이 지점에 놓여 있는 물체는 누군가가

---

* 두 개의 큰 천체 주위에 있는 아주 작은 천체가 안정적으로 위치를 고수할 수 있는 다섯 개의 지점. 큰 천체 둘을 잇는 직선상에 세 군데, 두 개의 큰 천체와 정삼각형을 이루는 꼭지점 위치에 각각 한 군데씩 존재한다. L1은 두 천체 사이 중력이 균형을 이루는 지점이고, L4와 L5는 두 정삼각형의 꼭지점에 해당한다. 달 공전 방향 앞쪽이 L4, 뒤쪽이 L5다.

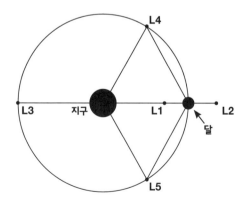

손으로 슬쩍 밀기만 해도 지구나 달 어느 한쪽으로 덧없이 추락하게 되어 있었다.

섬민은 조종실 한구석에 앉아 똑같은 화면을 바라보았다. 발사통제실보다는 훨씬 작은 화면이었고, 주위에는 궤도작전실 사람들이 빠짐없이 앉아 있었다. 조금 전부터는 참모총장이 들어와서 함께하고 있었다.

"새로운 정보가 있습니까?"

궤도작전실장 심재선 중령이 구예민에게 물었다. 구예민은 천천히 고개를 저었다.

"연합 쪽은 뭔가를 알려줄 생각이 전혀 없어 보여. 이미 다 알면서 물어본다고 생각하는 모양이야. 일종의 반역이었다고 설명해도 믿을 기미도 전혀 안 보이고. 어쨌거나 우리 시설에서 해킹에 성공한 건 사실이니까. 우리 편은 아니지만."

"그럼 이종로 중장은요?"

"그러게. 화성총독이 털어놓으면 참 좋을 텐데, 하수인들이라도. 그런데 아무 말이 없어. 화성총독이나 연합우주군이나, 별거 없는데 허풍 치느라 말이 없는 건지 아니면 끝까지 숨기는 카드가 있어서 저러는 건지 감이 안 잡혀."

그때였다. 조종실 오퍼레이터를 통해 무언가를 보고 받던 궤도작전실장이 새로 입수된 정보를 참모총장에게 알렸다.

"총장님, 방금 연합 측에서 전해 온 업데이트입니다. 미사일을 통한 요격은 효과가 미지수여서 포기했다고 합니다. 그리고 천이 궤도를 돌던 연합군 공격위성 한 대가 주차 궤도로 접어들었답니다. 준비되는 대로 현황판에 반영하겠습니다."

구예민은 놀라움을 감추지 못했다.

"벌써 소행성이랑 만나는 궤도까지 올라갔다고? 빠르네."

궤도작전실장이 다소 긴장한 목소리로 덧붙였다.

"미사일 요격이 효과가 없다는 건 스스로 인정하는 셈이네요. 협약에 저촉되더라도 발사 검토를 한다고 했는데."

"그것도 두 가지로 나눠서 봐야 돼. 굳이 협약을 어겨가면서까지 미사일을 날릴 정도의 위협은 아닌 걸로 판단하고 있거나, 송 사령관 말처럼 미사일은 쓸모가 없다고 판단했거나. 두 번째 상황이면 좀 난감한데. 소행성 자체를 깰 정도의 화력은 안 되고, 그렇다고 소행성에 붙어 있는 추진 장치를 정밀 타격할 자신도 없는 거니까. 그럼 장비를 보내서 직접 파괴하는 수밖에 없다고 봐야겠네. 어떻게 되려나. 흠, 일단 지켜봅시다."

다시 시간이 흘렀다. 구예민을 제외한 모든 사람이 각자 자기 앞에 놓인 화면 두세 개를 열심히 들여다보고 있었지만 실질적인 기여를 하는 사람은 그 방 안에도 거의 없는 것이나 마찬가지였다. 잠시 후, 궤도작전실장이 구예민에게 또 다른 소식을 전했다.

"지금 막 우리 전술 정보 라인에서 분석 보고가 들어왔는데요, 이게 좀 묘하네요."

"뭐래?"

"저궤도에 배치된 연합우주군 전력 중에 소행성 궤도로 전개 가능한 궤도를 돌고 있던 위성이 최소 두 대는 더 있었던 것으로 파악된답니다. 둘 다 근접 공격 기능은 없는 장비이고요."

구예민이 그쪽을 돌아보며 혼잣말하듯 대답했다.

"그래서 투입을 안 했다? 근접 공격이 안 되면 어차피 쓸모가 없어서?"

"그래 보입니다."

"소행성에 근접전용 무기를 심어놨다는 말인데. 이제 적기가 되고 말았지만. 그럼 우리도 어서 소행성 궤도로 들어가야겠지?"

구예민은 구석에 앉아 있는 한섬민을 돌아보았다. 궤도작전실장 심 중령이 별로 바뀌는 것도 없는 화면을 뚫어져라 바라보며 대답했다.

"준비하겠습니다."

엄종현 대위는 이종로 중장이 격리되어 있는 방으로 내려갔다. 헌병대나 감찰부서 시설이 아니라 우주군 본부 내의 박물관 건물 지하에 있는 회의실이었다. 창문이 없고 해가 직접 들지도 않았지만 반역을 시도하다 잡혀 온 사람을 구금하는 곳치고는 꽤나 넓고 쾌적한 공간이었다.

종현은 문을 지키고 서 있는 헌병대 간부에게 신분증과 참모총장의 특별명령서를 제시한 뒤 회의실 문을 열고 들어갔다. 이종로는 벽에 걸려 있는 달력을 바라보고 서 있다가 문이 열리는 소리가 들리자 그쪽으로 고개를 돌렸다.

"누군가 했더니 자네군. 오해하지 말게. 날짜를 세고 있는 건 아니야. 여기서 이게 제일 재미있는 읽을거리여서 말이야."

종현은 아무 대답도 하지 않고 회의실 테이블로 다가가 가방에 든 서류 몇 가지를 꺼내놓으며 대꾸했다.

"『월간 우주군』이 거기 어디 있을 텐데요. 거기 바닥에 떨어져 있네요."

"달력이 더 재밌다니까 그러네. 무슨 생각으로 그딴 잡지를 만들어가지고. 자네는 다행히 뭔가 읽을 걸 가져왔나 보군. 타이밍 좋네. 지금 같아서는 우주군 규정집도 재미있을 것 같으니까."

"사실 보여드릴 건 별로 없습니다."

"그래?"

"들었으면 하는 이야기는 좀 있지만요."

"재미없는 사람이었구만."

"일단 좀 앉으시겠습니까?"

"방금 일어나서 다시 앉을 마음은 별로 없는데. 그냥 진행하지."

"알겠습니다. 그럼 저만 앉아서 진행하겠습니다. 우선 몇 가지 소식이 있습니다. 연합우주군에서 이 사건을 조사하기 위한 조사단을 파견하기로 했는데 우리 참모총장님께서 일단 거절하셨다는 소식입니다."

"저런. 공정한 조사를 받을 기회가 날아가겠군. 그런 의미인가? 협박하려고?"

"좀 복잡합니다. 연합우주군에서 화가 많이 났거든요. 연합 쪽에서는 이종로 단장님을 한국우주군의 본체로 생각하고 있어서, 단장님께서 한국우주군의 지휘 통제 체제를 벗어났었다는 사실 자체를 이해하지 못하는 것 같습니다. 그쪽도 조사를 해보면 곧 상황 파악은 할 것으로 보입니다만 아직 어느 쪽의 조사를 받는 게 더 유리하다 불리하다 말할 단계는 아닌 것 같습니다."

"아무튼 진행을 안 시키고 있다는 소리군. 상황 봐서 나한테 제일 불리한 방식으로 풀겠다는 뜻이겠지? 뭐 이것도 재미있지는 않네."

"그러십니까? 그럼 다음은 화성에서 데려오신 클로이 워터스와 오렌 코스비에 관한 소식입니다. 짐작하시겠지만 한국에서 그 두 사람의 처지는 단장님과는 비할 바가 못 됩니다. 아무 연고도 없고, 그 자리에 있었다는 사실 자체가 문제여서요."

"그렇겠지."

"그래서 말씀인데요, 둘이 따로 격리 수용된 상태입니다만 오늘부터는 상당히 불편해하고 있다는 보고가 전해지고 있더군요. 둘 다 거의 비슷한 시간에요."

그러자 이종로가 종현에게 물었다. 흥미가 느껴지지 않는 말투였다.

"그래서 곧 불게 될 거라고? 설마."

"단장님께서 꽤 편안한 곳에서 지내신다는 소식을 듣고 특히 의아해하는 것 같습니다. 단장님을 이쪽으로 모신 건 사실 우리 계획이 아니었고 국방부에서 내려온 지시에 따른 것뿐이었습니다만, 일이 이상한 방향으로 전개가 되더군요."

"이상할 건 또 뭐야. 본론만 말하지."

이종로가 목소리를 한껏 낮췄다. 종현은 이종로의 눈을 흘끗 바라보고는 동요하지 않고 말을 이었다.

"그 두 사람은 애초에 끝까지 같이할 생각이 아니었겠죠? 어차피 용병이었을 테니. 조사 과정에서 재미있는 게 나왔습니다. 그 두 사람을 위한 도주 경로를 마련해뒀더군요."

종현이 테이블에 놓여 있던 자료 하나를 앞으로 슥 밀었다. 이종로가 그쪽을 흘끔 쳐다보다가 오래지 않아 시선을 거둬

들었다.

"나는 모르는 내용인데."

"이 계획을 알고 계셨는지가 중요한 건 아닙니다. 어쨌든 그 두 사람은 안전하게 빠져나갈 수 있는 것으로 알고 있었을 겁니다. 자기들 싸움이 아니었으니까요. 그런데 상황이 계획대로 풀려주지 않았고요. 제 이야기의 포인트는 바로 이 부분입니다. 그 두 사람, 일단은 침묵하겠지만 끝까지 충성하지는 않을 겁니다. 잡히는 건 계획 밖이라."

"그건 그럴듯하네. 그래서?"

"슬슬 말씀해주시면 어떨까 하고요."

"뭘?"

"일단 연합우주군이 소행성에 뭘 설치해놨는지부터. 아시는 대로요. 그래 봐야 남의 기밀이니까 마음의 부담도 적으실 거고."

"아. 좋은 질문인데, 내가 그런 걸 알 리가 없잖은가."

"아니요, 저희로서는 모르실 리가 없다고 생각합니다. 거기에 설치된 로켓 추진력만이라도 알려주시면 도움이 될 것 같습니다만."

"뭘 설치했는지는 모르지만 로켓이 있다는 건 확신하는군. 움직이고 있나 보지? 재미있네. 그런데 내가 뭔가 알고 있을 거라고 믿는 건 과대평가 같은데. 괜한 과대평가가 영웅을 만들어내는 거라네. 진짜로 한 일까지만 평가하는 게 아니라 아직 일어나지 않은 상황까지 저 사람이면 가능하지 않을까 추측해버리니까. 미루어 짐작하는 게 이상한 건 아니네만, 가능성의 개수가 문제야. 마음먹고 달려들면 몇 가지는 하겠지. 다만 그걸 동시에 다 이룰 수는 없어. 아무리 대단한 사람이라도 선택이라는 걸 할 수밖에 없으니까. 그걸 한 사람이 전부 해낼 거라고 믿는 순간, 있지도 않은 괴물이 만들어지는 거야. 자네 눈에는 내가 괴물로 보이나?"

종현은 대답을 해야 하나 망설이다가 최대한 사무적인 말투로 반문했다.

"그럼 뭘로 봐야 하죠?"

"글쎄."

"진심은 아닐 거다, 소행성 저거 저러다 말 거다, 설마 지구에 떨어뜨릴 마음까지야 먹었을까, 그렇게 믿고 기다려야 할까요?"

"늘 최악의 상황만 가정하나?"

"우주군이니까요. 주로 최악의 상황에만 대응하게 돼 있습니다."

"우주군? 최악의 상황? 한국우주군이? 게다가 네놈이? 뭘 봐서. 우주군 군복을 잠깐 빌려 입고 있다고?"

이종로가 갑자기 웃음을 터뜨렸다. 종현이 그 모습을 말없이 바라보았다. 정말로 우스워서 터져 나온 것이라고 하기에는 너무 길게 이어지는 웃음이었다.

종현이 갑자기 가방을 열어 짐을 도로 챙겨 넣기 시작했다. 짐 정리가 끝나자 종현은 미련 없이 자리에서 일어나버렸다.

"뭐 좋습니다. 하실 말씀이 없으시군요. 시간 낭비 할 필요는 없겠죠. 그럼 질문은 다른 사람들한테 하는 걸로 하겠습니다. 그 두 사람도 있고 다른 사람들도. 사실 그쪽을 조사하는 게 저희로서는 부담 없고 마음 편하기는 합니다. 단장님께 질문을 드리는 건 상당히 부담스러운 일이니까요. 지금처럼요. 그래도 몇 가지만 간단하게 대답해주시면 일이 간단해지는 거라 큰 기대는 안 하고 말씀드려봤습니다. 그럼 편히 쉬십시오."

종현이 문을 열고 나가려는데 이종로가 그를 불러 세웠다.

"자네, 이름이 엄종현이라고 했지?"

종현이 발걸음을 멈췄다. 일단 그를 붙들어두는 게 목적이었던지 이종로가 다시 말을 이었다.

"화성 쪽 도시동맹에서 영입을 시도했던 걸로 아는데 어쩌다 한국우주군 같은 구멍가게로 오게 된 거지? 거기로 갔으면 화성정무관보다 훨씬 전망이 좋았을 텐데. 중대형 도시 14개짜리 동맹에서 전략분석관 자리를 제안한 거였잖아. 재미있는 일을 많이 할 수 있었을 거라고."

"가기 싫어서요. 그런 동네는 딱히."

"가기 싫었다? 그랬겠지. 멀고, 위험하고, 돌아오고 싶다고 아무 때나 돌아올 수도 없고. 적응 못 해서 잠깐 어영부영하면 지구로 돌아오기까지 2년이야. 아까운 청춘 다 날리고 평범해진 인간들 이야기도 수없이 들었겠지. 그래서 그게 뭐. 그게 무서워?"

"글쎄요. 딱히 무섭다는 생각까지는 안 해봤는데. 듣고 보니 그랬겠네요."

"이런 썩어빠진. 엄종현 대위, 우리가 누군지 알아? 우주를 떠돌다 온 사람들이야. 이름만 우주군이지 지구 밖으로는 한 발짝도 안 나가본 먹물들을 대신해서 진짜로 우주를 지키던 사람들이라고. 이렇게 하면 경력이 잘 풀릴까 저렇게 하면 인생이 꼬일까, 눈치나 보면서 지나온 세월이 아니야. 자네 같은 먹물이 곱상한 말로 협박인지 비아냥인지 기분 나쁜 말 몇 마디 지껄여댄다고 덜컥 겁을 먹어줄 것 같은가?"

그 말에 종현이 결국 열었던 문을 도로 닫고 말았다. 그는 이종로를 향해 돌아서며 참았던 말을 꺼내놓았다.

"이종로 중장님, 단장님은 뭘 지키다 오신 게 아니라 손에 쥔 한 줌의 무언가를 빼앗기지 않기 위해 애쓰다 오신 것뿐입니다. 다른 사람한테 빼앗길까 봐 스스로를 망가뜨리는 일도 마다하지 않으시면서요. 그래서 화성에는 안 갔습니다. 그런 데는 가봐야 별로 얻을 게 없거든요. 손을 한번 펴보세요. 지금 뭘 쥐고 계시죠? 공수래공수거 하셨으니 손금밖에 없으실 겁니다. 분명 영웅이 될 손금이 그려져 있겠죠. 솔직히 대단하다고 생각했습니다. 그런데 지구에 돌아오신 다음 그 손으로 뭘 쥐셨습니까? 지구의 먹살을 쥐셨습니다."

설복당할 말이나 상황은 아니었지만 이종로는 아무 대답도 하지 않았다. 욱하는 마음에 괜히 붙들기는 했지만, 참모총장이 직접 온 것도 아니고, 낙하산으로 발탁돼서 군 경력이라고는 얼마 되지도 않는 젊은 장교에게 열을 올리며 말할 상황도 아니었다.

종현 역시 그것으로 충분했다. 더 붙들리지 않고 그 방을 가만히 빠져나갈 수 있다면.

종현이 가볍게 미소를 지으며 문을 빠져나왔다. 이종로는 다시 달력이 걸려 있는 벽을 바라보고 섰다. 문이 닫혔다.

한참이나 복도를 걸어 나온 다음 종현은 참모총장에게 전화를 걸어 방금 일을 보고했다.

"말할 생각이 없는 것 같습니다. 데리고 온 부하들이 고초를 겪을 거라는 말에도 별 반응이 없고요. 적어도 며칠 안에는 입을 열 생각이 없는 것 같습니다."

목소리에 흥분이 남아 있었다.

전화기 너머, 보고를 듣는 구예민의 눈에 왠지 모를 연민의 빛이 떠올랐다. 그 빛은 한참 동안이나 그의 눈가에 머물다가, 입을 떼는 순간 깨끗이 사라지고 말았다.

"저런, 이제 우주군이 아니군."

"우주군이 아니죠."

"무슨 메시지를 주장하려고 일을 벌인 게 아니라 순전히 복수를 하려는 거군. 할 말이 있어서 돌아온 화성정무관이 아니라 그냥 존재감을 과시하러 온 화성총독이었어. 아쉽네. 강인한 사람이었는데."

"그런데 무엇에 대한 복수를 하러 온 걸까요? 피해자였던 적이 없는 사람인데."

"진짜 영웅으로 대해주지 않는 것에 대해서겠지. 화성에 걸었던 반생을 지구가 진심으로 존경해주지 않는 게 억울해서. 처음 화성으로 갔을 때는 존경 따위 바라고 간 게 아니었을 텐데. 누구보다 호기심 많은 모험가였으니까. 그러다 어느 날 스스로도 오답인 걸 알았을 거야. 누군가가 오답이 아니라고 자기를 설득해주기를 바랐겠지."

"그만 잊으시죠."

"그래. 엄 대위도 철수해. 그런 사람 바라보고 있을 시간이 없으니까. 소행성에 뭐가 달렸든 없애러 가야겠어."

밤이 되자 우주군 발사기지에 폭설이 내렸다. 기상대가 정확하게 폭설을 예보했지만 칭찬하는 사람은 아무도 없었다. 그 시각 우주군의 관심은 온통 우주 공간 어딘가로 향해 있었다.

구예민은 눈을 쓸고 지나가는 제설차량을 바라보며 근심 어린 표정을 지었다. 기지 사령관이 옆에 서서 근심을 보탰다. 날숨이 조금씩 유리창에 쌓여갔다. 제설차가 쓸고 간 경계선이 또렷이 보이지 않을 만큼 입김이 짙어지자 구예민은 안쪽을 향해 돌아섰다.

"우리 공격위성 말이야, 제대로 작동은 하겠지? 시뮬레이션만 해봐서 제대로 전개가 될지 모르겠네."

송근기 중장이 고개를 한쪽으로 기울이며 대답했다.

"아무리 그래도 그걸 걱정할 정도는 아닐 겁니다. 일단 전개는 무조건 된다고 봐야죠."

"그렇겠지? 발사한 뒤에 외관 검사는 마쳤지?"

"연합우주군 위성으로 확인했습니다. 일부러 가까이에서 못 찍게 해서 해상도가 아주 높은 사진은 없는데, 그래도 파손되거나 찌그러진 데는 없을 겁니다. 그런데 사실 그게 문제는 아니죠. 전투 형태로 전개한 이후에 시뮬레이터처럼 잘 작동해주느냐가 문젠데……."

"조종 반응 시차도 훨씬 길어지고. 그렇지?"

"그렇죠. 보통 인공위성 궤도보다 훨씬 머니까. 못해도 2초 이상은 더해진다고 봐야죠."

"그런 조건에 대해서도 대비가 돼 있나?"

"지금도 시뮬레이션 훈련은 하고 있습니다. 그런데 사실상 하나 마나라고 봐야겠죠. 실제로 인공지능이 장착된 상대와 교전하는 상황이라면."

"그렇겠지. 반응 속도가 2초 이상이나 늦으면 내가 한섬민 이랑 붙어도 이길 거야, 잘하면."

"아니요, 확실히 이기실 겁니다."

두 사람이 말없이 생각에 잠겨 있는 사이 갑자기 방문이 덜 컥 열렸다. 궤도작전실장이 방으로 들어서며 다급한 목소리 로 참모총장에게 보고했다.

"연합우주군에서 연락이 왔습니다."

"무슨 연락?"

"교전 준비를 해달랍니다."

"교전 준비를? 먼저 간 연합 쪽 위성은?"

"그게, 전투 불능 상태로 전장을 이탈했답니다."

구예민의 표정이 딱딱하게 굳어졌다.

"그 말은 결국 소행성에 교전 가능한 공격위성이 있었다는 거야? 확실히 그렇게 말했어?"

심 중령이 대답했다.

"있었답니다. 그리고 데이터를 전부 공유하겠답니다. 이제 곧 여기 작전실로 넘어올 것 같습니다."

구예민이 문으로 발걸음을 옮기며 물었다.

"다 넘겨주겠다고? 그 연합우주군이 우리한테? 그럼 진짜로 큰일이 났다는 거잖아."

"현재로서는, 그래 보입니다."

"연합 누구하고 이야기하면 되지? 내가 직접 통화해봐야겠어."

몇 분 뒤 구예민이 비장한 표정으로 조종실에 들어섰다. 궤도작전실장이 자리에서 벌떡 일어나 표정을 살피자 주위에 있던 사람들이 물끄러미 고개를 돌려 두 사람을 바라보았다.

심재선 중령이 물었다.

"어떻게 됐습니까?"

"한 중사는?"

참모총장이 되묻자 궤도작전실 신민형 상사가 대답했다.

"옆방 모의 훈련실에서 시뮬레이션 훈련 중입니다."

참모총장이 고개를 끄덕이며 직접 지시를 내렸다.

"실전 대기 들어갑시다. 주조종실 세팅하고 조종사 불러오세요. 시뮬레이션은 여기서 계속할 수 있도록. 기지 사령관은 발사통제실에서 VIP 상대하는 일에 전념하고. 기지 주임 원사한테 연락해서 전투 대비 태세 점검하세요. 우주군은 전군 비상 대비 태세로 들어갑니다."

송근기 중장이 참모총장에게 물었다.

"연합 쪽에서 뭐라고 하던가요?"

구예민은 기지 사령관 한 사람에게 대답하는 것이 아니라 방에 있는 사람 전부, 혹은 우주군 전체에 대답하듯 말했다.

"연합우주군에서 필요한 자료를 전부 이관하고 있어요. 곧 들어올 겁니다. 명심할 내용은 두 가지. 연합이 소행성에 설치해둔 추진 장치는 지구에 위협이 될 만큼 충분히 강력합니다. 그다음, 연합우주군은 소행성에 설치한 시설을 방어하기 위해 인공지능이 탑재된 전투 장비를 배치했습니다. 공격용 위성의 일종이겠죠. 연합 측에서는 추진 장치와는 완전히 분리된 시스템이라 절대 해킹당했을 리가 없다고 굳게 믿고 있었는데, 조금 전 이 장비가 스스로 가동돼서 연합 측 공격위성을 무력화했답니다. 오래전에 심어둔 장비여서 고성능은 아닌데, 문제는 조종 반응 시차입니다. 시차가 너무 길어서 거의 상대도 못 해보고 졌답니다."

"그 장비 데이터도 넘어옵니까?"

신 상사가 물었다.

"넘어옵니다. 연합 측 전술 분석 팀이 교전 자료를 분석해서 공유할 거예요."

추가로 질문하는 사람은 아무도 없었다. 조종실 공기가 한결 탁해졌다. 잠시 후 한섬민이 조종실 문을 열고 들어오다가 낯선 공기를 감지하고 제자리에 우뚝 멈춰 설 정도였다.

우주군 참모총장 구예민은 에이스 조종사가 방으로 들어오는 것을 보고 나서야 연설의 마지막 부분을 꺼내놓았다.

"여러분, 정신 바짝 차리고 최선을 다합시다. 이제 우리가 인류의 최전선입니다."

비상대기 명령이 떨어지기는 했지만 우주군에 종사하는 사람들 중에서도 다가오는 위협을 막아내는 데 실질적인 도움이 되는 사람은 얼마 되지 않았다. 박수진은 기지 정문을 통과하자마자 기상대 쪽으로 차를 몰았다. 제설 차량이 지나간 흔적이 뚜렷했지만 기상대 앞 도로에는 그새 벌써 눈이 얇게 쌓여 있었다. 주차장에 들어서자 낯익은 차가 여럿 눈에 띄었다.

기상대 사무실에는 판소리가 배경음악으로 흘러나오고 있었다.

"바람은 천지의 조화이거늘 어찌 인력으로 하오리까." 공명이 여쭈오되 "모사는 재인이고 성사는 재천이라. 나 할 일 다 하오면 천의야 어찌 하오리오. 남병산 올라가 바람을 비오리다." 주유와 약속하고 동남풍을 빌려 할 적.

오백군졸 영솔하야. 오백군졸 영솔하고 일백이십 정군이는 기를 잡혀 단 지켜 청령사후하라. 노숙과 병마하여 동남

방 붉은 흙은 군사를 취용하고 삼층단을 높이 쌓고 방원은
이십사장이요. 매일층고 삼척기는 합은 구척이로다. 하일
층 이십팔수 각색기를 꽂았다. 동방칠면 청기에는 각향제
방 심미기를 앙금하야 동방에 꽂고, 북방칠면 흑기에는 두
우허허 위실벽을 앙금하야 작현무 지세하여 북방에 세워
두고 서방칠면 백기에는 거백호지위하고, 남방칠면 홍기
에는 황기를 세웠으되 육십사면의 육십사괘를 풀어 팔위
를 비립하고 후좌에 입일인은 봉보검하고, 전좌 일인은 봉
향로하야 단하의 이십팔수를 각각 정기를 보게 하라.

"이게 다야?"

수진이 안으로 들어서면서 물었다. 김은경이 박국영과 이
야기를 나누고 있다가 수진의 목소리를 듣고 고개를 돌렸다.

"어서 와."

은경이 환영 인사를 건네자 수진이 말을 이었다.

"고사라도 지내고 있을 줄 알았는데 아무것도 없네요."

"그러게. 나도 기상대라면 뭐라도 하고 있을 줄 알고 왔더
니 별거 없네."

그러자 다른 방에 있던 서가을이 사무실로 들어오더니 수
진을 보자마자 큰 소리로 외쳤다.

"어, 저 언니 오면 안 되는데!"

너무 큰 목소리여서 지켜보던 은경이 더 당황했지만 정작 소리친 본인은 그 사실을 전혀 모르는 것 같았다.

수진이 물었다.

"왜 안 돼? 단속하러 온 거 아닌데."

"부정 타서요. 실장님 이거 안 믿잖아요."

"누구는 믿나?"

수진은 앉아 있는 은경과 국영의 얼굴을 번갈아 바라보았다. 은경이 어깨를 으쓱하며 말했다.

"글쎄, 오늘은 좀 믿고 싶네. 서갈, 뭐라도 좀 하지!"

"저기, 기상대도 지금 일하는 중이거든요. 바쁜 거 안 보여요? 비상대기 명령 받고 나온 거 아닌데."

"뭐 하느라 바쁜데?"

수진의 질문에 가을이 어이없다는 표정으로 대답했다.

"폭설 맞혔잖아요. 시간까지 딱 맞혔는데 아무도 관심도 없고. 참모총장님 명령 떨어지기 전부터 기상대는 원래 비상근무였다고요."

"틀려야 관심받지, 맞힌다고 누가 신경이나 쓰나."

"아니, 그래놓고 징크스 같은 거 믿지 말라 그러고. 기상대 놀리는 게 취미면서. 실장님도 막상 손 쓸 방법 없는 상황이 되니까 결국 여기로 오게 되잖아요. 사람이 주술도 좀 믿어가면서 합리적이고 그래야지, 예? 모사는 재인이고 성사는 재천이라. 예? 공명 선생님도 그러시잖아요."

"아, 이거 〈적벽가〉였어? 그래서 틀어놨구나. 방금 동남풍 불었네."

수진은 비어 있는 의자에 가서 앉았다. 그리고 가만히 배경 음악에 귀를 기울였다.

"기상대는 의외로 현재에 충실하구나. 소행성이 유도미사 일이 된 마당에."

"멸망하기야 하겠어요? 유도미사일까지는 아닐 거예요, 아무리 그래도."

"한가하다?"

"한가한 건 아니고, 다 같이 멸망하면 뭐 크게 상관은 없는 거 아닐까요. 그래도 눈 그치고 나면 할 일은 생각해뒀어요. 멸망에 대비해서."

수진이 가을을 올려다보았다.

"뭐?"

"지구 기상 자료들 좀 정리해두려고요. 어떻게 하면 지구 기상학자가 아닌 존재들도 잘 알아볼 수 있을까 이것저것 고민 중이기는 해요. 정리할 시간이 있으려나."

"응? 그건 뭐에 쓰게?"

"몰라요. 어느 날 외계의 외계 기상학자가 운 좋게 발견하면 멸망 이전의 지구 기상이 어땠는지 알 수 있지 않을까요?"

"물리학자가 생각하는 외계 지적 생명체는 결국 우주 건너에 사는 물리학자라더니. 기상대 버전 외계인은 외계인 예보관이구나."

"실장님이 생각하는 외계인은 외계 감찰실장 직무 대행 아닌가요?"

"설마. 들어본 중에 제일 웃기는 외계인이다."

은경이 끼어들었다.

"그러고 보니 내가 생각하는 외계인은 외계 행성직 공무원 같기도 해. 바깥구경은 외계 홍보 담당자 같은 거 상상해본 적 없어?"

"저는 별로."

가을이 다시 목소리를 높였다. 딱히 주도권을 차지할 생각으로 한 일은 아닌 것 같았지만 시선이 그쪽으로 쏠리는 것은 어쩔 수가 없었다.

"그런데 그런 거 필요 없을 거예요. 외계의 외계 기상학자한테 주는 힌트 따위."

은경이 물었다.

"왜?"

"핸섬맨이 알아서 잘 처리하겠죠."

"그래도. 대비된 상황이 아니잖아. 전례도 없고, 익숙한 환경도 아니고. 아무리 한섬민이라도."

"아무리는 무슨. 핸섬맨은 긴장 안 해요."

"그렇게 확신해?"

"그럼요. 에이스잖아요. 에이스가 어떤 사람인지 아세요? 평소 실적이 제일 좋은 사람이나 시즌 통틀어 골을 제일 많이 넣은 사람? 핸섬맨 보면서 알게 됐는데 에이스는 그런 게 아닌 것 같아요. 뭐랄까요, 누군가가 반드시 득점을 해야 하는 상황이 되면, 가서 그냥 아무렇지도 않게 골을 넣어버리는 사람 정도? 보는 사람들은 긴장도 하고 막상 일이 일어나고 나면 환호도 하지만 본인은 그냥 공을 골대로 집어넣은 것뿐이라고 생각하는 사람 있잖아요. 그 사람들한테 실력은 재료일 뿐이고 연습도 그냥 사전 단계일 뿐인 것 같아요. 누군가가 어떤 일을 반드시 해내야 하는 순간에 딱 그 일을 해버리는 건 재능이나 훈련으로는 설명이 안 되는 특별한 무언가잖아요. 상황을 부담스러워하는 게 아니라 마치 원래부터 그 상황에 놓이도록 설계된 사람처럼 자연스럽게 슥 해치워버리는. 아, 나 미쳤나 봐. 핸섬맨 사랑하나. 그 정도는 아닌데."

수진은 가을의 얼굴을 멍하게 바라보면서 생각에 잠겼다. 그러다 잠시 후 혼잣말처럼 중얼거렸다.

"다들 사랑하지 않나?"

"아니거든요."

가을이 단호하게 대답하고는 다시 옆방으로 사라져버렸다.

"저렇게 했는데 왜 졌을까요? 연합 위성 성능이 떨어지는 것도 아닌데."

섬민은 세팅이 다 된 조종석에 앉아, 자기 눈앞으로 돌출되어 나와 있는 작은 화면을 들여다보며 물었다. 심재선 중령이 어디선가 같은 내용의 화면을 들여다보며 헤드셋 너머에서 대답했다.

"머리가 달려서 아닐까?"

"음, 결국 머리를 얻어맞아서 전투 불능이 되기는 했는데, 머리가 없었으면 다른 데를 박살 냈을 것 같지 않아요?"

심 중령이 잠시 생각을 정리한 후 꽤나 사무적인 목소리로 의견을 제시했다.

"결국 반응 속도 문제겠지. 그거 말고는. 저 소행성 호위기 도대체 언제 심어놓은 기계인지 모르겠지만 좀 심하게 구닥다리 아니야? 때릴 수만 있으면 금방 제압하겠는데?"

"구닥다리이거나 말거나 조종 반응 시차가 저 정도면 이쪽에서도 인공지능을 탑재해서 보내는 게 아닌 이상 한 대 때리는 것도 힘들겠죠?"

"어쩌지?"

"선제공격해야죠."

"막으면?"

"연속 공격 패턴을 잘 짜보면 어떨까요? 어쨌거나 이쪽은 팔이 세 개니까. 지난번에 봤던 것처럼, 팔이 두 개인 로봇으로는 붙들어서 움직임을 제약하는 방식으로 대처가 안 되잖아요. 이종로 단장도 그걸 봤으니까, 연합이 의심하는 것처럼 만약 호위 로봇 깨울 때 새 패턴 같은 걸 입력한 거면, 붙들어서 못 움직이게 하는 식으로는 대처 안 할 거예요. 무조건 튕겨내지."

"일종의 초식을 짜야 되는 건가? 무조건 그렇게 대처할 수밖에 없는 방식으로?"

"연속 동작으로 공격하면 팔 두 개로 세 개를 막는 게 버겁기는 할 거예요. 아주 최신 인공지능도 아니고. 주도권을 한 번도 안 넘겨주고 계속 공격할 수만 있으면……."

"어쩔 수 없는 틈이 생기겠군."

새벽에 폭설이 멎었다. 그 무렵 한국우주군 공격위성이 소행성 궤도에 근접하는 데 성공했다. 섬민이 그 소식을 듣고 잠에서 깨자마자 연습해두었던 공격 패턴을 시뮬레이터로 복습했다.

이제 원래 궤도로 돌아갈 연료는 없었다. 교전에 사용할 연료 정도뿐이었다. 물론 그조차도 풍족하지는 않았다.

"적기는 두 번째 교전이잖아. 연합에서는 뭐래? 연료 잔량 분석해봤대?"

구예민이 물었다. 그러자 궤도작전실장이 대답했다.

"우리보다는 많은 것 같습니다."

"이런. 장기전으로 간다고 승산이 있는 것도 아니겠네."

"교전 시간이 길어질수록 불리해지겠죠."

"속전속결이군."

구석에 놓인 모니터 하나에 섬민의 얼굴이 표시되고 있었다. 늘 보던 것처럼 편안해 보이는 얼굴이었다.

구예민은 혹시나 다른 사람들이 긴장한 몸짓으로 받아들이지는 않을까, 작은 움직임에도 주의했다. 편안하게 앉은 자세로 움직임 자체를 자제한 채, 혹시 움직여야 할 경우에는 되도록 느릿느릿 여유 있게 움직였다. 호흡도 마찬가지였다. 큰 숨은 절대 내쉴 수가 없었다.

엄종현이 타이밍 좋게 조종실 문을 열고 들어와 구석 자리에 조용히 자리를 잡고 앉았다. 얼마 지나지 않아 베일에 싸였던 한국우주군 공격위성이 외벽으로 가려져 있던 방패와 팔을 공격 태세로 전개했다. 우주로 나간 지 몇 달 만에 처음 있는 일이었다. 그리고 이제는 마지막이 될 일이기도 했다.

모든 일이 끝난 뒤에도 공격위성은 우주 공간 어딘가로 정처 없이 떠가는 신세가 되지는 않을 것이다. 다만 멀리서 지구 주위를 빙글빙글 도는 운명은 면하기 어려울 게 분명했다. 우주에 나가 있는 모든 것들의 세 가지 운명 중 하나일 테니까. 가만히 있거나, 직선으로 계속 나아가거나, 무언가의 주위를 빙글빙글 돌거나.

"이상 없이 전개됐습니다. 조종사, 동작 테스트."

신민형 상사의 목소리였다. 섬민이 조종 장치에 연결된 팔다리를 하나씩 움직여보더니 마이크에 대고 간략하게 보고했다.

"정상 작동합니다."

그러자 궤도작전실장이 다음 지시를 내렸다.

"자세 제어 부스터 테스트 생략."

이번에도 섬민이 지시를 복창했다.

"자세 제어 부스터 테스트 생략합니다."

"방패 전부 폐기. 근접전용 공격 무기 3개 장착."

"팔마다 하나씩 창 세 개를 장착합니다. 나머지는 버립니다. 셋, 둘, 하나. 버렸습니다."

"그대로 대기."

"이대로 대기합니다."

조종사 화면에 소행성의 모습이 들어왔다. 형태를 알아보기에는 아직 작았지만, 화면 한가운데에 표시된 가상선 아래에 달린 정보를 통해 소행성의 움직임과 상대적인 거리 등을 확인할 수 있었다.

그 화면은 조종실뿐 아니라 VIP들이 모여 있는 발사통제실 메인 화면에도 똑같이 전송되었다. 화면에 시선이 닿은 모두가 숨소리를 죽이던 순간.

소행성 표시선 바로 아래에 새로운 표시선이 생겨났다. 소행성보다 훨씬 작고 온도가 높은 인공 구조물이었다.

"적기가 시야에 들어왔습니다. 지난 교전 때 전개한 팔을 그대로 밖으로 노출한 상태입니다."

궤도작전실장이 상황을 요약했다. 새로 생긴 표시선 아래에 달려 있던 숫자들이 갑자기 흰색에서 노란색으로 변했다.

"아군기를 봤습니다. 적기 자세 변경. 부스터 작동 감지."

다시 궤도작전실장의 목소리가 조종실에 울려 퍼졌다. 참모총장은 검지를 들어 위쪽을 가리켰다가 마치 허공에 붙어 있는 버튼을 누르듯 한섬민이 있는 쪽을 가리키는 것으로 작전 개시 명령을 대신했다. 느릿느릿하고 절도 있는 손동작에 궤도작전실장이 지체 없이 반응했다.

"부스터 가동. 목표, 소행성 호위기. 선제공격 자세로 돌격 개시."

"부스터 점화. 공격 개시."

화면이 가볍게 떨렸다. 공격위성의 속도가 갑자기 빨라졌지만 화면 가득 펼쳐진 우주의 풍경에서는 조금의 변화도 찾아볼 수 없었다.

"반응 시차 2.217. 연료 분사 중지."

"연료 분사 중지. 반응 시간 생각보다 짧네요."

섬민의 목소리가 들렸다. 웃음소리가 들린 것도 같았다. 착각일 가능성이 높았지만 긴장하지 않은 목소리인 것은 분명했다.

잠시 후 적기의 모습이 형태를 알아볼 수 있을 만큼 커졌다. 가까이에 왔다는 의미였다. 훌쩍 커진 적기가 이쪽을 바라보며 무기를 꺼내 드는 모습이 보였다.

궤도작전실장이 다음 명령을 내렸다.

"근접전 무기 저속으로 투척. 투척 간격 0.3초."

"근접전 무기 투척. 하나, 둘, 셋."

"좋아. 회전 시작. 시계 방향으로."

"기습 돌격 모드로 회전 시작."

화면이 시계 반대 방향으로 서서히 움직였다. 아군기 바로 앞에서 날아가는 세 개의 창이 반시계 방향으로 서서히 회전하는 것처럼 보였다. 그리고 마침내 교전이 시작됐다.

섬민은 적기의 팔 모양을 유심히 바라보았다. 아군 공격위성 조금 앞에서 날아가던 세 개의 창을 두 팔 달린 적 로봇이 막아내는 모습을. 하나, 둘, 셋. 적기가 창 세 개를 차례차례 도끼로 튕겨냈다. 예상했던 것과 똑같은 팔 모양이 되었다. 머리 쪽을 무방비로 노출한 팔 모양.

그러자 아군 공격위성에 달린 세 개의 팔이 동시에 상대의 몸통을 가격했다. 정확히 120도 간격은 아니었다. 하나하나 한섬민이 조종해서 만든 각도였다. 회전하는 몸통에 달린 세 개의 팔이 적기의 몸체를 정신없이 타격했다. 마구잡이로 휘 두르는 것처럼 보였지만 사실은 하나하나가 계산된 동작이 었다. 미세한 조정 과정이 계속해서 필요했으므로 보지 않고 휘둘러서 되는 공격은 아니었다.

그래서 애초에 불리한 싸움이 틀림없었다. 보고 반응하기 로 마음먹으면 상대는 마치 2초 뒤를 예언한 듯 움직일 게 분 명했다. 현장에 나가 있는 인공지능과 동일한 시간에 공방을 주고받으려면 계속해서 2초 뒤에 일어날 일을 상상하며 움직 여야 했다. 무려 2초 뒤였다. 그래야 본전이었다. 겨우 뒤처지 지 않을 만큼의 반응 속도를 만들어내는 요령이었다.

동시에, 혹은 시차를 두고 따로따로, 패턴에 따라 움직이는 아군 공격위성의 팔이 어느덧 적기의 손에 들려 있던 근접전 용 무기를 튕겨냈다. 전투가 시작되자마자 들고 있던 창을 전 부 던져버리기는 했지만 공격위성의 손은 맨손이어도 여전 히 위력적인 무기였다. 일회용 소모품이 될 생각으로 온몸을 아끼지 않는다면 더 말할 것도 없었다.

교전이 시작된 지 2분 만에 적기는 기세가 꺾여버렸다. 3인 칭으로 비추는 화면이 없어서 잘 모르는 사람은 무슨 일이 일어나는지 알아보기 어려웠지만, 한국우주군 공격위성은 세 개의 팔을 거대한 이빨처럼 사용해서 적기를 세 방향에서 물어뜯었다. 마치 원래부터 팔이 아니었던 것만 같았다.

"승기를 잡았군요."

조종실 구석에 앉아 있던 엄종현이 속삭였다. 옆자리에 앉아 있던 주임 원사가 낮은 목소리로 답했다.

"아직 아니죠. 저대로 실수 없이 끝까지 가야 이기는 거예요. 그냥 하는 말이 아니라 진짜로."

"왜죠?"

지연 중계 되는 화면이었다. 저 어딘가에서는 이미 일어나고 만 일이었다. 지구에서는 그저 결과만 확인할 수 있을 따름이었다. 발사통제실 화면이나 조종실 메인 화면, 연합우주군에 전송되는 화면도 마찬가지였다. 심지어 조종사 본인이 보고 있는 화면도, 다른 데보다 약간은 빠를지언정 본질적으로는 똑같은 그림이었다.

맹렬한 기세로 공격을 퍼붓고 있지만 여유 있는 순간은 단한 순간도 없었다. 섬민은 매 순간 확인하고 있을 뿐이었다.

'지금까지는 잘되고 있구나. 다음 순간도 그다음 순간도. 아직은 별 탈 없이 진행되고 있구나. 단지 아직까지는.'

분명 상상할 수 있는 최선의 흐름인 건 맞지만 한번 흐름이 틀어지면 수습하기가 어려운 것도 사실이었다.

그때였다.

"어!"

섬민의 목소리가 헤드셋에 흘러들어 왔다. 구예민은 자기도 모르게 몸이 살짝 앞으로 쏠렸다. 다른 사람들도 마찬가지였다.

"놓쳤어요. 인공지능이 패턴 변경!"

섬민이 말했다. 끝을 맺지 못할 만큼 다급한 말이었다. 인공지능이 기존 패턴으로는 이길 수 없다는 것을 깨닫고 다른 패턴으로 전술을 변경했다는 뜻이었다. 흐름이 깨졌다는 의미고 그때 생겨난 2초의 조종 공백 때문에 상황이 뒤집힐 수도 있다는 말이었다. 조종실에 앉아 있던 모두가 우려하던 바로 그 일.

하지만 곧바로 섬민의 다음 말이 이어졌다. 건조하고 담담한 목소리였다.

"임의로 대응합니다."

이제부터 진짜 백병전이었다. 초식에서 벗어난 싸움이었다. 계획에 없고 아무도 대비한 적 없는 미지의 싸움. 상대의 움직임에 바로바로 대응해야 하는 상황. 그런데 상대의 움직임을 실시간으로 볼 방법이 없었다. 지금 유용한 것은 오로지 직감뿐이었다. 지난 3분간의 데이터를 가지고 딱 2초 뒤의 움직임을 미리 읽어내는 일.

기체 자체 점검 화면에 손상 정도가 표시됐다. 경고 표시가 떴지만 섬민의 눈에는 들어오지 않았다.

연료 잔량을 확인한 후 부스터를 가동했다. 화면이 어지럽게 움직였다. 적기가 눈앞에서 사라지고 우주가 보였다. 그러다 섬민이 조종 장치를 민첩하게 움직이자 다시 화면에 적기가 나타났다. 거리가 멀어진 듯 조금 작아진 모습이었다.

"전투 상황 리셋. 아군 패턴 바꿉니다. 적기도 지금부터는 붙들기를 시도할 거예요. 일단 선제공격으로 시작합니다."

섬민이 그렇게 말하며 곧바로 적기를 향해 빠른 속도로 날아갔다. 그리고 셋 중 두 개의 팔을 뻗어 동시에 몸통을 공격했다. 결과를 알기 위해서는 시간이 필요했다. 물론 섬민은 결과 화면이 지구로 날아오기 전에 계속해서 다음 동작을 입력했다.

인공지능은 분명 조금 전과는 다른 패턴으로 대응하고 있었다. 그리고 섬민이 예상한 것과 달리 공격해오는 두 팔을 다 붙들지는 않았다. 대신 한 팔은 붙들고 한 팔은 튕겨내는 절충안을 선택했다. 덕분에 자유로워진 적기의 팔 하나가 섬민의 세 번째 팔, 결정타를 날리기 위해 남겨둔 팔을 막아내기 위해 스르르 위치를 옮기고 있었다.

"아."

누군가의 목소리가 헤드셋을 통해 들려왔다. 섬민의 계획이 어그러진 순간이었다. 화면 속 섬민의 표정이 굳어졌다. 적기의 인공지능이 남은 한 팔로 섬민의 일격을 정확하게 막아내는 순간이었다. 그러자 또 누군가가 참지 못하고 이상한 소리를 내고 말았다.

"안 돼."

모두가 질러버리고 싶었지만 끝끝내 참고 있던 한마디 말. 크지 않은 소리였지만 비명 소리만큼이나 날카롭게 들렸다.

곧이어 결과 화면이 보였다. 아군 공격위성은 두 팔을 모두 제압당한 상태였다. 적기가 팔에 힘을 주자 붙들린 두 팔이 부서져버렸다. 화면에 그 모습이 중계되었다. 조종실 메인 화면에도, 발사통제실 스크린에도, 그리고 연합우주군에 전송된 화면에도.

모두가 침묵했다. 들썩이던 사람들도 움직임을 멈췄다. 음성언어도 보디랭귀지도 끙 하는 소리도 전부 사라지고 말았다. 방송국이었다면 광고를 내보내고 싶었을지도 모른다.

구석에 앉아 있던 종현은 눈을 감아버렸다. 구예민은 눈조차 깜빡일 수 없었다. 공기가 무거워 감히 숨을 들이쉴 수도 없었다.

그런데 그때였다. 헤드셋으로 숨소리가 흘러나왔다.

"됐다."

한섬민이었다. 구예민은 섬민의 얼굴을 비추는 모니터로 시선을 옮겼다. 편안한 표정이었다.

"뭐? 어떻게 된 거지?"

구예민이 물었다. 섬민이 소리 나는 쪽으로 고개를 돌리더니 발을 움직여 공격위성의 자세를 살짝 바꿨다. 메인 화면이 조금씩 위쪽으로 옮겨갔다. 그러자 지금까지는 보이지 않던 장면이 화면 안에 담겼다.

구예민은 숨을 멈추고 그 광경을 지켜보았다. 화면을 보고 있던 모두가 마찬가지였다.

맨 처음 공격했던 두 팔 중 하나, 붙들리지 않고 튕겨 나갔던 나머지 한 팔이 적기의 머리가 있던 자리에 깊숙이 박혀 있었다.

그러고 보니 적기는 이제 전혀 움직임이 없었다. 그게 섬민의 대답이었다. 섬민은 적기의 움직임이 완전히 멎은 순간을 혼자서만 똑똑히 지켜본 셈이었다.

섬민이 남아 있는 한쪽 팔을 한때 우방이었던 적기의 몸통에서 빼내며 말했다.

"인류의 최전선 아직 안 무너졌습니다."

한섬민과 다른 보통의 인류는 얼마나 멀리 떨어져 있었을까. 7초 정도 뒤에 환호 소리가 터져 나왔다. 우주군 낙하산 엄종현은 그 소리로부터 유추해낼 수 있었다. 한섬민이 무려 3.5광

초 거리만큼이나 다른 인간들을 앞서가고 있다는 사실을.

종현이 비명에 가까운 소리로 환호의 대열에 합류했다. 우주군 참모총장이 괴성을 지르는 것을 본 것은 그곳에 있던 거의 모든 사람들에게 그날이 처음이자 마지막이었다.

"저기, 아직 안 끝났거든요."

섬민의 목소리가 들려오자 방방 뛰던 사람 모두가 제자리에 앉았다. 갑자기 함성이 싹 사라지는 바람에 서로가 서로에게 무안해져버린 공간에 웃음소리가 한가득 터져 나왔다.

섬민이 혼자 진지한 목소리로 말했다.

"누가 연합우주군에 연락해서 소행성 시스템에 직접 접속하는 방법 좀 알아내주세요. 이제 어디로 가면 되는지."

구예민은 초췌한 얼굴로 박물관 지하 회의실 문을 열었다. 이종로가 회의실 제일 안쪽 의자에 벽을 보고 앉아 있다가 스르르 고개를 돌렸다. 구예민은 제일 가까이에 있는 자리에 가서 앉더니 말없이 책상 위를 바라보았다. 책상 위에는 아무것도 놓여 있지 않았다.

한참 뒤에 구예민이 먼저 입을 열었다.

"어느 쪽이 먼저 입을 열까 궁금했는데 오렌 코스비였어."

이종로가 대답할까 말까 망설이다가 마지못해 말했다.

"그랬겠죠."

"예상했군."

"데리고 있었으니까요."

다시 긴 침묵이 이어졌다. 구예민의 시선이 책상 위로 돌아갔다.

"끝난 겁니까?"

이종로가 궁금증을 참지 못하고 물었다. 구예민의 시선이 천천히 이종로에게로 옮겨갔다.

"그 두 사람을 위해서 준비하고 있던 도주 경로가 거의 다 밝혀졌는데, 가능한 경로가 아니더라고. 역시 곱게 탈출시켜 줄 생각은 아니었나 보지?"

"저야 모르는 일이죠."

"이제 와서 발뺌은."

구예민이 힘없는 웃음을 지었다.

"끝났군요?"

"마음에 들어?"

"글쎄요."

"인류가 절멸하게 생겼는데."

이종로의 표정이 조금 편안해졌다.

"아닐걸요. 화성은 멀쩡하게 남습니다."

"하아. 그렇겠지. 그래, 화성은 남겠지."

"화성이 지구 수준의 문명에 도달하는 데 걸리는 시간은 생각보다 짧을 겁니다. 머지않아 지구로도 다시 돌아오게 될 거고요."

"그런데 꼭 그렇게까지 해야 했나?"

이종로는 말없이 구예민을 응시했다. 그러더니 입술을 한참이나 달싹거린 다음에야 구예민의 말에 대답했다.

"어쩔 수 없는 선택이었습니다."

"아니야. 그럴 리가 없지. 다른 선택이 없었다고? 전혀?"

"굳이 이해하실 필요는 없지요."

"그렇겠지. 이해하고 싶지도 않고. 뭐 일이나 하지."

"일이요?"

"정리는 해야지. 화성인이 다시 지구로 찾아와도 이건 궁금해할 거니까."

"말씀하시죠."

"당신이 먼저 제안한 거야, 아니면 그 두 사람이 먼저 들고 찾아온 거야?"

"아, 순서. 들고 찾아온 건 아니지만 그 두 사람이 입이 가벼웠죠. 자랑하듯이 말하더라고요. 연합우주군이 대단히 수상한 짓을 꾸미고 있는데, 자기들이 그 일에 관여했었다고. 그때는 자기들도 뭘 하고 있는 건지 몰랐는데 이제 보니 소행성에 심어놓을 장비 보안 시스템에 관한 거였다고."

"그때 뭔가를 심었다고? 이를테면 트로이의 목마처럼?"

"수상한 인간들이거든요. 그런 짓을 해서 큰돈을 벌었죠."

"그걸 듣고 이 짓을 계획했나?"

"바로는 아니고요. 바빴으니까. 일단은 민간 자문으로 고용만 했죠. 일은 안 시키고 돈만 쏟아부었지만. 어차피 제 돈은 아니니까요."

"그 두 사람도 저격 리스트에 오를 만큼 위세가 대단했던 모양인데 위에서 내려다보면 별거 아닌 모양이군. 하여튼 그 랬더니?"

"돈벌이가 되겠다 싶었던지 제대로 된 정보를 가지고 오더군요. 구체적인 계획을 세울 수 있을 만한."

"그걸 듣고 비로소 계획을 세우기 시작했군."

"그 둘이 아무리 재주가 뛰어나도 계획을 실행하는 건 다른 사람 몫 아니겠습니까."

구예민은 등받이에 등을 기댔다. 긴장 속에서 꼬박 밤을 샌 티가 났다. 이종로는 그 모습을 바라보면서 표정이 점점 더 편안해졌다.

"잘하셨습니다. 제가 생각했던 것보다 훨씬."

구예민은 그렇게 말하는 이종로를 물끄러미 바라보았다. 그 시선을 대답으로 받아들인 이종로가 계속해서 말을 이었다.

"제가 좀 더 오래 생각하고 빨리 움직인 것뿐이죠."

"그런가? 같은 시점에 시작했으면 막을 수 있었다는 건가?"

"분명히 그랬겠죠. 그런데 그 괴물같이 생긴 공격위성에 너무 집착하셨어요. 아마도 그 조종사 때문이었겠죠? 한섬민 중사. 결과가 이렇게 된 것도 따지고 보면 결국 그것 때문이었을 겁니다."

구예민이 편안한 자세로 의자에 살짝 파묻혔다. 너무나 편안해 보이는 자세. 그 순간 이종로의 눈빛이 살짝 흔들렸다. 그러더니 곧 경계하는 눈빛으로 돌아갔다. 조금 전까지 보였던 거만한 자신감은 전혀 찾아볼 수가 없게 되었다.

"결과가 이렇게 된 것도 다 한섬민 때문이겠지."

이종로는 구예민의 말에 대답하지 않았다. 눈이 약간 커졌을 뿐이었다. 그 모습을 보고 구예민이 몸을 앞으로 기울이며 말했다.

"내 최대 위기는 아마 그때였을 거야. 언젠지 아나?"

"끝난 게 아니군요."

"끝났지. 당신이 바라지 않는 방식으로. 다시 묻지. 내 경력 최대 위기가 언제였는지 아나?"

이종로가 아주 살짝 고개를 저었다. 자기도 모르게 고개가 좌우로 움직인 것에 가까웠다. 구예민은 천장을 올려다보면서 기분 좋은 웃음을 띠었다.

"당신이 민간 업체 통해서 한섬민 스카우트하려고 했을 때. 그때는 전혀 걱정이 안 됐거든. 한섬민이 넘어갈 가능성은 별로 없었으니까. 그런데 지금 돌이켜보면 아찔해. 아무리 가능성이 낮았어도 그때 혹시 내가 한섬민을 잃었으면 무슨 일이 벌어졌을까."

"저런. 성공하셨군요. 아니, 그런데 어떻게? 반응 시차가 못해도 2초는 넘었을 텐데요."

"2.2초. 정말 말도 안 되지. 어떻게 그걸 버텨낸 건지는 나도 몰라. 보기는 봤지만 이해는 안 돼. 직감과 연결된 문제니까. 본인만 알겠지. 그런데 내가 방금 말한 것보다 더 아찔한 게 뭔지 아나? 그전에 한 번 더 한섬민을 잃을 뻔했었다는 거야. 한섬민이 우주항공고등학교 1학년일 때. 그때는 진짜 아슬아슬했지. 애는 거의 자퇴한다고 생각했으니까. 기적적으로 졸업까지 시켰지만."

이종로는 말문을 완전히 닫아버렸다. 구예민이 기분 좋은 얼굴로 수다를 이어가려다 상대가 아무 반응도 하지 않는 것을 보고 마찬가지로 입을 다물었다. 그러고는 피곤한 듯 느릿느릿 자리에서 일어서며 이종로에게 마지막 말을 건넸다.

"또 보자고. 다음에는 다소 좁은 방에서 만나게 될지도 몰라. 책장은 없을 거니까 걱정하지 말고."

이종로가 마지막 웃음을 억지로 쥐어짜냈다. 이대로 지기는 싫은 마음, 그 오기가 만들어낸 기괴한 웃음이었다.

"이게 끝은 아닐 겁니다. 그 일이 다시 선배를 찾아갈 겁니다."

"그 일?"

"태양광반사판 테러 첩보를 제가 미리 알려준 사실이요."

구예민은 그 말을 귀담아듣지 않았다. 대신 문 바로 앞까지 마중 와 있던 마음의 평화를 맞이하는 쪽을 선택했다.

조종사 한섬민은 독신자 숙소 1층 휴게실 소파에 드러누워 넋을 놓은 채 천장을 올려다보았다. 서가을이 휴게실로 들어오다가 그 모습을 발견하고는 섬민의 눈앞에 얼굴을 갖다 댔다.

"핸섬맨. 여기서 뭐 해? 왜 세상 다 끝난 표정을 하고 이런 데 드러누워 있어?"

"망했어."

"뭐가? 너 혹시 그 소식 못 들었어? 아무것도 안 망했어!"

"죽자고 훈련했는데 달랑 한 대 있던 우주선이 일회용이 돼 버렸어. 어떻게든 살려보고 싶었는데. 아, 나 이제 뭐 하지?"

그러자 가을이 테이블 앞에 앉아서 텔레비전을 보고 있던 무리를 돌아보며 물었다.

"바깥구경 대위님! 얘가 무슨 일을 해냈는지 홍보단에서 다 공개할 거라고 하지 않았어요? 얘 아직 까맣게 모르는 것 같은데. 이제 세계적으로 스타 되는 거 아닌가?"

국영이 기다렸다는 듯 호응했다.

"당연하지! 우본에서 사람 보낸다는데 내가 거부했잖아. 여기는 내 구역이라고."

맞은편에 앉아 있던 박수진이 섬민의 편을 들고 나섰다.

"스타가 됐든 말든 우주선이 없어진 건 맞지. 아, 내 우주선 사고 조사 실무."

"그게 뭔데요?"

가을이 묻자 김은경이 심드렁하게 대답했다.

"박 실장도 동병상련이거든. 우주선 사고 조사 실무 경력 만들어서 우주군 뜨는 게 일생의 목표인데 하나 있던 주요 장비가 뚜껑 따자마자 장렬히 전사하셨으니까."

"아, 어쩐지. 그날 제가 그랬잖아요. 저 언니 기상대 들어오면 부정 탄다고. 사고가 나기를 바라는 사람이 부대 안에 있었어. 어쩐지 사특한 기운이 느껴지더라니."

바로 그때 엄종현이 휴게실로 들어서다가 그 이야기를 들었다.

"혹시 제 이야기예요?"

"와, 오셨네. 참모총장의 보이지 않는 오른팔."

종현은 은경의 말에 고개를 절레절레 흔들었다.

"그 소문 때문에 아주 난감해 죽겠어요. 오른팔은 뭐고 보이지 않는 건 또 뭔지. 나 참. 어, 그런데 한 중사는 왜 저러고 있어요?"

가을이 대답했다.

"몰라요. 조종할 우주선 없어졌다고 저러고 있대요."

"저런. 좀 기다리면 또 생기지 않을까요? 곧 영웅 돼서 여기저기 불려 다니느라 바쁠 텐데 저대로 놔둬도 되나 모르겠네요."

"영웅은 무슨. 망했어요, 망했어. 그거 훈련하느라 얼마나 고생했는데. 이제 몇 년만 있으면 인공지능 성능이 쭉쭉 치고 올라올 텐데."

섬민이 천장을 보며 중얼거렸다. 진심으로 망연자실한 목소리였다. 종현이 그쪽을 바라보며 위로의 말을 툭 던졌다.

"매점에 민트 초콜릿 들어왔던데. 세 종류나."

중얼거리는 소리가 뚝 그쳤다. 국영이 소식 하나를 보냈다.

"아, 아스티 방송 재개한대. 〈밀도를 높여요!〉 전격 컴백! 조만간 여기로 온다던데."

섬민이 소파에서 벌떡 일어났다.

"진짜로요?"

"진짜지 그럼. 한 중사 아마 거기 출연해야 될걸."

"네에! 진짜로요? 와, 뭐지? 나 전생에 나라를 구했나."

그러자 휴게실에 있던 사람들이 전부 한섬민 쪽으로 고개를 돌렸다.

"뭐어! 전생에? 나라?"

수진이 어이없어 했지만 섬민은 그저 어리둥절할 뿐이었다.

"예? 왜요?"

팩맨 태양은 사라졌지만 봄이 짧고 여름이 긴 날씨는 새해에도 어김없이 이어졌다. 지구는 예상보다 빠른 시기에 새 위성 하나를 얻었지만 연합우주군은 그 사실을 크게 홍보하지 못했다. 화성 직할시에는 새로운 행정 체계가 도입될 예정이었다. 민간인 화성정무관이 화성으로 날아갈 예정이었으나 행성 간 연락선이 뜰 수 없는 관계로 일정이 2년쯤 지연되었다.

지구는 심심하면 '그때 멸망했어야 했다'는 소리를 듣는 행성이 되었다. 협약은 흔들림이 없고 국방부는 우주군을 계속 껄끄러워했다. 참모총장은 기회가 있을 때마다 새 우주선과 항공모함 도입을 주장하면서 계속해서 발사기지로 사람들을 파견 보냈다. 2주 뒤에는 새 숙소가 만들어졌지만 파견 온 사람이 너무 많아서 대부분의 입주자들은 여전히 2인 1실을 써야 했다. 식당은 물론 개선되지 않았다.

우주에 나가 있는 모든 것들은 세 가지 규칙에 따라 움직였다. 가만히 있거나, 계속 한 방향으로 날아가거나, 무언가를 빙글빙글 돌고 있거나. 한국우주군은 이 세 가지 움직임을 조합해서 평화와 안전을 위협하는 온갖 것들로부터 인류를 지켜내기 위해 부단히 애썼다. 물론 이 세 가지 움직임 중 하나를 꼽으라면 빙글빙글 도는 일을 특히 더 사랑했다.

빙글빙글 돌아가는 인류의 최전선은 그 후로도 오랫동안 한결같이 굳건했다.

이 글의 첫 장에 직접적인 영감을 준 것은 2018년의 말도 안 되는 무더위였습니다. 그 뒤에 발표된 미국 대통령의 우주 군 구상으로부터 영향을 받아 만들어진 이야기는 아니라는 뜻입니다.

어느 날 월간 『공군』이라는 잡지에서 제가 공군 출신 소설 가라는 이유로 인터뷰를 청해 왔습니다. 그 인터뷰를 하면서 새삼 이런 생각이 들었습니다. '아니, 뭐 이런 희한한 군대가 다 있지?' 엄청나게 반갑지는 않았지만 그래도 대단히 즐거 운 인터뷰였거든요. 잘 아시겠지만 공군의 분위기는 다른 군 에 비해 유연한 편입니다. 때로는 '정말 이래도 되나' 싶을 정 도로요. 그 '이상한 군대' 느낌을 SF라는 도구를 활용해 한 단 계 더 이상하게 만든 게 바로 이 이야기에 담긴 우주군의 분 위기입니다. 실제로 존재하는 조직은 아니니, 비슷한 일에 종 사하는 분들과 오해하지 않으셨으면 좋겠습니다.

핵심 소재인 화성에 있는 한국령 정착지 이야기는 SF 앤 솔러지 작품집 『아직 우리에겐 시간이 있으니까』(한겨레출판, 2017)에 수록한 중편소설 「외합절 휴가」에서 만들어둔 설정을 바탕으로 다시 썼습니다. 요약하면 '두 개의 행성에 뿌리 내린 하나의 문명'에 관한 설정들인데요, 화성의 역법(달력), 매일매일 변하는 시차, 두 행성 사람들이 서로를 바라보는 태도 변화 등 깊이 있게 다뤄볼 여지가 있는 질문들이 많지만 『빙글빙글 우주군』에서는 이 문제들을 본격적으로 파고들지는 않았습니다. 조금은 SF답지 않은 선택이지요.

SF 작가는 자주 그런 고민을 합니다. 어떤 주제에 대해 연구자처럼 깊이 파고드는 이야기를 독자들이 정말로 좋아할까? 좋아하는 사람도 있고 아주 싫어하는 사람도 있겠죠. 적정선을 찾는 것은 언제나 어려운 일입니다. 정답이 있는 문제가 아니니까요. 세상에 적정선이 딱 하나만 있는 것도 아니고, 매체에 따라 독자에 따라 혹은 단순히 세월이 흐름에 따라 변할 수밖에 없는 문제일 것입니다. 그러니 개척기 SF 작가의 임무는 되도록 많은 균형점을 탐색해보는 일이겠지요.

그런 맥락에서, 『빙글빙글 우주군』의 서술 방식은 제가 지난 15년간 해온 것과도 많이 다릅니다. 서술자가 사건으로부터 멀리 떨어져 있게 하는 방식인데요, 이런 문체를 개발하고 연마하고 다듬는 데만 2년쯤 걸린 것 같습니다. 그 일을 함께해준 분들께 감사하고, 서술자가 멀어진 만큼 독자에게는 숨 쉴 공간이 늘어나 있기를 기대합니다. 쓰면서도 가끔 느끼는 점이지만, 소설의 화자는 좀 숨 막히는 존재일 때가 있으니까요.

한국인 주인공이 우주를 무대로 활약하게 하려면 나사(NASA) 같은 외국 기관을 빌려와야 하는 경우가 많습니다.

소설일 뿐이지만, 그럴 때마다 왠지 남의 건물에 무단 침입하는 기분이 들기도 합니다. 그런데 이번에는 위축되지 않고 자신 있게 써나갈 수 있었습니다. 어디까지나 한국우주군 이야기니까요. 이런 편안함에 공감하는 독자가 많기를 바라며, 작가인 저는 이만 서술자보다 먼 곳으로 물러납니다.

2020년 3월
배명훈

배명훈 장편소설

빙글빙글 우주군

ⓒ 배명훈

초판 1쇄 발행 2020년 9월 1일
초판 3쇄 발행 2020년 11월 1일

지은이 배명훈
펴낸이 지영주
편 집 장서원
표지 일러스트 최지수
표지 디자인 데시그 호예원
본문 디자인 데시그 이승은
마케팅 김진희 한주희 정지혜 김민지 이상은 조영흠
경영지원 백종임 김은선

펴낸곳 ㈜자이언트북스
출판등록 2019년 5월 10일 제2019-000085호
주소 경기도 고양시 덕양구 덕은1로 5 2층
전화 070-7770-8838
팩스 02-3158-5321
홈페이지 www.giantbooks.co.kr
전자우편 giantbooks@blossomgroup.co.kr
인스타그램 www.instagram.com/blossom_giant_books

ISBN 979-11-968667-6-1 (03810)

• 이 책은 2018년도 정부(과학기술진흥기금/복권기금)의 재원으로
  한국과학창의재단의 지원을 받아 창작된 작품입니다.